Houvast

Harlan Coben

Houvast

2009 – De Boekerij – Amsterdam

Oorspronkelijke titel: Hold Tight (Dutton)
Vertaling: Martin Jansen in de Wal
Omslagontwerp: Wil Immink Design
Omslagfoto: Ilona Wellmann Trevillion Images

Opmerking van de auteur: De technologie die in dit boek wordt gebruikt is allemaal echt. En dat niet alleen, alle beschreven software en hardware zijn gewoon voor iedereen te koop. De namen van de producten zijn natuurlijk veranderd, maar zeg nu zelf, wie zal zich daardoor laten weerhouden?

Eerste druk april 2008
Zesde druk februari 2009

ISBN 978-90-225-4992-6

© 2008 by Harlan Coben
© 2008 voor de Nederlandse taal: De Boekerij bv, Amsterdam

Published by arrangement with Lennart Sane Agency AB

Proloog

Marianne was aan haar derde tequila en dacht na over haar eindeloze inzet om de laatste goede dingen van haar waardeloze leven om zeep te helpen toen de man naast haar uitriep: 'Luister, meisjes, de schepping en de evolutie zijn volledig compatibel.'

Spatjes van zijn speeksel kwamen in Mariannes hals terecht. Ze trok een vies gezicht en keek opzij. Hij had een grote borstelsnor die rechtstreeks uit een pornofilm uit de jaren zeventig afkomstig leek. Hij zat rechts van haar. Het veel te blonde blondje met het droge strohaar, dat hij probeerde te imponeren met zijn opzwepende geklets, zat links van haar. Marianne was het ongelukkige plakje beleg tussen hun kleffe sandwich.

Ze probeerde de twee te negeren. Ze tuurde in haar glaasje alsof het een diamant was die ze voor een verlovingsring uitzocht. Marianne hoopte dat ze de snor en de vrouw met het strohaar op die manier zover zou krijgen dat ze ergens anders gingen zitten. Dat deden ze niet.

'Je bent niet goed snik,' zei Strohaar.

'Luister nou.'

'Oké, ik luister. Maar ik denk ook dat je niet goed snik bent.'

Marianne zei: 'Misschien wil je van kruk ruilen, zodat jullie naast elkaar kunnen zitten?'

De snor legde zijn hand op haar arm. 'Wacht nou even, dametje, ik wil dat jij dit ook hoort.'

Marianne wilde protesteren, maar misschien was het gemakkelijker om dat niet te doen. Ze richtte haar aandacht weer op haar glaasje.

'Goed dan,' zei de snor. 'Jullie kennen het verhaal van Adam en Eva, oké?'

'Natuurlijk,' zei Strohaar.

'Geloof je dat verhaal?'

'Over dat hij de eerste man was en zij de eerste vrouw?'

'Ja.'

'Shit, nee. Jij wel?'

'Ja, natuurlijk.' Hij streelde zijn snor alsof die een beestje was dat gekalmeerd moest worden. 'De Bijbel vertelt ons dat het zo is gebeurd. Eerst kwam Adam en daarna werd Eva gemaakt uit een van zijn ribben.'

Marianne nam een slokje. Ze had vele redenen om te drinken. Meestal dronk ze om zich te vermaken. Ze was in massa's tenten als deze geweest, in de hoop iemand te ontmoeten en dat er dan meer van zou komen. Vanavond had ze het idee dat ze hier met een man weg zou gaan al lang opgegeven. Ze dronk om zichzelf te verdoven en het wilde verdomme maar niet lukken. Het wezenloze geklets leidde haar in ieder geval af nu ze ernaar luisterde. Het maakte de pijn minder.

Ze had er een zooitje van gemaakt.

Zoals altijd.

Haar hele leven was ze op de vlucht geweest voor alles wat goed en fatsoenlijk was, op zoek naar de volgende onbereikbare roes, een permanente staat van verveling die werd doorbroken door een paar meelijwekkende hoogtepunten. Iets wat goed was had ze naar de bliksem geholpen, en toen ze had geprobeerd het terug te krijgen, nou, toen had Marianne dat ook verprutst.

In het verleden had ze de mensen gekwetst die haar het dierbaarst waren. Haar exclusieve clubje van mensen die ze emotioneel had beschadigd... zij van wie ze het meest hield. Maar tegenwoordig, dankzij haar opleving van gekte en egoïsme, was ze zelfs in staat volkomen onbekenden aan haar lijst van slachtoffers van haar emotionele bloedbad toe te voegen.

Om de een of andere reden leek het erger om onbekenden te kwetsen. We kwetsen degenen die we liefhebben, dat doen we allemaal, of niet soms? Maar het was smakeloos om onschuldige onbekenden te kwetsen.

Marianne had een leven verwoest. Misschien wel meer dan één leven.

Waarom?

Om haar kind te beschermen. Tenminste, dat dacht ze.

Stomme trut.

'Oké,' zei de snor, 'Adam nam Eva, of hoe ze dat toen verdomme ook noemden.'

'Seksistisch gelul,' zei Strohaar.

'Maar het woord van God.'

'Dat later werd tegengesproken door de wetenschap.'

'Wacht nou even, dametje. Laat me uitpraten.' Hij stak zijn rechterhand op. 'We hebben Adam…' Hij stak zijn linkerhand op. '… we hebben Eva, én we hebben het paradijs, ja?'

'Ja.'

'Nou, Adam en Eva krijgen twee kinderen, Kaïn en Abel. En dan vermoordt Abel Kaïn.'

'Kaïn vermoordt Abel,' corrigeerde Strohaar hem.

'Weet je dat zeker?' Hij fronste zijn wenkbrauwen, dacht erover na. Maar hij schikte zich. 'Oké, jij je zin. Een van de twee wordt vermoord.'

'Abel wordt vermoord. Door Kaïn.'

'Weet je het echt zeker?'

Strohaar knikte.

'Goed, dan houden we Kaïn over. Nu is de grote vraag: met wie heeft Kaïn zich voortgeplant? Ik bedoel, de enige andere vrouw is Eva, en die wordt al een jaartje ouder. Dus hoe heeft de mensheid het dan overleefd?'

De snor zweeg alsof hij op applaus wachtte. Marianne rolde met haar ogen.

'Begrijpen jullie het dilemma?'

'Misschien had Eva nog een kind. Een meisje.'

'Dus Kaïn ging met zijn eigen zusje naar bed?' vroeg de snor.

'Natuurlijk, waarom niet? In die tijd deed iedereen het met iedereen, of niet soms? Ik bedoel, Adam en Eva waren de eersten. Er moest toen wel incest zijn.'

'Nee,' zei de snor.

'Nee?'

'De Bijbel verbiedt incest. Het antwoord is te vinden in de wetenschap. Dát bedoel ik. Wetenschap en religie kunnen naast elkaar bestaan. Het gaat allemaal om Darwins evolutietheorie.'

Strohaar leek nu echt geïnteresseerd. 'Hoe dan?'

'Denk erover na. Waar komt de mens vandaan volgens al die darwinisten?'

'Van de primaten.'

'Precies, de apen en de gorilla's en al die beesten. Hoe dat ook, Kaïn wordt verstoten en hij wandelt in zijn eentje over deze prachtplaneet. Letten jullie nog op?'

De snor tikte met zijn vinger op Mariannes arm om zeker te weten dat ze nog luisterde. Traag keek ze naar hem op. Scheer die pornosnor af, dacht ze, en misschien wordt het nog wat tussen ons.

Ze haalde haar schouders op. 'Ik luister.'

'Mooi zo.' Hij glimlachte en trok zijn ene wenkbrauw op. 'En Kaïn is een man, ja?'

Strohaar wilde meer aandacht. 'Ja.'

'Met normale mannelijke behoeftes, ja?'

'Ja.'

'Dus hij wandelt wat rond. En hij voelt een kriebeling in zijn onderbuik. Zijn natuurlijke behoeften. En op een dag, als Kaïn door het bos loopt...' Weer een glimlach, en de wijsvinger die over de snor streek. '... ziet hij daar opeens een aantrekkelijke aap. Of een gorilla. Of een orang-oetang. Of een chimpansee.'

Marianne staarde hem aan. 'Je maakt zeker een grapje, hè?'

'Nee. Denk erover na. Kaïn komt een exemplaar van de apenfamilie tegen. Die komen het dichtst in de buurt van de mens, toch? Hij bespringt een van de vrouwtjes en ze... nou ja, je weet wel.' Hij stak zijn handen op en applaudisseerde geluidloos voor het geval ze hem niet begrepen. 'En dan raakt die primaat zwanger.'

'Dat is walgelijk,' zei Strohaar.

Marianne richtte haar aandacht op haar glas, maar de man tikte haar weer op haar arm.

'Zie je de logica er dan niet van in? De primaat jongt. Half aap, half mens. Het is nog steeds een aapachtige, maar langzaam maar zeker, in de loop der tijd, dringt de dominante mens zich steeds meer op de voorgrond. Begrijp je? *Voilà!* De evolutie en de schepping komen samen.'

Hij glimlachte alsof hij een gouden medaille verwachtte.

'Dus als ik het goed begrijp,' zei Marianne, 'is God tegen incest maar vindt Hij bestialiteit oké?'

De snor kwam van zijn kruk en gaf haar een belerend 'tut-tut'-klopje op haar schouder.

'Wat ik jullie probeer uit te leggen is dat al die wijsneuzen met hun doctorstitels die geloven dat religie niet kan samengaan is met de wetenschap niet genoeg fantasie hebben. Dát is het grote probleem. Wetenschappers turen alleen maar in hun microscopen en godsdienstgeleerden lezen alleen de woorden die op de pagina staan. Geen van beiden zien ze door de bomen het bos nog.'

'Dat bos,' zei Marianne, 'is dat hetzelfde bos waar we die aantrekkelijke aap tegenkwamen?'

Opeens veranderde de atmosfeer. Of misschien verbeeldde Marianne het zich. De snor hield op met praten en bleef haar lange tijd aankijken. Dat beviel Marianne niet. Er was iets aan de hand. Er zat iets scheef. Zijn ogen waren zwarte glazen knikkers zonder lichtjes erin, alsof iemand ze zo maar in zijn hoofd had gedrukt en er geen leven in zat. Hij knipperde ermee en bracht zijn gezicht dichter bij het hare.

Bleef haar aankijken.

'Meisje toch, zit je te huilen?'

Marianne draaide zich om naar de vrouw met het strohaar. Die zat haar ook aan te staren.

'Ik bedoel, je ogen zijn rood,' ging hij door. 'Ik wilde je niet lastigvallen of zoiets. Maar, ik bedoel, voel je je wel goed?'

'Ik voel me best,' zei Marianne, hoewel het haar opviel dat haar stem meer sleepte dan zonet. 'Ik wil gewoon rustig mijn glaasje drinken.'

'Maar natuurlijk, dat begrijp ik.' Hij stak zijn handen op. 'Ik wilde je echt niet storen.'

Marianne bleef naar haar glas kijken. Ze wachtte totdat ze vanuit haar ooghoek iets zou zien bewegen. Maar dat gebeurde niet. De man met de snor stond nog steeds naast haar.

Ze nam een flinke slok uit haar glas. De barkeeper droogde een bierpul af met het gemak van iemand die dat veel vaker had gedaan. Het zou haar niet eens hebben verbaasd als hij er even in had gespuugd, zoals ze dat in oude westerns deden. Er brandde weinig licht in de bar. Tegenover haar, achter de tientallen flessen, was de donkere spiegel die ze in vrijwel alle bars hadden en waarin je je medeklanten in een zacht en dus flatterend licht kon bespieden.

Marianne bekeek de man met de snor in de spiegel.

Hij stond naar haar te kijken. Haar blik boorde zich in die levenloze ogen in het spiegelglas en ze kon hem niet meer losmaken.

Langzaam kwam er een glimlach op het starende gezicht en er ging een kille tochtvlaag langs haar nek. Toen zag Marianne dat hij zich omdraaide en naar de deur liep, en toen hij weg was slaakte ze een zucht van opluchting.

Ze schudde haar hoofd. Kaïn die zich voortplant met een aap… het is goed met je, vriend.

Haar hand ging naar haar glas. Het glas trilde. Leuke afleiding, die maffe theorie, maar erg lang kon ze zich niet losmaken van de akelige gedachten die ze had.

Ze dacht na over wat ze had gedaan. Had ze het op dat moment echt een goed idee gevonden? Had ze het wel goed doordacht… de prijs die ze ervoor moest betalen, de consequenties voor anderen, de levens die voor altijd anders zouden worden?

Waarschijnlijk niet.

Er waren gewonden gevallen. Er was onrecht geschied. Er was sprake geweest van blinde woede, van een brandend, primitief verlangen naar wraak. En het had allemaal niets met het Bijbelse – of evolutionaire, desnoods – 'oog om oog'-gedoe te maken gehad... want hoe hadden ze het ook alweer genoemd wat ze had gedaan? Massale vergelding.

Ze deed haar ogen dicht, wreef erin. Haar maag borrelde. Stress, nam ze aan. Ze opende haar ogen weer. Het leek nu donkerder in de bar. Haar hoofd begon te tollen.

Daar was het nog veel te vroeg voor.

Hoeveel had ze gedronken?

Ze greep de rand van de bar vast zoals je dat doet op avonden als deze, wanneer je gaat liggen nadat je te veel hebt gedronken, het bed begint te draaien en je de zijkanten vastgrijpt omdat je bang bent dat de middelpuntvliedende kracht je uit het dichtstbijzijnde raam zal slingeren.

Het borrelen in haar maag werd erger. Toen gingen haar ogen wijd open. Een flits van pijn reet haar maag uiteen. Ze deed haar mond open, maar de schreeuw bleef steken in haar keel, die door de verblindende pijn werd dichtgeknepen. Marianne sloeg voorover op de bar.

'Alles oké met je?'

De stem van Strohaar. Van heel ver weg. De pijn was afgrijselijk. De ergste die ze had gevoeld sinds... nou, sinds ze haar kind had gebaard. Een kind baren... de kleine beproeving die God voor je in petto heeft. Want raad eens... dat wezentje waarvan je zielsveel moet houden en waar je goed voor moet zorgen? Wanneer het ter wereld komt, geeft dat een pijn waar je geen idee van hebt!

Leuke manier om je relatie met je kind te beginnen, vind je niet?

Ze vroeg zich af wat de Snor ervan zou maken.

Scheermesjes – zo voelde het – sneden haar aan stukken alsof ze zich een weg dwars door haar lijf baanden. Normaal nadenken kon ze niet meer. De pijn was allesoverheersend. Ze vergat zelfs wat ze had gedaan, de schade die ze had veroorzaakt, niet alleen nu, vandaag, maar gedurende haar hele leven. Haar ouders waren getekend en vroeg oud geworden door haar roekeloosheid in haar tienertijd. Haar eerste man was bezweken onder haar voortdurende ontrouw, haar tweede door de manier waarop ze hem behandelde, en toen had ze haar kind gekregen, de weinige mensen met wie ze langer dan een paar weken bevriend was geweest, de mannen die ze had

10

gebruikt voordat ze de kans kregen háár te gebruiken.

De mannen. Misschien ging dat ook wel om vergelding. Doe ze pijn voordat ze jou pijn doen.

Ze wist zeker dat ze zo meteen moest overgeven.

'Wc,' kon ze nog net zeggen.

'Ik help je.'

Strohaar weer.

Marianne voelde dat ze van haar kruk ging vallen. Maar twee sterke handen pakten haar onder haar oksels en hielden haar overeind. Iemand – Strohaar – nam haar mee naar achteren. Wankelend schuifelde ze naar de wc's. Haar mond was kurkdroog. Door de pijn in haar maag kon ze onmogelijk rechtop staan. De sterke handen hielden haar vast. Marianne bleef naar de grond kijken. Het was donker. Het enige wat ze zag waren haar schuifelende voeten, die amper van de grond kwamen. Ze probeerde op te kijken, zag de wc-deur niet zo ver voor zich uit en vroeg zich af of ze het zou halen. Ze haalde het.

En toen liepen ze door.

Strohaar hield haar nog steeds vast onder haar oksels. Ze stuurde Marianne langs de wc-deur. Marianne probeerde te blijven staan. Haar hersenen reageerden niet op het commando. Ze wilde iets roepen, tegen haar reddende engel zeggen dat ze de wc-deur al voorbij waren, maar haar mond gehoorzaamde evenmin.

'Deze kant op,' fluisterde de vrouw. 'Dat is beter.'

Beter?

Ze voelde de stalen stang van de nooduitgang tegen haar heup. De deur ging open. De achteruitgang. Goed idee, dacht Marianne. Waarom zou ze de wc onderkotsen? Ze kon het beter in het steegje achter de bar doen. Kreeg ze meteen wat frisse lucht. Frisse lucht was goed. Misschien zou ze daarvan opknappen.

De deur zwaaide helemaal open en sloeg met een klap tegen de buitenmuur. Marianne strompelde naar buiten. De frisse lucht voelde inderdaad goed. Niet geweldig. Ze had nog steeds pijn. Maar de koele buitenlucht op haar gezicht was aangenaam.

Dat was het moment dat ze het busje zag.

Een wit busje met getinte ruiten. De achterdeuren stonden open, als een muil die haar in één hap wilde verslinden. En daar, naast de ene deur, stond de man met de snor, die Marianne vastpakte en in het busje wilde duwen.

Marianne probeerde zich los te wringen, maar het had geen zin.

De snor gooide haar achterin alsof ze een zak aardappelen was.

11

Met een bons kwam ze op de stalen vloer terecht. Hij kroop ook achterin, trok de deuren dicht en boog zich over haar heen. Marianne rolde zich op in foetushouding. Haar maag deed nog steeds pijn, maar de angst die ze nu voelde was erger.

De man trok zijn nepsnor af en glimlachte naar haar. Het busje kwam in beweging. Strohaar zat zeker achter het stuur.

'Hallo, Marianne,' zei hij.

Ze kon zich niet bewegen, kreeg geen adem. Hij kwam naast haar zitten, balde zijn vuist en sloeg haar hard in haar maag.

Als de pijn daarvoor erg was geweest, dan kreeg die nu een nieuwe dimensie.

'Waar is de video?' vroeg hij.

En toen begon hij haar echt pijn te doen.

1

'Weten jullie zeker dat je dit wilt?' Er zijn van die momenten dat je van een rotsklif het ravijn in rent. Zoals in die tekenfilms van Loony Tunes, waarin Wile E. Coyote hard over de rand van het rotsklif rent, blijft doorrennen als hij al in de lucht hangt, dan stopt, omlaag kijkt, weet dat hij in het ravijn zal storten en niets kan doen om het te voorkomen.

Maar soms, of meestal, eigenlijk, is de situatie minder duidelijk. Dan is het donker en ben je vlak bij de rand van het ravijn, maar je beweegt je langzaam, want je weet niet goed welke kant je op loopt. Je doet je stappen behoedzaam, maar toch zijn het die van een blinde op onbekend terrein. Je weet niet hoe dicht je bij de rand bent, of waar de rulle grond onder je voeten kan wegschuiven, of dat je maar even hoeft weg te glijden om opeens in het duister te verdwijnen.

Hier moest Mike aan denken toen hij wist dat Tia en hij op die rand van dat ravijn stonden... toen die computerjongen, een jonge blaaskaak met haar als een vogelnest, armen zonder spieren maar vol tatoeages en vingers met lange, vuile nagels, naar hen opkeek en die vraag stelde op een toon die veel te onheilspellend was voor iemand van zijn leeftijd.

Weten jullie zeker dat je dit wilt...?

Ze hoorden geen van drieën thuis in deze kamer. Goed, Mike en Tia Baye – uitgesproken als *bye* zoals in *goodbye* – waren in hun eigen huis, een *split-level* McMansion in een buitenwijk van Livingston, maar deze slaapkamer was voor hen vijandig gebied, streng verboden terrein. Er stonden nog verrassend veel dingen die aan vroeger herinnerden. De ijshockeybekers waren niet opgeborgen, maar hoewel ze altijd een prominente plaats hadden ingenomen, leken ze zich nu achter op de plank verscholen te hebben. De posters van Jaromir Jagr en zijn latere idool Chris Drury hingen nog aan de muur, maar ze waren verbleekt door het zonlicht, of misschien wel door gebrek aan belangstelling.

Mike dacht aan vroeger. Hij herinnerde zich nog goed dat zijn zoon Adam *Goosebumps* las, en Mike Lupica's boek over sportende kinderen die allerlei onmogelijke obstakels overwonnen. Toen las hij de sportkrant zoals een schriftgeleerde de Talmoed spelde, vooral de ijshockeyuitslagen. Als ze naar Madison Square Garden gingen, had Adam er altijd op gestaan dat ze naderhand bij de spelersuitgang in 32nd Street bij Eighth Avenue bleven wachten, om zijn pucks te laten signeren.

Dat was allemaal verdwenen, zo niet uit deze kamer, dan wel uit het leven van zijn zoon.

Adam was die dingen ontgroeid. Dat was normaal. Hij was geen kind meer maar een puber, een die te snel en te hard op de volwassenheid af stoof. Maar zijn slaapkamer leek nog niet bereid hem daarin te volgen. Mike vroeg zich af of die voor zijn zoon een band met het verleden vormde, en of Adam nog steeds troost in zijn zorgeloze kindertijd vond. Misschien verlangde Adam diep in zijn hart wel terug naar die tijd, toen hij nog arts wilde worden, net als zijn goeie ouwe pa, toen Mike nog de held van zijn zoon was.

Maar dat was niet reëel meer.

De computerjongen – Mike kon zich niet herinneren hoe hij heette; Brett of zoiets – herhaalde zijn vraag. 'Weten jullie het zeker?'

Tia had haar armen over elkaar geslagen. Haar gezicht stond nors, onverzettelijk. Mike vond dat ze er ouder uitzag, maar niet minder mooi. Er klonk geen twijfel door in haar stem, wel een lichte boosheid.

'Ja, we weten het zeker.'

Mike zei niets.

Het was vrij donker in de slaapkamer van hun zoon; alleen de bureaulamp was aan. Ze spraken op fluistertoon, ook al was het uitgesloten dat iemand hen zou zien of horen. Jill, hun dochter van elf, was op school, en Adam, hun zoon van zestien, was met school op een tweedaagse trip. Hij had niet mee gewild, natuurlijk niet, want dit soort dingen was hem tegenwoordig veel te tam. Maar de school had het verplicht gesteld en zelfs de lamlendigste van zijn lamlendige vrienden moest mee, dus konden ze daar met zijn allen gaan zitten klagen over hoe tam het gebeuren was.

'Jullie weten hoe het werkt, hè?'

Tia knikte in exact hetzelfde ritme waarmee Mike zijn hoofd schudde.

'De software registreert alle toetsenbordaanslagen van jullie zoon,' zei Brett. 'Aan het eind van de dag wordt alles bij elkaar gepakt en als een rapport per e-mail naar jullie toe gestuurd. Het laat jullie alles zien: alle websites die hij heeft bezocht, alle e-mails die hij heeft verstuurd en ontvangen, al zijn berichten in de chatboxen… Als Adam een Powerpoint-bestand of Word-document maakt, krijgen jullie dat ook te zien. Alles. Jullie kunnen hem zelfs live volgen, terwijl hij achter zijn computer zit, als je dat wilt. Dan moeten jullie deze optie aanklikken.'

Hij wees naar een rood icoontje met de tekst LIVE SPY! op het scherm van zijn eigen laptop. Mike liet zijn blik door de slaapkamer gaan. De ijshockeybekers grijnsden hem toe. Het verbaasde Mike dat Adam ze niet had opgeborgen. Mike had zelf ijshockey op Dartmouth College gespeeld. Hij was ingelijfd door de New York Rangers, had een jaar voor hun Hartford-team gespeeld en was zelfs twee keer in de hoofdcompetitie uitgekomen. Zijn liefde voor ijshockey was overgegaan op Adam. Adam schaatste al toen hij drie was. Hij werd keeper bij de junioren. Het verroeste doel stond nog steeds buiten, op de oprit, met het net dat was vergaan door de elementen. Mike had daar heel wat uurtjes pucks op het doel van zijn zoon geschoten. Adam was geweldig geweest, een gegarandeerde gegadigde voor een sportbeurs, en toen, een half jaar geleden, was hij er opeens mee opgehouden.

Van de ene op de andere dag. Hij had zijn stick neergelegd, zijn beenbeschermers en masker afgedaan en had gezegd dat hij er geen zin meer in had.

Was het toen begonnen?

Was dat het eerste signaal van het verval geweest, van Adams afzondering? Mike had geprobeerd de beslissing van zijn zoon te respecteren en had niet gedaan zoals zo veel drammerige ouders die de sportieve prestaties van hun kinderen als een garantie voor succes in het leven zagen. Toch had Mike het er heel moeilijk mee gehad.

Het had Tia echter nog harder geraakt.

'We raken hem kwijt,' had ze gezegd.

Mike was daar niet zo zeker van. Adam had een traumatische ervaring achter de rug – de zelfmoord van een vriend – en natuurlijk leed hij al aanzienlijk onder zijn eigen puberteit. Hij was teruggetrokken en humeurig. Hij was altijd op zijn kamer, deze kamer, zat meestal achter deze computer, games te spelen, te chatten en godweet-wat-nog-meer. Maar gold dat niet voor de meeste tieners? Adam praatte nauwelijks met hen, reageerde zelden wanneer ze hem iets vroegen en als hij reageerde, was dat met een zucht van ergernis. Maar nogmaals… was dat zo abnormaal?

15

Het was Tia's idee geweest, dit bespioneren. Tia was advocaat strafrecht bij Burton & Crimstein in Manhattan. In een van de zaken waaraan ze had gewerkt, ging het om ene Pale Haley, die werd verdacht van het witwassen van geld. Haley was gepakt door de FBI nadat ze zijn gangen op het internet enige tijd hadden gevolgd. Brett, de computerjongen, was de technische man van Tia's advocatenkantoor. Mike zat naar Bretts vuile nagels te staren. De nagels die Adams toetsenbord aanraakten. Dat was het enige waaraan Mike kon denken. Die knaap met zijn gore nagels zat hier in de slaapkamer van hun zoon en leefde zich uit op Adams kostbaarste bezit.

'Ik ben bijna klaar,' zei Brett.

Mike was op de website van E-SpyRight geweest en had de tekst op de homepage gezien, in grote, vette letters:

WORDEN UW KINDEREN BENADERD DOOR PEDOFIELEN?
STELEN UW WERKNEMERS GELD VAN U?

Daaronder, in nog grotere, nog vettere letters, het argument dat Tia over de streep had getrokken:

U HEBT HET RECHT DAT TE WETEN!

En daaronder een aantal dankbetuigingen:

'Uw product heeft mijn dochter gered van de ergste nachtmerrie van elke ouder: een seksmaniak! Bedankt, E-SpyRight!' Bob, Denver, Colorado
'Ik heb ontdekt dat mijn naaste collega, die ik blind vertrouwde, geld stal van ons bedrijf. Zonder uw software zou dat me nooit gelukt zijn!' Kevin, Boston, Massachusetts

Mike was ertegen geweest.

'Hij is onze zoon,' zei Tia.

'Dat weet ik. Denk je dat ik dat niet weet?'

'Maak jij je dan geen zorgen?'

'Natuurlijk maak ik me zorgen. Maar...'

'Maar wat? We zijn zijn ouders!' En daarna, alsof ze de tekst van de website voorlas: 'We hebben het recht het te weten.'

'Maar hebben we ook het recht om zijn privacy te schenden?'

'Om hem te beschermen? Ja, dat recht hebben we. Hij is ons kind.'

16

Mike schudde zijn hoofd.

'We hebben niet alleen het recht,' zei Tia terwijl ze vlak voor hem kwam staan, 'maar ook de plicht.'

'Waren jouw ouders op de hoogte van alles wat je deed?'

'Nee.'

'En van alles wat je dacht? Van elk gesprek dat je met je vrienden en vriendinnen voerde?'

'Nee.'

'Nou, daar hebben we het nu over.'

'Denk eens aan de ouders van Spencer Hill,' bracht ze ertegen in.

Mike was met stomheid geslagen. Ze bleven elkaar aankijken.

'Als zíj het nog eens over hadden kunnen doen,' vervolgde ze, 'als Betsy en Ron hun Spencer nog hadden gehad...'

'Dat kun je niet zeggen, Tia.'

'Nee, luister naar me. Als zij het opnieuw konden doen en Spencer was nog in leven, denk je dan niet dat ze hem een beetje beter in de gaten zouden hebben gehouden?'

Spencer Hill, een klasgenoot van Adam, had vier maanden geleden zelfmoord gepleegd. Dat was natuurlijk heel erg geweest en het had Adam en zijn klasgenoten diep geraakt. Mike had Tia daaraan herinnerd.

'Denk je niet dat dát Adams gedrag verklaart?'

'Wat? Spencers zelfmoord?'

'Natuurlijk.'

'Tot op zekere hoogte, ja. Maar je weet dat hij toen al aan het veranderen was. Het heeft het proces alleen versneld.'

'Misschien, als we hem wat meer ruimte geven...'

'Nee,' zei Tia, op een toon die geen tegenspraak duldde. 'Die afschuwelijke zaak heeft Adams gedrag misschien wel begrijpelijker gemaakt, maar daarmee niet minder gevaarlijk. Sterker nog, eerder gevaarlijker.'

Mike dacht daarover na. 'We moeten het hem vertellen,' zei hij.

'Wat?'

'We moeten tegen Adam zeggen dat we zijn gangen op het net nagaan.'

Ze trok een gezicht. 'Wat heeft dat nou voor zin?'

'Dan weet hij dat hij in de gaten wordt gehouden.'

'Alsof je iemand door een smeris laat volgen om te zien of hij te hard rijdt? Dit is iets anders.'

'Nee, dit is precies hetzelfde.'

'Dan doet hij het, wat dat ook is, bij een vriend thuis, of in een internetcafé, of ergens anders.'

'Nou en? We moeten het hem laten weten. Adam vertrouwt privézaken aan zijn computer toe.'

Tia deed een stap naar hem toe en legde haar hand op zijn borst. Ook nu nog, na al die jaren, deed het hem iets wanneer ze hem aanraakte. 'Hij zit in de problemen, Mike,' zei ze. 'Begrijp je dat dan niet? Je zoon zit in de problemen. Misschien drinkt hij, of gebruikt hij drugs, of god-weet-wat. Hou op je kop in het zand te steken.'

'Ik stop mijn kop helemaal nergens in.'

Haar stem kreeg een bijna smekende klank. 'Jij zoekt de makkelijkste weg. Hoop je soms dat Adam er gewoon overheen groeit?'

'Dat zeg ik niet. Maar denk na. Het gaat hier om nieuwe technologie en hij bewaart zijn geheime gedachten en emoties in die computer. Zou jij gewild hebben dat je ouders alles van je wisten?'

'Het is nu een andere wereld,' zei Tia.

'Weet je dat zeker?'

'Wat kan het voor kwaad? We zijn zijn ouders. We willen het beste voor hem.'

Mike schudde zijn hoofd weer. 'Je wilt niet alles weten wat een ander denkt,' zei hij. 'Sommige dingen horen privé te blijven.'

Ze haalde haar hand van zijn borst. 'Geheim, bedoel je?'

'Ja.'

'Wil je zeggen dat mensen recht hebben op hun geheimen?'

'Natuurlijk hebben ze dat.'

Ze keek hem aan met een merkwaardige blik, die hem niet beviel.

'Heb jij geheimen?' vroeg ze.

'Dat bedoel ik niet.'

'Heb jij geheimen voor mij?' vroeg Tia weer.

'Nee. Maar je hoeft ook niet alles te weten wat ik denk.'

'En jij hoeft al mijn gedachten ook niet te weten.'

Daarna zwegen ze, allebei, en deed Tia een stapje achteruit.

'Maar als ik moet kiezen tussen mijn zoon beschermen en zijn privacy respecteren,' zei Tia, 'dan kies ik voor het eerste.'

De discussie – Mike had het geen ruzie willen noemen – had een maand geduurd. Mike had geprobeerd zijn zoon uit zijn isolement te halen. Hij had Adam voorgesteld om samen naar het winkelcentrum te gaan, naar de speelhal, naar popconcerten zelfs. Adam had alles afgeslagen. Hij bleef steeds vaker van huis, hield zich niet meer aan de afgesproken tijden. Hij kwam niet eens meer eten. Zijn schoolcijfers werden slechter. Eén keer kregen ze hem zover dat hij naar een therapeut ging. Die dacht dat er misschien sprake van een depressie was. Mogelijk kon die worden verholpen met medicijnen, maar dan wilde hij Adam eerst nog een keer zien. Adam had dat resoluut geweigerd.

Toen ze erop hadden gestaan dat hij nogmaals naar de therapeut ging, was Adam twee dagen van huis weggebleven. Zijn mobiele telefoon beantwoordde hij niet. Mike en Tia waren in alle staten geweest. Naderhand bleek dat hij bij een vriend was ondergedoken.

'We raken hem kwijt,' zei Tia weer.

En Mike zei niets.

'Uiteindelijk zijn we alleen maar verzorgers, Mike. Je zorgt een tijdje voor ze en daarna gaan ze hun eigen leven leiden. Het enige wat ik wil is dat hij in leven en gezond blijft totdat we hem laten gaan. Daarna mag hij het zelf bepalen.'

Mike knikte. 'Goed dan.'

'Weet je het zeker?' vroeg ze.

'Nee.'

'Ik ook niet. Maar ik blijf maar aan Spencer Hill denken.'

Hij knikte weer.

'Mike?'

Hij keek haar aan. Ze glimlachte naar hem, die scheve glimlach die hij voor het eerst op een kille winter op Dartmouth had gezien. De glimlach die zich als een kurkentrekker in zijn hart had geboord en er nooit meer uit was gegaan.

'Ik hou van je,' zei ze.

'Ik ook van jou.'

En aldus werd besloten dat ze hun oudste kind zouden bespioneren.

2

In het begin waren er nauwelijks verontrustende of verhelderende e-mails of andere berichten geweest. Maar drie weken later veranderde dat rigoureus.

De intercom op Tia's werkplek zoemde.

'Mijn kantoor, nu,' zei een stem kortaf.

Het was Hester Crimstein, de grote baas van het advocatenkantoor waar ze werkte. Hester piepte haar ondergeschikten altijd zelf op, liet dat nooit door haar assistente doen. En ze klonk altijd alsof ze de pest in had, alsof je had moeten raden dat ze je nodig had en je op wonderbaarlijke wijze aan haar bureau had moeten verschijnen voordat zij haar kostbare tijd verspilde aan een oproep per intercom.

Zes maanden geleden was Tia weer als advocaat aan het werk gegaan, op het kantoor van Burton & Crimstein. Burton was jaren geleden overleden. Crimstein, de beroemde en alom gevreesde jurist Hester Crimstein, was echter springlevend en had hier de leiding. Ze stond internationaal bekend als expert op vrijwel alle terreinen van de misdaad en had zelfs een eigen praatprogramma op Real TV met de slim gekozen naam *Crimstein on Crime*.

'Tia?' vroeg de norse stem uit de intercom, maar dat was niets bijzonders, want Hester Crimstein klonk altijd nors.

'Ik kom eraan.'

Ze gooide het rapport van E-SpyRight in haar bureaula en liep naar voren, langs de met glas afgeschermde, zonverlichte kantoren van de senior partners aan de ene kant en de zuurstofarme werkplekken aan de andere. Burton & Crimstein hanteerde een totalitair klassensysteem met daarboven één regerend vorst. Er wáren wel andere senior partners, natuurlijk, maar Hester Crimstein zou nooit toestaan dat een van hen zijn naam aan de firmanaam toevoegde.

Tia kwam bij de ruime kantoorsuite van haar baas. Hesters assistente keek amper op toen ze langsliep. Hesters deur stond open.

Zoals meestal. Tia bleef staan en klopte op de muur naast de deur. Hester liep heen en weer door haar kantoor. Ze was klein van stuk maar zag er niet klein uit. Ze oogde compact, sterk en een beetje gevaarlijk. Het was niet ijsberen wat ze deed, dacht Tia, maar rondsluipen, als een wolf. Ze gaf warmte af, straalde macht uit.

'Ik wil dat je zaterdag een getuigenverhoor in Boston doet,' zei ze zonder omhaal.

Tia ging het kantoor binnen. Hesters haar pluisde, zoals altijd, en het was geverfd in een net niet blonde kleur. Op de een of andere manier gaf ze je het gevoel dat ze gehaast was maar ook alles onder controle had. Sommige mensen eisen je aandacht op... Hester Crimstein greep je bij je revers en schudde je door elkaar totdat je haar recht in de ogen keek.

'Natuurlijk, geen probleem,' zei Tia. 'Welke zaak?'

'Beck.'

Tia kende de zaak.

'Hier is het dossier. Die computerjongen, die knul met die kromme rug en die vreselijke tatoeages, komt ook naar Boston.'

'Brett,' zei Tia.

'Ja, die. Ik wil weten wat hij in zijn computer heeft.'

Hester gaf haar het dossier en begon weer te lopen.

Tia sloeg het open. 'Dit is toch die getuige in die bar?'

'Precies. Neem de vlucht van morgen. Ga nu naar huis en neem het dossier door.'

'Oké, komt voor elkaar.'

Hester bleef staan. 'Tia?'

Tia stond in het dossier te bladeren. Ze moest moeite doen om haar gedachten bij de zaak te houden, bij Beck en het verhoor en de kans om naar Boston te gaan. Maar haar gedachten dwaalden steeds af naar dat verdomde rapport van E-SpyRight. Ze keek op naar haar baas.

'Ben je ergens anders met je gedachten?' vroeg Hester.

'Alleen bij dit verhoor.'

Hester fronste haar wenkbrauwen. 'Mooi zo. Want die Beck is een leugenachtige baal ezelstront. Ben ik duidelijk?'

'Ezelstront,' herhaalde Tia.

'Ja. Hij heeft niet gezien wat hij zegt gezien te hebben. Dat bestaat niet. Hoor je me?'

'En jij wilt dat ik dat bewijs?'

'Nee.'

'Nee?'

'Wat ik wil, is het tegenovergestelde.'

Nu fronste Tia haar wenkbrauwen. 'Nu kan ik je even niet volgen. Je wilt niet dat ik aantoon dat hij een leugenachtige baal ezelstront is?'

'Nee.'

Tia haalde net zichtbaar haar schouders op. 'Zou je dat willen toelichten?'

'Met alle plezier. Ik wil dat je daar gaat zitten en lief naar hem knikt en hem een miljoen vragen stelt. Ik wil dat je iets aantrekt wat strak en misschien zelfs wat dieper uitgesneden is. Ik wil dat je naar hem glimlacht alsof jullie voor het eerst uit zijn en dat je alles wat hij zegt buitengewoon fascinerend vindt. Laat geen scepsis in je stem doorklinken. Elk woord dat hij zegt is niets dan de waarheid.'

Tia knikte. 'Je wilt dat hij vrijuit praat.'

'Ja.'

'En dat alles wordt vastgelegd. Zijn hele verhaal.'

'Wederom ja.'

'Zodat jij hem tijdens het proces aan het kruis kunt nagelen.'

Hester trok haar ene wenkbrauw op. 'Met de befaamde Crimstein-panache.'

'Oké,' zei Tia. 'Begrepen.'

'Ik ga hem zijn ballen als ontbijt opdienen. Het is jouw taak, om binnen deze metafoor te blijven, om de boodschappen in huis te halen. Kun je dat aan?'

Dat rapport van Adams computer… wat moest ze daar nu mee? Mike bellen, om te beginnen. Om de tafel gaan zitten, het doorpraten en bepalen wat hun volgende stap moest zijn…

'Tia?'

'Ik kan het aan, ja.'

Hester bleef staan en deed toen een stap naar Tia toe. Ze was minstens vijftien centimeter kleiner dan Tia, maar zo voelde het niet. 'Weet je waarom ik jou hiervoor heb uitgekozen?'

'Omdat ik van de rechtenfaculteit van Columbia kom, omdat ik een verdomd goeie advocaat ben en omdat jij me in de zes maanden dat ik hier ben werk hebt laten doen dat zelfs voor een resusaapje geen uitdaging is?'

'Nee.'

'Waarom dan?'

'Omdat je oud bent.'

Tia keek haar aan.

'Niet op die manier. Ik bedoel, hoe oud ben je, halverwege de

22

veertig? Ik ben minstens tien jaar ouder dan jij. Wat ik bedoel is dat al mijn andere junior advocaten kinderen zijn. Die willen de held uithangen. Die denken dat ze zich moeten bewijzen.'

'En ik niet?'

Hester haalde haar schouders op. 'Als je dat doet, lig je eruit.'

Daar wist Tia niets op te zeggen, dus hield ze haar mond. Ze boog haar hoofd en keek naar het dossier, maar automatisch dwaalden haar gedachten weer af naar haar zoon, naar die verdomde computer van hem en naar dat rapport.

Hester bleef even zwijgen. Ze keek Tia aan met de starende blik waarmee ze al heel wat getuigen op de knieën had gekregen. Tia zag het en probeerde zich ertegen te verzetten. 'Waarom heb je voor dit advocatenkantoor gekozen?'

'Wil je de waarheid horen?'

'Als het even kan.'

'Om jou,' zei Tia.

'Moet ik me nu gevleid voelen?'

Tia haalde haar schouders op. 'Je vroeg om de waarheid. De waarheid is dat ik altijd bewondering voor je werk heb gehad.'

Hester glimlachte. 'Ja, ja, ik ben een harde tante.'

Tia wachtte.

'Maar waarom nog meer?'

'Dat is het wel zo'n beetje,' zei Tia.

Hester schudde haar hoofd. 'Er is meer.'

'Ik kan je niet volgen.'

Hester ging achter haar bureau zitten en gebaarde Tia ook een stoel te nemen. 'Moet ik het weer uitleggen?'

'Graag.'

'Jij hebt voor dit kantoor gekozen omdat het wordt geleid door een feministe. Je ging ervan uit dat ik zou begrijpen waarom jij al die jaren vrij hebt genomen om je kinderen op te voeden.'

Tia zei niets.

'Waar of niet?'

'Tot op zekere hoogte.'

'Maar zie je, het feminisme gaat niet over het helpen van je medezusters. Het gaat om het creëren van een gelijkwaardig speelveld. Om vrouwen keuzes te bieden, geen garanties.'

Tia wachtte.

'Jij hebt voor het moederschap gekozen. Daar zou je niet voor gestraft moeten worden. Maar het maakt je ook niet speciaal. Wat werk betreft heb je jaren tijd verloren. Je bent achter geraakt. Je

23

kunt niet zomaar doorgaan waar je bent opgehouden. Een gelijk-waardig speelveld. Dus als een man er jaren tussenuit gaat om zijn kinderen op te voeden, zou hij hetzelfde behandeld moeten wor-den. Begrijp je?'

Tia maakte een handgebaar dat van alles kon betekenen.

'Je zei dat je bewondering voor mijn werk had,' vervolgde Hester.

'Ja.'

'Ik heb ervoor gekozen geen gezin te hebben. Heb je daar ook bewondering voor?'

'Ik denk niet dat dat iets is om al dan niet bewondering voor te hebben.'

'Precies. En hetzelfde geldt voor de keuze die jij hebt gemaakt. Ik heb voor mijn carrière gekozen en daar ben ik niet van afgewe-ken. Dus wat carrière in de advocatuur betreft lig ik een heel eind op je voor. Maar als ík 's avonds naar huis ga, word ik niet opgewacht door een knappe dokter en twee-komma-vier kinderen. Begrijp je wat ik bedoel?'

'Ja.'

'Geweldig.' Hesters neusgaten werden wijder terwijl ze haar be-roemde dwingende blik nóg dwingender maakte. 'Dus zolang jij in dit kantoor bent – in míjn kantoor – denk je alleen aan mij, aan hoe je me van dienst kunt zijn en hoe je me kunt behagen, niet aan wat je vanavond gaat koken en of je kind wel op tijd voor zijn voetbal-training zal zijn. Duidelijk?'

Tia wilde protesteren maar de toon van Hesters stem gaf haar daar de ruimte niet voor. 'Duidelijk.'

'Mooi zo.'

De telefoon ging. Hester nam op. 'Wat?' Een pauze. 'Die idioot. Ik heb hem gezegd dat hij zijn mond moest houden.' Hester draai-de haar bureaustoel een halve slag om. Voor Tia het sein om te ver-trekken. Ze stond op, liep het kantoor uit en wou dat het verdom-me waar was dat ze zich alleen maar zorgen hoefde te maken over stompzinnige zaken als het avondeten en voetbaltraining.

In de gang bleef ze staan en haalde ze haar mobiele telefoon uit haar zak. Ze klemde het dossier onder haar arm en ondanks Hesters terechtwijzing gingen haar gedachten meteen weer terug naar de e-mail met het rapport van E-SpyRight.

De rapporten waren vaak zo lang – Adam surfte veel op het net, bezocht allerlei sites en had talloze 'vrienden' in chatboxen als MySpace en FaceBook – dat ze een dikke stapel vormden als ze die

24

had geprint. Ze had ze al doorgenomen, vluchtig, alsof de inbreuk op Adams privacy op die manier minder erg was, want in werkelijkheid vond ze het vreselijk om alles van hem te weten.

Ze haastte zich terug naar haar werkplek. Op haar bureau stond de verplichte ingelijste familiefoto. Met z'n vieren – Mike, Jill, Tia en natuurlijk Adam, tijdens een van zijn zeldzame momenten van inschikkelijkheid – op het stoepje voor de deur. Alle vier met een geforceerde glimlach, maar de foto gaf haar toch een gevoel van troost.

Ze haalde het rapport van E-SpyRight weer uit haar la en vond de print met de e-mail die haar zo aan het schrikken had gemaakt. Ze las hem opnieuw. De tekst was niet veranderd. Ze dacht aan wat ze moest doen en besefte dat dit niet alleen haar beslissing was.

Tia haalde haar mobiele telefoon tevoorschijn en zocht Mikes nummer op. Toen toetste ze een bericht in en verzond het.

Mike had zijn schaatsen nog aan toen de sms binnenkwam.

'Is dat mevrouw Handboei?' vroeg Mo.

Mo had zijn schaatsen al uitgetrokken. Het stonk vreselijk in de kleedkamer, net als in alle ijshockeykleedkamers. Dat kwam door het zweet dat in de lichaamsbeschermers trok. In de hoek stond een grote ventilator die van links naar rechts en weer terug draaide. Veel hielp het niet. De ijshockeyers zelf hadden er geen last van. Een leek die de kleedkamer binnenkwam zou onmiddellijk tegen de grond slaan van de stank.

Mike keek naar het mobiele nummer van zijn vrouw.

'Ja.'

'God, wat zit jij onder de plak.'

'Ja,' zei Mike, 'totaal onder de plak. Ze stuurt me een sms'je.'

Mo trok een lelijk gezicht. Mike en Mo waren al vrienden sinds ze samen op Dartmouth zaten. Ze zaten allebei in het universiteitsteam, Mike als topscorer op de linkervleugel en Mo als norse reus in de verdediging. Bijna een kwarteeuw nadat ze waren afgestudeerd – Mike was nu chirurg, gespecialiseerd in transplantaties, en Mo deed duister werk voor de Central Intelligence Agency – speelden ze nog steeds op die posities.

De andere spelers deden licht opgelaten hun lichaamsbeschermers af. Ze werden allemaal ouder en ijshockey was een sport voor jonge jongens.

'Ze weet dat je aan het ijshockeyen bent, waar of niet?'

'Waar.'

'Ze zou beter moeten weten.'

'Het is maar een sms'je, Mo.'

'Je werkt je de hele week de pokken in dat ziekenhuis,' zei Mo, met dat halve glimlachje waardoor je nooit wist of hij je in de maling nam of niet. 'Dit zijn je ijshockeyuurtjes, heilige uurtjes. Dat zou ze inmiddels moeten weten.'

Mo was erbij geweest op die koude winterdag toen Mike en Tia elkaar hadden ontmoet. Sterker nog, Mo had haar het eerst gezien. Ze speelden de openingswedstrijd thuis tegen Yale. Mike en Mo zaten samen in het juniorenteam. Tia had op de tribune gezeten. Tijdens de warming-up voor de wedstrijd – waarin je rondjes schaatst en je spieren oprekt – had Mo hem een elleboogstootje gegeven, geknikt naar de plek waar Tia zat en gezegd: 'Leuke bobbels in die sweater.'

Zo was het begonnen.

Mo had de theorie dat alle vrouwen ofwel op Mike vielen, ofwel... nou ja... op hem. Voor Mo degenen die zich aangetrokken voelden tot de stoere slechterik en voor Mike de meisjes die huisje-boompje-beestje in zijn babyblauwe ogen zagen. Dus in de derde periode, toen Dartmouth op een comfortabele voorsprong stond, had Mo een vechtpartij uitgelokt en was hij op de vuist gegaan met een van de spelers van Yale. Terwijl hij op de jongen in ramde, had hij zijn hoofd omgedraaid, naar Tia geknipoogd en haar reactie bestudeerd.

De scheidsrechters hadden een eind aan het gevecht gemaakt. Mo was naar de strafbank gestuurd, was langs Mike gereden en had gezegd: 'Ze is van jou.'

Profetische woorden. Ze ontmoetten elkaar op het feestje na de wedstrijd. Tia was met een senior meegekomen, maar daar had ze geen interesse in. Mike en zij hadden over hun jeugd gepraat. Hij had haar meteen verteld dat hij arts wilde worden en zij had hem gevraagd wanneer hij dat voor het eerst wist.

'Eigenlijk altijd al,' had hij geantwoord.

Maar met dat antwoord had Tia geen genoegen genomen. Ze begon dieper te graven en Mike zou algauw ontdekken dat ze dat altijd deed. Uiteindelijk verbaasde hij zichzelf door haar te vertellen dat hij als kind vaak ziek was geweest en dat artsen voor hem een soort helden waren geworden. Ze luisterde naar hem met een aandacht die hij nog nooit had meegemaakt en ook nooit meer zou meemaken. Ze begonnen niet een relatie, ze plonsden er middenin. Ze aten samen in de kantine. Ze studeerden 's avonds samen. Ze gingen samen naar de bibliotheek en Mike bracht wijn en kaarsen voor haar mee.

'Vind je het erg als ik even haar sms lees?' vroeg Mike.

'Een lastpak, dat is ze.'

'Spreek dat dan uit, Mo. Krop het niet op.'

'Als je in de kerk zat, zou ze je dan ook sms'en?'

'Tia? Waarschijnlijk wel.'

'Oké, lees hem dan maar. En daarna sms je terug dat we onderweg zijn naar een fantastische tietenbar.'

'Ja, goed idee. Dat zal ik doen.'

Mike drukte het knopje in en las het bericht.

Moet met je praten. Heb iets gevonden in het computerrapport. Kom meteen naar huis.

Mo zag het gezicht van zijn vriend betrekken. 'Wat is er?'

'Niks.'

'Mooi. Dus de tietenbar blijft op het programma voor vanavond?'

'We zijn nooit van plan geweest om naar een tietenbar te gaan.'

'Of ben je zo'n sukkel die dat liever een "herenclub" noemt?'

'Hoe je het ook noemt, ik kan niet.'

'Moet je van haar naar huis komen?'

'We hebben een probleem thuis.'

'En dat is?'

Mo kende het woord 'privé' niet.

'Iets met Adam,' zei Mike.

'Met mijn peetzoon? Wat dan?'

'Hij is jouw peetzoon niet.'

Mo was Adams peetvader niet omdat Tia dat niet had gewild. Maar dat had Mo er nooit van weerhouden om te blijven denken dat hij het wel was. Toen de baby was gedoopt, was Mo zelfs naar voren gekomen en was hij naast Tia's broer, de echte peetvader, gaan staan. Mo had hem alleen maar aangekeken. En Tia's broer had niet geprotesteerd.

'Nou, wat is er aan de hand?'

'Dat weet ik nog niet.'

'Tia is veel te beschermend. Dat weet je zelf ook.'

Mike legde zijn telefoon neer en zei: 'Adam is uit het ijshockeyteam gestapt.'

Mo trok een gezicht alsof Mike had gezegd dat Adam zich inliet met satansverering of bestialiteit. 'Wauw!'

Mike maakte de veters van zijn schaatsen los en trok ze uit.

'Waarom heb je me dat niet eerder verteld?' vroeg Mo.

Mike pakte zijn schaatsbeschermers en maakte zijn schouderstukken los. Er kwamen een paar mannen voorbij, die 'dag, doc' zeiden. De meesten kenden Mo goed genoeg om zelfs van het ijs met een wijde boog om hem heen te lopen.

'Je bent met mij meegereden,' zei Mo.

'Ja, en?'

'En je auto staat nog bij het ziekenhuis. Het is zonde van de tijd om je eerst daarheen te rijden. Ik breng je wel thuis.'

'Dat lijkt me geen goed idee.'

'Dan heb je pech. Ik wil mijn peetzoon zien. En ik wil weten wat jullie verdomme verkeerd doen.'

3

Toen Mo hun straat in reed zag Mike zijn buurvrouw, Susan Loriman, in haar tuin. Ze deed alsof ze druk bezig was met onkruid wieden of iets planten of zoiets, maar Mike wist wel beter. Ze reden de oprit op. Mo keek naar de buurvrouw, die op haar knieën en voorovergebogen zat.

'Wauw! Lekker kontje.'

'Dat vindt haar man waarschijnlijk ook.'

Susan Loriman stond op. Mo bleef kijken.

'Ja, maar haar man is een eikel.'

'Waar maak je dat uit op?'

Mo wees met zijn kin. 'Uit die auto's.'

Op de oprit stond de pronkwagen van haar man, een rode Corvette vol chromen sierstrips en andere onzin. Zijn tweede auto was een zwarte BMW 550i, en zelf reed Susan in een grijze Dodge Caravan.

'Wat is daarmee?'

'Zijn die van hem?'

'Ja.'

'Ik heb een vriendin,' zei Mo. 'De lekkerste chick die je ooit hebt gezien. Spaans of Latijns-Amerikaans of ergens uit die contreien. Ze was vroeger profworstelaar bij de grote Pocahontas, weet je nog, toen ze 's ochtends op Channel Eleven die sexy nummertjes opvoerden?'

'Ja, dat herinner ik me.'

'Nou, die Pocahontas heeft me verteld wat zij altijd doet. Als ze iemand in zo'n soort auto ziet, als die naast haar komt staan met zijn extra brede banden, de motor laat loeien en haar trots aankijkt, weet je wat ze dan zegt?'

Mike schudde zijn hoofd.

'Ik vind het heel erg van je jongeheer.'

Mike moest wel glimlachen.

'Ik vind het heel erg van je jongeheer. Dat is alles. Vind je het geen giller?'

'Ja,' gaf Mike toe. 'Dat is een goeie.'

'Zeg daar maar eens wat op terug.'
'Zal moeilijk worden.'
'Maar jouw buurvrouw, die man van haar, heeft twéé van die auto's. Weet je wat dat betekent?'
Susan Loriman keek hun kant op. Mike had haar altijd bloedmooi gevonden, de 'geilste moeder' van de buurt, zoals hij haar door tieners had horen noemen, hoewel hij liever niet in zulke grove termen dacht. Niet dat Mike er ooit iets mee zou doen, maar zolang je leefde, zag je dat soort dingen. Susan had lang haar, zo zwart dat er een blauwe glans overheen lag, dat ze 's zomers altijd in een paardenstaart droeg, en dat dan in combinatie met een heel kort afgeknipte spijkerbroek, een modieuze zonnebril en een ondeugende glimlach om haar alwetende rode lippen.

Toen hun kinderen jonger waren, kwam Mike haar regelmatig tegen in de speeltuin in Maple Park. Het had niets te betekenen, maar hij vond het leuk om naar haar te kijken. Hij kende een vader die haar zoon had uitgekozen voor zijn pupillenteam, alleen om Susan Loriman zover te krijgen dat ze bij hun wedstrijden kwam kijken.

Vandaag had ze geen zonnebril op en haar glimlach was gespannen.

'Ze ziet er verre van gelukkig uit,' zei Mo.

'Ja. Hoor eens, ik moet even naar haar toe, oké?'

Mo wilde een bijdehante opmerking maken, maar hij zag iets op het gezicht van de vrouw wat hem daarvan weerhield. 'Ja,' zei hij, 'natuurlijk.'

Mike liep naar haar toe. Ze probeerde te blijven glimlachen, maar het lukt niet erg.

'Hoi,' zei hij.

'Hallo, Mike.'

Hij wist waarom ze had gedaan alsof ze in de tuin bezig was, dus hij liet haar niet langer wachten.

'We krijgen de uitslag van Lucas' onderzoek morgen pas binnen.'

Ze slikte en knikte, te snel. 'O.'

Mike had eigenlijk haar hand willen vastpakken. In zijn spreekkamer in het ziekenhuis zou hij dat waarschijnlijk hebben gedaan. Dat doen artsen. Hier werkte dat niet. Dus beperkte hij zich tot de afgezaagde toevoeging: 'Dokter Goldfarb en ik doen wat we kunnen.'

'Dat weet ik, Mike.'

Haar tien jaar oude zoon leed aan *focalsegmentaire glomeruloscle-*

rosis – afgekort: FSGS – en moest dringend een niertransplantatie ondergaan. Mike was een van de beste transplantatiechirurgen van de Verenigde Staten, maar hij had dit geval doorgeschoven naar zijn naaste collega, Ilene Goldfarb. Ilene was het hoofd van de afdeling transplantatiechirurgie van het New York Presbyterian, en de allerbeste chirurg die hij kende.

Ilene en hij hadden dagelijks te maken met mensen als Susan. Hij kon het gebruikelijke verhaal over het scheiden van werk en privé ophangen, maar de werkelijkheid was dat de sterfgevallen aan hem knaagden. Ze bleven hem bij. Ze achtervolgden hem in zijn dromen en wezen beschuldigend naar hem. Ze maakten hem pisnijdig. De dood was nooit welkom en werd nooit geaccepteerd. De dood was Mikes vijand, een constante dreiging, en hij verdomde het om deze jongen aan die vuile schoft af te staan.

Het geval Lucas Loriman was natuurlijk ook extra persoonlijk. Dat was de voornaamste reden dat hij het naar Ilene had doorgeschoven. Mike kende Lucas. Lucas was een beetje een nerd, een lieve, zachtaardige jongen met een bril die altijd halverwege zijn neus stond en piekhaar waarvoor je een hamer nodig had om het plat op zijn hoofd te krijgen. Lucas was gek op sport maar had er geen greintje aanleg voor. Als Mike op de oprit op Adams doel schoot, kwam Lucas vaak kijken. Mike had hem meerdere keren de hockeystick aangeboden, maar Lucas had hem nooit aangepakt. Maar Lucas, die veel te vroeg in zijn leven besefte dat sport en spel niet zijn roeping waren, vond het wel leuk om hun training van commentaar te voorzien. 'Dokter Baye heeft de puck, maakt een schijnbeweging naar links, schiet op het doel... briljante redding van Adam Baye!'

Mike moest daaraan denken, aan die lieve jongen met zijn afgezakte bril, en dacht voor de zoveelste keer: ik zal doodvallen als ik die jongen laat doodgaan.

'Slaap je nog wel?' vroeg Mike.

Susan Loriman haalde haar schouders op.

'Zal ik je iets voorschrijven?'

'Dante gelooft niet in slaapmiddelen.'

Dante Loriman was haar man. Mike had het niet tegen Mo willen zeggen, maar Mo's observatie was midden in de roos geweest, want Dante wás een eikel. Best aardig, aan de buitenkant, maar er zat iets gluiperigs in zijn blik dat niet te ontkennen viel. Er gingen geruchten dat hij connecties met criminelen had, maar die konden op zijn uiterlijk gebaseerd zijn. Hij had achterovergekamd zwart

31

haar, droeg strakke, mouwloze T-shirts, protserige gouden sieraden en gebruikte altijd te veel aftershave. Tia kickte wel op hem – 'eens iets anders dan een fatsoensrakker' – maar Mike had altijd het gevoel dat er iets niet aan hem deugde, dat hij de indruk probeerde te wekken dat hij iemand was om rekening mee te houden, maar op de een of andere manier wist dat hij daar niet echt in slaagde.

'Wil je dat ik met hem ga praten?' vroeg Mike.

Ze schudde haar hoofd.

'Jullie apotheek is Drug Aid op Maple Avenue, toch?'

'Ja.'

'Ik zal een recept doorbellen. Dan kun je het afhalen wanneer je wilt.'

'Bedankt, Mike.'

'Ik zie je morgenochtend.'

Mike liep terug naar de auto. Mo stond te wachten, met zijn armen over elkaar. Hij had zijn zonnebril opgezet en mikte op een personificatie van het begrip cool.

'Een patiënt van je?'

Zonder iets te zeggen liep Mike langs hem heen. Hij praatte nooit over zijn patiënten. Mo wist dat.

Mike bleef voor zijn huis staan en keek ernaar. Waarom, vroeg hij zich af, leek een huis net zo kwetsbaar als zijn patiënten? Als je naar links en naar rechts keek, zag je dat de hele straat vol stond met dit soort huizen, huizen met mensen die van overal vandaan hiernaartoe waren gekomen, in het gras waren gaan staan, omhoog hadden gekeken en hadden gedacht: ja, dit is de plek waar ik mijn leven wil slijten, mijn kinderen wil grootbrengen en al onze dromen wil verwezenlijken en wil beschermen. Hier. In dit bouwsel.

Hij deed de deur open. 'Hallo?'

'Papa! Oom Mo!'

Het was Jill, zijn elf jaar oude prinsesje, die met een stralende glimlach de gang in kwam rennen. Mikes hart begon te gloeien... een reactie die spontaan en universeel was. Wanneer een dochter zo naar een vader glimlacht, voelt die vader zich, wat er verder ook mis is in het leven, opeens de koning te rijk.

'Hallo, schatje van me.'

Jill omhelsde eerst Mike en daarna Mo, vloog soepel van de een naar de ander. Ze bewoog zich met het gemak van een politicus die een publiek bespeelt. Achter haar, bijna angstig, stond haar vriendinnetje Yasmin.

'Hallo, Yasmin,' zei Mike.

Yasmins steile haar hing als een voile voor haar gezicht. Haar stem was maar net te verstaan. 'Dag, dokter Baye.'

'Moeten jullie niet naar ballet vandaag?' vroeg Mike.

Jill wierp haar vader een waarschuwende blik toe waartoe een elfjarige niet in staat zou mogen zijn. 'Papa,' fluisterde ze. Toen wist Mike het weer. Yasmin was van ballet af gegaan. Yasmin was min of meer overal mee gestopt. Er was een paar maanden geleden iets op school gebeurd. Hun leraar, meneer Lewiston, normaliter een prima kerel die het leuk vond om tot het randje te gaan om zijn leerlingen geïnteresseerd te houden, had een ongepaste opmerking over Yasmins gezichtsbeharing gemaakt. Mike kende niet alle details. Lewiston had onmiddellijk zijn excuses gemaakt, maar de prepuberale schade was al aangericht. Yasmins klasgenoten waren haar XY gaan noemen, zoals je een chromosoom benoemt, of alleen Y, zodat ze konden zeggen dat ze alleen haar voornaam hadden afgekort, maar in werkelijkheid was het bedoeld om haar te pesten.

Kinderen, zoals algemeen bekend, kunnen heel wreed zijn.

Jill was haar vriendinnetje trouw gebleven en had haar uiterste best gedaan haar overal bij te blijven betrekken. Mike en Tia waren trots op haar omdat ze dat had gedaan. Yasmin was van ballet af gegaan, maar Jill vond het nog steeds geweldig. Jill, zo leek het wel, vond praktisch alles wat ze deed geweldig, benaderde alle nieuwe dingen met een energie en een enthousiasme die ronduit aanstekelijk waren, of je wilde of niet. Over karakter en opvoeding gesproken. Twee kinderen, Adam en Jill, opgevoed door dezelfde ouders, maar toch je reinste tegenpolen.

Altijd weer de aard van het beestje.

Jill draaide zich om en pakte Yasmins hand vast. 'Kom, we gaan,' zei ze.

Yasmin liep met haar mee.

'Zie je later, papa. Dag, oom Mo.'

'Dag, kindje,' zei Mo.

'Wat gaan jullie doen?' vroeg Mike.

'Mam zei dat we buiten moesten gaan spelen. We gaan fietsen.'

'Vergeet jullie helmen niet op te zetten.'

Jill rolde met haar ogen, maar ze glimlachte erbij.

Even later kwam Tia de keuken in en fronste ze haar wenkbrauwen toen ze Mo zag. 'Wat doet hij hier?'

'Ik hoorde dat jullie je zoon bespioneren,' zei Mo. 'Leuk.'

Tia wierp Mike een blik toe waarvan zijn huid begon te jeuken.

Mike zei niets en haalde zijn schouders op. Die schijnbare vijandigheid tussen Mo en Tia was een soort dans waar nooit een eind aan kwam, maar ze zouden een moord voor elkaar plegen zonder met hun ogen te knipperen.

'Ik vind het eigenlijk wel een goed idee,' zei Mo.

Dat hadden ze niet verwacht. Verbaasd keken ze hem aan.

'Wat is er? Zeg ik iets geks?'

'Ik dacht dat je zei dat we veel te beschermend waren,' zei Mike.

'Nee, Mike, ik zei dat Tia veel te beschermend was.'

Weer een dodelijke blik van Tia naar Mike. Mike wist opeens weer van wie Jill had geleerd hoe ze haar vader met een blik tot zwijgen kon brengen. Jill was de leerling... Tia was de meester.

'Maar in dit geval,' vervolgde Mo, 'hoeveel moeite het me ook kost om het toe te geven, vind ik dat ze gelijk heeft. Jullie zijn zijn ouders. Jullie hóren alles van hem te weten.'

'Vind je niet dat hij recht op privacy heeft?'

'Recht op...?' Mo fronste zijn wenkbrauwen. 'Hij is nog maar een kind. Kijk, alle ouders bespioneren hun kinderen tot op zekere hoogte, waar of niet? Dat is jullie plicht. Alleen jullie krijgen zijn rapportcijfers te zien, toch? Jullie praten met zijn leraar over hoe hij het op school doet. Jullie bepalen wat hij eet, waar hij woont, noem maar op. Dit gaat alleen een stap verder.'

Tia knikte.

'Er wordt van jullie verwacht dat je ze opvoedt, niet dat je ze alleen maar vertroetelt. Elke ouder beslist zelf hoeveel vrijheid hij een kind geeft. Jullie hebben het voor het zeggen. Jullie weten alles. Niks gelijke rechten. Dit is een gezin. Je hoeft hem niet kort te houden, maar je moet wel kunnen ingrijpen als het niet goed gaat. Kennis is macht. Een overheid kan die macht misbruiken omdat ze niet in de eerste plaats in jullie belangen geïnteresseerd is. Jullie zijn als ouders wel in zíjn belangen geïnteresseerd. En jullie zijn allebei intelligente mensen. Dus wat kan het voor kwaad?'

Mike keek hem alleen maar aan.

'Mo?' zei Tia.

'Ja?'

'Beleven we hier een bijzonder moment?'

'Mijn god, ik hoop het niet.' Mo ging op een kruk bij het kookeiland zitten. 'Nou, wat heb je gevonden?'

'Je moet dit niet verkeerd opvatten, Mo,' zei Tia, 'maar het lijkt me beter dat je naar huis gaat.'

'Hij is mijn peetzoon. Zijn wel en wee gaat mij ook aan.'

'Hij is jouw peetzoon niet. En zoals je net zelf zei, gaat zijn wel en wee allereerst zijn ouders aan. En dat ben jij niet, hoeveel je ook om hem geeft.'

Mo keek haar alleen maar aan.

'Wat is er?'

'Ik kan het niet uitstaan als je gelijk hebt.'

'Hoe denk je dat ik me voel?' zei Tia. 'Ik dacht dat Adam bespioneren de juiste oplossing was, totdat jij het een goed idee vond.'

Mike keek toe. Tia plukte met haar vingers aan haar onderlip. Hij wist dat ze dat alleen deed wanneer ze in paniek was. Het grapje was een poging om te camoufleren hoe ze zich voelde.

'Mo,' zei Mike.

'Ja, ja, de boodschap is overgekomen. Ik ben al weg. Nog één ding.'

'En dat is?'

'Mag ik je mobiele telefoon even?'

Mike keek verbaasd. 'Hoezo? Doet de jouwe het niet?'

'Laat hem nou maar even zien, oké?'

Mike haalde zijn schouders op en gaf zijn telefoon aan Mo.

'Wie is je provider?' vroeg Mo.

Mike vertelde het hem.

'Van jullie allemaal? Adam ook?'

'Ja.'

Mo bleef naar de telefoon kijken. Mike keek Tia aan. Ze haalde haar schouders op. Toen draaide Mo het toestel om en gaf het terug.

'Wat heeft dit te betekenen?'

'Dat vertel ik je later wel,' zei Mo. 'Gaan jullie je eerst maar met je zoon bezighouden.'

4

'Nou, wat heb je op Adams computer gevonden?' vroeg Mike.

Ze zaten aan de keukentafel. Tia had al koffie gezet. Een cafeïnevrije voor zichzelf en een sterke zwarte espresso voor Mike. Een van zijn patiënten werkte bij een bedrijf dat koffiezetapparaten maakte die met pads in plaats van filters werkten. Hij had Mike er een cadeau gedaan na een geslaagde transplantatie. Het apparaat werkte heel simpel: je stopte er een pad in, zette het aan en er kwam koffie uit.

'Twee dingen,' zei Tia.

'Ja?'

'Ten eerste is hij morgenavond uitgenodigd voor een feestje in het huis van Huff,' zei Tia.

'En?'

'En Huffs ouders zijn het weekend weg. Volgens de e-mail zijn ze van plan de hele nacht door te zakken.'

'Waarmee? Drank, drugs…?'

'Daar wordt niks over gezegd. Wel dat ze allemaal thuis moeten zeggen dat ze ergens anders blijven slapen zodat ze – ik citeer – compleet door het lint kunnen gaan.'

Het gezin Huff. Pa, Daniel Huff, was commandant van het plaatselijke politiekorps. Zijn zoon – iedereen noemde hem DJ – was hoogstwaarschijnlijk de grootste herrieschopper van Adams klas.

'Nou?' vroeg Tia.

'Ik denk na.'

Tia slikte. 'Wie zijn we aan het opvoeden, Mike?'

Mike zei niets.

'Ik weet dat je die rapporten niet wilt lezen, maar…' Ze deed haar ogen dicht.

'Wat?'

'Adam bekijkt porno op het net,' zei ze. 'Wist je dat?'

Hij zei weer niets.

'Mike?'

'Wat wilde je daaraan doen?' vroeg hij.

'Vind je het niet verkeerd?'

'Toen ik zestien was, las ik stiekem de *Playboy*.'

'Dat is anders.'

'Is dat zo? Het was het enige wat we toen hadden. Er was nog geen internet. Als dat er wel was geweest, zou ik waarschijnlijk hetzelfde hebben gedaan… je deed alles om een blote vrouw te zien. Nu word je ermee doodgegooid. Je kunt niks aanzetten of je ziet blote tieten. Als een jongen van zestien níet geïnteresseerd zou zijn in blote vrouwen, dat zou pas verontrustend zijn!'

'Dus je keurt het goed?'

'Nee, natuurlijk niet. Ik weet alleen niet hoe we het kunnen tegenhouden.'

'Ga met hem praten,' zei ze.

'Dat heb ik al gedaan,' zei Mike. 'Ik heb hem al over de bloemetjes en de bijtjes verteld. Ik heb hem uitgelegd dat seks het beste is in combinatie met liefde. Ik heb hem verteld dat hij respect voor vrouwen moet hebben en ze niet als lustobjecten moet zien.'

'Dat laatste heeft hij blijkbaar niet goed begrepen,' zei Tia.

'Dat laatste begrijpt geen enkele puberjongen. Shit, ik weet niet eens of volwassen mannen het wel begrijpen.'

Tia nam een slokje uit haar mok. Ze liet de onuitgesproken vraag in de lucht hangen.

Mike zag de kraaienpootjes naast haar ogen. Ze bekeek die de laatste tijd vaak in de spiegel. Alle vrouwen mopperden op hun uiterlijk, maar Tia was altijd redelijk tevreden met zichzelf geweest. De laatste tijd had hij echter gemerkt dat dat minder werd wanneer ze in de spiegel keek. Ze was begonnen haar grijze haren te verven. Ze zag de rimpels en lijntjes, de huid die wat slapper werd, alle normale dingen die bij ouder worden horen, en die zaten haar dwars.

'Voor een volwassen man ligt het anders,' zei ze.

Mike wilde iets zeggen wat haar gerust zou stellen, maar dacht dat het beter was om er niet op door te gaan.

'We hebben de doos van Pandora geopend,' zei Tia.

Hij hoopte dat ze het nog steeds over Adam had. 'Ja, inderdaad.'

'Ik wil het weten en tegelijkertijd vind ik dat vreselijk.'

Hij stak zijn hand uit en pakte de hare vast. 'Wat gaan we aan dat feestje doen?'

'Wat vind jij?'

'Eigenlijk kunnen we hem niet laten gaan,' zei Mike.

'Moeten we hem dan thuis houden?'

'Misschien wel.'

'Hij heeft tegen mij gezegd dat hij met Clark naar Olivia Burchells huis zou gaan. Als we hem dat verbieden, weet hij dat er iets aan de hand is.'

Mike haalde zijn schouders op. 'Jammer dan. We zijn zijn ouders. Het is ons recht om irrationeel te zijn.'

'Goed dan. Dus we zeggen tegen hem dat we willen dat hij morgenavond thuisblijft?'

'Ja.'

Ze beet op haar onderlip. 'Hij heeft zich de hele week goed gedragen, heeft al zijn huiswerk gemaakt... Normaal mag hij van ons op vrijdagavond uit.'

Het zou een fikse ruzie worden, dat wisten ze allebei. Mike was bereid de strijd aan te gaan, maar wilde hij wel een huis vol ruzie? Je moest je strijdperk met zorg kiezen. Als ze Adam verboden naar Olivia Burchells huis te gaan, zou hij zeker argwanend worden.

'En als we zeggen dat hij op een bepaalde tijd thuis moet zijn?' zei Mike.

'Maar wat doen we als hij zich daar niet aan houdt? Naar Huffs huis gaan en hem daar ophalen?'

Ze had gelijk.

'Hester heeft me vandaag op haar kantoor ontboden,' zei Tia. 'Ze wil dat ik morgen naar Boston ga voor een getuigenverhoor.'

Mike wist hoeveel dat voor haar betekende. Sinds ze weer aan de slag was gegaan, had ze voornamelijk kruimelwerk te doen gekregen. 'Dat is geweldig.'

'Ja, maar het betekent wel dat ik morgen niet thuis ben.'

'Geen probleem, ik regel het wel,' zei Mike.

'En Jill slaapt bij Yasmin, dus die is er ook niet.'

'Oké.'

'Heb je enig idee hoe we moeten voorkomen dat Adam naar dat feestje gaat?'

'Laat me erover nadenken,' zei Mike. 'Misschien krijg ik een goed idee.'

'Oké.'

Hij zag een schaduw over haar gezicht trekken. Toen wist hij het weer. 'Je zei dat er twee dingen waren.'

Ze knikte en er gebeurde iets op haar gezicht. Niet veel. Bij een potje pokeren zou je het een signaal noemen. Dat soort dingen krijg je als je lang met elkaar getrouwd bent. Je leert de signalen herkennen... of misschien doet je partner niet langer moeite om dingen voor je te verbergen. Hoe dan ook, Mike wist dat het geen goed nieuws was.

'Een chatgesprek,' zei Tia. 'Van twee dagen geleden.'

Ze pakte haar tas en haalde de prints eruit. Chatten. Het ene kind typte iets en het andere kon er meteen op antwoorden. Het resultaat verscheen direct op je beeldscherm, met de namen erbij, als een uitgeschreven dialoog van een slecht toneelstuk. Ouders, van wie de meesten in hun puberteit urenlang met elkaar aan de telefoon hadden gehangen, vonden deze nieuwe ontwikkeling maar niks. Mike had er geen problemen mee. Wij hadden de telefoon en zij hebben hun chatboxen en sms'jes. Wat was het verschil? Het deed Mike denken aan al die oudere mensen die jongeren verweten dat ze computerspelletjes speelden en zelf met de bus naar Atlantic City gingen om in de speelhallen hun geld in de automaten te stoppen. Een beetje hypocriet, nietwaar?

'Lees maar.'

Mike zette zijn leesbril op. Hij had die sinds een paar maanden nodig en had al heel snel een afkeer voor het ongemakkelijke ding ontwikkeld. Adams gebruikersnaam was nog steeds Hockey-Adam1117. Die gebruikte hij al jaren. De 11 was het nummer van Mark Messier, zijn favoriete ijshockeyer, en zelf had hij met nummer 17 voor Dartmouth gespeeld. Grappig dat Adam dat nooit had veranderd. Of misschien was dat juist heel logisch. Of misschien, wat het meest voor de hand lag, had het niets te betekenen.

CeeJay8115: Alles OK?

HockeyAdam1117: Ik vind nog steeds dat we er iets over moeten zeggen.

CeeJay8115: Daar is het te laat voor. Hou je gedeisd en alles komt goed.

Volgens de timer was er hierna een volle minuut niets getypt.

CeeJay8115: Ben je er nog?

HockeyAdam1117: Ja.

CeeJay8115: Alles OK?

HockeyAdam1117: Alles OK.

CeeJay8115: Goed. Zie je vrijdag.

Dat was het.

'"Hou je gedeisd en alles komt goed",' las Mike hardop.

'Ja.'

'Wat zou dat te betekenen kunnen hebben?' vroeg hij.

'Geen idee.'

'Het kan met school te maken hebben. Dat iemand de boel heeft opgelicht tijdens een proefwerk en dat zij dat hebben gezien, of zoiets.'

'Ja, dat kan.'

'Of het heeft niks te betekenen. Dat het te maken heeft met een of andere online game die ze aan het spelen zijn.'

'Dat kan,' zei Tia weer, maar het was duidelijk dat ze dat niet geloofde.

'Wie is CeeJay8115?' vroeg Mike.

Ze schudde haar hoofd. 'Dit is de eerste keer dat ik Adam met hem heb zien chatten.'

'Of met haar.'

'Ja, of met haar.'

'"Zie je vrijdag." Dus CeeJay8115 gaat ook naar dat feestje bij Huff. Hebben we daar iets aan?'

'Ik zou niet weten wat.'

'Nou, wat doen we? Vragen we hem ernaar?'

Tia schudde haar hoofd. 'Het is nogal vaag, vind je ook niet?'

'Ja,' zei Mike. 'En dan weet hij dat we hem bespioneren.'

Beiden zwegen ze enige tijd. Mike las de tekst opnieuw. De woorden bleven hetzelfde.

'Mike?'

'Ja?'

'Waarover zou Adam zich gedeisd moeten houden om te zorgen dat alles goed komt?'

Nash, die zijn nepsnor in zijn zak had gestoken, zat op de passagiersstoel van het busje. Pietra had haar stroblonde pruik afgedaan en zat achter het stuur. Ze reden.

Nash had Mariannes mobiele telefoon in zijn hand. Het was een Blackberry Pearl. Je kon ermee e-mailen, foto's mee maken, filmpjes op bekijken, sms'en, je agenda en adressenlijst aan je computer thuis koppelen, en je kon er zelfs mee bellen.

Hij drukte op het knopje. Het schermpje lichtte op. Hij zag een foto van Mariannes dochtertje. Hij bleef er even naar kijken. Ach, wat zielig, dacht hij. Toen klikte hij het icoontje van haar e-mail aan, zocht de adressen op die hij nodig had en begon zijn tekst te schrijven.

Hallo! Ik zit een paar weken in Los Angeles. Ik bel je zodra ik terug ben.

Hij typte Mariannes naam eronder, kopieerde het bericht en plakte het aan nog twee andere e-mailadressen. Vervolgens drukte hij op 'verzenden'. Zij die Marianne kenden, zouden niet al te intensief naar haar op zoek gaan. Dit, wist Nash, was trouwens haar gebruikelijke manier van doen... van de aardbodem verdwijnen en dan ineens weer opduiken.

Maar deze keer... tja, zou ze alleen verdwijnen.

Pietra had iets in Mariannes glas gedaan terwijl Nash haar afleidde met zijn 'Kaïn neemt aap'-theorie. Toen ze achter in het busje lag, had Nash haar geslagen. Hij had haar heel hard geslagen, gedurende lange tijd. Eerst had hij haar geslagen om haar pijn te doen. Om haar aan het praten te krijgen. En toen hij er zeker van was dat ze hem alles had verteld, had hij haar doodgeslagen. Hij had er de tijd voor genomen. Het gezicht had veertien niet-bewegende botoppervlakken. Van die veertien had hij er zo veel mogelijk willen breken en verbrijzelen.

Nash had Mariannes gezicht met bijna chirurgische precisie bewerkt. Sommige van zijn slagen waren bedoeld om een tegenstander te neutraliseren... om de tegenstand te breken. Andere hadden het doel gruwelijke pijn te veroorzaken. En weer andere om fysiek letsel toe te brengen. Nash kende ze allemaal. Hij wist hoe hij zijn knokkels en vingers moest ontzien terwijl hij al zijn kracht gebruikte, hoe hij zijn vuist moest ballen om te voorkomen dat hij zichzelf verwondde, en hoe hij zijn handpalm effectief kon gebruiken.

Kort voordat Marianne stierf, toen haar ademhaling veranderde in een schor gerochel door het bloed in haar keel, had Nash gedaan wat hij altijd in dit soort situaties deed. Hij was opgehouden met slaan om te zorgen dat ze bij kennis bleef. Hij had haar gedwongen hem aan te kijken, had haar recht in de ogen gekeken en de angst in die ogen gezien.

'Marianne?'

Hij had haar aandacht gewild. Die had hij gekregen. Toen had hij de laatste woorden gefluisterd die ze ooit zou horen.

'Zeg straks tegen Cassandra dat ik haar mis, wil je?'

En toen pas mocht ze van hem sterven.

Het busje was niet te traceren. Hij had er andere nummerplaten op gezet om verwarring te zaaien. Nash wrong zich langs zijn stoel de laadruimte in. Hij stopte een sjaaltje in Mariannes hand en sloot haar vingers eromheen. Hij gebruikte een scheermes om Mariannes kleding open te snijden. Toen ze naakt was, haalde hij nieuwe kleren uit een winkeltas. Het kostte hem de nodige moeite, maar uiteindelijk lukte het hem om haar die kleren aan te trekken. Het roze topje was te klein, maar dat was juist de bedoeling. Het zwarte leren rokje was belachelijk kort.

Pietra had de kleren uitgekozen.

Ze waren met Marianne begonnen in een bar in Teaneck, in New Jersey. Nu bevonden ze zich in Newark, in de sloppen van het vijfde district, die berucht waren vanwege de vele straathoertjes en moordenaars. Daar moest ze voor worden aangezien... de zoveelste mishandelde hoer. Het moordcijfer per inwoner was in Newark bijna drie keer zo hoog als in New York. Dus had Nash haar goed verminkt en de meeste van haar tanden uit haar mond geslagen. Niet allemaal. Als hij dat had gedaan, zou het erop lijken dat hij had geprobeerd haar identificatie onmogelijk te maken.

Dus had hij er een paar gespaard. Maar een gebitsvergelijking – aangenomen dat ze genoeg bewijs vonden om daartoe over te gaan – zou moeilijk zijn en veel tijd kosten.

Nash plakte zijn snor weer op en Pietra zette haar pruik op. Een onnodige voorzorg, want er was niemand te zien. Ze dumpten Mariannes lijk in een afvalcontainer. Nash bleef er even naar staren.

Hij dacht aan Cassandra. Zijn hart werd zwaar van verdriet, maar de aanblik gaf hem ook kracht.

'Nash?' zei Pietra.

Hij keek om, glimlachte en stapte weer in het busje. Pietra schakelde en ze reden weg.

Mike stond in de gang, bij de deur van Adams kamer. Hij haalde een keer diep adem en deed open.

Adam, in zwarte gothkleding, draaide zich met een ruk om. 'Heb je wel eens van kloppen gehoord?'

'Het is míjn huis.'

'En dit is míjn kamer.'

'O ja? Betaal je huur dan?'

Mike had meteen spijt van zijn woorden. Klassieke ouderlijke zelfrechtvaardiging. Kinderen horen het aan en negeren het. Dat had hij gedaan toen hij jong was. Waarom doen ouders dat? Waarom, als we onszelf plechtig hebben beloofd dat we niet dezelfde fouten als de vorige generatie zullen maken, doen we dat dan juist wel?

Adam had zijn muis al aangeklikt en zijn beeldscherm verduisterd. Hij wilde niet dat zijn pa wist op welke website hij was geweest. Hij moest eens weten...

'Ik heb goed nieuws,' zei Mike.

Adam draaide zich om. Hij sloeg zijn armen over elkaar en probeerde nors te kijken, maar dat lukte niet erg. Hij was groot voor zijn leeftijd – nu al groter dan zijn vader – en Mike wist dat hij ook bikkelhard kon zijn. Hij had altijd zonder angst in het doel gestaan, had zich nooit verscholen achter zijn verdediging. Als iemand te dicht bij zijn doel kwam, stoof Adam er zelf op af.

42

'Wat dan?' vroeg Adam.
'Mo heeft kaartjes voor de Rangers tegen de Flyers. Logeplaatsen.'
Adams gezichtsuitdrukking veranderde niet. 'Voor wanneer?'
'Morgenavond. Je moeder moet naar Boston voor een getuigen-
verhoor. Mo komt ons om zes uur halen.'
'Neem Jill mee.'
'Die gaat bij Yasmin logeren.'
'Mag ze bij XY slapen?'
'Zo moet je haar niet noemen. Dat is gemeen.'
Adam haalde zijn schouders op. 'Als jij het zegt...'
Als jij het zegt... het favoriete weerwoord van tieners.
'Dus kom meteen na school naar huis.'
'Ik kan morgen niet.'
Mike keek om zich heen. De kamer zag er op de een of andere ma-
nier anders uit dan toen ze hier hadden gezeten met die computer-
knul, de getatoeëerde Brett met zijn vieze nagels. Mike moest er
weer aan denken. Bretts gore nagels hadden dat toetsenbord aangeraakt. Dat was niet goed. Bespioneren was niet goed. Aan de andere
kant, als ze het niet hadden gedaan, zou Adam morgen gaan feesten,
met drank en misschien ook drugs. Dus was het wel goed. Alhoewel,
toen Mike minderjarig was, was hij ook wel eens naar zulk soort
feestjes geweest. Hij had het overleefd. Was het wel goed wat hij
deed?
'Hoe bedoel je, je kan niet?'
'Ik ga morgen naar Olivia.'
'Dat zei je moeder al. Maar je zit altijd bij Olivia. Dit zijn de Ran-
gers tegen de Flyers!'
'Ik ga niet mee.'
'Mo heeft de kaartjes al.'
'Zeg dan maar tegen hem dat hij iemand anders meeneemt.'
'Nee.'
'Nee?'
'Ja, nee. Ik ben je vader. Jij gaat mee naar die wedstrijd.'
'Maar...'
'Niks te maren.'
Voordat Adam nog iets kon zeggen, draaide Mike zich om en
liep hij de kamer uit.
Jezus, dacht Mike, heb ik dat echt gezegd? Niks te maren?

5

Het huis was dood.
Zo zou Betsy Hill het omschrijven. Dood. Meer dan alleen stil en leeg. Een hol, verlaten karkas waarin geen hart meer klopte, zonder stromend bloed en met organen die al in staat van ontbinding waren. Dood. Zo dood als een pier, wat dat ook mocht betekenen. Zo dood als haar zoon Spencer.

Betsy had weg gewild uit dit dode huis, het kon haar niet schelen waarnaartoe. Ze wilde niet in dit rottende karkas blijven. Ron, haar man, had gezegd dat het te vroeg was om te verhuizen. Waarschijnlijk had hij gelijk. Maar Betsy was het hier zo vreselijk gaan vinden. Wanneer ze door het huis slofte was het alsof zíj de geest was, niet Spencer.

De tweeling was beneden een dvd aan het kijken. Ze bleef bij het raam staan en keek naar buiten. Bij al haar buren brandde licht. Hun huizen leefden tenminste. Hoewel zij ook hun problemen hadden. Een dochter die aan de drugs was, een vrouw met een oog dat alle kanten op bewoog, en handen die min of meer hetzelfde deden, een man die al heel lang zonder werk zat, een autistische zoon… elk huisje heeft zijn kruisje. Elk huis en ieder gezin kent zijn eigen geheimen.

Maar die huizen leefden in ieder geval. Ze ademden nog.

Het huis van de familie Hill was hartstikke dood.

Ze keek de straat in en moest er weer aan denken dat ze allemaal, alle buren, naar Spencers begrafenis waren gekomen. Ze waren heel vriendelijk geweest, hadden haar getroost en hun hulp aangeboden, en tegelijkertijd hun best gedaan om hun beschuldigende blikken te verbergen. Maar Betsy had ze gezien. Keer op keer. Ze zouden het niet uitspreken, maar het liefst zouden ze Ron en haar de schuld geven, al was het maar om zichzelf wijs te maken dat hen zoiets nooit zou overkomen.

Nu hadden ze zich allemaal teruggetrokken, haar buren en haar vrienden. Het leven gaat door, als je zelf niet tot het getroffen gezin behoort. Voor vrienden, zelfs voor je allerbeste vrienden, is het zoiets als naar een jankfilm kijken… je wordt oprecht geraakt, bent geroerd, maar dan komt het moment dat je uitgejankt bent, de film afgelopen is en je naar huis gaat.

Alleen het getroffen gezin blijft in die film zitten.

Betsy ging naar beneden en liep de keuken in. Ze maakte het avondeten voor de tweeling klaar: hotdogs en macaroni met kaas. Ze waren net zeven geworden. Ron barbecuede de hotdogs liever, of het nu zomer of winter was, weer of geen weer, maar de tweeling begon al te klagen als ze ook maar een klein beetje te donker waren. Dus deed Betsy ze in de magnetron. Dan aten ze zonder mokken.

'Eten,' riep ze.

De tweeling reageerde niet. Dat deden ze nooit. Spencer ook niet. De eerste keer roepen was alleen dat: de eerste keer roepen. Ze waren gewend er niet op te reageren. Misschien was dat het probleem wel. Was ze een te slappe moeder geweest? Te meegaand? Ron zou tegen haar zeggen dat ze te veel over zich heen liet lopen. Was dát het geweest? Dat Spencer, als ze hem steviger had aangepakt…

Moeilijk te zeggen.

De zogenaamde deskundigen beweren dat zelfmoord van tieners niet te wijten is aan de ouders. Dat het een ziekte is, zoiets als kanker. Maar zelfs zij, de deskundigen, hadden haar aangekeken met een blik die je als licht verwijtend zou kunnen opvatten. Waarom hadden ze hem niet in therapie gedaan? Waarom had zij, zijn moeder, geen aandacht besteed aan het veranderde gedrag van Spencer, waarom had ze zijn stemmingswisselingen afgedaan als iets wat bij tieners hoorde?

Hij groeit er wel overheen, had ze gedacht. Zo gaat dat met tieners.

Ze liep de woonkamer in. Er waren geen lampen aan en de tweeling zat in het schijnsel van het tv-scherm. Ze leken helemaal niet op elkaar. Ze was van hen in verwachting geraakt met behulp van ivf. Spencer was negen jaar lang hun enig kind geweest. Vormde dat ook een deel van de reden? Ze had gedacht dat een broertje of zusje goed voor hem zou zijn, maar wilde ieder kind niet de nimmer aflatende, onverdeelde aandacht van zijn ouders?

Het licht van de tv bewoog over hun gezichtjes. Wat zien kinderen er toch apathisch uit wanneer ze tv kijken. Met hun monden stijf dicht en die te grote ogen… griezelig, eigenlijk.

'Eten, nu,' zei ze.

Nog steeds geen reactie.

Tik, tik, tik... en toen ontplofte Betsy. 'Nu!'

Ze schrokken van haar uitbarsting. Betsy liep naar de tv en zette hem uit.

'Ik zei dat we gingen eten. Hoe vaak moet ik jullie verdorie roepen?'

Zonder iets te zeggen huppelden ze naar de keuken. Betsy deed haar ogen dicht en haalde een keer diep adem. Zo was ze tegenwoordig. Kalm, met af en toe een uitbarsting. Over stemmingswisselingen gesproken. Misschien waren die erfelijk. Misschien was Spencer al vanaf zijn geboorte verdoemd geweest.

De twee meisjes zaten aan tafel. Betsy kwam de keuken in en dwong haar mond in een glimlach. Ja, alles was weer goed. Ze schepte hun borden op en probeerde een gesprek te beginnen. Het ene meisje praatte terug, het andere niet. Zo was het gegaan sinds Spencers dood. Het ene meisje ging door alsof er niets was gebeurd. Het andere was stil en teruggetrokken.

Ron was niet thuis. Alweer niet. Soms kwam hij 's avonds laat thuis, zette de auto in de garage en bleef daar zitten huilen. Betsy was soms bang dat hij de garagedeur zou dichtdoen en de motor laten lopen, om hetzelfde te doen wat zijn enige zoon had gedaan. Een eind maken aan de pijn. Er zat een perverse ironie in het hele gebeuren. Hun zoon had een eind aan zijn leven gemaakt en zij konden alleen een eind aan de pijn maken door hetzelfde te doen als hij.

Ron praatte nooit over Spencer. Twee dagen na Spencers dood had Ron de eettafelstoel van zijn zoon gepakt en die in de kelder gezet. De kinderen hadden alle drie een rommelkastje met hun naam op de deur. Ron had Spencers naam eraf gehaald en het kastje vol gezet met rommel. Hij kon de aanblik zeker niet verdragen, nam ze aan.

Betsy was er anders mee omgegaan. Er waren momenten dat ze zich op nieuwe projecten stortte, maar haar verdriet maakte alles loodzwaar en dan leek het wel alsof ze in zo'n droom zat waarin ze door een halve meter sneeuw moest ploegen, of waarin al haar bewegingen aanvoelden alsof ze in een zwembad met stroop zwom. En er waren momenten, zoals nu, dat ze zich zou willen overgeven aan haar verdriet. Dat ze zich erin wilde baden, zich er met een bijna masochistische overgave door wilde laten verpletteren.

Ze ruimde de tafel af en maakte de tweeling klaar om naar bed te gaan. Ron was nog steeds niet thuis. Dat gaf niet. Ze hadden geen ruzie, zij en Ron. Niet één keer sinds Spencers dood. Ze hadden ook niet meer met elkaar gevreeën. Niet één keer. Ze woonden in hetzelfde huis, spraken nog wel samen, hielden nog steeds van elkaar, maar hadden zich ieder teruggetrokken alsof elk gebaar van tederheid van de ander absoluut onverdraaglijk was.

De computer stond aan en liet de startpagina van Internet Explorer zien. Betsy ging zitten en typte het adres in. Ze dacht weer aan hun buren en vrienden, aan hun reactie op de dood van hun zoon. Zelfmoord was echt anders. Op de een of andere manier was die minder tragisch, waardoor een soort afstandelijkheid ontstond. Spencer, zo dacht men, was duidelijk heel ongelukkig geweest, en was dus al enigszins beschadigd. Het was minder erg wanneer iemand werd weggenomen die al beschadigd was, dan iemand die nog helemaal heel was. En het ergste van alles, voor Betsy in ieder geval, was dat deze stelling ondanks zijn afschuwelijke nuchterheid nog niet eens zo onredelijk klonk. Als je hoorde over een kind dat ergens in de jungle van Afrika van de honger omkwam, leek dat minder erg dan wanneer je hoorde dat het leuke meisje verderop in de straat kanker had.

Het was allemaal zo relatief, en eigenlijk was dat afschuwelijk.

Ze had de URL van MySpace ingetypt: www.myspace.com/spencerhillmemorial. Spencers klasgenoten hadden deze site een paar dagen na zijn dood gemaakt. Er stonden foto's, collages en commentaren op. Op de plek waar je zijn foto zou verwachten, stond een animatie van een brandende kaars.

Er was ook een nummer te horen, van een van Spencers favorieten, 'Broken Radio' van Jesse Malin, met Bruce Springsteen. Het citaat naast de kaars was afkomstig uit de songtekst: 'The angels love you more than you know'.

Betsy luisterde er een tijdje naar.

In de eerste dagen na Spencers dood had Betsy deze site elke avond bezocht. Ze had commentaren gelezen van jongens en meisjes die ze helemaal niet kende. Ze had gekeken naar de foto's van haar zoon door de jaren heen. Maar algauw had ze er een bittere smaak van in haar mond gekregen. Want de vlotte, knappe schoolmeisjes die de site hadden gemaakt en die zich nu schitterden in de gloed van de dode Spencer, hadden amper naar hem omgekeken toen hij nog in leven was. Het was weinig overtuigend, en een beetje laat. Ze beweerden allemaal dat ze hem misten, maar slechts weinig mensen schenen hem echt gekend te hebben.

De commentaren lazen eerder als schoolherinneringen in een jaarboek dan als een in memoriam van een overleden jongen.

Ik zal de gymles van meneer Myers nooit vergeten...
Dat moest in de zevende klas geweest zijn. Drie jaar geleden.
En die partijtjes touch football, toen meneer V quarterback wilde zijn...
Vijfde klas.
Dat concert van Green Day was echt cool...
Achtste klas.
Zo weinig van de afgelopen jaren. Zo weinig wat recht uit het hart leek te komen. Het rouwen was meer voor de show... een publiekelijk vertoon van verdriet van hen die in werkelijkheid helemaal niet zo verdrietig waren, voor wie de dood van haar zoon niet meer dan een verkeersdrempel op weg van de middelbare school naar een goede baan betekende... een tragedie, absoluut, maar dan wel een waarvan de impact al vrij snel een vast onderdeel van het dagelijks bestaan was geworden, zoals wanneer je penningmeester van de studentenraad probeerde te worden.

En zo weinig van zijn echte vrienden... van Clark en Adam en Olivia. Maar misschien was dat wel logisch. Zij die echt rouwen, doen dat niet publiekelijk; die lijden echt pijn, en die pijn hou je voor jezelf.

Ze was al drie weken niet op de site geweest. Er was weinig gebeurd. Maar zo ging dat, natuurlijk, zeker met jonge mensen. Die hadden nu weer andere dingen aan hun hoofd. Ze klikte de fotopresentatie aan. Die trok alle foto's uit het niets tevoorschijn en leek ze op een grote hoop te gooien. Daarna kwamen ze vergroot in beeld draaien en bleven een paar seconden staan, totdat de volgende foto eroverheen schoof.

Betsy keer ernaar en voelde de tranen komen.

Er waren veel oude foto's van de Hillside-basisschool. Juffrouw Robert van de eerste klas. En juffrouw Rohrback van de derde. Meneer Hunt van de vierde klas. Er was een foto van het basketbalteam van school, van na die gewonnen wedstrijd waarop Spencer zo trots was geweest. Hij had in de wedstrijd daarvoor zijn pols geblesseerd – niet ernstig, alleen een lichte kneuzing – en Betsy had die voor hem ingewachteld. Ze wist nog goed dat ze het rekverband had gekocht. Op de foto stak Spencer juist die hand in een triomfantelijk gebaar in de lucht.

Spencer was nooit een echte sportman geweest, maar in die wedstrijd had hij zes seconden voor het eindsignaal de winnende treffer gemaakt. In de zevende klas. Ze vroeg zich af of ze hem ooit zo gelukkig had gezien.

Een buurtagent had Spencers levenloze lichaam op het dak van de middelbare school gevonden.

Op het beeldscherm bleven de foto's voorbijdraaien. De tranen stonden in Betsy's ogen en haar blik werd vertroebeld. Het dak van de school. Haar beeldschone zoon. Dood tussen het vuil en de gebroken flessen.

Op dat moment had iedereen Spencers afscheidsbericht al ontvangen. Per sms. Op die manier had hun zoon hun laten weten wat hij ging doen. De eerste sms was naar Ron gegaan, die voor zaken in Philadelphia was. De tweede had zij ontvangen, op haar mobiele telefoon, maar ze zat op dat moment in een Chuck-e-Cheese, de pizzeria in het winkelcentrum, waar alle ouders met migraine de deur uit gaan, en had het bericht niet horen binnenkomen. Pas een uur later, nadat Ron zes berichten op haar telefoon had ingesproken, elk bericht met meer paniek dan het vorige, had ze de laatste sms van haar zoon op haar toestel gevonden.

HET SPIJT ME, IK HOU VAN JULLIE ALLEMAAL, MAAR DIT IS ME ECHT TE ZWAAR. VAARWEL.

Het had twee dagen geduurd voordat de politie hem op het dak van de school had gevonden.

Was het moeilijk geweest, Spencer?

Ze zou het nooit te weten komen.

Hij had hetzelfde bericht ook nog naar een paar anderen gestuurd. Naar zijn beste vrienden. Naar hen zou hij toe gaan, had hij tegen haar gezegd. Een beetje bij elkaar zitten met Clark en Adam en Olivia. Maar die hadden hem niet gezien. Spencer was niet komen opdagen. Hij was er alleen op uit gegaan. Hij had pillen bij zich, gestolen uit het medicijnkastje thuis, en er te veel van ingenomen omdat het leven hem te zwaar viel en hij er een eind aan wilde maken.

Eenzaam en alleen was hij op dat dak gestorven.

Daniel Huff, een politieman die een zoon van Spencers leeftijd had, een knul die DJ heette en met wie Spencer wel eens omging, was aan de deur gekomen. Ze had opengedaan, herinnerde ze zich, zijn gezicht gezien, en was spontaan in elkaar gezakt.

Betsy veegde de tranen uit haar ogen. Ze probeerde zich weer op het beeldscherm te concentreren, op de foto's van haar zoon toen hij nog in leven was.

En juist op dat moment verscheen er een foto op het scherm die alles veranderde.

Betsy's hart sloeg een slag over.

Even snel als de foto op het scherm was verschenen, was hij weer verdwenen. Gevolgd door weer andere foto's. Ze bracht haar hand naar haar borst en probeerde zich te concentreren. Hoe kon ze die foto weer te zien krijgen? Ze knipperde met haar ogen. Probeerde na te denken. Oké, begin bij het begin. De foto maakte deel uit van een online fotopresentatie. Een presentatie die herhaald zou worden. Ze kon gewoon wachten tot hij weer voorbijkwam. Maar hoe lang zou dat duren? En dan? Want hij zou maar een paar seconden te zien zijn en dan weer van het scherm verdwijnen. Ze wilde die foto beter bekijken.

Kon ze de presentatie stopzetten als de foto op het scherm stond?

Dat moest mogelijk zijn.

Ze zag de andere foto's langskomen, maar daar had ze nu niets aan. Ze wilde die ene foto zien.

Die met de gekneusde pols.

Ze dacht weer aan die basketbalwedstrijd van school, toen hij in de zevende zat, want ze had zich iets herinnerd wat ze vreemd vond. Had ze daar net ook al niet aan gedacht? Toen ze Spencer met dat rekverband zag? Ja, natuurlijk. Dat beeld had het in gang gezet.

Want op de dag vóór Spencer zelfmoord pleegde was er iets soortgelijks gebeurd.

Hij was gevallen en had zijn pols gekneusd. Ze had hem voorgesteld er weer een rekverband omheen te doen, net zoals ze had gedaan toen hij in de zevende zat. Maar toen had Spencer haar gevraagd of ze een polsmanchet voor hem wilde kopen. Dat had ze gedaan. En die had hij omgehad op de dag dat hij zelfmoord pleegde.

Voor de eerste en – zou later blijken – de laatste keer.

Ze klikte een link in de fotopresentatie aan. Die bracht haar bij de site – slide.com –, die haar om een wachtwoord vroeg. Verdomme. Spencers gedenksite was hoogstwaarschijnlijk gemaakt door een van zijn klasgenoten. Daar dacht ze over na. Zo'n site zou toch niet al te ingenieus beveiligd zijn? Je maakte gewoon een website en maakte die toegankelijk voor de andere leerlingen om er hun foto's aan toe te voegen.

Dus moest het wachtwoord heel simpel zijn.

Ze typte: SPENCER en klikte op OKÉ.

Het werkte.

De foto's verschenen als *thumbnails* in beeld. Volgens de tekstregel erboven waren het er 127. Ze keek ze snel door totdat ze de bewuste foto vond. Haar hand trilde zo erg dat ze het pijltje van de muis met moeite op de thumbnail kon krijgen. Ten slotte lukte het en klikte ze hem aan met de linker muisknop.

De foto verscheen vergroot op het scherm.

Betsy verroerde zich niet en keek ernaar.

Spencer glimlachte op de foto, maar het was de droevigste glimlach die ze ooit had gezien. Hij transpireerde; zijn gezicht glom als dat van iemand die high is. Hij zag er dronken en verlopen uit. Hij had zijn zwarte T-shirt aan, hetzelfde als hij die laatste avond aan had gehad. Zijn ogen waren rood... misschien van drank of drugs, maar in ieder geval van het flitslicht. Spencer had mooie lichtblauwe ogen gehad. Op flitsfoto's waren die altijd rood en zag hij eruit als de duivel. Hij stond buiten en zo te zien was de foto 's avonds genomen.

Op die avond.

Spencer had een glas in zijn hand, en om de pols van diezelfde hand zat de manchet.

Ze verstrakte. Er was maar één verklaring mogelijk.

Deze foto was genomen op de avond dat hij zelfmoord had gepleegd.

En toen ze nog eens goed keek en vage contouren van mensen op de achtergrond zag, besefte ze nog iets anders.

Spencer was dus toch niet alleen geweest.

6

Zoals op vrijwel alle doordeweekse dagen van de afgelopen tien jaar stond Mike om vijf uur 's ochtends op. Hij trainde precies een uur. Daarna reed hij over George Washington Bridge de stad in en kwam om zeven uur aan bij het transplantatiecentrum van het New York Presbyterian.

Hij trok zijn witte jas aan en maakte zijn ronde langs zijn patiënten. Er waren momenten dat dit routine dreigde te worden. Veel afwisseling was er niet, maar dan herinnerde Mike zichzelf er graag aan hoe belangrijk dit was voor degene die ziek in bed lag. Je ligt in het ziekenhuis. Alleen al daardoor voel je je kwetsbaar en bang. Je bent ziek. Misschien lig je wel op sterven, en je weet dat de enige persoon die tussen jou en een nog groter lijden of tussen jou en de dood in staat, je arts is.

Niet zo vreemd dat je je dan een beetje als God voelde, of wel soms?

Sterker nog, Mike vond het zelfs een gezonde instelling om zo te denken, zolang je dat maar in alle bescheidenheid deed. Je betekent veel voor je patiënt. Gedraag je dan ook zo.

Er waren artsen die hun patiëntenronde afraffelden. Er waren momenten dat Mike dat ook best zou willen. Maar hij was tot de conclusie gekomen dat wanneer je de patiënten je volledige aandacht gaf, dit je maar één of twee minuten extra per patiënt kostte. Dus luisterde hij geduldig, hield een hand vast wanneer dat nodig was, of bleef iets meer op een afstand… afhankelijk van de patiënt en hoe hij die inschatte.

Om negen uur zat hij achter zijn bureau. De eerste patiënt zat al in de wachtkamer. Lucille, zijn assistente, deed het voorbereidende werk. Dat gaf hem een minuut of tien speling om het medische dossier en de laatste testresultaten te bekijken. Daardoor moest hij aan zijn buurvrouw denken en snel zocht hij in de computer naar de uitslagen van de familie Loriman.

Die waren er nog niet.

Dat was vreemd.

Een roze vlakje trok Mikes aandacht. Iemand had een Post-It-velletje op zijn telefoon geplakt.

KOM EVEN LANGS

ILENE

Ilene Goldfarb was zijn naaste collega en hoofd van de afdeling Transplantatiechirurgie van het New York Presbyterian. Ze hadden elkaar leren kennen tijdens hun coassistentschappen transplantatiechirurgie en woonden nu in dezelfde stad. Ilene en hij waren bevriend, meende Mike, hoewel niet erg close, wat hun samenwerking alleen maar ten goede kwam. Ze woonden een kilometer of drie bij elkaar vandaan, hadden kinderen die naar dezelfde scholen gingen, maar afgezien daarvan hadden ze weinig gemeenschappelijke interesses, hadden ze geen van beiden de behoefte om de deur bij elkaar plat te lopen en hadden ze allebei een groot respect voor en een volledig vertrouwen in het werk van de ander.

Wilde je weten hoe goed je vriendin annex collega als arts was? Dan moest je jezelf de volgende vraag stellen: als jouw kind ziek was, naar welke arts zou je dan met hem gaan?

Voor Mike was het antwoord: naar Ilene Goldfarb. En dat zei alles over hoe hij dacht over haar competentie als arts.

Hij liep de gang in. Zijn voetstappen werden gedempt door de grijze vloerbedekking. De prenten aan de crèmekleurige muren waren eenvoudig, mild voor de ogen en net zo onpersoonlijk als de kunst die je in motelketens tegenkwam. Ilene en hij hadden gewild dat de hele afdeling naar je fluisterde: het gaat hier om de patiënt en alléén om de patiënt. In de spreekkamers hadden ze hun getuigschriften en oorkondes alleen opgehangen omdat die een geruststellend effect op de bezoekers hadden. Ze hadden geen persoonlijke dingen in de spreekkamers staan of hangen... geen pennenhouders gemaakt door een kleuter, geen familiefoto's, niets van dat alles.

Wanneer je hier met je kind kwam, was dat vaak ten dode opgeschreven. Dan wilde je geen foto's zien van de lachende, gezonde kinderen van een ander. Juist niet.

'Hé, dokter Mike.'

Mike draaide zich om. Het was Hal Goldfarb, Ilenes zoon. Hal was twee jaar ouder dan Adam en zat in de laatste klas van de middelbare school. Hij was al op Princeton toegelaten en wilde daar naar de medische faculteit. Het was hem gelukt om drie ochtenden per week vrij van school te krijgen om voor hen assistentenwerk te doen.

'Hé, Hal. Hoe gaat het op school?'

Hij glimlachte breed naar Mike. 'Gladjes.'

'Laatste jaar en al toegelaten op de universiteit... de ware definitie van "gladjes".'

'Precies.'

Hal had een kakibroek en een lichtblauw overhemd aan, waardoor Mike zonder het te willen aan het contrast met Adams zwarte gothkleding moest denken en een lichte jaloezie voelde. Alsof Hal zijn gedachten raadde vroeg hij: 'Hoe gaat het met Adam?'

'Goed.'

'Ik heb hem al een tijdje niet gezien.'

'Misschien moet je hem eens bellen,' zei Mike.

'Ja, goed idee. Kunnen we weer eens op stap.'

Stilte.

'Is je moeder in haar spreekkamer?' vroeg Mike.

'Ja. Je kunt zo naar binnen.'

Ilene zat achter haar bureau. Ze was een tengere vrouw met smal postuur, afgezien van haar sterke handen met vingers als klauwen. Ze had bruin haar dat ze in een paardenstaart droeg en een bril met een hoornen montuur dat haar gezicht zowel studentikoos als modieus elegant maakte.

'Hoi,' zei Mike.

'Hoi.'

Mike hield het roze papiertje op. 'Wat is er loos?'

Ilene slaakte een diepe zucht. 'We hebben een probleem.'

Mike ging zitten. 'Met...?'

'Je buren.'

'Loriman?'

Ilene knikte.

'Slecht resultaat van het weefselonderzoek?'

'Onverwachte uitslagen,' zei ze. 'Maar vroeg of laat moest het een keer gebeuren. Het verbaast me dat dit de eerste keer is.'

'Hoe bedoel je?'

Ilene Goldfarb zette haar bril af. Ze stak een van de poten in haar mond en begon erop te kauwen. 'Hoe goed ken jij dat gezin?'

'Ze wonen naast me.'

'Komen jullie bij elkaar over de vloer?'

'Nee, hoezo? Wat heeft dat ermee te maken?'

'Er bestaat een kans,' zei Ilene, 'dat we met een ethisch dilemma zitten.'

'Hoezo?'

'Dilemma is misschien niet het goede woord.' Ilene wendde haar blik af en leek meer tegen zichzelf dan tegen Mike te praten. 'Meer een vage ethische grens.'

'Ilene?'

'Ja?'

'Waar heb je het over?'

'Over een half uur heb ik een afspraak met de moeder van Lucas Loriman,' zei ze.

'Ik heb haar gisteren gezien.'

'Waar?'

'In haar tuin. Ze deed alsof ze aan het tuinieren was.'

'Dat zal best.'

'Waarom zeg je dat?'

'Ken je haar man?'

'Dante? Ja.'

'En?'

Mike haalde zijn schouders op. 'Wat is er aan de hand, Ilene?'

'Het gaat om Dante.'

'Wat is er met hem?'

'Hij is niet de biologische vader van hun zoon.'

Alsof het niks was. Mike wist even niet wat hij moest zeggen.

'Je maakt een grapje.'

'Ja, natuurlijk. Je kent me... dokter Grapjas. Een goeie, vind je niet?'

Mike moest het even laten bezinken. Hij vroeg niet of ze het zeker wist, of dat ze een nieuwe proef wilde doen. Dat had ze allemaal al lang zelf overdacht. Ilene had ook gelijk... het was verrassender dat ze dit nooit eerder hadden meegemaakt. De afdeling Genetisch Onderzoek zat twee verdiepingen lager. Een van de artsen daar had Mike verteld dat uit willekeurige bevolkingsonderzoeken was gebleken dat meer dan tien procent van de mannen kinderen opvoedden die, zonder er weet van te hebben, biologisch niet van hen waren.

'Wat is je reactie op dit nieuws?' vroeg Ilene.

'Wauw?'

Ilene knikte. 'Daarom wilde ik jou als mijn directe collega,' zei ze. 'Omdat je je zo goed weet uit te drukken.'

'Dante Loriman is geen aardige man, Ilene.'

'Dat was mijn indruk ook.'

'Dit betekent narigheid,' zei Mike.

'Net als de toestand van hun kind.'

Ze zaten even zwijgend tegenover elkaar terwijl die woorden in de lucht bleven hangen.

De intercom zoemde. 'Dokter Goldfarb?'

'Ja?'

'Susan Loriman is er.'

'Met haar zoon?'

'Nee,' zei de verpleegkundige. 'Maar haar man is er wel.'

'Wat kom jij hier verdomme doen?'

Hoofdinspecteur Loren Muse zei niets en liep door naar het lijk.

'Goeie god,' zei een van de agenten met gedempte stem. 'Moet je zien wat hij met haar gezicht heeft gedaan.'

De vier keken enige tijd zwijgend toe. Twee van hen waren agenten die als eerste op de plaats delict waren gearriveerd. De derde was een rechercheur Moordzaken die technisch gezien de leiding over de zaak zou hebben, een luie, grofgebekte oudgediende met een bierbuik, die Frank Tremont heette. Loren Muse, hoofdinspecteur van de politie van Essex County en de enige vrouw in het korps, was bijna dertig centimeter kleiner dan de andere drie.

'DH,' stelde Tremont. 'En dan heb ik het niet over een double-handed backhand.'

Muse keek hem vragend aan.

'DH, zoals in dooie hoer.'

Ze fronste haar wenkbrauwen toen hij begon te grinniken. Er cirkelde een vlieg boven de bloederige ravage die ooit een gezicht was geweest. De neus, oogkassen en zelfs de mond waren niet meer te herkennen.

Een van de agenten zei: 'Het lijkt wel of iemand haar met haar hoofd in een gehaktmolen heeft gestopt.'

Loren Muse keek naar het lijk en liet de agenten kletsen. Sommige mensen kletsten om hun zenuwen tot verhullen. Muse behoorde niet tot die groep. Ze schonken geen aandacht aan haar. Tremont ook niet. Ze was zijn meerdere, de meerdere van allemaal in feite, en ze voelde de afkeer van hen afstralen als damp van een natte straat wanneer de zon doorbreekt.

'Hé, Muse.'

Dat was Tremont. Ze zag hem staan in dat bruine pak en met die buik van te veel bier 's avonds en te veel donuts overdag. Tremont was een lastpak. Sinds zij was gepromoveerd tot hoofdinspecteur van de politie van Essex County waren er diverse klachten naar de pers uitgelekt. De meeste waren afkomstig van een verslaggever die Tom Gaughan heette en die toevallig met Tremonts zus getrouwd was.

'Wat is er, Frank?'

'Zoals ik net al vroeg, wat kom je hier verdomme doen?'

'Ben ik jou verantwoording verschuldigd?'

'Dit is míjn lijk.'

'Inderdaad.'

'En ik wil niet dat je over mijn schouder mee kijkt.'

Frank Tremont was een incompetente hufter, maar door zijn vele connecties en zijn staat van 'dienst' was hij vrijwel onaantastbaar. Muse negeerde hem. Ze boog zich voorover en staarde naar de rauwe vleesmassa die ooit een gezicht was geweest.

'Is ze al geïdentificeerd?'

'Nee. Geen portefeuille, geen tas.'

'Zeker gestolen,' zei de ene agent.

Knikkende mannenhoofden.

'Ze is door een bende te grazen genomen,' zei Tremont. 'Kijk.'

Hij wees naar het groene sjaaltje in haar hand.

'Het kan die nieuwe bende zijn,' zei de andere agent. 'Die zwarte gasten die zich Al Qaida noemen. Die kleden zich in het groen.'

Muse richtte zich op en liep om het lijk heen. De patholoog-anatoom arriveerde. Iemand had de vindplaats afgezet. Een tiental prostituees, misschien een paar meer, stond achter het lint, zich allemaal uitrekkend om het beter te kunnen zien.

'Laat de uniformjongens met die straathoertjes praten,' zei Muse. 'Probeer ten minste een straatnaam los te krijgen.'

'Goh, echt?' Frank Tremont slaakte een overdreven diepe zucht. 'Denk je dat ik dat zelf niet kan verzinnen?'

Loren Muse zei niets.

'Hé, Muse...'

'Wat is er, Frank?'

'Het bevalt me helemaal niet dat jij hier bent.'

'En jouw bruine riem met die zwarte schoenen bevallen mij niet. Maar daar zullen we allebei mee moeten leven.'

'Dit hoort niet.'

Ergens had hij gelijk, wist Muse. De waarheid was dat ze dolblij was met haar nieuwe prestigieuze functie van hoofdinspecteur. Muse, nog een dertiger, was de eerste vrouw in het korps met die rang. Daar was ze trots op. Maar ze miste het echte speurwerk. Ze miste de moordzaken. Dus bemoeide ze zich ermee wanneer ze de kans kreeg, zeker wanneer een zaak in handen was van een volleerde hufter als Frank Tremont.

De patholoog-anatoom, Tara O'Neill, kwam naar hen toe lopen en joeg de agenten bij het lijk weg.

'Godallemachtig,' fluisterde O'Neill.

'Leuke reactie, doc,' zei Tremont. 'Ik heb haar vingerafdrukken nodig, nu meteen, zodat ik haar door het systeem kan halen.'

De PA knikte.

'Ik ga zelf wel met die hoertjes praten,' zei Tremont. 'Kijken of ik een paar namen van bendeleiders boven water kan krijgen. Tenminste, als jij het goed vindt, baas.'

Muse reageerde er niet op.

'Een dooie hoer, Muse. Voor jou niet genoeg om de voorpagina te halen. Nauwelijks een prioriteit.'

'Waarom niet?'

'Wat?'

'Je zegt dat er geen voorpagina voor ons in zit. Dat begrijp ik ook wel. En dan zeg je dat ze nauwelijks een prioriteit te noemen is. Waarom niet?'

Tremont grijnsde. 'O, juist, sorry hoor. Een dooie hoer is onze eerste prioriteit. We zullen doen alsof de vrouw van de gouverneur in elkaar is geslagen.'

'Die houding van jou, Frank. Daarom ben ik hier.'

'Ah, juist, daarom ben je hier. Zal ik jou eens vertellen hoe mensen tegen dooie hoeren aan kijken?'

'Laat me raden… dat ze er zelf om hebben gevraagd?'

'Nee. Maar luister naar me, dan leer je misschien iets. Als je niet dood in een vuilcontainer wilt eindigen, moet je geen geintjes uithalen in het vijfde district.'

'Dat moet je op je grafsteen laten zetten,' zei Muse.

'Begrijp me niet verkeerd. Ik wil de gestoorde die dit heeft gedaan. Maar laten we niet hakketakken over prioriteiten en krantenkoppen.' Tremont deed een stap naar haar toe, totdat zijn buik haar bijna raakte. Muse ging niet achteruit. 'Dit is mijn zaak. Dus ga terug naar je bureau en laat het echte werk aan de grote mensen over.'

'Of anders…?'

Tremont glimlachte. 'Dat soort problemen wil jij niet, dametje. Geloof me.'

Daarna beende hij weg. Muse draaide zich om. De PA was druk bezig met haar dokterstas en deed alsof ze het niet had gehoord.

Muse schudde het incident van zich af en richtte haar aandacht weer op het lijk. Probeerde het te zien als de nuchtere rechercheur. De feiten: het slachtoffer was een blanke vrouw. Aan de huid en de lichaamsbouw te zien was ze een jaar of veertig, hoewel je van werken op straat vroeg oud werd. Geen zichtbare tatoeages.

Geen gezicht.

Muse had een verminking als deze maar één keer eerder gezien. Toen ze drieëntwintig was, had ze zes weken stage gelopen bij de verkeerspolitie van New Jersey. Een vrachtwagen was door de vangrail geschoten en frontaal op een Toyota Celica geknald. De bestuurder van de Toyota was een negentienjarig meisje dat voor de schoolvakantie op weg was naar huis.

De verwoesting die was aangericht, was onvoorstelbaar.

Toen ze het meisje eindelijk uit het wrak hadden gezaagd, had ze ook geen gezicht meer gehad. Net als dit slachtoffer.

'Weet je de doodsoorzaak al?' vroeg Muse.

'Ik ben er nog niet zeker van. Maar jezus, we hebben hier wel met een zwaar gestoord persoon te maken. De botten zijn niet alleen gebroken... het lijkt wel alsof ze tot gruis zijn vermalen.'

'Hoe lang geleden?'

'Tien tot twaalf uur, schat ik. Ze is niet hier vermoord. Niet genoeg bloed.'

Dat wist Muse al. Ze had de kleding van de prostituee – het roze topje, het strakke leren rokje en de naaldhakken – goed bekeken.

Ze schudde haar hoofd.

'Wat is er?'

'Hier klopt niks van,' zei Muse.

'Hoezo niet?'

Haar mobiele telefoon trilde. Ze keek op de display. Het was haar baas, openbaar aanklager Paul Copeland. Ze keek naar Frank Tremont. Hij grijnsde, stak zijn hand op en maakte graaiende bewegingen met zijn vingers.

Ze drukte het knopje in. 'Hallo, Cope.'

'Waar ben je mee bezig?'

'Aan het werk op een plaats delict.'

'En een collega aan het afzeiken?'

'Een ondergeschikte.'

'Een heel lastige ondergeschikte.'

'Maar ik ben zijn meerdere, waar of niet?'

'Tremont gaat een hoop heibel trappen. Stuurt de pers op ons af, zet zijn mensen tegen ons op... Hebben we behoefte aan die ophef?'

'Ja, Cope, dat denk ik wel.'
'Waarom denk je dat?'
'Omdat hij er in deze zaak helemaal naast zit.'

7

Dante Loriman kwam als eerste de spreekkamer van Ilene Goldfarb binnen. Hij gaf Mike een snelle maar stevige hand. Daarna kwam Susan binnen. Ilene Goldfarb stond op en bleef achter haar bureau staan. Ze had haar bril opgezet. Ze boog zich naar voren en gaf beiden een hand. Toen ging ze weer zitten en opende ze het dossier dat voor haar lag.

Dante was de volgende die ging zitten. Hij had nog niet één keer naar zijn vrouw gekeken. Susan nam naast hem plaats. Mike bleef achter in de kamer staan, uit het zicht. Hij sloeg zijn armen over elkaar en leunde tegen de muur. Dante Loriman begon heel zorgvuldig zijn mouwen op te rollen. Eerst de rechtermouw, daarna de linker. Hij zette zijn ellebogen op zijn knieën en leek Ilene Goldfarb uit te dagen hem het slechte nieuws te vertellen.

'En?' vroeg Dante.

Mike keek naar Susan Loriman. Ze zat met opgeheven hoofd. Doodstil, alsof ze haar adem inhield. Té stil. Alsof ze zijn blik voelde, draaide ze haar beeldschone gezicht naar Mike toe. Mike probeerde neutraal te blijven kijken. Dit was Ilenes geval. Hij was slechts toeschouwer.

Ilene zat nog steeds in het dossier te kijken, hoewel dat meer voor de show leek. Toen ze klaar was, legde ze haar handen gevouwen op haar bureau en keek ze van de ene ouder naar de andere.

'We hebben de vereiste onderzoeken gedaan,' begon ze.

'Ik wil de donor zijn,' onderbrak Dante haar.

'Pardon?'

'Ik wil een nier aan Lucas afstaan.'

'U bent geen geschikte donor, meneer Loriman.'

Zomaar, zonder aarzeling.

Mike bleef Susan Loriman in de gaten houden. Nu was het haar beurt om neutraal te kijken.

'O,' zei Dante, 'ik dacht dat de vader...'

'Dat varieert,' zei Ilene. 'We hebben met meerdere factoren te maken, zoals ik uw vrouw tijdens haar vorige bezoek heb uitgelegd. In de ideale situatie hebben we een kruisproef met zes overeenkomstige antigenen. Uit de uitslag van de proef blijkt helaas dat u geen goede kandidaat bent, meneer Loriman.'

'En ik?' vroeg Susan.

'U bent een betere kandidaat. Niet de ideale, maar wel een betere match. De beste kans wordt doorgaans geboden door een broer of zus. Ieder kind erft de helft van zijn antigenen van elke ouder, zodat er vier combinaties van geërfde antigenen mogelijk zijn. Om het simpel te zeggen, een broer of zus heeft vijfentwintig procent kans een perfecte match te zijn, vijftig procent kans een halve match te zijn – met drie antigenen – en vijfentwintig procent kans helemaal geen match te zijn.'

'En Tom is…?'

Tom was Lucas' jongere broer.

'Helaas heb ik op dit punt slecht nieuws. Uw vrouw is nog steeds de beste kandidaat die we tot nu toe hebben. We zullen de gegevens van uw zoon natuurlijk ook in de donorbank invoeren, om te zien of we een betere kandidaat kunnen vinden, maar ik acht die kans niet groot. Mevrouw Loriman kan een geschikte kandidaat zijn, maar ze is niet de ideale donor.'

'Waarom niet?'

'Haar match is een twee. Hoe dichter we bij de zes komen, hoe kleiner de kans dat uw zoon de nieuwe nier afstoot. Ziet u, hoe beter de antigenen met elkaar overeenkomen, hoe kleiner de kans dat hij de rest van zijn leven medicijnen moet slikken en voortdurend dialyses moet ondergaan.'

Dante haalde een hand door zijn haar. 'Wat gaan we nu doen?'

'We hebben nog wel even tijd. Zoals ik al zei zullen we zijn gegevens in de computer invoeren. We blijven zoeken en gaan ondertussen door met de dialyses. Als we geen betere kandidaat vinden, gebruiken we de nier van mevrouw Loriman.'

'Maar u zou liever een betere vinden,' zei Dante.

'Ja.'

'We hebben nog een paar familieleden die bereid zijn een nier aan Lucas af te staan, als ze daarvoor in aanmerking komen,' zei Dante. 'Misschien kunt u die ook testen?'

Ilene knikte. 'Maakt u maar een lijstje voor me… namen, adresgegevens en wat de bloedverwantschap precies is.'

Stilte.

'Hoe ernstig is het, dokter?' Dante draaide zich om en keek Mike

aan. 'Mike? Je kunt eerlijk tegen ons zijn. Hoe erg is hij eraan toe?'
Mike keek naar Ilene. Met een hoofdknikje gaf ze aan dat hij zijn
gang kon gaan.
'Bar slecht,' zei Mike.
Hij keek naar Susan Loriman toen hij het zei. Susan wendde haar
blik af.
Ze praatten nog een minuut of tien over de mogelijkheden en
ten slotte vertrokken de Lorimans. Zodra Mike en Ilene alleen wa-
ren ging Mike op Dantes stoel zitten en hief hij zijn handen ten he-
mel. Ilene deed alsof ze druk bezig was het dossier op te bergen.
'Wat krijgen we nou?' vroeg Mike.
'Dacht je dat ik het hem zou vertellen?'
Mike gaf geen antwoord.
'Het is mijn taak hun zoon te genezen. Hij is mijn patiënt. Niet
de vader.'
'Dus de vader heeft op dat punt geen rechten?'
'Dat zeg ik niet.'
'Je hebt een medisch onderzoek gedaan, bent iets belangrijks te
weten gekomen en dan verzwijg je dat voor de patiënt?'
'Niet voor mijn patiënt,' bracht Ilene ertegen in. 'Mijn patiënt is
Lucas Loriman, de zoon.'
'Dus we verzwijgen wat we weten?'
'Laat me je iets vragen. Stel dat ik tijdens een of ander onderzoek
ontdek dat mevrouw Loriman meneer Loriman bedriegt, ben ik
dan verplicht dat aan hem te vertellen?'
'Nee.'
'En als ik ontdek dat ze drugs dealt of geld steelt?'
'Je dwaalt af, Ilene.'
'O ja? Is dat zo?'
'Dit gaat niet over drugs of geld.'
'Dat weet ik, maar in beide gevallen is het niet relevant voor de
gezondheid van mijn patiënt.'
Mike dacht erover na. 'Stel dat je tijdens de proeven van Dante
Loriman op een medische afwijking stuit. Stel dat je ontdekt dat hij
een lymfkliergezwel heeft. Zou je dat dan tegen hem zeggen?'
'Natuurlijk.'
'Maar waarom dan wel? Zoals je net al zei is hij jouw patiënt niet.
Hij is jouw zorg niet.'
'Kom nou, Mike. Dat is een andere situatie. Het is mijn taak om
mijn patiënt, Lucas Loriman, te helpen om beter te worden. Zijn
geestelijk welzijn maakt daar ook deel van uit. Voordat we een

transplantatie doen, bereiden we onze patiënt daar psychisch op voor, nietwaar? Waarom doen we dat? Omdat we ons bekommeren om zijn geestelijke gezondheid in een dergelijke ingrijpende situatie. Een enorme crisis veroorzaken in het gezin Loriman komt de gezondheid van mijn patiënt niet ten goede. Punt uit, einde verhaal.'

Beiden zwegen ze enige tijd.

'Zo simpel is het niet,' zei Mike.

'Dat weet ik.'

'Dit geheim is een last die zwaar op ons zal drukken.'

'Daarom heb ik het met jou gedeeld.' Ilene spreidde haar armen en glimlachte. 'Waarom zou ik de enige zijn die er 's nachts wakker van ligt?'

'Je bent een collega uit duizenden.'

'Mike?'

'Ja?'

'Als jij het was en ik ontdekte tijdens een onderzoek dat Adam jouw biologische zoon niet was, zou je dat dan willen weten?'

'Adam mijn zoon niet? Heb je zijn oren wel eens goed bekeken?' Ze glimlachte. 'Ik meen het. Zou je het willen weten?'

'Ja.'

'Echt?'

'Ik ben een controlfreak, dat weet je. Ik wil alles weten.'

Mike zweeg.

'Wat is er?' vroeg ze.

Hij leunde achterover en sloeg zijn benen over elkaar. 'Dus we ontlopen het probleem?'

'Dat was ik van plan, ja.'

Mike zei niets.

Ilene Goldfarb zuchtte. 'Kom op, zeg het maar.'

'Maar als je bij "Wat niet weet, wat niet deert" blijft…'

Ze deed haar ogen dicht. 'Ja, ja…'

'We hebben nog geen goeie donor voor Lucas Loriman,' zei Mike. 'We moeten er nog steeds een proberen te vinden.'

'Ik weet het.' Ilene zuchtte en zei: 'En de meest voor de hand liggende kandidaat is de biologische vader.'

'Precies. Hij is onze beste kans op een ideale match.'

'We moeten hem een test afnemen. Dat is onze eerste prioriteit.'

'We kúnnen het niet geheim houden,' zei Mike. 'Zelfs al zouden we het willen.'

Ze lieten dat allebei bezinken.

'Wat gaan we nu doen?' vroeg Ilene.

'Ik denk dat we niet veel keus hebben.'

Betsy Hill wachtte Adam op bij de middelbare school om hem met de foto te confronteren. Ze stond op het parkeerterrein en keek achterom naar de 'moedersclub' op Maple Avenue – ja, er was ook wel eens een vader bij, maar die vormde dan de uitzondering op de regel – in de stationair draaiende auto's, of op de stoep pratend met de andere moeders, die allemaal wachtten totdat de school uitging zodat ze hun kroost naar vioolles, de karateclub of hun afspraak bij de orthodontist konden brengen.

Ooit was Betsy Hill ook zo'n moeder geweest.

Dat was begonnen toen ze Spencer naar de Hillside-kleuterschool bracht, daarna naar de basisschool op Mount Pleasant en ten slotte naar deze school, op nog geen twintig meter afstand van de plek waar ze nu stond. Ze dacht terug aan de keren dat ze op haar mooie Spencer had gewacht, de bel hoorde, door de voorruit van de auto keek en de kinderen als mieren naar buiten zag stromen alsof iemand zijn voet in een mierenhoop had gezet. Wanneer ze hem dan zag glimlachte ze, en meestal, vooral in de beginjaren, glimlachte Spencer dan terug.

Ze miste het om die jonge moeder te zijn, met de naïviteit die je werd gegund omdat het je eerste kind was. Het was nu zo anders, met de tweeling, ook al vóór Spencers dood. Ze keek weer naar de moeders zoals ze daar stonden, gedachteloos, zonder zorgen of angst, en ze had ze stuk voor stuk willen haten.

De bel ging. De deuren gingen open. In grote golven kwamen de leerlingen naar buiten gestroomd.

En bijna had Betsy naar Spencer uitgekeken.

Het was een van die korte momenten waarin je geest het laat afweten, je vergeet hoe vreselijk alles nu is en je denkt, heel even maar, dat het allemaal een nare droom is geweest. Dat Spencer gewoon naar buiten komt lopen met zijn rugzak hangend aan zijn ene schouder, een beetje voorovergebogen zoals alle tieners lopen, dat zij hem ziet en denkt dat hij nodig weer eens naar de kapper moet en er wat bleek uitziet.

Mensen hebben het altijd over de stadia van het rouwen – ontkenning, woede, zelfbedrog, depressiviteit, acceptatie – maar na een tragische dood als die van Spencer hebben die stadia de neiging in elkaar over te lopen. Je houdt nooit op met ontkennen. Diep in je hart blijf je altijd boos. Alleen al het idee van acceptatie is ronduit obsceen. Sommige psychiaters gaven de voorkeur aan het woord 'berusting'. Klonk misschien iets beter, maar voor haar was het nog steeds genoeg om het op een gillen te zetten.

Wat kwam ze hier eigenlijk doen?

Haar zoon was dood. Een van zijn vrienden uithoren zou daar niets aan veranderen.

Maar om de een of andere reden had ze het gevoel dat er toch iets uit kon komen.

Dus misschien wás Spencer toen niet de hele avond alleen geweest. Wat veranderde dat? Het was een cliché, maar daar kreeg ze hem niet mee terug. Wat hoopte ze te bereiken?

Berusting?

En toen zag ze Adam lopen.

Hij was alleen en leek gebukt te gaan onder het gewicht van zijn rugzak... alhoewel, zo te zien deden ze dat allemaal. Betsy bleef naar hem kijken en deed een paar passen naar rechts om in zijn looproute te blijven. Net als de meeste jongens keek Adam naar de grond terwijl hij liep. Ze wachtte, deed nog een pasje naar links of naar rechts om er zeker van te zijn dat hij haar zou tegenkomen.

Ten slotte, toen ze vond dat hij haar dicht genoeg was genaderd, zei ze: 'Hallo, Adam.'

Hij bleef staan en keek op. Adam was een knappe jongen, vond ze. Dat waren ze allemaal op die leeftijd. Maar ook Adam was veranderd. Ze hadden allemaal die grens naar het volwassen worden overschreden. Hij was groot en gespierd, meer een man dan een jongen. Maar in zijn gezicht was het kind nog te zien, hoewel ze ook iets zag dat op bravoure leek.

'O,' zei hij. 'Dag, mevrouw Hill.'

Adam liep door, de linkerkant op.

'Kan ik even met je praten?' riep Betsy hem na.

Hij bleef weer staan. 'O... ja, natuurlijk.'

Met het gemak van een sportman kwam hij naar haar toe hollen. Adam was altijd een goede atleet geweest. Spencer niet. Had dat er iets mee te maken gehad? In kleine steden als deze was het leven een stuk gemakkelijker als je goed was in sport.

Op ongeveer anderhalve meter afstand bleef hij staan. Hij kon haar niet recht aankijken, maar dat konden de meeste jongens van school niet. Een paar seconden lang zei ze niets. Ze keek alleen naar hem.

'U wilde met me praten?' vroeg Adam.
'Ja.'
Weer een stilte. Meer starende blikken. Hij had het moeilijk.
'Ik vind het heel erg,' zei hij.
'Wat?'
Die reactie verbaasde hem.
'Van Spencer.'
'Waarom?'
Hij gaf geen antwoord en zijn blik schoot alle kanten op, behalve naar haar.
'Adam, kijk me aan.'
Zij was de volwassene en hij was nog steeds het kind. Hij gehoorzaamde.
'Wat is er die avond gebeurd?'
Hij slikte en vroeg: 'Gebeurd?'
'Jij was bij Spencer.'
Hij schudde zijn hoofd. Alle kleur trok weg uit zijn gezicht.
'Wat is er gebeurd, Adam?'
'Ik was er niet bij.'
Ze hield hem de foto van MySpace voor, maar hij bleef naar de grond kijken.
'Adam.'
Hij keek op. Ze hield de foto voor zijn gezicht.
'Dat ben jij, hè?'
'Dat weet ik niet. Het zou kunnen.'
'Deze foto is gemaakt op de avond van zijn dood.'
Hij schudde zijn hoofd weer.
'Adam?'
'Ik weet niet waar u het over hebt, mevrouw Hill. Ik heb Spencer die avond niet gezien.'
'Kijk nog eens goed…'
'Ik moet gaan.'
'Adam, alsjeblieft…'
'Het spijt me, mevrouw Hill.'
Toen rende hij weg. Hij rende terug naar het bakstenen schoolgebouw, erlangs en de hoek om, totdat hij uit het zicht was verdwenen.

8

Hoofdinspecteur Loren Muse keek op haar horloge. Het was tijd voor de bespreking.

'Heb je mijn spullen?' vroeg ze.

Haar assistent was een jonge vrouw die Chamique Johnson heette. Muse had Chamique leren kennen tijdens een geruchtmakend verkrachtingsproces. Na een moeizame start op het bureau had Chamique zich in relatief korte tijd onmisbaar gemaakt.

'Hier,' zei Chamique.

'Heel belangrijk, deze bespreking.'

'Dat weet ik.'

Muse pakte de envelop aan. 'Zit alles erin?'

Chamique fronste haar wenkbrauwen. 'O nee, vraag je dat nou weer?'

Muse verontschuldigde zich en liep door de gang naar het kantoor van de openbaar aanklager van Essex County... of wat belangrijker was: het kantoor van haar baas, Paul Copeland.

De receptioniste – een nieuwe, en Muse kon heel slecht namen onthouden – begroette haar met een glimlach. 'Ze zitten allemaal al op je te wachten.'

'Wie zitten er op me te wachten?'

'Procureur Copeland.'

'Je zei "ze" en "allemaal".'

'Pardon?'

'Je zei dat "ze allemaal" op me zitten te wachten. "Ze allemaal" wijst op meer dan één persoon. Vermoedelijk zelfs meer dan twee.'

De receptioniste was van haar stuk gebracht. 'O... juist. Er zijn er vier of vijf binnen.'

'Bij openbaar aanklager Copeland?'

'Ja.'

'Wie zijn dat dan?'

Ze haalde haar schouders op. 'Andere politiemensen, neem ik aan.'

Muse wist niet wat ze hiervan moest denken. Ze had gevraagd om een gesprek onder vier ogen om de politiek gevoelige situatie tussen haar en Frank Tremont te bespreken. Ze had geen idee waarom daar andere politiemensen bij moesten zijn.

Ze hoorde het gelach zodra ze de deur opendeed. Ze waren, met Paul Copeland erbij, inderdaad met z'n zessen. Allemaal mannen. Frank Tremont was er ook. En drie van haar eigen rechercheurs. De laatste man kwam haar vaag bekend voor. Hij had een blocnote en een pen in zijn handen en voor hem op tafel stond een kleine cassetterecorder.

Cope – zo werd Paul Copeland door iedereen genoemd – zat achter zijn bureau, hard te lachen om iets wat Tremont net in zijn oor had gefluisterd.

Muse voelde dat haar wangen begonnen te gloeien.

'Hé, Muse,' riep haar baas.

'Cope,' zei ze, en ze knikte naar de anderen.

'Kom binnen en doe de deur achter je dicht.'

Ze ging de kamer binnen, bleef staan en voelde alle ogen op zich gericht. Haar wangen begonnen nog meer te gloeien. Ze voelde zich in de val gelokt en wierp een boze blik in de richting van Cope, maar die gaf geen krimp. Hij glimlachte als de knappe gladjanus die hij soms kon zijn. Ze probeerde hem met haar blik te vertellen dat ze hem eerst apart wilde spreken – om hem te vertellen dat dit als een hinderlaag aanvoelde – maar opnieuw gaf hij geen krimp.

'Laten we beginnen, goed?'

'Oké,' zei Loren Muse.

'Wacht! Ken je iedereen hier?'

Cope had nogal wat politieke onrust veroorzaakt door eerst zelf de post van openbaar aanklager op te eisen en daarna iedereen te verbijsteren door Muse als zijn hoofdinspecteur te benoemen. Die post werd meestal gegund aan een knorrige oudgediende, altijd een man, van wie werd verwacht dat hij het politieke beleid van zijn baas op het korps overbracht. Loren Muse was een van de jongste rechercheurs toen hij haar daarvoor aanwees. En toen de pers hem vroeg op basis waarvan hij een jonge vrouw boven meer doorgewinterde mannelijke kandidaten had verkozen, had hij slechts één woord gezegd: 'Competentie.'

Nu was ze hier, in een kantoor met vier van die gepasseerde kandidaten.

'Deze meneer ken ik niet,' zei Muse, en ze knikte naar de man met de blocnote en de pen.

'O, sorry.' Cope stak zijn hand uit alsof hij een quizmaster was en toverde zijn tv-glimlach tevoorschijn. 'Dit is Tom Gaughan, verslaggever van de *Star Ledger*.'

Muse zei niets. Tremonts vervloekte zwager. Het begon alsmaar beter te worden.

'Kunnen we nu beginnen?' vroeg Cope aan haar.

'Wat je wilt, Cope.'

'Mooi. Nou, Frank hier heeft een klacht. Frank, ga je gang, we zijn een en al oor.'

Paul Copeland liep tegen de veertig. Zijn vrouw was gestorven aan kanker, kort na de geboorte van hun dochtertje Cara, die nu zeven was. Hij had haar alleen opgevoed. Tot nu toe in ieder geval. Er stonden geen foto's van Cara meer in zijn kantoor. Vroeger wel. Muse herinnerde zich dat er een foto van Cara in de boekenkast had gestaan, recht achter zijn stoel, toen hij pas als procureur was begonnen. Toen, op een dag, nadat hij een kinderverkrachter een bekentenis had afgedwongen, had hij die foto weggehaald. Ze had hem er nooit naar gevraagd, maar ze ging ervan uit dat er een verband was.

Een foto van zijn verloofde was er evenmin, maar aan zijn kapstok zag Muse een in plastic verpakte smoking hangen. De trouwerij was aanstaande zaterdag. Muse zou erbij zijn. Ze was zelfs een van de bruidsmeisjes.

Cope zat achter zijn bureau en liet Tremont zijn gal spuwen. Alle stoelen waren bezet, dus Muse moest blijven staan. Ze voelde zich te kijk gezet en was pisnijdig. Een ondergeschikte stond op het punt haar onder vuur te nemen en Cope, haar zogenaamde held, vond het allemaal maar goed. Ze moest zich inhouden om het hele stel niet van seksisme te beschuldigen, maar als ze een man was geweest, zou ze Tremonts onzin niet gepikt hebben. Dan zou ze hem het korps uit hebben geschopt, of dat nu politieke en journalistieke consequenties had of niet.

Ze stond te koken van woede.

Frank Tremont hees zijn broek op, ook al zat hij op een stoel, en zei: 'Hoor eens, ik heb niks tegen mevrouw Muse hier...'

'Hoofdinspecteur Muse,' zei Loren.

'Pardon?'

'Ik ben niet mevrouw Muse. Ik heb een rang. Ik ben hoofdinspecteur. Jouw meerdere.'

Tremont glimlachte. Langzaam draaide hij zich om en keek eerst zijn collega-rechercheurs en toen zijn zwager aan alsof hij wilde zeggen: begrijpen jullie nou wat ik bedoel?'

'Nogal gauw op je teentjes getrapt, is het niet...' Toen wierp hij al zijn cynisme in de strijd. '... hoofdinspecteur Muse?'

Muse keek naar Cope. Cope deed niets. Zijn gezicht stond neutraal. Hij zei alleen: 'Sorry voor de interruptie, Frank. Ga door.'

'Oké. Trouwens, ik ben een ervaren politieman met achtentwintig dienstjaren. Dan krijg ik die zaak van die dooie hoer in het vijfde district. Kijk, ten eerste komt zij onuitgenodigd opdraven op de plaats delict. Dat bevalt me al niet. Zo werken wij niet. Maar oké, als Muse hier denkt dat ze haar steentje kan bijdragen, mij best. Maar dan begint ze me orders te geven. Ze probeert de zaak over te nemen en ondermijnt mijn autoriteit in het bijzijn van de agenten.' Hij spreidde zijn armen. 'Dat kan ze toch niet maken?'

Cope knikte. 'Het was inderdaad jouw zaak.'

'Precies.'

'Vertel er eens iets over.'

'Huh?'

'Over die zaak.'

'We weten nog niet veel. We vinden een dooie hoer. Iemand heeft haar gezicht goed in elkaar geramd. De PA denkt dat ze doodgeslagen is. Ze is nog niet geïdentificeerd. We hebben met een paar van de andere hoeren gepraat, maar niemand weet wie ze is.'

'Weten die andere prostituees niet hoe ze heet,' vroeg Cope, 'of kennen ze haar helemaal niet?'

'Ze waren niet erg spraakzaam, maar je weet hoe het gaat. Niemand ziet ooit iets. We zetten ze nog wel onder druk.'

'Nog meer?'

'We hebben een groen sjaaltje gevonden. Het is geen exacte match, maar de kleur komt overeen met die van een nieuwe bende. Ik laat een paar bekende leden van die bende oppikken. Die wringen we uit totdat iemand ons vertelt wie de leider is. We zijn ook in de computer aan het zoeken, kijken of we in de omgeving iemand met dezelfde werkwijze kunnen vinden die het op hoeren gemunt heeft.'

'En?'

'Toe nu toe niks. Ik bedoel, dooie hoeren hebben we genoeg. Dat hoef ik jou niet te vertellen, baas. Dit is de zevende al van dit jaar.'

'Vingerafdrukken?'

'Die hebben we door het lokale bestand gehaald. Geen hits. We sturen ze door naar de NCIC, maar dat kost tijd.'

Cope knikte. 'Oké, en je klacht over Muse is...?'

'Kijk, ik wil niemand tegen de schenen schoppen, maar laten we eerlijk zijn: ze had die functie nooit mogen krijgen. Je hebt haar alleen gekozen omdat ze een vrouw is. Ik begrijp dat wel. Dat is de huidige realiteit. Een man mag zich jarenlang de pleuris werken maar als iemand een donkere huidskleur of geen piemel heeft, stellen al die dienstjaren ineens niks meer voor. Zo gaat het tegenwoordig. Maar dat is óók discriminatie. Ik bedoel, alleen omdat ik een man ben en zij een vrouw, wil toch niet zeggen dat zij in het voordeel moet zijn? Als ik haar baas was en ik zette vraagtekens bij alles wat ze deed, zou ze waarschijnlijk moord en brand schreeuwen en me van intimidatie of ongewenste intimiteiten of weet ik veel beschuldigen en zou ik voor de rechter worden gesleept.'

Cope knikte weer. 'Dat klinkt niet onredelijk.' Hij keek Loren aan. 'Muse?'

'Ja, wat is er?'

'Wil je hierop reageren?'

'Ten eerste ben ik er niet zeker van dat ik in deze kamer de enige zonder piemel ben.'

Ze keek naar Tremont.

'Verder nog iets?' vroeg Cope.

'Ik voel me voor het blok gezet.'

'Dat is niet zo,' zei Cope. 'Jij bent zijn meerdere, maar dat betekent niet dat je hem voortdurend op zijn nek moet zitten, is het wel? Ik ben jouw meerdere. Zit ik jou op je nek?'

Muse dampte van woede.

'Rechercheur Tremont is al heel lang bij de politie. Hij wordt gerespecteerd en heeft vrienden binnen het korps. Daarom heb ik hem in de gelegenheid gesteld om zijn hart te luchten. Hij wilde hiermee naar de pers stappen en het aan de grote klok hangen. Een officiële klacht naar buiten brengen. Daarom heb ik hem voor deze bespreking uitgenodigd. Om redelijk te zijn. En hem meneer Gaughan laten uitnodigen, zodat die kan zien hoe we hier werken, op een open, niet-vijandige manier.'

Alle ogen waren op haar gericht.

'Dus vraag ik het je nog een keer,' zei Cope. Zijn blik ontmoette de hare. 'Wil je reageren op wat rechercheur Tremont zojuist heeft gezegd?'

Er was een glimlach op Copes gezicht verschenen. Geen brede. Alleen zijn mondhoeken waren een fractie omhoog gekomen. En opeens begreep ze het.

'Ja,' zei Muse, 'daar wil ik op reageren.'
'Ga je gang.'
Cope leunde achterover en legde zijn handen achter zijn hoofd.
'Laat ik beginnen met het feit dat ik niet geloof dat het slachtoffer een prostituee is.'
Cope trok zijn wenkbrauwen op alsof dit de meest verbijsterende uitspraak was die iemand ooit had gedaan. 'O nee?'
'Nee.'
'Maar ik heb gezien hoe ze gekleed was,' zei Cope. 'Ik heb Franks verslag net gehoord. En de vindplaats van het lijk... iedereen weet dat daar straatprostituees werken.'
'De dader weet dat ook,' zei Muse. 'Daarom heeft hij haar daar gedumpt.'
Frank Tremont barstte in lachen uit. 'Muse, je kletst uit je nek. Je hebt bewijzen nodig, lieve kind, niet alleen intuïtie.'
'Wil je bewijs, Frank?'
'Graag, laat maar horen. Je hebt niks.'
'Wat dacht je van haar huidskleur?'
'Wat is daarmee?'
'Daarmee is dat ze blank is.'
'O, geweldig,' zei Tremont, en hij hield zijn beide handen op. 'Ik geniet me suf.' Hij keek naar Gaughan. 'Schrijf dit woordelijk op, Tom, want dit is onbetaalbaar. Ik mag dan gezegd hebben dat een dooie hoer misschien, heel misschien niet onze eerste prioriteit is en ik word afgeschilderd als een neanderthaler. Maar als zij stelt dat ons slachtoffer onmogelijk een hoer kan zijn omdat ze blank is, dan is dat gedegen recherchewerk.' Hij zwaaide met zijn wijsvinger naar haar. 'Muse, je zou wat vaker de straat op moeten gaan.'
'Je zei dat er nóg zes prostituees waren vermoord.'
'Ja. Nou en?'
'Weet je dat die alle zes een donkere huidskleur hadden?'
'Dat heeft niks te betekenen. Misschien waren die anderen... weet ik het... groot en was deze klein. Is daarmee bewezen dat ze geen hoer is?'
Muse liep naar het prikbord aan de muur van Copes kantoor. Ze haalde een foto uit haar envelop en prikte die op het bord. 'Deze is genomen op de plaats delict.'
'Dat zijn de toeschouwers achter de afzetting,' zei Tremont.
'Heel goed, Frank. Maar steek volgende keer eerst je hand op en wacht tot ik je de beurt geef.'
Tremont sloeg de armen over elkaar. 'Wat is er te zien op die foto?'

'Wat zie jíj op die foto?' vroeg ze.

'Hoeren,' zei Tremont.

'Precies. Hoeveel?'

'Wil je dat ik ze tel?'

'Doe maar een schatting.'

'Een stuk of twintig.'

'Drieëntwintig. Niet slecht, Frank.'

'En wat wil je daarmee zeggen?'

'Tel nu hoeveel van die drieëntwintig blank zijn, alsjeblieft.'

Niemand hoefde lang te kijken om het antwoord te weten: geen een.

'Probeer je me wijs te maken dat er geen blanke hoeren bestaan, Muse?'

'Die bestaan wel, maar in die omgeving vrijwel niet. Ik ben drie maanden teruggegaan. Volgens het arrestatieregister is er in die hele periode binnen een actieradius van drie blokken geen enkele blanke prostituee gearresteerd. En zoals jij net al zei, zitten haar vingerafdrukken niet hier in de computer. Van hoeveel prostituees van het vijfde district kun je dat zeggen?'

'Genoeg,' zei Tremont. 'Ze komen over uit een andere staat, blijven een tijdje, gaan dood of trekken door naar Atlantic City.' Tremont spreidde zijn armen weer. 'Wauw, Muse, je bent echt geweldig. Ik kan beter meteen ontslag nemen.'

Hij grinnikte. Muse niet.

Muse haalde de volgende foto's tevoorschijn en prikte ze op het bord. 'Kijk eens naar de armen van het slachtoffer.'

'Ja, en?'

'Geen naaldsporen, niet één. Uit het voorlopige toxicologische rapport blijkt dat ze geen drugs in haar bloed had. Dus vraag ik je opnieuw, Frank, vertel me eens: hoeveel blanke prostituees ken jij in het vijfde district die geen junkie zijn?'

Daar wist hij even niets op te zeggen.

'Ze is weldoorvoed,' vervolgde Muse, 'wat wel iets zegt, maar vandaag de dag niet veel. Er zijn wel meer weldoorvoede prostituees. Geen kneuzingen, blauwe plekken of botbreuken voorafgaande aan de moord, wat ook ongebruikelijk is voor een prostituee die in deze buurt werkt. Over haar gebit kunnen we niet veel zeggen omdat het grootste deel uit haar mond is geslagen, maar de kiezen die er nog in zitten, zien er goed verzorgd uit. Maar kijk nu hier eens naar.'

Ze prikte weer een grote foto op het bord.

'Schoenen?' zei Tremont.

'Een tien met een griffel, Frank.'

Copes blik vertelde haar dat ze haar sarcasme een beetje moest temperen.

'Hoerenschoenen,' vervolgde Tremont. 'Naaldhakken, "pak me"-pumps. Beter dan die lompe kistjes die jij aan hebt, Muse. Draag jij wel eens zulke schoenen?'

'Nee, ik niet, Frank. En jij?'

Er werd gegrinnikt in de kamer. Cope schudde zijn hoofd.

'Maar waar wil je naartoe?' vroeg Tremont. 'Die dingen komen rechtstreeks uit een sekscatalogus.'

'Kijk eens naar de zolen.'

Ze wees ernaar met een pen.

'Wat zou ik nu moeten zien?'

'Niks. En daar gaat het om. Geen slijtagesporen. Niet één.'

'Dus ze zijn nieuw.'

'Ze zijn té nieuw. Ik heb de foto laten uitvergroten.' Ze prikte de vergroting ernaast. 'Geen krasje te zien. Helemaal niks. Er heeft nooit iemand op die schoenen gelopen. Nog nooit.'

Het bleef even doodstil in de kamer.

'Nou en?'

'Sterke comeback, Frank.'

'Krijg wat, Muse. Dit hoeft niet te betekenen…'

'Trouwens, er zijn geen sporen van sperma op het lichaam gevonden.'

'Nou en? Misschien was de dader haar eerste klant.'

'Misschien wel. Maar je had ook naar de bruining van het lichaam moeten kijken.'

'De wat?'

'De bruining.'

Tremont keek verbijsterd om zich heen, maar hij begon de steun van de anderen kwijt te raken. 'Daar is een reden voor, Muse, daarom noemen ze die meisjes straathoeren. Want straten, zie je, zijn buiten. Deze meisjes werken buiten. Werken heel veel buiten.'

'Afgezien van het feit dat we de laatste tijd niet veel zon hebben gehad, klopt de afscheiding tussen de gebruinde en de ongebruinde huid niet. Want die zit hier…' Ze wees naar de onderkant van de hals. '… en de buik is ook niet gebruind; die is hartstikke wit. Kortom, deze vrouw droeg blouses en geen bikinitopjes. En dan hebben we nog het sjaaltje in haar hand.'

'Dat ze de dader van het hoofd heeft getrokken in de worsteling.'

75

'Nee, niet van zijn hoofd heeft getrokken. Het is duidelijk in haar hand gestopt. Het lijk is verplaatst, Frank. Worden we nu echt geacht te geloven dat zij het tijdens de worsteling van zijn hoofd heeft getrokken en dat ze het in haar hand hebben laten zitten toen ze het lijk dumpten? Klinkt dat geloofwaardig?'

'Het kan een boodschap van de bende zijn.'

'Ja, dat kan. Maar dan is er ook nog de verminking zelf.'

'Wat is daarmee?'

'Die is te overdadig. Niemand slaat met zo veel precisie een gezicht in elkaar.'

'Heb je daar een theorie voor bedacht?'

'De voor de hand liggende. Iemand wilde niet dat wij haar zouden identificeren. En er is nog iets. De plek waar ze het lijk hebben gedumpt.'

'Op een bekende hoerenstek.'

'Precies. We weten dat ze daar niet vermoord is. Ze is er gedumpt. Waarom daar? Als ze prostituee was, waarom zou je ons dan willen laten weten dát ze dat was? Waarom zou je het lijk van een prostituee op een bekende werkplek van prostituees dumpen? Ik zal je vertellen waarom. Omdat de dader, als ze in eerste instantie voor prostituee wordt gehouden en de zaak op het bordje komt van een of andere luie, volgevreten rechercheur die naar de gemakkelijkste oplossing zoekt...'

'Wie noem jij hier volgevreten?'

Frank Tremont was opgestaan. En Cope zei heel kalm: 'Ga zitten, Frank.'

'Laat jij toe dat zij...'

'Sst,' zei Cope. 'Hoor je dat geluid?'

Niemand verroerde zich.

'Wat voor geluid?'

Cope hield zijn hand bij zijn oor. 'Luister, Frank. Hoor je het?' Hij was heel zacht gaan praten. 'Wat je hoort is het geluid van jouw incompetentie die wereldkundig wordt gemaakt. En niet alleen je incompetentie, maar ook je oerdomme zelfmoordactie om een van je superieuren aan te vallen zonder over de benodigde feiten te beschikken.'

'Ik hoef dit niet te pikken...'

'Sst, luister. Luister nou.'

Muse moest haar uiterste best doen om haar lachen in te houden.

'Luistert u mee, meneer Gaughan?' vroeg Cope.

Gaughan schraapte zijn keel. 'Ik heb genoeg gehoord.'

76

'Mooi, want ik heb ook genoeg gehoord. En aangezien u hebt gevraagd of u deze bespreking op tape mocht vastleggen, heb ik... tja... me verplicht gevoeld dat ook te doen.' Cope haalde een minirecorder achter een van de dikke boeken op zijn bureau vandaan. 'Voor het geval, u weet wel, uw baas wil horen wat hier precies is besproken en uw cassetterecorder het ineens niet meer doet of zoiets. Want we willen toch niet dat iemand denkt dat u uw verhaal in het voordeel van uw zwager hebt aangepast, is het wel?'

Cope glimlachte naar de twee. Ze glimlachten niet terug.

'Heren, wil er iemand nog iets zeggen? Nee? Goed, dan gaan we weer aan het werk. Frank, jij neemt de rest van de dag vrij. Ik wil dat je je positie heroverweegt, en misschien moet je je eens verdiepen in enkele van onze uitstekende regelingen voor vervroegde pensionering.'

9

Toen Mike die vrijdagmiddag thuiskwam, keek hij naar het huis van Susan en Dante Loriman. Nergens bewoog iets. Hij wist dat hij de volgende stap moest doen. Maar welke?

Ten eerste, geen schade aanrichten. Dat was het belangrijkste.

En ten tweede?

Dat werd al een stuk lastiger.

Hij legde zijn sleutels en portefeuille in het bakje dat Tia daarvoor had neergezet omdat Mike altijd zijn sleutels en portefeuille kwijt was. Het werkte, echt. Tia had gebeld nadat ze in Boston was aangekomen. Ze was nu bezig met haar voorbereiding en morgenmiddag zou ze de getuige verhoren. Dat kon een tijdje duren, maar ze zou daarna de eerste de beste vlucht naar huis nemen. Doe maar rustig aan, had hij tegen haar gezegd.

'Hoi, papa!'

Jill kwam de gang in rennen. Zodra Mike haar lachende gezicht zag, gleden de Lorimans en al het andere van hem af en maakten ze plaats voor een warme, aangename kalmte.

'Dag, schat. Is Adam op zijn kamer?'

'Nee,' zei Jill.

Tot zover de aangename kalmte.

'Waar is hij dan?'

'Dat weet ik niet. Ik dacht dat hij beneden was.'

Samen riepen ze hem. Geen reactie.

'Je broer zou bij jou blijven,' zei Mike.

'Tien minuten geleden was hij er nog,' zei Jill.

'En nu?'

Jill fronste haar wenkbrauwen. Wanneer ze dat deed, deed haar hele lichaam mee. 'Ik dacht dat jullie vanavond naar die ijshockeywedstrijd zouden gaan.'

'Dat gaan we ook.'

Jill maakte een bezorgde indruk.

'Wat is er mis, meisje?'

'Niks.'

'Wanneer heb je je broer voor het laatst gezien?'

'Dat weet ik niet. Een paar minuten geleden.' Ze begon op haar nagel te bijten. 'Hij zou toch op jou wachten?'

'Hij zal zo wel terugkomen,' zei Mike.

Jill leek daar niet zo zeker van. Mike eigenlijk ook niet.

'Zet je me nog bij Yasmin af?' vroeg ze.

'Natuurlijk.'

'Dan ga ik vast mijn spullen inpakken.'

'Oké.'

Jill rende de trap op. Mike keek op zijn horloge. Adam en hij hadden een afspraak. Over een half uur moesten ze weg. Ze zouden Jill bij haar vriendinnetje afzetten en dan doorrijden naar Manhattan voor de wedstrijd van de Rangers.

Adam had thuis moeten zijn. Hij had bij zijn zusje moeten blijven.

Mike haalde een keer diep adem. Oké, geen paniek. Hij zou Adam nog tien minuten geven. Hij nam de post door en dacht weer aan de Lorimans. Het had geen zin om het uit te stellen. Ilene en hij hadden een besluit genomen. Tijd voor actie.

Hij zette de computer aan, opende hun lijst met telefoonnummers en klikte op de contactinformatie van de Lorimans. Het mobiele nummer van Susan Loriman stond erin vermeld. Tia en hij hadden het nog nooit gebeld, maar zo ging dat met buren… je wisselde al je nummers uit voor het geval er een noodsituatie was.

Dit was er een.

Hij draaide het nummer. Na twee keer overgaan antwoordde Susan.

'Hallo?'

Ze had een warme, zachte stem die een beetje schor klonk. Mike schraapte zijn keel.

'Met Mike Baye,' zei hij.

'Is alles in orde?'

'Ja. Ik bedoel, er is geen nieuws. Ben je alleen?'

Stilte.

Toen zei Susan: 'We hebben die dvd teruggebracht.'

Mike hoorde een stem op de achtergrond, waarschijnlijk die van Dante. 'Wie is dat?'

'Blockbuster,' zei Susan.

Goed, dacht Mike, ze was dus niet alleen. 'Heb je mijn nummer?'

'Zo gauw mogelijk. Bedankt.'
Klik.
Mike wreef met zijn handen over zijn wangen. Heel fijn. Geweldig.
'Jill!'
Ze verscheen boven aan de trap. 'Wat is er?'
'Heeft Adam iets gezegd toen hij thuiskwam?'
'Nee, alleen "hoi, snotneus".'
Ze glimlachte toen ze het zei.
Mike kon het Adam bijna horen zeggen. Adam was dol op zijn zusje, en zij was dol op hem. De meeste broertjes en zusjes maakten ruzie met elkaar, maar zij deden dat zelden. Misschien waren ze daar te verschillend voor. Maar hoe nors en teruggetrokken Adam de laatste tijd ook kon zijn, hij zou het nooit op haar afreageren.
'Heb je enig idee waar hij naartoe kan zijn?'
Jill schudde haar hoofd. 'Is alles oké met hem?'
'Ja, vast wel, maak je geen zorgen. Over een paar minuten breng ik je naar Yasmin, oké?'
Met twee treden tegelijk liep Mike de trap op. Hij voelde een lichte pijnsteek in zijn knie, een oude blessure uit zijn ijshockeytijd. Hij was er een paar maanden geleden aan geopereerd, door een vriend van hem, een orthopedisch chirurg die David Gold heette. Mike had tegen David gezegd dat hij nog niet wilde stoppen met ijshockeyen en had hem gevraagd of het spelen blijvende schade had veroorzaakt. David had hem een recept voor Percocet gegeven en geantwoord: 'Ik krijg hier weinig ex-schakers, dus zeg jij het maar.'
Hij deed de deur van Adams kamer open. Geen Adam. Mike zocht naar aanwijzingen die hem konden vertellen waar zijn zoon naartoe was. Hij vond ze niet.
'O nee, hij zou toch niet…' zei Mike hardop.
Hij keek weer op zijn horloge. Adam had al lang thuis moeten zijn… had helemaal niet weg mogen gaan. Hoe had hij zijn zusje alleen kunnen laten? Hij wist wel beter. Mike haalde zijn mobiele telefoon uit zijn zak, zocht Adams nummer en belde het. Hij hoorde het toestel overgaan en daarna Adams stem die hem vroeg een boodschap in te spreken.
'Waar ben je? We moeten zo naar de Rangers. En heb je je zusje zomaar alleen gelaten? Bel me zo gauw mogelijk terug.'
Hij drukte op het rode knopje.
Tien minuten gingen voorbij. Geen telefoontje van Adam. Mike

80

belde hem opnieuw en sprak tandenknarsend een tweede boodschap in.

'Papa?' riep Jill.

'Ja, schat.'

'Waar is Adam?'

'Hij zal zo wel thuiskomen. Hoor eens, ik breng jou eerst naar Yasmin en dan kom ik hier terug om je broer op te halen, oké?'

Mike belde Adam weer en legde in een derde boodschap uit dat hij zo terug zou zijn. Hij dacht terug aan de laatste keer dat Adam dit had gedaan – dat hij zijn voicemail niet had beantwoord – toen hij van huis was weggelopen en ze twee dagen niets van hem hadden gehoord. Gek van bezorgdheid hadden Tia en Mike al het mogelijke gedaan om hem te vinden, en uiteindelijk had het allemaal niets voorgesteld.

Hij kan het beter uit zijn hoofd laten dat spelletje opnieuw te spelen, dacht Mike. Maar onmiddellijk daarna dacht hij: mijn god, hij zou toch niet weer weggelopen zijn?

Mike pakte een blaadje papier, krabbelde er wat op en legde het op de keukentafel.

ADAM,
BEN JILL WEGBRENGEN
ZORG DAT JE KLAAR STAAT ALS IK TERUGKOM

Achter op Jills rugzak zat een embleem van de New York Rangers. Ze gaf niets om ijshockey, maar de rugzak was van haar grote broer geweest. Jill was gek op Adams afdankertjes. De laatste tijd droeg ze regelmatig zijn groene windjack van toen hij bij de pupillen speelde. Het was haar veel te groot maar op de voorkant, rechts op borsthoogte, stond Adams naam gedrukt.

'Papa?'

'Ja, lieve schat?'

'Ik maak me zorgen om Adam.'

Ze zei het niet als het kind dat een volwassene probeerde te imiteren. Ze zei het als een kind dat te wijs was voor haar leeftijd.

'Waarom zeg je dat?'

Ze haalde haar schouders op.

'Heeft hij iets tegen je gezegd?'

'Nee.'

Mike reed Yasmins straat in en hoopte dat Jill meer zou zeggen. Dat deed ze niet.

81

Vroeger, toen Mike zelf nog jong was, zetten ouders hun kinderen gewoon af en reden ze meteen door, of ze bleven hooguit wachten totdat ze de voordeur zagen opengaan. Tegenwoordig bracht je je kind helemaal tot aan de deur. Doorgaans zou Mike dit een beetje overdreven vinden, maar als het op deze relatief jonge leeftijd om een nachtje logeren ging, nam Mike toch liever het zekere voor het onzekere. Hij klopte op de deur en Guy Novak, Yasmins vader, deed open.

'Hallo, Mike.'

'Hallo, Guy.'

Guy had zijn nette werkpak nog aan, maar zijn das was een stukje losgetrokken. Hij had een te modieuze bril met schildpadmontuur op en zijn haar leek op strategisch gekozen plekken in de war gemaakt. Guy was een van de vele vaders in de stad die op Wall Street werkten, en al dacht Mike er een jaar over na, hij had geen idee wat ze daar nu precies deden. Hedgefondsen of trust accounts of kredietdiensten of beursoperators of vloerwerk of beveiligde handel of aandelenverkoop of wat ook... voor Mike was het één pot nat.

Guy was al jaren gescheiden en ging, volgens de geruchtenstroom die Mike via zijn elf jaar oude dochter ter ore kwam, nog wel eens met dames op stap.

'Zijn vriendinnen willen Yasmin altijd zoenen,' had Jill hem verteld. 'Grappig, vind je niet?'

Jill liep langs hen heen. 'Dag, papa.'

'Dag, kindje.'

Mike wachtte even, keek haar na terwijl ze de gang in liep en wendde zich weer tot Guy Novak. Het was misschien seksistisch, maar hij had zijn kind toch liever bij een gescheiden moeder achtergelaten. Het idee dat zijn dochter, die de puberteit naderde, de nacht doorbracht in hetzelfde huis waar een volwassen man sliep... hoewel het niet zou mogen uitmaken. Mike zorgde soms ook voor de meisjes als Tia er niet was. Maar toch...

Ze stonden nog steeds bij de voordeur. Mike verbrak de stilte.

'En,' zei hij, 'gaan jullie vanavond nog iets doen?'

'Ik dacht erover om naar de film te gaan,' zei Guy. 'Daarna een ijsje bij de Cold Stone Creamery. Eh... ik krijg vanavond een vriendin op bezoek. Die gaat met ons mee, als je het niet erg vindt.'

'Geen probleem,' zei Mike, en hij dacht: beter zelfs.

Guy keek achterom. Toen de twee meisjes uit het zicht waren verdwenen, draaide hij zich weer om naar Mike. 'Heb je een momentje?' vroeg hij.

'Natuurlijk. Wat is er?'

Guy deed een stap naar buiten en trok de deur achter zich dicht. Hij keek de straat in en stak zijn handen diep in zijn broekzakken. Mike bekeek zijn profiel.

'Is alles in orde?' vroeg Mike.

'Jill is fantastisch geweest,' zei Guy.

Mike wist niet precies hoe hij daarop moest reageren, dus zei hij niets.

'Ik weet niet zo goed wat ik moet doen. Ik bedoel, je doet als ouder alles wat je kunt, nietwaar? Je doet je best met opvoeden, ze gezond te laten eten en goed te laten leren. Yasmin heeft op heel jonge leeftijd al een echtscheiding voor haar kiezen gehad. Maar daar heeft ze zich overheen gezet. Ze was gelukkig, sociaal en populair. En dan... nou ja... dan gebeurt er iets als dit.'

'Je bedoelt dat met meneer Lewiston?'

Guy knikte. Hij beet zijn tanden op elkaar en Mike zag zijn kaakspieren bewegen. 'Je hebt zelf gezien hoe Yasmin is veranderd, waar of niet?'

Mike koos voor de waarheid. 'Ze lijkt meer teruggetrokken dan daarvoor.'

'Weet je wat Lewiston tegen haar gezegd heeft?'

'Niet precies, nee.'

Guy sloot zijn ogen, haalde een keer diep adem en deed ze weer open. 'Ik neem aan dat Yasmin zich in de klas misdroeg, dat ze zat te kletsen of zoiets, ik weet het niet precies. Toen ik Lewiston later sprak, zei hij dat hij haar twee keer had gewaarschuwd. Waar het om gaat is dat Yasmin een beetje gezichtsbeharing heeft. Niet veel, maar toch iets wat op een snorretje lijkt. Niet zo erg dat het een vader zou opvallen, en haar moeder, nou ja, die is er niet meer, dus ik heb nooit gedacht aan elektrolyse of zo'n soort behandeling. Hoe dan ook, Lewiston is de klas aan het uitleggen over chromosomen en zij zit achterin te giechelen, totdat Lewiston er eindelijk genoeg van heeft. En toen heeft hij gezegd: "Sommige vrouwen vertonen mannelijke trekjes, zoals gezichtsbeharing... Yasmin, luister je?" Zoiets was het.'

'Dat is afschuwelijk,' zei Mike.

'Onvergeeflijk, vind je niet? Hij heeft zich niet meteen verontschuldigd, want, zei hij tegen me, hij wilde niet nog meer de aandacht vestigen op wat hem was ontglipt. Maar ondertussen liggen alle andere leerlingen dubbel van het lachen. Yasmin is zwaar aangeslagen. Ze beginnen haar uit te schelden voor "Vrouw met de

Baard" en "XY"… je weet wel, het mannelijke chromosoom. Lewiston verontschuldigt zich de volgende dag, zegt tegen de kinderen dat ze moeten ophouden met plagen, ik ga naar school en beklaag me bij het hoofd… maar als een klok eenmaal heeft geslagen, blijft hij nagalmen, begrijp je wat ik bedoel?'

'Ja.'

'Kinderen.'

'Ja.'

'Jill is Yasmin trouw gebleven… als enige. Wat ik verbazingwekkend vind voor een meisje van elf. Ik weet dat zij van de anderen ook het nodige te verduren heeft gehad.'

'Dat kan ze wel aan,' zei Mike.

'Ze is een goed kind.'

'Yasmin ook.'

'Je mag trots op haar zijn. Dat is het enige wat ik wil zeggen.'

'Dank je,' zei Mike. 'Het gaat wel over, Guy. Geef het wat tijd.'

Guy wendde zijn blik af. 'Toen ik in de derde van de basisschool zat, hadden we een jongen in de klas die Eric Hellinger heette. Eric had steevast een brede glimlach op zijn gezicht. Hij droeg altijd heel suffe kleren, maar dat scheen hij zich niet bewust te zijn. Hij bleef gewoon glimlachen. Op een dag werd hij onwel en had hij midden in de klas overgegeven. Heel smerig. Het stonk zo dat we allemaal de klas uit moesten. Hoe dan ook, daarna werd hij het mikpunt van pesterijen. Ze noemden hem Smellinger. En het hield niet meer op. Erics leven is erdoor veranderd. De glimlach verdween van zijn gezicht en toen ik hem jaren later op de middelbare school tegenkwam, waar ik hem alleen in de gang zag lopen, had ik de indruk dat hij na dat incident nooit meer heeft gelachen.'

Mike zei niets, maar hij kende dit soort verhalen. Ieder opgroeiend kind kende zijn eigen Eric Hellinger of Yasmin Novak.

'Het gaat niet over, Mike. Daarom zet ik het huis te koop. Ik wil helemaal niet verhuizen, maar ik zou niet weten wat ik anders moest doen.'

'Als Tia en ik je ergens mee kunnen helpen…' begon Mike.

'Dat waardeer ik. En ik waardeer ook dat Jill hier een nachtje mag logeren. Het betekent zo veel voor Yasmin. En voor mij ook. Dus bedankt.'

'Geen probleem.'

'Jill zei dat je vanavond met Adam naar ijshockey gaat.'

'Dat is de bedoeling.'

'Dan zal ik je niet langer ophouden. Bedankt voor het luisteren.'

'Graag gedaan. Je hebt mijn mobiele nummer?'

Guy knikte. Mike klopte de man op de schouder en liep terug naar de auto.

Zo ging het in het leven... een onderwijzer verliest tien seconden zijn zelfbeheersing en het leven van een klein meisje wordt voor altijd veranderd. Raar, als je erover nadenkt. Hij moest hierdoor ook weer aan Adam denken.

Zou zijn zoon ook zoiets zijn overkomen? Had één incident, hoe klein ook, ervoor gezorgd dat Adam een andere weg was ingeslagen?

Mike dacht aan films met tijdmachines, die waarin je terug kon gaan in de tijd en één ding mocht veranderen, waarna alles anders werd, als in een sneeuwbaleffect. Als Guy terug kon in de tijd en hij had Yasmin die dag niet naar school laten gaan, zou er dan nooit iets gebeurd zijn? Zou Yasmin dan nu gelukkiger zijn... of zou ze, door haar dwingen te verhuizen en een lesje te leren over hoe wreed mensen kunnen zijn, er uiteindelijk sterker uit tevoorschijn komen?

Het was onmogelijk te zeggen.

Het was doodstil in huis toen Mike binnenkwam. Geen spoor van Adam. Ook geen telefoontje of sms.

Met zijn gedachten nog bij Yasmin liep hij de keuken in. Het briefje lag nog steeds op de keukentafel, waar hij het had neergelegd. Op de deur van de koelkast zaten zo'n twintig fotootjes, netjes naast en onder elkaar met magneetjes bevestigd. Hij vond de foto van Adam en hem, van vorig jaar, toen ze naar het Six Flags-avonturenpark waren geweest. Mike was altijd doodsbang voor grote achtbanen en dat soort attracties geweest, maar op de een of andere manier was het Adam gelukt hem over te halen om samen met hem in een ding te gaan dat The Chiller werd genoemd. Mike had het fantastisch gevonden.

Nadat ze waren uitgestapt, hadden vader en zoon geposeerd voor een grappige foto met een man die Batman moest voorstellen. Allebei met hun haar in de war van de rit, met hun arm om de schouders van Batman geslagen en allebei met een domme grijns op hun gezicht.

Dat was pas afgelopen zomer geweest.

Mike wist nog goed dat hij met een bonkend hart in het wagentje had zitten wachten totdat de rit zou beginnen. Adam had hem met een scheve glimlach aangekeken en gezegd: 'Hou je goed vast.' Het was op dat moment geweest dat Mikes gedachten tien jaar terug waren gegaan, toen Adam vier was en ze in ditzelfde avonturenpark waren. Er was een show van een stuntman en het was heel druk. Mike had Adams handje vastgehouden en gezegd: 'Hou je goed vast', had de kleine hand van zijn zoon in zijn grote hand gevoeld, maar het gedrang bij de show was steeds erger geworden en op een zeker moment had hij de hand uit de zijne voelen glijden. Mike was overspoeld door paniek, alsof ze op het strand waren en werden getroffen door een huizenhoge golf die zijn kind de zee in sleurde toen die zich terugtrok. De scheiding had maar een paar seconden geduurd, niet meer dan tien, maar Mike zou de vrieskou in zijn aderen en de angst van het moment nooit vergeten.

Meer dan een minuut staarde Mike naar de foto. Toen pakte hij de telefoon en belde Adam voor de vierde keer.

'Bel alsjeblieft naar huis, jongen. Ik maak me zorgen om je. Ik ben er voor je, altijd, het maakt niet uit wat er is gebeurd. Ik hou van je. Dus bel me, oké?'

Hij hing op en wachtte.

Adam luisterde het laatste bericht van zijn vader af en begon bijna te huilen.

Hij dacht erover hem terug te bellen. Het nummer van zijn vader in te toetsen en tegen hem te zeggen dat hij hem moest komen halen, zodat ze met oom Mo naar de wedstrijd van de Rangers konden gaan en Adam hem misschien alles kon vertellen. Hij had zijn mobiele telefoon al in zijn hand. Het nummer van zijn vader zat onder toets 1. Zijn vinger zweefde boven de toets. Het enige wat hij hoefde te doen was die indrukken.

'Adam?' zei een stem achter hem.

Hij haalde zijn vinger weg.

'Kom, we gaan.'

10

Betsy Hill zag hoe haar man Ron zijn Audi de garage in reed. Hij was nog steeds een knappe vent. In zijn peper-en-zoutkleurige haar zat de laatste tijd wat meer zout, maar zijn lichtblauwe ogen – dezelfde als die van hun overleden zoon – stonden helder en zijn gezicht was nog strak en glad. In tegenstelling tot de meeste van zijn collega's had hij geen buikje, trainde hij genoeg en lette hij op wat hij at.

Voor haar op tafel lag de foto die ze van de MySpace-site had geprint. Het afgelopen uur had ze zich zitten afvragen wat ze moest doen. De tweeling was naar haar zus. Ze wilde ze niet thuis hebben wanneer ze zich hierover bogen.

Ze hoorde de tussendeur van de garage opengaan en Ron riep: 'Bets?'

'In de keuken, schat.'

Met een glimlach op zijn gezicht kwam Ron de keuken in. Het was lang geleden dat ze hem had zien glimlachen en zodra ze het zag, schoof ze de foto onder een tijdschrift, uit het zicht. Ze wilde die glimlach nog even intact laten, al was het maar voor een paar minuten.

'Hoi,' zei hij.

'Hoi. Hoe was het op je werk?'

'Goed, prima.' Hij glimlachte nog steeds. 'Ik heb een verrassing.'

'O ja?'

Ron kwam naar haar toe, boog zich voorover, kuste haar op haar wang en gooide een brochure op de keukentafel. Betsy pakte hem op.

'Een zevendaagse cruise,' zei hij. 'Moet je de route zien, Bets. Ik heb een Post-It op de pagina geplakt.'

Ze sloeg de bladzijde op en keek ernaar. Het schip vertrok vanaf Miami Beach en deed de Bahama's en St. Thomas aan, plus een of ander privé-eiland dat eigendom van de rederij was.

'Dezelfde route,' zei Ron. 'Precies dezelfde route als die van onze huwelijksreis. Alleen het schip is anders, natuurlijk. Die ouwe schuit vaart al lang niet meer. Dit is een gloednieuw schip. Ik heb een hut op het bovenste dek geboekt, met een balkonnetje. Ik heb zelfs iemand geregeld die op Bobby en Kari wil passen.'

'We kunnen de tweeling niet een week lang alleen laten.'

'Natuurlijk wel.'

'Maar ze zijn nog zo klein en kwetsbaar, Ron.'

De glimlach begon te vervagen. 'Die redden zich heus wel.'

Hij wil dit vergeten, dacht ze. Waar niks mis mee is, natuurlijk. Het leven gaat door. Dit is zijn manier om het af te sluiten. Hij wil er een punt achter zetten. En uiteindelijk, wist ze, zal hij ook achter mij een punt willen zetten. Hij zou nog een tijdje blijven vanwege de tweeling, maar alle mooie herinneringen – die eerste kus voor de ingang van de bibliotheek, hun eerste vakantie aan de kust, de spectaculaire, zonovergoten huwelijkscruise, hoe ze samen in hun eerste huis dat foeilelijke behang van de muren hadden staan steken, die keer in Farmer's Market, toen ze zo moesten lachen dat de tranen over hun wangen liepen – al die herinneringen waren nu in rook opgegaan.

Elke keer wanneer Ron haar zag, zag hij zijn dode zoon.

'Bets?'

Ze knikte. 'Misschien heb je wel gelijk.'

Hij kwam naast haar zitten en pakte haar hand. 'Ik heb Sy vandaag gesproken. Ze zoeken een manager voor het nieuwe kantoor in Atlanta. Het zou een geweldige kans voor me zijn.'

Hij wil ervoor op de vlucht, dacht ze weer. Nu nog samen met haar, maar haar aanwezigheid zou hem altijd pijn blijven doen. 'Ik hou van je, Ron.'

'Ik ook van jou, schat.'

Ze wilde dat hij gelukkig was. Ze was bereid hem te laten gaan nu hij die kans kreeg. Hij moest ervoor vluchten. Hij kon het niet aan. Hij kon niet samen met haar op de vlucht. Zij zou hem altijd aan Spencer blijven herinneren, aan die vreselijke avond op het dak van de school. Maar ze hield van hem, had hem nodig. Egoïstisch of niet, het idee dat ze hem kwijt zou raken beangstigde haar.

'Wat denk je van Atlanta?' vroeg hij.

'Ik weet het niet.'

'Je zult het er geweldig vinden.'

Ze had erover gedacht, over Atlanta. Maar het was zo ver weg en ze had haar hele leven in New Jersey gewoond.

'Het is wel veel tegelijk,' zei hij. 'We doen het gewoon stap voor stap. Eerst die cruise, oké?'

88

'Oké.'

Hij wil overal zijn, dacht ze, behalve hier. Hij wil terug in de tijd. Ze was bereid het te proberen, maar het zou niet werken. Je kunt niet terug. Nooit. Zeker niet wanneer je een tweeling hebt.

'Ik ga me omkleden,' zei Ron.

Hij kuste haar weer op de wang. Zijn lippen voelden koud aan. Alsof hij al weg was. Ze ging hem verliezen. Het kon drie maanden of twee jaar duren, maar de enige man van wie ze ooit had gehouden zou haar uiteindelijk verlaten. Al op het moment dat hij haar kuste voelde ze dat hij zich van haar aan het losmaken was.

'Ron?'

Met zijn ene hand al op de trapleuning bleef hij staan. Toen hij naar haar omkeek, zag hij eruit alsof ze hem ergens op betrapt had, alsof zijn poging om aan haar te ontsnappen op het laatste nippertje mislukt was. Hij liet zijn schouders hangen.

'Ik moet je iets laten zien,' zei Betsy.

Tia zat in de conferentiezaal van het Four Seasons in Boston, met Brett, de computernerd, die met de laptop aan het prutsen was, toen haar telefoon ging. Ze keek op de display en zag dat het Mike was.

'Ben je op weg naar de wedstrijd?'

'Nee,' zei hij.

'Waarom niet?'

'Adam is er niet.'

'Is hij helemaal niet thuisgekomen?'

'Hij is thuisgekomen, heeft een tijdje op zijn kamer gezeten en is weer weggegaan.'

'Heeft hij Jill alleen gelaten?'

'Ja.'

'Dat is niks voor hem.'

'Dat weet ik.'

'Ik bedoel, hij gedraagt zich wel eens onverantwoordelijk, maar zijn zusje alleen thuislaten...'

'Ja, ik weet het.'

Tia dacht even na. 'Heb je hem op zijn mobiele telefoon gebeld?'

'Natuurlijk heb ik hem gebeld. Denk je dat ik achterlijk ben?'

'Hé, je hoeft je niet op mij af te reageren,' zei Tia.

'Stel me dan geen vragen alsof ik een of andere idioot ben. Natuurlijk heb ik hem gebeld. Meer dan één keer. Ik heb zelfs...' Hij hapte naar adem. '... berichten ingesproken, dat hij me moest terugbellen.'

Tia zag dat Brett deed alsof hij niet meeluisterde. Ze liep een stukje van hem weg.

'Sorry,' zei ze. 'Ik wilde je niet...'

'Ik jou ook niet. We zijn allebei van streek.'

'Wat moeten we nu doen?'

'Wat kúnnen we doen?' zei Mike. 'Ik blijf hier wachten.'

'En als hij niet thuiskomt?'

Er viel een stilte.

'Ik wil niet dat hij naar dat feest gaat,' zei Mike.

'Ik ook niet.'

'Maar als ik ernaartoe ga om hem daar op te halen...'

'Dat zou ook raar zijn.'

'Wat vind jij dat we moeten doen?' vroeg hij.

'Dat je hem daar hoe dan ook moet ophalen. Misschien kun je een smoesje verzinnen.'

'Wat voor smoesje?'

'Geen idee. Maar het duurt waarschijnlijk nog een paar uur voordat het feest begint. Misschien kunnen we iets bedenken.'

'Ja, oké. Misschien hebben we geluk en vind ik hem voor die tijd.'

'Heb je zijn vrienden thuis gebeld? Clark en Olivia?'

'Tia...'

'Ja, ja... natuurlijk heb je dat gedaan. Zal ik naar huis komen?'

'Om wat te doen?'

'Dat weet ik niet.'

'Je kunt hier niks doen. Ik heb de situatie onder controle. Het was niet eens nodig dat ik je belde.'

'Ja, dat is wel nodig. Probeer me niet buiten te sluiten. Ik wil op de hoogte worden gehouden.'

'Dat zal ik doen, maak je geen zorgen.'

'Bel me zodra je iets van hem hoort.'

'Oké.'

Ze beëindigden het gesprek.

Brett keek op van zijn laptop. 'Problemen?'

'Heb je meegeluisterd?'

Brett haalde zijn schouders op. 'Waarom bekijk je zijn E-Spy-Right-rapport niet?'

'Misschien kan ik Mike straks vragen om dat te doen.'

'Je kunt het van hieruit doen.'

'Ik dacht dat ik dat alleen op mijn eigen computer kon.'

'Welnee. Je kunt overal inloggen, als je maar een internetverbinding hebt.'

90

Tia fronste haar wenkbrauwen. 'Dat klinkt niet erg veilig.'

'Je hebt wel je gebruikersnaam en je wachtwoord nodig. Je gaat gewoon naar de site van E-SpyRight en logt in. Misschien heeft je zoon een e-mail of zoiets ontvangen.'

Tia dacht erover na.

Brett boog zich over zijn laptop, typte iets in en draaide hem Tia's kant op. De startpagina van E-SpyRight stond op het scherm. 'Ik, eh... ga beneden een colaatje drinken,' zei hij. 'Moet ik iets voor je meenemen?'

Ze schudde haar hoofd.

'Ga je gang,' zei Brett, en hij liep naar de deur.

Tia ging in zijn stoel zitten en begon te typen. Ze vroeg het rapport op en keek of er vandaag iets was gebeurd. Er was niet veel, alleen een kort chatgesprek met de mysterieuze CeeJay8115.

CeeJay8115: Wat is er loos?

HockeyAdam1117: Zijn moeder wachtte me op na school.

CeeJay8115: Wat zei ze?

HockeyAdam1117: Ze weet iets.

CeeJay8115: Wat heb je tegen haar gezegd?

HockeyAdam1117: Niks. Ik ben weggerend.

CeeJay8115: We hebben het er vanavond over.

Tia las de regels nog een keer. Toen pakte ze haar mobiele telefoon en drukte op de knop voor Mikes nummer. 'Mike?'

'Wat is er?'

'Ga hem zoeken. Het kan me niet schelen of hij iets merkt of niet, maar zorg dat je hem vindt.'

Ron had de foto in zijn hand.

Hij staarde ernaar, maar Betsy kon zien dat hij hem al lang niet meer zag. Zijn lichaamstaal was ronduit zorgwekkend. Hij zat zo verkrampt dat ze zijn spieren zag trillen. Hij legde de foto op tafel en sloeg zijn armen over elkaar. Daarna pakte hij hem weer op.

'Verandert dit iets?' vroeg hij.

Hij knipperde snel met zijn ogen, zoals een stotteraar doet wanneer die een moeilijk woord niet kan uitspreken. De aanblik beangstigde Betsy. Ron had dat al jaren niet meer gedaan, dat snelle knipperen met zijn ogen. Haar schoonmoeder had haar verteld dat Ron vaak in elkaar was geslagen toen hij in de tweede klas zat, en dat hij had geprobeerd het voor haar verborgen te houden. Maar in die tijd was dat knipperen met zijn ogen begonnen. Het was minder geworden naarmate hij ouder werd. De laatste jaren was het helemaal verdwenen. Zelfs toen ze het nieuws over Spencer te horen hadden gekregen had Betsy hem niet zien knipperen.

Ze wilde dat ze hem de foto niet had laten zien. Ron was thuisgekomen om toenadering te zoeken en zij had hem weggejaagd.

'Hij was die avond niet alleen,' zei ze.

'Nou en?'

'Hoor je niet wat ik zeg?'

'Misschien is hij eerst met zijn vrienden weg geweest. Wat maakt het uit?'

'Waarom hebben ze dan niets gezegd?'

'Wie zal het zeggen? Misschien waren ze bang, of misschien had Spencer gezegd dat ze hun mond moesten houden. Of misschien, waarschijnlijk, heb je de datum verkeerd. Misschien heeft hij ze even gezien en is hij daarna alleen verder gegaan. Of misschien is de foto eerder op de dag genomen.'

'Nee. Ik heb Adam Baye er voor zijn school mee geconfronteerd...'

'Wát heb je gedaan?'

'Ik heb gewacht tot de school uitging en heb hem deze foto laten zien.'

Ron zei niets en schudde zijn hoofd.

'Hij is weggerend. Er moet iets aan de hand zijn.'

'Zoals?'

'Dat weet ik niet. Maar we moeten niet vergeten dat Spencer een blauwe plek bij zijn oog had toen de politie hem vond.'

'Die hebben ze verklaard. Hij is waarschijnlijk in elkaar gezakt en op zijn gezicht gevallen.'

'Of misschien heeft iemand hem geslagen.'

Ron ging zachter praten. 'Niemand heeft hem geslagen, Bets.'

Betsy zei niets. Het knipperen met de ogen was erger geworden. De tranen liepen over Rons wangen. Ze stak haar hand uit om ze weg te vegen, maar hij draaide zijn hoofd weg.

'Spencer heeft een hele pot pillen met drank ingenomen. Begrijp je dat dan niet, Betsy?'

Ze gaf geen antwoord.

'Niemand heeft hem gedwongen die fles wodka uit onze drankkast te stelen. Niemand heeft hem gedwongen die pot pillen uit mijn medicijnkastje te halen. Waar ik hem had neergezet. In het zicht. Dat weten we, waar of niet? Het waren mijn medicijnen op recept die ik – jawel – zomaar in het zicht had neergezet. Die waar ik een herhalingsrecept voor had gevraagd hoewel de pijn eigenlijk al lang over was, waar of niet?'

92

'Ron, ik heb je niet...'

'O nee? Denk je dat ik het niet heb gezien?'

'Wat gezien?' vroeg ze. Maar ze wist het. 'Ik heb het je nooit ver-weten, ik zweer het.'

'Ja, dat heb je wel.'

Ze schudde haar hoofd. Maar Ron zag het niet, want hij was al opgestaan en liep de deur uit.

11

Nash was klaar om toe te slaan.

Hij wachtte op het parkeerterrein van het Palisades Park-winkelcentrum. Een gigantisch winkelcentrum, echt op z'n Amerikaans. Goed, de Mall of America in Minneapolis was groter, maar dit was nieuwer, moderner, vol reusachtige megastores in plaats van die leuke boetiekjes die in de jaren tachtig populair waren. Ze hadden hier complete warenhuizen, een superwinkel van een bekende boekhandelsketen, een imax-theater met vijftien zalen, een Best Buy, een Staples en een levensgroot reuzenrad. De gangen waren breed. Alles was groot.

Reba Cordova was in de Target Superstore.

Ze had haar donkergroene Acura MDX een eind van de ingang geparkeerd. Dat was in hun voordeel, maar het bleef riskant. Ze hadden het busje naast haar Acura geparkeerd, aan de bestuurderskant. Nash had het plan bedacht. Pietra was op dit moment in de Target en volgde Reba Cordova. Nash was er zelf ook binnen geweest, om snel iets te kopen.

Nu wachtte hij op een sms'je van Pietra.

Hij had overwogen zijn snor op te plakken, maar nee, dat zou nu niet werken. Zijn gezicht moest open en vertrouwenwekkend zijn. Dat lukte je niet met een snor. Een snor, zeker zo'n volle die hij met Marianne had gebruikt, domineerde een gezicht. Als je ooggetuigen om een signalement vroeg, waren er maar weinig die de snor vergaten. Dus meestal werkte het.

Maar niet in deze situatie.

Nash zat in het busje en bereidde zich voor. Hij fatsoeneerde zijn haar in de achteruitkijkspiegel en haalde een elektrisch scheerapparaat over zijn wangen.

Cassandra had het prettig gevonden als hij gladgeschoren was. Nash had een vrij zware baard die aan het eind van de middag al flink kon prikken.

'Alsjeblieft, mooie man, scheer je voor me,' zei Cassandra altijd, met die zijwaartse blik waarvan zijn hart een sprongetje maakte.

'Dan zal ik je hele gezicht met kussen overdekken.'

Daar moest hij nu aan denken. Hij dacht aan haar stem. Zijn hart brak nog steeds als hij aan haar dacht. Hij had al lang geleden geaccepteerd dat het altijd pijn zou blijven doen. Dat hij moest leren leven met de pijn. De wond zou altijd blijven.

Hij keek door de voorruit van het busje en zag de mensen van en naar de ingang van het winkelcentrum lopen. Zij leefden allemaal nog en zijn Cassandra was dood. Van haar schoonheid zou nu niet veel meer over zijn. Hij kon het zich moeilijk voorstellen.

Zijn mobiele telefoon zoemde. Een sms van Pietra.

BIJ KASSA. GAAT NU WEG.

Hij wreef zich snel in de ooghoeken met zijn duim en wijsvinger, stapte uit en opende de zijdeur van het busje. Zijn aankoop, een Cosco Scenara 5-punts kinderzitje, met veertig dollar het goedkoopste dat hij in de winkel had kunnen vinden, had hij al uit de doos gehaald.

Nash keek achterom.

Reba Cordova duwde een rood winkelwagentje met diverse plastic tassen voor zich uit. Ze zag er gelukkig en tevreden uit, net als al die andere kuddedieren uit de mooie woonwijken. Hij vroeg zich af of hun geluksgevoel echt of verbeeld was. Ze hadden alles wat ze wensten. Een mooi huis, twee auto's, financiële zekerheid, man en kinderen. Nash vroeg zich af of dat het enige was waar ze behoefte aan hadden. En hij vroeg zich af wie de mannen op kantoor waren die hun dat leven boden, en of zij er ook zo over dachten.

Achter Reba Cordova zag hij Pietra lopen. Ze hield afstand. Nash nam de omgeving op. Een dikke man met hippiehaar, een baard als een rattennest en een geknoopverfd T-shirt hees zijn afgezakte spijkerbroek op tot boven zijn bilspleet en ging op weg naar de ingang. Walgelijk. Nash had hem al rondjes zien rijden in zijn aftandse Chevy Caprice, net zo lang totdat hij een plekje dicht bij de ingang had gevonden, zodat hij tien seconden minder hoefde te lopen. Amerika's trots.

Nash had het busje zo neergezet dat de zijdeur precies naast het linkerportier van de Acura zat. Hij boog zich naar binnen en begon aan het kinderzitje te frunniken. Hij had de zijspiegel zo gedraaid dat hij haar kon zien aankomen. Reba richtte de afstandsbediening op de Acura en de achterklep ging open. Hij wachtte totdat ze bij de auto was.

'Verdorie!' zei hij, zo hard dat Reba het kon horen, maar meer op een geamuseerde dan op een geërgerde manier. Hij ging rechtop staan en krabde zich op het hoofd alsof hij zich verbaasde. Hij keek Reba Cordova aan en glimlachte naar haar op een onschuldige manier.

'Kinderzitje,' zei hij tegen haar.

Reba Cordova was een aantrekkelijke vrouw met gelaatstrekken die een beetje aan een pop deden denken. Ze keek hem aan en knikte meelevend.

'Ik vraag me af wie die instructieboekjes schrijven,' vervolgde Nash. 'Ingenieurs van de NASA?'

Er kwam een begrijpende glimlach op Reba's gezicht. 'Ja, belachelijk, nietwaar?'

'Absoluut. Ik probeerde pas Rogers Pack-n-Play-box op te zetten… Roger is mijn zoontje van twee. Kent u die? Een Pack-n-Play, bedoel ik.'

'Jazeker.'

'Die zou inklapbaar en te verplaatsen moeten zijn, maar Cassandra – mijn vrouw – nou ja, die zegt dat ik twee linkerhanden heb.'

'Net als mijn man.'

Nash lachte. Zij lachte ook. Ze had een heel leuke lach, vond Nash. Hij vroeg zich af of Reba's man die nog wel appreciëerde, of hij iemand met gevoel voor humor was, het leuk vond om zijn vrouw met haar poppengezichtje aan het lachen te maken en nog kon genieten van haar lach.

'Ik vind het vreselijk om u lastig te vallen,' zei hij, nog steeds een en al vriendelijkheid, met zijn handen ontspannen langs zijn lijf, 'maar ik moet Roger van de crèche halen en… tja… Cassandra en ik hebben veiligheid hoog in het vaandel staan.'

'Natuurlijk.'

'Dus ik durf er niet eens aan te denken om hem zonder kinderzitje mee te nemen, en nu ben ik vergeten het uit onze andere auto te halen, dus ben ik hier gestopt om er een te kopen… nou ja, u weet hoe het gaat.'

'Ja, dat weet ik.'

Nash hield het instructieboekje op en schudde zijn hoofd. 'Zou u misschien even willen kijken?'

Reba aarzelde. Hij kon het zien. Een primaire reactie… meer een reflex. Hij was tenslotte een wildvreemde. Ons is zowel biologisch als maatschappelijk aangeleerd dat we ons hoeden voor het onbekende. Maar de evolutie heeft ons ook een paar deugden opgeleverd. Ze stonden op een openbaar parkeerterrein en hij leek haar

96

wel een aardige man, een jonge vader die stond te worstelen met een kinderzitje, dus zou het onbeleefd zijn om te weigeren, toch?

Al deze afwegingen vergden slechts enkele seconden, niet meer dan twee of drie, en uiteindelijk won de beleefdheid het van de overlevingsdrift.

Zoals meestal.

'Natuurlijk,' zei ze.

Ze zette haar tassen achter in de auto en kwam naar hem toe. Nash boog zich weer het busje in. 'Volgens mij moet deze band...'

Reba stond naast hem. Nash ging rechtop staan om haar de ruimte te geven. Hij keek om zich heen. De dikzak met de Jerry Garcia-baard en zijn rare T-shirt waggelde nog steeds naar de ingang, maar die had vast geen belangstelling voor zaken die niet met eten te maken hadden. En soms kun je het beste in alle openheid handelen. Zonder paniek, zonder haast, zonder ophef.

Reba Cordova boog zich het busje in en riep daarmee het onheil over zich af.

Nash zag haar onbedekte nek. Hij had maar een paar seconden nodig. Hij boog zich over haar heen, zette de vingers van zijn ene hand op de plek achter haar oorlel en drukte zijn andere hand op haar mond. De effectiefste manier om de bloedstroom naar de hersenen te onderbreken.

Ze trapte met haar benen achteruit, maar dat duurde niet lang. Hij drukte harder en Reba Cordova bewoog zich niet meer. Hij duwde haar achterin, kroop haar achterna en trok de zijdeur dicht. Pietra kwam aanlopen. Ze deed de achterklep van Reba's auto dicht. Nash haalde de autosleutels uit Reba's hand en gebruikte de afstandsbediening om haar auto af te sluiten. Pietra zat al achter het stuur van het busje.

Ze startte de motor.

'Wacht,' zei Nash.

Pietra draaide zich om. 'Moeten we niet opschieten?'

'Rustig blijven.'

Hij dacht even na.

'Ik rij het busje zelf,' zei hij. 'Ik wil dat jij haar auto meeneemt.'

'Wat? Waarom?'

'Omdat ze, als we die laten staan, zullen weten dat ze vanaf hier is ontvoerd. Als we haar auto ergens anders zetten, brengen we ze in verwarring.'

Hij gooide haar de autosleutels toe. Daarna boeide hij Reba's handen met plastic boeien achter haar rug. Hij propte een lap in haar mond. Ze begon zich weer te verroeren.

Hij nam haar mooie gezicht in zijn beide handen en even leek het erop dat hij haar ging kussen.

'Als je probeert te ontsnappen,' zei hij terwijl hij haar recht in haar poppenogen keek, 'grijp ik Jamie. En dan ga ik hem heel erg pijn doen. Begrepen?'

Reba schrok zich wezenloos toen ze de naam van haar kind hoorde.

Nash kroop achter het stuur. Tegen Pietra zei hij: 'Rij gewoon achter me aan. Niet te hard.'

En ze gingen op weg.

Mike probeerde zich te ontspannen met zijn iPod. Naast ijshockey had hij geen andere uitlaatkleppen. Niets waarmee hij zich echt kon ontspannen. Hij hield van zijn gezin, hield van zijn werk en hield van ijshockey. IJshockey was echter een aflopende zaak. De jaren begonnen te tellen. Hij gaf het niet graag toe, maar het was gewoon zo. Een aanzienlijk deel van zijn werk bestond uit urenlang aan de operatietafel staan. In het verleden had ijshockeyen hem geholpen in vorm te blijven. Waarschijnlijk was het nog steeds goed voor zijn hart, maar zijn lijf begon eronder te lijden. Hij had pijn in zijn gewrichten. Pijnlijke spieren en lichte verrekkingen kwamen vaker voor en het duurde steeds langer voordat hij er weer van af was.

Voor het eerst in zijn leven voelde Mike zich in de dalende helft van de achtbaan... of de salto achterover van het leven, zoals zijn golfvrienden het noemden. Natuurlijk weet je het. Wanneer je vijfendertig of veertig bent, weet je dat je lichamelijk niet meer dezelfde bent die je bent geweest. Maar ontkenning is een machtig wapen. Nu, op de respectabele leeftijd van zesenveertig, wist hij dat, wat hij ook deed, de neergang niet alleen zou doorzetten, maar dat ook steeds sneller zou doen.

Een opwekkend idee.

De minuten verstreken traag. Het had geen zin om nóg een keer naar Adams mobiele telefoon te bellen. Hij had Mikes berichten ontvangen of niet. Op zijn iPod stelde Mat Kearney hem de toepasselijke muzikale vraag: 'Where we gonna go from here?' Mike deed zijn ogen dicht en probeerde in de muziek op te gaan, maar dat lukte niet. Hij begon door de kamer te ijsberen. Ook dat hielp niet. Hij overwoog een eindje te gaan rijden om Adam te zoeken, maar wat zou hij daarmee opschieten? Toen zag hij zijn ijshockeystick in de hoek staan. Hij kon buiten pucks op het doel schieten; misschien zou hij daarvan opknappen.

Zijn mobiele telefoon ging. Zonder op de display te kijken antwoordde hij. 'Hallo?'

'Nog nieuws?'

Het was Mo.

'Nee.'

'Ik kom naar je toe.'

'Ga naar de wedstrijd.'

'Nee.'

'Mo...'

'Ik geef de kaartjes wel aan een andere vriend.'

'Je hebt geen andere vriend.'

'Eh, dat is waar,' zei Mo.

'Hoor eens, ik geef hem nog een half uur. Laat de kaartjes maar bij de informatiebalie achter.'

Mo gaf geen antwoord.

'Mo?'

'Wat heb je ervoor over om hem te vinden?'

'Wat bedoel je?'

'Weet je nog dat ik vroeg of ik je mobiele telefoon mocht zien?'

'Ja.'

'Jouw model is uitgerust met een gps.'

'Ik geloof niet dat ik je kan volgen.'

'Gps. Dat staat voor *Global Positioning System*.'

'Ik weet waar het voor staat, Mo. Wat heeft dat ermee te maken?'

'Veel nieuwe telefoons hebben een ingebouwde gps-chip.'

'Zoals die driehoeksmetingen op tv, vanuit de signaaltorens?'

'Nee, dat is tv. Bovendien is die technologie achterhaald. Het is een paar jaar geleden begonnen met iets wat de sidsa Personal Locator werd genoemd. Toen werd het vooral gebruikt voor Alzheimerpatiënten. Je stopte het bij iemand in zijn zak, het was ongeveer zo groot als een pakje speelkaarten, en als iemand dan de weg kwijtraakte, kon je hem makkelijk terugvinden. Daarna is uFindKid hetzelfde gaan doen met mobiele telefoons van kinderen. Nu bouwt praktisch elke fabrikant ze standaard in in alle nieuwe modellen mobiele telefoons.'

'Zit er een gps in Adams telefoon?'

'Ja, in de jouwe ook. Ik kan je het adres van de website geven. Je gaat ernaartoe en neemt een abonnement met je creditcard. Je typt Adams nummer in en krijgt dan een kaart te zien zoals met elk gps-apparaat – net als op Mapquest – met straatnamen en alles erbij. Zo kun je heel nauwkeurig zien waar de telefoon zich bevindt.'

Mike zei niets.

'Heb je gehoord wat ik zei?'

'Ja.'

'En?'

'En ik ga het meteen doen.'

Mike beëindigde het gesprek, ging online en klikte het adres van zijn provider aan. Hij voerde het telefoonnummer in en gaf zijn wachtwoord. Hij vond het gps-programma, klikte de link aan en zag een aantal opties staan. Je kon een maand gps-service kopen voor 49,99 dollar, een half jaar voor 129,99 dollar en een heel jaar voor 199,99 dollar. Mike was zelfs in staat om van de drie opties uit te rekenen welke de goedkoopste was, maar toen schudde hij met zijn hoofd en klikte op een maand. Hij wilde er niet aan denken dat hij dit soort dingen een heel jaar zou moeten doen, ook al was dat voordeliger.

Het duurde twee minuten voordat de goedkeuring op het scherm verscheen en toen kreeg hij opnieuw een aantal opties te zien. Mike klikte op de kaart. Heel Noord-Amerika verscheen op het scherm, met een stip in de staat New Jersey. Tjonge, daar had hij wat aan. Hij klikte op het zoomicoontje – een vergrootglas – en tergend, bijna dramatisch langzaam begon de kaart dichterbij te komen, eerst de streek, toen de staat, toen de stad en ten slotte de straat.

De gps-service zette een grote rode stip in een straat niet zo ver van waar Mike nu achter zijn computer zat. In beeld verscheen een kadertje met de tekst: DICHTSTBIJZIJNDE ADRES. Hij klikte erop, maar eigenlijk was dat niet nodig. Hij wist al waar het was.

Adam was in het huis van Huff.

12

Negen uur 's avonds. Het huis van de familie Huff was in duister gehuld.

Mike parkeerde aan de overkant van de straat. In het huis brandde licht. Er stonden twee auto's op de oprit. Hij dacht na over hoe hij dit moest aanpakken. Hij bleef in de auto zitten en belde Adams nummer nog een keer. Geen antwoord. De huistelefoon van de familie Huff stond niet geregistreerd, waarschijnlijk omdat Daniel Huff politieman was. Het mobiele nummer van de zoon, DJ, had hij niet.

Hij had niet veel keus.

Hij probeerde te bedenken hoe hij zijn aanwezigheid hier moest verklaren zonder zich te verraden. Hij kon echt niets verzinnen.

Dus wat nu?

Hij overwoog weer naar huis te gaan. Adam was minderjarig. Drinken was gevaarlijk, ja, maar had Mike het zelf ook niet gedaan toen hij jong was? Ze hadden stiekem biertjes gedronken in het bos. Feestjes met sterkedrank in het huis van Greenhalls ouders. Mike en zijn vrienden hadden niet veel met drugs gehad, maar hij was wel vaak thuis geweest bij zijn vriend Weed – tip voor ouders: als je kind door iedereen 'Weed' wordt genoemd, is dat meestal niet omdat hij zo graag in de tuin werkt – als zijn ouders de stad uit waren.

Mike had zelf zijn weg terug gevonden. Zou hij een beter mens zijn geworden als zijn ouders hem voortdurend op zijn nek hadden gezeten?

Mike keek naar de deur van het huis. Misschien moest hij hier gewoon blijven wachten. Misschien moest hij Adam laten drinken en feesten, of wat ze daar ook deden, en wachten totdat hij naar buiten kwam, zodat hij kon zien dat alles goed met hem was. Dan zou Adam zich niet hoeven generen en zou het vertrouwen tussen vader en zoon niet worden beschaamd.

Welk vertrouwen?

Adam had zijn zusje aan haar lot overgelaten. Adam had geweigerd zijn telefoontjes te beantwoorden. En wat veel erger was, van Mikes kant, was dat hij zijn zoon al schaamteloos bespioneerde. Tia en hij volgden wat Adam op zijn computer deed. Ze hadden zijn privacy al op alle mogelijke manieren geschonden.

Mike dacht aan het oude spreekwoord. Zoals de waard is, vertrouwt hij zijn gasten.

Hij zat nog steeds te twijfelen over hoe hij het moest aanpakken toen de voordeur van Huffs huis openging. Mike zakte verder onderuit op zijn stoel en voelde zich nu pas echt belachelijk. Maar het was niet een van de jongens die naar buiten kwam. Het was commandant Daniel Huff van de politie van Livingston.

De vader die verondersteld werd het weekend weg te zijn.

Mike wist niet goed wat hij moest doen. Maar dat maakte niet uit. Want Daniel Huff wist zo te zien wel wat hij deed. Hij kwam linea recta Mikes kant op lopen. Zonder aarzelen. Huff wíst waar hij naartoe liep.

Naar Mikes auto.

Mike ging rechtop zitten. Daniel Huffs blik vond de zijne. Hij zwaaide niet, glimlachte niet, fronste zijn wenkbrauwen niet en had ook geen vragende uitdrukking op zijn gezicht. Misschien was Mike bevooroordeeld, want hij wist al wat Huff voor de kost deed, maar op dat moment zag hij er in Mikes ogen heel erg uit als de smeris die je aanhoudt en je met een onbewogen gezicht aankijkt totdat je uit jezelf bekent dat je te hard hebt gereden, of dat je een partij drugs in je kofferbak hebt.

Toen Huff halverwege de straat was, draaide Mike zijn raampje open en forceerde hij een glimlach om zijn mond.

'Hallo, Dan,' zei Mike.

'Mike.'

'Reed ik te hard, agent?'

Huff probeerde te glimlachen om het armzalige grapje. Hij kwam naar de auto toe. 'Rijbewijs en kentekenbewijs, alstublieft.'

Ze grinnikten even maar vonden het geen van beiden grappig. Huff zette zijn handen in zijn zij. Mike wilde iets zeggen. Hij wist dat Huff op een verklaring wachtte. Mike vroeg zich alleen af of hij die wel wilde geven.

Nadat hun geforceerde gegrinnik was verstomd en er een paar pijnlijke seconden waren verstreken, kwam Daniel Huff ter zake. 'Ik zag je hier zitten, Mike.'

Daarna zweeg hij. 'Eh… ja,' zei Mike.

'Alles in orde met je?'

'Ja, natuurlijk.'

Mike probeerde zijn ergernis niet te laten blijken. Huff was een smeris, nou en? Iemand die zijn vrienden op straat misschien wel altijd op deze manier benaderde, met zo'n superieure houding alsof hij alles al wist. Aan de andere kant is het ook wel wat vreemd wanneer je een bekende voor je huis in een auto ziet zitten en iets ziet doen wat verdacht veel op bespioneren lijkt.

'Wil je niet liever binnenkomen?'

'Ik ben op zoek naar Adam.'

'Zit je daarom hier in je auto?'

'Ja.'

'Maar waarom heb je niet gewoon aangebeld?'

Alsof hij Columbo was.

'Ik moest eerst iemand bellen.'

'Ik heb je niet zien telefoneren.'

'Hoe lang observeer je me al, Dan?'

'Een paar minuten.'

'Ik heb een *car kit*. Je weet wel. Handsfree bellen. Dat moet volgens de wet, toch?'

'Niet als je geparkeerd staat. Dan mag je je telefoon gewoon gebruiken.'

Mike begon genoeg te krijgen van dit gedraai. 'Zijn Adam en DJ binnen?'

'Nee.'

'Weet je het zeker?'

Huff fronste zijn wenkbrauwen. Mike wachtte.

'Ik dacht dat de jongens vanavond bij jou thuis zouden zijn,' zei Mike.

'Hoe kom je daarbij?'

'Zo had ik het begrepen. Dat jij en Marge weg zouden zijn en dat ze bij jou hadden afgesproken.'

Huff fronste zijn wenkbrauwen weer. 'Dat ik weg zou zijn?'

'Ja. Het hele weekend. Zoiets.'

'En jij dacht dat ik twee jonge knullen al die tijd zonder toezicht in mijn huis laat?'

Dit ging niet goed.

'Waarom heb je Adam niet gewoon gebeld?'

'Dat heb ik gedaan. Maar zijn telefoon doet het niet, denk ik. Hij vergeet hem vaak op te laden.'

'Dus toen ben je hiernaartoe komen rijden?'

'Ja.'

'En ben je in de auto blijven zitten en heb je niet even aangebeld?'

'Hoor eens, Dan, ik weet dat je politieman bent, maar maak het me niet zo moeilijk, wil je? Ik ben alleen maar op zoek naar mijn zoon.'

'Hij is hier niet.'

'En DJ? Misschien weet hij waar Adam is.'

'Die is er ook niet.'

Mike had verwacht dat Huff zou aanbieden zijn zoon te roepen. Dat deed hij niet. Maar Mike wilde het niet verder op de spits drijven. Hij was al ver genoeg gegaan. Als er in Huffs huis een feestje vol drank en drugs was gepland, was het nu in ieder geval afgelast. Hij wilde niet meer aan deze man prijsgeven voordat hij zelf meer wist. Hij had Huff nooit bijzonder sympathiek gevonden en dat was er door deze ontmoeting niet beter op geworden.

Maar hoe zat het dan met die gps-service?

'Leuk je weer eens te spreken, Dan.'

'Insgelijks, Mike.'

'Als je iets van Adam hoort…'

'Dan zal ik tegen hem zeggen dat hij je moet bellen. Een prettige avond nog. En rij voorzichtig.'

'Fluitende ketels en spinnende poezen,' zei Nash.

Pietra zat weer achter het stuur. Nash had haar drie kwartier achter zich aan laten rijden. Ten slotte hadden ze de Acura op het parkeerterrein van het Ramada-hotel in East Hanover achtergelaten. Als die werd gevonden, zouden ze denken dat Reba daar was verdwenen. De politie zou zich afvragen wat een getrouwde vrouw in een hotel zo dicht bij haar huis te zoeken had. Ze zouden kunnen denken dat ze daar een minnaar had ontmoet. En haar man zou volhouden dat dat uitgesloten was.

Net als met Marianne zou de waarheid uiteindelijk aan het licht komen. Maar het zou tijd kosten.

Ze hadden de dingen meegenomen die Reba in het winkelcentrum had gekocht. Als ze die in haar auto hadden laten liggen, was dat een aanwijzing voor de politie geweest. Nash bekeek een van de winkeltassen. Ze had ondergoed en boeken en zelfs een paar familiefilms op dvd gekocht.

'Hoorde je wat ik zei, Reba?' Hij hield een van de dvd's op. 'Fluitende ketels en spinnende poezen.'

Reba lag vastgebonden achterin, met haar handen op de rug en een extra touw dat van haar nek naar haar enkels liep. Haar poppengezicht zag er teer en bleek uit, als porselein. Nash had de lap uit haar mond getrokken. Ze keek op en kreunde.

'Beweeg je niet te veel,' zei hij. 'Dan doe je jezelf alleen maar meer pijn. Je kunt straks nog genoeg pijn lijden.'

Reba slikte. 'Wat... wat wil je?'

'Ik vraag je iets over de film die je hebt gekocht.' Nash liet haar het doosje zien. *The Sound of Music*. Een klassieker.'

'Wie ben je?'

'Als je me nog één vraag stelt, ga ik je meteen pijn doen. Dat betekent dat je langer moet lijden en eerder doodgaat. En als je me te lang irriteert, pak ik Jamie en doe ik hetzelfde met haar. Heb je dat goed begrepen?'

De kleine ogen knipperden alsof hij haar een klap had gegeven. Er kwamen tranen in haar ogen. 'Alsjeblieft...'

'Je kent *"The Sound of Music"*? Ja of nee.'

Ze probeerde te stoppen met huilen, haar tranen weg te slikken.

'Reba?'

'Ja.'

'Wat ja?'

'Ja,' zei ze, 'die ken ik.'

Nash glimlachte naar haar. 'En de regel "fluitende ketels en spinnende poezen", ken je die ook?'

'Ja.'

'Uit welk liedje komt die?'

'Wat?'

'Het liedje. Weet je nog hoe dat liedje heet?'

'Nee, dat weet ik niet meer.'

'Natuurlijk wel, Reba. Denk nou eens goed na.'

Ze deed haar best, maar angst, wist hij, kon verlammend werken.

'Je bent van streek,' zei Nash. 'Dat begrijp ik. De regel komt uit het liedje "My Favorite Things". Weet je het nu weer?'

Ze knikte. Toen wist ze het weer. 'Ja.'

Nash glimlachte, was verheugd. 'Fluitketels,' zei hij.

Ze keek hem aan alsof hij gek was geworden.

'Herinner je je die scène in de film? Julie Andrews zit daar bij al die kinderen, die eng hebben gedroomd of bang waren van het onweer of weet ik veel, en ze probeert ze te kalmeren door te zeggen dat ze moeten denken aan de dingen waar ze van houden, en daar een liedje over te zingen. Om ze af te leiden van hun angst. Dat weet je nog wel, hè?'

Reba begon weer te huilen, maar desondanks knikte ze.

'En dan zingt ze "fluitende ketels". Fluitketels, nou vraag ik je! Denk daar nou eens over na. Je kunt een miljoen mensen vragen wat de vijf dingen zijn waar ze het meest van houden en je zult niemand – maar dan ook echt niemand! – horen zeggen: van fluitketels. Ik bedoel, stel je voor: Waar ik het meest van hou? Nou, van mijn fluitketel natuurlijk. Jazeker, ik ben gek op dat ding. Als ik mezelf echt blij wil maken, als ik opgewonden wil raken, ga ik naar de keuken en pak ik mijn fluitketel. Jawel, meneer, succes verzekerd. En weet u waar ik echt helemaal warm van word? Van een fluitketel die zo'n schril, doordringend geluid maakt. Man, daar krijg ik me toch een kick van!'

Nash stopte met praten, grinnikte en schudde zijn hoofd. 'Je kunt het bijna voor je zien in *Vijf Tegen Vijf*, waar of niet? De top-5 van dingen waar je het meest van houdt verschijnt op het scherm en jij zegt: "Fluitketel", waarop Richard Dawson zich omdraait en zegt: "Het Amerikaanse volk zegt…"'

Nash deed een zoemer na en vormde een X met zijn onderarmen.

Hij lachte. Pietra lachte ook.

'Alsjeblieft,' zei Reba. 'Vertel me alsjeblieft wat je van me wilt.'

'Daar komen we zo aan toe, Reba. Echt waar. Maar ik zal je alvast een hint geven.'

Ze wachtte.

'Zegt de naam Marianne je iets?'

'Wat?'

'Marianne.'

'Wat is er met Marianne?'

'Zij heeft jou iets opgestuurd.'

De angst in haar ogen nam toe.

'Doe me alsjeblieft geen pijn.'

'Het spijt me, Reba, maar ik ga je wel pijn doen. Ik ga je zelfs heel erg veel pijn doen.'

En daarna kwam hij de laadruimte van het busje in en voegde de daad bij het woord.

13

Toen Mike thuiskwam, sloeg hij de deur achter zich dicht en startte de computer op. Hij wilde de gps-service openen om te zien waar Adam was. Maar gps-metingen zijn bij benadering, niet exact. Was het mogelijk dat Adam zich in de omgeving had bevonden? Een straat verderop misschien? Of in Huffs achtertuin, of in het bos daarachter?

Hij wilde net de website openen toen er op de deur werd geklopt. Hij zuchtte, stond op en keek uit het raam. Het was Susan Loriman.

Hij liep naar de deur en deed open. Ze had haar haar los en geen make-up op, en voor de zoveelste keer nam Mike het zichzelf kwalijk dat hij haar zo aantrekkelijk vond. Sommige vrouwen hebben dat gewoon. Je kunt niet echt de vinger leggen op het hoe en waarom. Ze hebben een mooi gezicht en een mooi figuur, soms zelfs heel mooi, maar er is ook nog dat onbenoembare wat een man knikkende knieën bezorgt. Mike zou er nooit iets mee doen, maar als je het niet herkende en besefte dat het er was, kon dat zelfs nog riskanter zijn.

'Hallo,' zei ze.

'Hallo.'

Ze kwam niet binnen. Dat zou de tongen losmaken als een van de buren naar buiten keek, en in een buurt als deze was de kans daarop groot. Susan bleef op het stoepje staan, met haar armen over elkaar, alsof ze een kopje suiker kwam lenen.

'Weet je waarom ik je heb gebeld?' vroeg hij.

Ze schudde haar hoofd.

Mike vroeg zich af hoe hij dit moest aanpakken. 'Zoals je weet moeten we de directe bloedverwanten van je zoon de kruisproef afnemen.'

'Ja.'

Mike dacht aan zijn gesprek met Daniel Huff, aan de computer die boven op hem wachtte, aan de gps in de telefoon van zijn zoon.

Hij zou haar het nieuws graag voorzichtig willen brengen, maar hij had nu geen tijd voor subtiliteiten.

'Dat betekent,' zei hij, 'dat we Lucas' biologische vader moeten testen.'

Susan schrok alsof hij haar een klap in het gezicht had gegeven.

'Sorry dat ik het zo onomwonden zeg...'

'Jullie hébben zijn vader getest. Je zei dat hij geen goede kandidaat was.'

Mike keek haar recht aan. 'Zijn biologische vader,' zei hij.

Ze knipperde met haar ogen en deed een stap achteruit.

'Susan?'

'Is Dante dat dan niet?'

'Nee, Dante is niet de biologische vader.'

Susan Loriman deed haar ogen dicht.

'Mijn god,' zei ze. 'Dat kan niet waar zijn.'

'Het is echt zo.'

'Weten jullie het zeker?'

'Ja. Wist je het niet?'

Ze zei niets.

'Susan?'

'Ga je dit aan Dante vertellen?'

Mike vroeg zich af wat hij daarop moest antwoorden. 'Ik denk het niet.'

'Dat dénk je?'

'We zijn nog niet uit alle ethische en juridische details...'

'Je kúnt het niet tegen hem zeggen! Hij wordt gek als hij het hoort.'

Mike zei niets en wachtte.

'Hij houdt zielsveel van die jongen. Dat mogen jullie hem niet afnemen.'

'Onze grootste zorg is het welzijn van Lucas.'

'En jij denkt dat Lucas er baat bij heeft als je Dante vertelt dat hij niet zijn echte vader is?'

'Nee, maar luister naar me, Susan. Onze voornaamste zorg is Lucas' gezondheid. Dat is onze eerste prioriteit, en onze tweede en derde. Dat is belangrijker dan al onze andere afwegingen. Op dit moment houdt dat in dat we de best mogelijke donor voor de transplantatie moeten zien te vinden. Dus ik stel dit niet aan de orde om me met jullie zaken te bemoeien, of om onrust in jullie gezin te zaaien. Ik zeg dit als arts, en als een heel bezorgde arts. We móéten de biologische vader testen.'

Ze boog haar hoofd. De tranen stonden in haar ogen. Ze beet op haar onderlip.

'Susan?'

'Ik moet hierover nadenken,' zei ze.

Normaliter zou Mike meteen doordrukken, maar hij had daar op dit moment geen goede reden voor. Er zou vanavond niets meer veranderen en bovendien had hij zijn eigen problemen. 'We moeten de vader testen.'

'Laat me erover nadenken, oké?'

'Oké.'

Met droevige ogen keek ze hem aan. 'Zeg het niet tegen Dante, Mike. Alsjeblieft.'

Ze wachtte het antwoord niet af. Ze draaide zich om en liep weg. Mike deed de deur dicht en ging weer naar boven. Ze had een paar fijne weken achter de rug. Susan Loriman, je zoon is ernstig ziek en heeft een donornier nodig. O, en je man kan ieder moment te weten komen dat zijn zoon zijn zoon niet is. Wat nu? Laten we met z'n allen naar Disneyland gaan!

Het was zo stil in huis. Daar was Mike niet aan gewend. Hij probeerde zich te herinneren wanneer hij hier voor het laatst alleen was geweest – zonder kinderen, zonder Tia – maar het antwoord wilde niet komen. Gewoonlijk vond hij het best prettig om zijn eigen gang te kunnen gaan. Tia niet. Die wilde voortdurend mensen om zich heen hebben. Ze kwam uit een groot gezin en vond het vreselijk om alleen te zijn. Mike kon er meestal wel van genieten.

Hij ging weer achter de computer zitten en klikte het icoontje aan. Hij had de gps-website al bij zijn favorieten gezet. Zijn gebruikersnaam was bewaard door een cookie, maar hij moest nog wel zijn wachtwoord invoeren. Dat deed hij. In zijn hoofd riep een stemmetje dat hij dit niet moest doen. Adam had het recht zijn eigen leven te leiden. Hij moest zijn eigen fouten maken en daarvan leren.

Was Mike overdreven beschermend om iets uit zijn eigen kindertijd te compenseren?

Mikes vader was nooit thuis geweest. Daar kon hij natuurlijk niets aan doen. Mikes vader was een immigrant uit Hongarije, die kort voor de val van Boedapest in 1956 naar de Verenigde Staten was gevlucht. Hij, Antal Baye – dat werd uitgesproken als 'bye' in 'goodbye', omdat hij Franse voorouders had, hoewel niemand de stamboom ooit goed had uitgeplozen – had geen woord Engels gesproken toen hij op Ellis Island van de boot was gestapt. Hij was begonnen als bordenwasser, had genoeg geld bij elkaar kunnen schrapen om een kleine lunchroom langs MacCarter Highway in Newark te openen en had zich zeven dagen per week in het zweet gewerkt om zichzelf en zijn gezin een goed leven te kunnen bieden.

De lunchroom serveerde drie gerechten en je kon er ook stripboekjes, honkbalplaatjes, kranten, tijdschriften, sigaren en sigaretten kopen. Aan loterijen was in die tijd veel geld te verdienen, maar Antal had nooit loten willen verkopen. Hij vond het een slechte zaak voor de gemeenschap wanneer hij zijn hardwerkende klanten aanmoedigde om hun geld te vergooien aan dromen die nooit uitkwamen. Met sigaretten verkopen had hij geen problemen, want je koos er zelf voor en je wist wat je kreeg. Maar geld verdienen aan dromen die niet uitkwamen… nee, dat weigerde hij.

Zijn vader was nooit komen kijken toen Mike bij de pupillen ijshockeyde. Dat was een gegeven. Mannen als hij deden dat niet. Hij was wel geïnteresseerd in zijn zoon, praatte vaak met hem en wilde alles van hem weten, maar zijn werk liet gewoon niet toe dat hij een middagje vrij nam om Mike te zien spelen. Eén keer was hij komen kijken, toen Mike negen was en hij een wedstrijd in de openlucht speelde, maar toen was zijn vader, doodmoe van zijn werk eerder die dag, tegen een boom in slaap gevallen. Zelfs op die dag had Antal zijn werkschort om gehad, compleet met de vetspetters van de vele uitsmijters die hij die dag had gebakken.

Zo zou Mike zijn vader altijd blijven zien, met dat witte schort om, achter de toonbank in zijn lunchroom terwijl hij snoep aan kinderen verkocht, oplette of niemand iets pikte en als een razende broodjes en hamburgers klaarmaakte.

Toen Mike twaalf was, had zijn vader een winkeldief op heterdaad betrapt. De dief trok een pistool en schoot daarmee zijn vader dood. Zomaar.

De lunchroom sloot voorgoed zijn deuren. Mama ging aan de drank en bleef eraan totdat een zich vroeg openbarende Alzheimer lang genoeg aan haar had geknaagd om haar de zin van alles te ontnemen. Ze woonde nu in een verpleeghuis in Caldwell. Mike ging haar eens per maand opzoeken. Zijn moeder had geen idee wie hij was. Soms noemde ze hem Antal en vroeg ze of ze aardappelsalade voor de lunch moest klaarmaken.

Zo was het leven, blijkbaar. Je neemt een moeilijke beslissing, laat je thuis, je vaderland en al je dierbaren achter, geeft alles op wat je hebt, je reist naar de andere kant van de aardbol, naar een vreemd land, bouwt daar een nieuw leven voor jezelf op… en dan maakt een of ander waardeloos stuk vreten er met één pistoolschot een eind aan.

110

De woede die de jonge Mike toen had gevoeld, had hij algauw omgezet in wilskracht. Je stuurt je woede of je wordt erdoor verteerd. Hij was er een betere ijshockeyer door geworden. Hij was ook beter gaan leren. Hij studeerde keihard en hield zich daarnaast met allerlei andere dingen bezig, want als je bezig bent, hoef je niet te denken aan hoe het had kunnen zijn.

De kaart verscheen op het scherm. Deze keer knipperde de rode punt. Dat betekende, had Mike in de korte handleiding gelezen, dat de betreffende persoon in beweging was, hoogstwaarschijnlijk in een auto. Op de website werd uitgelegd dat de gps-chip veel accuvermogen van de telefoon verbruikte. Om energie te besparen zond het toestel geen continu signaal uit, maar om de zoveel tijd een heel kort signaal. Als de persoon zich vijf minuten lang niet bewoog, schakelde de chip automatisch uit, en weer aan als de persoon in beweging kwam.

Zijn zoon reed op George Washington Bridge.

Wat had Adam daar te zoeken?

Mike wachtte. Adam zat dus in een auto. De auto van wie? Mike keek toe terwijl de knipperende rode punt zich over de Cross Bronx Expressway en Major Deegan de Bronx in bewoog. Waar ging hij naartoe? Dit sloeg nergens op. Twintig minuten later kwam de rode punt tot stilstand in Tower Street. Mike kende die buurt helemaal niet.

Wat nu?

Moest hij hier naar de rode punt blijven kijken? Daar schoot hij niet veel mee op. Maar als hij ernaartoe reed om Adam te zoeken, was hij misschien alweer ergens anders.

Mike staarde naar de rode punt.

Hij klikte op het icoontje voor het adres. Tower Street 128. Hij klikte op het adres. Het was een woonhuis. Hij vroeg om een satellietbeeld en kreeg wat er werd beloofd: een satellietfoto van de straat. Daar viel weinig op te zien, afgezien van de daken van gebouwen in een straat in de binnenstad. Hij verschoof het beeld naar het volgende blok en zocht naar links van adressen. Het leverde weinig op.

Naar wie of wat was Adam toe?

Mike vroeg om een telefoonnummer van Tower Street 128. Dat was een appartementengebouw, dus had het geen algemeen telefoonnummer. Daar had hij het nummer van het appartement voor nodig.

En nu?

Hij startte Mapquest op. Het startadres werd 'home' genoemd. Thuis, zo'n simpel woord dat nu ineens te warm en te persoonlijk klonk. Hij printte de route uit en las dat het hem zo'n drie kwartier zou kosten om ernaartoe te rijden.

Hij besloot dat te doen om te zien wat het voor iets was.

Mike pakte zijn laptop, die voorzien was van draadloos internet. Mocht Adam daar niet meer zijn, dan zou hij doorrijden totdat hij kon meeliften op het draadloze netwerk van iemand anders en Adams nieuwe verblijfplaats met behulp van de gps-service opzoeken.

Twee minuten later stapte Mike in zijn auto en ging hij op weg.

14

Toen Mike Tower Street in draaide, niet ver van de plek waar Adam volgens de gps zou zijn, zocht hij meteen om zich heen naar zijn zoon, een bekend gezicht of een bekende auto. Reed iemand van Adams vrienden al auto? Olivia Burchell misschien? Was zij al zeventien? Mike wist het niet. Hij wilde de gps-peiling nog eens bekijken, om te zien of Adam hier nog steeds was. Hij zette de auto langs de kant en startte de laptop op. Maar er werd geen draadloos netwerk gedetecteerd.

De mensen op straat waren allemaal jong en in het zwart gekleed, met bleke gezichten, zwarte lipstick en veel mascara. Ze waren behangen met kettingen, hadden merkwaardige piercings in hun gezicht – en vermoedelijk ook in de rest van hun lichaam – en natuurlijk waren ze allemaal voorzien van de vereiste tatoeage, want als je wilt laten zien dat je onafhankelijk bent en je overal tegen afzet, doe je wat al je vrienden ook doen. Niemand scheen lekker in zijn eigen vel te zitten. De arme jeugd wilde er rijk uitzien, met peperdure sportschoenen, kettingen en andere bling-bling, en de rijke jeugd wilde er arm uitzien, stoer, alsof ze bij of andere straatbende hoorden, uit recalcitrantie en om zich te distantiëren van de burgerlijkheid van hun ouders, een status die ze ongetwijfeld over niet al te lange tijd zelf zouden verwerven. Of misschien was het allemaal minder ingewikkeld en was het gras bij de buren gewoon groener? Mike wist het niet.

Hij was in ieder geval blij dat Adam zich tot zwarte outfits had beperkt. Tot nu toe geen piercings, geen tatoeages en geen zwarte make-up. Tot nu toe, tenminste.

De emo's – volgens Jill wilden ze geen 'goths' meer worden genoemd, hoewel haar vriendin Yasmin bleef volhouden dat het hier om twee afzonderlijke groepen ging, een discussie die nog lang niet ten einde was – beheersten dit deel van de straat. Ze liepen rond met halfopen mond, een apathische blik in de ogen en een slechte, slungelige houding. Bij de nachtclub op de hoek stonden er een paar in de rij en Mike zag anderen een van de bars binnengaan. Er was een bar die 'non-stop 24 uur per dag gogogirls' beloofde, en zonder het te willen vroeg Mike zich af of dit wel waar was, of er echt op elk uur van de dag een gogogirl optrad, ook om vier uur 's nachts of twee uur 's middags. Of op kerstochtend, of die van 4 juli? En wie dan de betreurenswaardige lieden waren die er op dat uur kwamen, of die er moesten werken…

Kon Adam daar zijn?

Moeilijk te zeggen. Het wemelde hier in de straat van dat soort tenten. Kleerkasten van uitsmijters met 'oortjes' die je normaliter met de Geheime Dienst of speciale eenheden van de mariniers associeert, stonden voor de deur. Vroeger hadden slechts enkele bars een uitsmijter. Nu, zo leek het, hadden ze er allemaal minstens twee, altijd grote, brede kerels met strakke zwarte T-shirts waarin hun opgepompte spieren goed uitkwamen, en altijd met een kaalgeschoren hoofd, alsof haar een teken van zwakte was.

Adam was zestien. Dit waren bars waarvoor je eenentwintig moest zijn om er binnen te mogen. Het leek hem onwaarschijnlijk dat ze Adam, zelfs met een vals identiteitsbewijs, zouden binnenlaten. Maar zeker wist hij dat natuurlijk niet. Misschien was er hier wel een tent waar ze een oogje toeknepen. Dat zou verklaren waarom Adam en zijn vrienden helemaal hiernaartoe waren gereden. De Satin Dolls, de beroemde 'herenclub' die in de Soprano's als stamkroeg fungeerde, was maar een paar kilometer van hun huis. Maar daar zouden ze Adam nooit binnenlaten.

Daarom was hij helemaal hiernaartoe gekomen.

Met de laptop geopend op de passagiersstoel reed Mike de straat door. Op de hoek klikte hij op 'Zoek Draadloos Netwerk'. Hij vond er twee, maar ze waren allebei beveiligd. Hij kon er niet op inloggen. Mike reed nog eens honderd meter door en probeerde het opnieuw. Nu had hij meer geluk. Netgear Network verscheen op het scherm, zonder noemenswaardige beveiliging. Mike klikte snel op 'verbind' en hij zat op internet.

Hij had de gps-site al bij zijn favorieten geplaatst en had zijn gebruikersnaam opgeslagen. Hij opende de website, tikte zijn simpele wachtwoord – ADAM – in en wachtte.

De kaart verscheen op het scherm. De rode punt was niet van plaats veranderd. Volgens de handleiding had de peiling een marge van vijftien meter. Dus hij wist niet precies waar Adam zich bevond, maar wel dat hij dicht in de buurt was. Mike zette de laptop uit.

Goed, wat nu?

Hij zag een parkeerplek en zette zijn auto er neer. Op z'n gunstigst gezegd zou je de buurt kunnen omschrijven als *shabby*. Meer ramen waren met houtplaten dicht getimmerd dan dat ze iets bevatten wat tot de glasfamilie behoorde. De muren waren allemaal modderbruin en verkeerden in diverse stadia van verval of instorting. De stank van zweet en iets wat moeilijker te definiëren was hing in de lucht. Alle winkels waren afgesloten met stalen rolluiken vol graffiti. Mike voelde zijn adem branden in zijn keel. Het leek wel alsof iedereen hier transpireerde.

De vrouwen waren gekleed in topjes met spaghettibandjes en korte, strakke broekjes, en op het gevaar af hopeloos ouderwets of politiek incorrect genoemd te worden kon hij niet met zekerheid zeggen of het om uitgaande tieners of om meisjes van lichte zeden ging.

Hij stapte uit de auto. Een grote zwarte vrouw kwam naar hem toe en vroeg: 'Hé, Joe, zin in een feestje met Latisha?'

Ze had een nogal zware stem. Ze had ook grote handen. Mike vroeg zich af of het wel om een 'ze' ging.

'Nee, bedankt.'

'Weet je het zeker? Misschien gaat er wel een heel nieuwe wereld voor je open.'

'Daar twijfel ik niet aan, maar ik ben dik tevreden met mijn oude wereld.'

Posters van bands waarvan hij nog nooit had gehoord, met namen als Pap Smear en Gonorrhea Plus, sierden alle vrije oppervlakken. In een deuropening stond een moeder met een baby op haar heup, met een gezicht dat glom van het zweet in het licht van een kaal peertje dat zwaaiend aan het plafond hing. Een verlaten steegje was omgebouwd tot een rij parkeerplekken, zag Mike. DE HELE NACHT – $ 10, stond er op het bordje. Een latino met een mouwloos T-shirt en afgeknipte broek stond bij de ingang zijn geld te tellen. Hij zag Mike kijken en vroeg: 'Had je wat, man?'

'Nee, niks.'

Mike liep door. Hij vond het adres dat de gps-peiling hem had opgeleverd: een klein appartementengebouw dat tussen twee lawaaierige clubs in stond geklemd. Hij liep de hal in en zag een stuk of tien bellen. Zonder namen erbij... alleen de huisnummers van de appartementen.

Wat nu?

Hij had geen idee.

Hij kon hier op Adam wachten. Maar had dat wel zin? Het was

pas tien uur. De bars en clubs begonnen net vol te stromen. Als Adam van plan was de hele nacht door te feesten, zou het uren duren voordat hij naar buiten kwam. En wat dan? Moest Mike uit het niets tevoorschijn springen voor Adam en zijn vrienden en roepen: 'Ha! Hebbes!' Zou hij daar iets mee opschieten? En hoe moest hij Adam uitleggen hoe hij hier terecht was gekomen?

Wat wilden Tia en hij hier eigenlijk mee bereiken?

Want dat was nog zoiets wanneer je ging bespioneren. De schending van privacy even buiten beschouwing gelaten. De kwestie van hoe reageer je erop. Wat moest je doen wanneer je ontdekte dat er iets gaande was? Zou zijn bemoeienis – waardoor hij het vertrouwen van zijn zoon zou verliezen – niet net zoveel of misschien wel meer schade aanrichten dan een nachtje doorzakken terwijl je daar nog te jong voor was?

Hangt ervan af.

Mike wilde zeker weten dat zijn zoon in veiligheid was. Dat was alles. Hij dacht aan wat Tia had gezegd, iets over dat het hun taak was om hem veilig naar de volwassenheid te loodsen. Tot op zekere hoogte was dat waar. Je tienerjaren waren zo ingrijpend, zo vol van onzekerheden, hormonen en emoties, en dat allemaal tot in de tiende macht, dat ze voorbij waren voordat je er erg in had. Dat kon je een tiener niet wijsmaken. Als je een tiener één wijsheid kon aanpraten, zou dat zijn: ook dit gaat voorbij, en sneller dan je denkt. Ze zouden het natuurlijk niet van je aannemen, want ook dat hoorde bij de puberteit.

Hij dacht aan Adams chatgesprek met CeeJay8115. Hij dacht aan Tia's reactie en aan wat zijn eigen intuïtie hem had verteld. Mike was geen gelovig mens, en hij geloofde ook niet in telepathie en dat soort dingen, maar hij ging niet graag in tegen wat hij bepaalde 'vibraties' noemde, en dat gold zowel voor zijn werk als arts als voor zijn privéleven. Er zijn van die momenten dat dingen gewoon verkeerd 'voelen'. Dat kon een medische diagnose zijn, of welke route je moest nemen voor een lange autorit. Het was iets wat in de lucht hing, een tinteling of een zuchtje, hoewel Mike had geleerd zich er niet te veel door te laten leiden.

Maar op dit moment schreeuwden al zijn vibraties dat zijn zoon diep in de problemen zat.

Dus moest hij hem zien te vinden.

Alleen, hoe?

Geen idee. Hij liep de straat weer in. Diverse hoertjes boden zich aan. De meesten waren vermoedelijk mannen. Een knaap in een

116

flitsend pak beweerde de representant van een groep 'dampend hete' dames te zijn en het enige wat Mike hoefde te doen, was hem vertellen hoe de dames eruit moesten zien en wat zijn wensen waren, en dat genoemde representant hem dan de volmaakte dame of dames leveren. Mike luisterde zelfs het hele verkooppraatje uit voordat hij het aanbod afsloeg.

Hij bleef om zich heen zoeken. Enkele van de jonge meisjes keken hem boos aan toen ze hem zagen kijken. Mike besefte dat hij minstens twintig jaar ouder was dan iedereen die hij tegenkwam. Hij zag dat elke club zijn klanten eerst een paar minuten liet wachten voordat ze naar binnen mochten. Een van de clubs had zelfs een aanstellerig roodfluwelen koord, ongeveer een meter lang, waar iemand dan een seconde of tien achter moest blijven staan voordat de deur werd geopend.

Mike wilde rechts afslaan toen hij vanuit zijn ooghoek iets zag.

Een sportjack.

Snel draaide hij zich om en zag die jongen van Huff de andere kant op lopen.

Of hij leek in ieder geval op DJ Huff. Het sportjack dat hij altijd aanhad, hing over zijn schouder. Dus misschien was hij het. Waarschijnlijk wel.

Nee, dacht Mike, hij wist het zeker. Het was DJ Huff.

Hij was een zijstraat in gelopen. Mike versnelde zijn pas en ging hem achterna. Toen hij de jongen uit het zicht verloor, begon hij te rennen.

'Hé! Rustig aan, opa!'

Hij botste bijna tegen een jongen met een kaalgeschoren hoofd en een zilveren kettinkje aan zijn onderlip. De vrienden van de jongen lachten om de opagrap. Mike fronste zijn wenkbrauwen en liep het stel voorbij. Het was hier echt druk op straat en de menigte werd alsmaar dichter. Toen hij een zijstraat was gepasseerd, leken de zwarte goths – oeps, de emo's – opeens plaats te maken voor een meer latino menigte. Mike hoorde dat er Spaans werd gesproken. Roomblanke huid had plaatsgemaakt voor een licht getinte. De mannen hadden hun overhemden openhangen om hun helderwitte geribbelde T-shirts te laten zien. De vrouwen waren salsasexy, noemden de mannen 'conos' en waren gehuld in outfits zo strak en doorzichtig dat ze meer op worstvelletjes dan op kleding leken.

Verderop zag Mike dat DJ Huff weer een zijstraat in liep. Zo te zien hield hij een mobiele telefoon tegen zijn oor. Mike haastte zich door de menigte om hem in te halen... maar wat moest hij doen als hij daarin slaagde? Weer die vraag. Hem bij zijn schouder pakken en zeggen: 'Ha! Hebbes!' Misschien wel. Of misschien moest hij hem alleen volgen, om te zien waar hij naartoe ging. Mike wist niet wát er gaande was, maar wel dat het hem niet beviel. Angst knabbelde aan zijn hersenschors.

Hij ging op zijn tenen staan.

En DJ Huff was nergens meer te zien.

Mike bleef even staan. Hij probeerde DJ's looptempo in te schatten, en hoeveel tijd er was verstreken. Er was maar één club in de straat, op ongeveer een kwart van het blok. Dat was de enige deur die hij zag. DJ Huff moest daar naar binnen zijn gegaan. De rij voor de deur was lang... de langste die Mike tot nu toe had gezien. Zeker honderd jongeren. Een bont gezelschap: emo's, latino's, zwarte jongens en meisjes, en zelfs een paar die vroeger yuppies werden genoemd.

Hoefde Huff dan niet achter in de rij aan te sluiten?

Blijkbaar niet. Voor de ingang, achter een roodfluwelen koord dat hier een meter of drie lang was, stond een kolossale uitsmijter. Er stopte een verlengde limousine voor de club. Twee meisjes met lange benen stapten uit. Een man die bijna dertig centimeter kleiner was dan de meisjes stapte ook uit en ging tussen hen in lopen alsof dat zijn verdiende plek was. De kolossale uitsmijter maakte het koord los en liet de drie binnen.

Mike rende naar de ingang. De uitsmijter – een zwarte reus met bovenarmen als honderd jaar oude bomen – keek hem met een stoïcijnse blik aan, alsof Mike een dood voorwerp was. Een stoel, misschien. Of een wegwerpscheermesje.

'Ik moet naar binnen,' zei Mike.

'Naam?'

'Ik sta niet op de lijst.'

De uitsmijter bleef hem alleen maar aankijken.

'Ik denk dat mijn zoon binnen is. Hij is minderjarig.'

De uitsmijter zei niets.

'Hoor eens,' zei Mike, 'ik wil geen problemen veroorzaken...'

'Sluit dan achter in de rij aan. Hoewel ik niet denk dat ik je binnenlaat.'

'Dit is een noodsituatie. Zijn vriend is hier net naar binnen gegaan. Hij heet DJ Huff.'

De uitsmijter deed een stap naar Mike toe. Eerst zijn borstkas, breed genoeg om een potje squash op te spelen, en daarna de rest van zijn lijf. 'Ik moet je nu echt vragen om weg te gaan.'

118

'Mijn zoon is minderjarig.'

'Ik heb je verstaan.'

'Ik moet hem hier weghalen, anders komen er grote problemen.'

De uitsmijter haalde een hand zo groot als een honkbalhandschoen over zijn koepelvormige kaalgeschoren hoofd. 'Grote problemen, zei je?'

'Ja.'

'Tjonge, nu ga ik me echt zorgen maken.'

Mike haalde zijn portefeuille tevoorschijn en trok er een bankbiljet uit.

'Doe geen moeite,' zei de uitsmijter. 'Je komt er niet in.'

'Je begrijpt het niet.'

De uitsmijter deed nog een stap vooruit. Zijn borstkas raakte Mikes gezicht nu bijna. Mike deed zijn ogen dicht, maar hij ging niet achteruit. Misschien was het zijn ijshockeytraining. Je deinsde voor niemand terug. Hij deed zijn ogen open en keek op naar de grote man.

'Ga opzij,' zei Mike.

'Je gaat ons nu verlaten.'

'Ga opzij, zei ik.'

'Jij gaat nergens naartoe.'

'Ik ben hier om mijn zoon op te halen.'

'Er zijn geen minderjarigen binnen.'

'Ik wil erin.'

'Dan moet je achter in de rij aansluiten.'

Mike bleef de grote man aankijken. Geen van beiden verroerde zich. Ze zagen eruit als twee prijsboksers, hoewel uit verschillende gewichtsklassen, die midden in de ring tegenover elkaar stonden en naar de instructies van de scheidsrechter luisterden. Mike voelde de statische energie in de lucht. Hij voelde ook een tinteling in zijn armen en benen. Hij wist hoe hij moest vechten. Je redde het niet lang in de ijshockeysport als je niet wist hoe je je vuisten moest gebruiken. Hij vroeg zich af of deze knaap er echt wat van kon, of dat die spieren alleen maar voor de show waren.

'Ik ga naar binnen,' zei Mike.

'O ja?'

'Ik heb vrienden bij de politie,' zei Mike, schaamteloos bluffend. 'Als ze hier een inval doen en er zijn minderjarigen binnen, ben jij de lul.'

'Tjonge, ik word weer bang.'

'Ga opzij.'

Mike deed een stap naar rechts. De grote uitsmijter bewoog met hem mee en bleef voor hem staan.

'Je begrijpt toch,' zei de reus, 'dat dit op een handgemeen gaat uitlopen.'

Mike kende de ijzeren regel: laat nooit – nooit! – merken dat je bang bent. 'Ja.'

'Stoere jongen, hè?'

'Gaan we ervoor?'

De uitsmijter glimlachte. Hij had een prachtig gebit dat parelwit afstak tegen zijn donkere huid. 'Nee. Wil je weten waarom niet? Omdat ik, zelfs als je taaier bent dan ik vermoed, hoewel ik dat betwijfel, altijd nog Reggie en Tyrone achter de hand heb.' Hij wees met zijn duim naar de twee in het zwart geklede reuzen die achter hem stonden. 'We staan hier niet om met onze mannelijkheid te pronken door een of andere sukkel in elkaar te slaan, dus aan een eerlijke strijd doen we niet. Als jij en ik "ervoor gaan"...' Hij deed Mike na bij de laatste twee woorden. '... grijpen zij onmiddellijk in. Reggie heeft een gummiknuppel. Begrijp je?'

De uitsmijter sloeg zijn armen over elkaar en dat was het moment dat Mike de tatoeage zag.

Er stond een groene letter D op zijn onderarm.

'Hoe heet je?' vroeg Mike.

'Wat?'

'Je naam,' zei Mike. 'Hoe heet je?'

'Anthony.'

'En je achternaam?'

'Wat kan jou mijn achternaam schelen?'

Mike wees naar zijn arm. 'Die D.'

'Die heeft niks met mijn naam te maken.'

'Dartmouth?'

Anthony de uitsmijter staarde hem aan. Toen knikte hij. 'Jij ook?'

'*Vox clamentis in deserto*,' zei Mike, de lijfspreuk van de school.

Anthony leverde de vertaling. 'Een roepende in de woestijn.' Hij glimlachte. 'Al heb ik nooit begrepen waar dat op sloeg.'

'Ik ook niet,' zei Mike. 'Wat speelde je?'

'American football. Ivy League. En jij?'

'IJshockey.'

'Ivy League?'

'En landelijke competitie,' zei Mike.

Anthony trok een wenkbrauw op, was onder de indruk.

'Heb jij kinderen, Anthony?'

120

'Ik heb een zoontje van drie.'

'Als jij dacht dat jouw zoontje in gevaar was, zouden Reggie en Tyrone je er dan van kunnen weerhouden om hier naar binnen te gaan?'

Anthony slaakte een diepe zucht. 'Hoe weet je zo zeker dat je zoon hier is?'

Mike vertelde hem over DJ Huff met zijn sportjack.

'Die knul?' Anthony schudde zijn hoofd. 'Die komt hier niet binnen. Je denkt toch niet dat ik een of ander broekie van de middelbare school binnenlaat? Hij is dat steegje daar in gerend.'

Hij wees naar een steegje een meter of tien verderop in de straat.

'Enig idee waar het op uitkomt?' vroeg Mike.

'Volgens mij loopt het dood. Ik kom daar nooit. Ik heb er niks te zoeken. Het is meer voor junkies en aanverwante lieden. En nu ga ik jou om een gunst vragen.'

Mike wachtte.

'Iedereen staat al de hele tijd naar ons te kijken. Als ik je zomaar laat gaan, verlies ik mijn geloofwaardigheid… en mijn geloofwaardigheid is hier van levensbelang. Begrijp je waar ik naartoe wil?'

'Ja, ik begrijp het.'

'Dus zwaai ik mijn vuist dreigend heen en weer voor je gezicht en jij rent ervandoor als een bang schoolmeisje. Afgesproken?'

'Mag ik je nog één ding vragen?'

'En dat is?'

Mike zocht in zijn portefeuille.

'Ik heb je al gezegd dat ik geen geld wil,' zei Anthony.

Mike hield hem een foto van Adam voor.

'Heb je deze jongen gezien?'

Anthony slikte moeizaam.

'Dit is mijn zoon. Heb je hem gezien?'

'Hij is niet binnen.'

'Dat vraag ik niet.'

'Nee, ik heb hem nog nooit gezien. Zullen we dan maar?'

Anthony greep Mikes revers vast en hield zijn vuist voor zijn gezicht. Mike kromp ineen en riep: 'Nee, niet doen! Oké, oké, sorry, ik ga al!' Hij deinsde achteruit en Anthony liet hem los. Mike rende weg. Achter zich hoorde hij Anthony zeggen: 'Heel verstandig van je, vriend…'

Enkele wachtenden in de rij applaudisseerden. Mike rende door en schoot het steegje in. Bijna struikelde hij over een rij gedeukte vuilnisemmers. De glasscherven knarsten onder zijn schoenen. Hij bleef staan, keek om zich heen en zag weer een prostituee. Tenminste, hij nam aan dat ze prostituee was. Ze stond tegen een verroeste container geleund alsof die een deel van haar was, een vijfde ledemaat, alsof ze zou omvallen en nooit meer zou opstaan als het ding er niet was. Ze had een knalpaarse pruik op die eruitzag alsof ze hem in de jaren zeventig uit de kast van David Bowie had gestolen. Of misschien uit Bowies gedeukte vuilnisbak. Het haar zag eruit alsof er beestjes in rond kropen.

De vrouw wierp hem een tandeloze glimlach toe.

'Dag, schat.'

'Heb je hier een jongen langs zien rennen?'

'Er rennen hier zo veel jongens langs, baby.'

Als haar stem nog iets hoger had geklonken, zou die als schril getypeerd kunnen worden. Ze was mager en bleek en hoewel het woord JUNKIE niet op haar voorhoofd getatoeëerd stond, had het er net zo goed wel kunnen staan.

Mike zocht naar uitgangen. Die waren er niet. Nergens een deur of een doorgang. Hij zag wel een paar brandtrappen, maar die zagen er verroest en onbetrouwbaar uit. Als Huff dit steegje in was gerend, hoe was hij er dan weer uit gekomen? Waar was hij gebleven... of was hij er aan dezelfde kant uit gekomen toen Mike met Anthony stond te bekvechten? Of had Anthony tegen hem gelogen, om maar van hem af te zijn?

'Bedoel je die schooljongen, schatje?'

Mike bleef staan en draaide zich om naar de junkie.

'Die schooljongen. Jong en knap en nog veel meer. O, man, ik raak al opgewonden als ik aan hem denk.'

Behoedzaam deed Mike een stap naar haar toe, bijna bang dat een grote stap te veel trillingen zou veroorzaken en ze voor zijn ogen zou verpulveren tot het vuil waar ze midden in stond. 'Ja.'

'Kom hier, schatje, dan zal ik je vertellen waar hij is.'

Nog een behoedzame stap.

'Dichterbij, schatje. Ik bijt niet. Tenzij je daarop kickt, natuurlijk.'

Haar lach was het gekakel uit een nachtmerrie. Toen ze haar mond opende, leek het alsof iemand een ophaalbrug liet zakken. Ze had kauwgom in haar mond – Mike kon het ruiken – maar die slaagde er niet in de stank van haar rotte gebit te verhullen.

'Waar is hij?'

'Heb je wat geld voor me?'

'Jazeker, als je me vertelt waar hij is.'

'Laat zien.'

Het beviel Mike niet, maar hij wist niet wat hij anders moest doen. Hij trok een biljet van twintig dollar uit zijn portefeuille. Ze hield haar knokige hand op. De hand deed Mike denken aan zijn stripboekjes van vroeger, *Griezelverhalen uit de Crypte*, waarin skeletten oprezen uit hun doodskisten.

'Eerst vertellen,' zei hij.

'Vertrouw je me niet?'

Mike had geen tijd voor dit soort onzin. Hij scheurde het biljet in tweeën en gaf haar de ene helft. Met een zucht pakte ze het aan.

'De andere helft krijg je als je tegen me praat,' zei hij. 'Waar is hij?'

'Nou, schatje,' zei ze, 'hij staat achter je.'

Mike wilde zich omdraaien toen iemand hem hard op zijn lever sloeg.

Een goed gemikte slag op je lever ontneemt je alle vechtlust en verlamt je tijdelijk. Dat wist Mike. Deze deed dat niet, maar hij kwam verdomd dicht in de buurt. De pijn was enorm. Mikes mond ging open, maar er kwam geen geluid uit. Hij zakte in elkaar op zijn ene knie. De tweede klap kwam van opzij en raakte hem op zijn oor. Er kaatste iets hards door zijn hoofd. Mike probeerde te registreren wat er gebeurde en te bedenken wat hij moest doen, maar een derde voltreffer, een schop deze keer, raakte hem onder zijn ribben. Hij viel op zijn rug.

Zijn instinct nam het commando over.

Blijf bewegen, dacht hij.

Mike rolde zich om en voelde iets scherps in zijn arm dringen. Waarschijnlijk een glasscherf. Hij probeerde weg te kruipen maar kreeg weer een klap tegen zijn hoofd. Hij kon zijn hersenkwabben bijna naar links voelen vliegen. Iemand greep zijn enkel vast.

Mike trapte achteruit. Zijn hiel raakte iets zachts. 'Verdomme!' riep een stem.

Iemand dook boven op hem. Mike had wel vaker gevochten, maar altijd op het ijs. Toch had hij toen een paar dingen geleerd. Bijvoorbeeld dat je van dichtbij geen klappen uitdeelde als het niet nodig was. Daar kon je je hand mee breken. Van iets verderaf, ja, dan kon je het wel doen. Maar dit was veel te dichtbij. Hij boog zijn arm en haalde blindelings uit. Zijn onderarm raakte iets. Hij hoorde iets breken, gevolgd door een hoge kreet, en voelde bloedspetters.

Mike wist dat hij een neus had gebroken.

Hij incasseerde nog een klap en probeerde mee te rollen. Hij trapte wild om zich heen. Het was donker en gekreun en gehijg van inspanning klonken door de nacht. Hij wierp zijn hoofd achteruit, probeerde een achterwaartse kopstoot.

'Help!' riep Mike. 'Help! Politie!'

Op de een of andere manier lukte het hem overeind te krabbelen. Hij kon geen gezichten onderscheiden. Maar hij had te maken met meer dan één aanvaller. Meer dan twee ook, vermoedde hij. Toen sprongen ze allemaal tegelijk boven op hem. Hij viel hard tegen de vuilcontainer aan. Lichamen, inclusief het zijne, tuimelden op de grond. Mike vocht hard terug, maar ze zaten nu allemaal boven op hem. Het lukte hem met zijn nagels een gezicht open te krabben. Zijn overhemd scheurde.

En op dat moment zag Mike het mes.

Hij verstrakte. Hoe lang het duurde, wist hij niet. Maar lang genoeg. Hij zag het lemmet flitsen, verstrakte en voelde een doffe dreun tegen de zijkant van zijn hoofd. Hij viel achterover, met zijn hoofd hard op de stenen. Zijn armen werden tegen de grond gedrukt. Iemand anders hield zijn benen vast. Weer een doffe dreun op zijn borstkas. Daarna leken de slagen van alle kanten te komen. Mike probeerde zich te bewegen, overeind te komen, maar zijn armen en benen wilden niet gehoorzamen.

Hij voelde dat hij zijn bewustzijn begon te verliezen. Dat hij zich overgaf.

Hij werd niet meer geslagen. De druk op zijn borst werd minder. Iemand was opgestaan of van hem af geslagen. Hij kon zijn benen bewegen.

Mike opende zijn ogen, maar hij zag alleen silhouetten. Een laatste trap, met de punt van een schoen, tegen de zijkant van zijn hoofd. Alles werd donker en even later was er helemaal niets meer.

15

Het was drie uur 's nachts toen Tia voor de zoveelste keer Mike belde.

Weer geen antwoord.

Het Four Seasons in Boston was een mooi hotel en haar kamer beviel haar uitstekend. Tia verbleef graag in chique hotels... wie niet? Ze hield van de zachte schone lakens, de roomservice en de tv die ze helemaal voor zichzelf had. Tot middernacht had ze hard doorgewerkt aan haar voorbereiding van het getuigenverhoor van de volgende ochtend. Haar mobiele telefoon zat in haar zak en stond op de trilstand. Toen die niet was overgegaan, had Tia hem herhaaldelijk uit haar zak gehaald en op de display gekeken om te zien of ze geen oproep had gemist.

Maar ze was niet gebeld.

Waar hing Mike in godsnaam uit?

Ze had hem gebeld, natuurlijk. Ook thuis. En ze had Adams mobiele telefoon gebeld. Ze begon paniekerig te worden en het kostte haar steeds meer moeite om zich ertegen te verzetten. Adam was een probleem, maar Mike was een nog veel groter probleem. Mike was een volwassen man. Hij was competent tot in het extreme. Dat was een van de dingen geweest die haar zo in hem had aangetrokken. Hoe onfeministisch het misschien ook klonk, Mike Baye gaf haar een veilig, warm en beschermd gevoel. Hij was haar rots in de branding.

Tia vroeg zich af wat ze moest doen.

Ze kon in een huurauto stappen en naar huis rijden. De rit zou haar vier, of misschien vijf uur kosten. Dan zou ze tegen de ochtend thuis zijn. Maar wat kon ze daar precies doen? Ze kon de politie bellen... maar zouden ze haar wel serieus nemen, en wat konden ze doen op dit uur in de nacht?

Drie uur 's nachts. Ze kon maar één persoon bedenken die ze kon bellen.

Zijn nummer zat in haar BlackBerry, hoewel ze het nog nooit

had gebeld. Mike en zij gebruikten hetzelfde Microsoft Outlook-programma met namen, adressen, telefoonnummers en een gezamenlijke agenda. Ze hadden hun toestellen gesynchroniseerd, zoals dat heette, wat betekende dat ze op de hoogte waren van de afspraken van de ander. Het betekende ook dat ze al hun telefoonnummers, zowel zakelijk als privé, met elkaar deelden.

Waarmee ze dus aantoonden dat ze geen geheimen voor elkaar hadden, was dat niet zo?

Ze dacht erover na... over geheimen en intieme gedachten, over onze behoefte eraan, en als moeder en echtgenote, over haar angst ervoor. Maar daar had ze nu geen tijd voor. Ze vond het nummer en belde het.

Als Mo had liggen slapen, was dat niet te horen.

'Hallo?'

'Met Tia.'

'Wat is er aan de hand?'

Ze hoorde de bezorgdheid in zijn stem. Mo had geen vrouw en geen kinderen. In zekere zin had hij alleen Mike. 'Heb je iets van Mike gehoord?'

'Niet meer na half negen.' Toen vroeg hij weer: 'Wat is er aan de hand?'

'Hij was Adam gaan zoeken.'

'Dat weet ik.'

'Ik heb hem om een uur of negen voor het laatst gesproken. Daarna heb ik niks meer gehoord.'

'Heb je hem op zijn mobiel gebeld?'

Nu wist Tia hoe Mike zich had gevoeld toen ze hem dezelfde vraag had gesteld. 'Natuurlijk.'

'Ik kleed me aan terwijl ik met je praat,' zei Mo. 'Ik rij naar jullie huis om daar te kijken. Ligt de sleutel nog steeds onder die plastic kei bij de schutting?'

'Ja.'

'Oké, ik ben onderweg.'

'Vind je dat ik de politie moet bellen?'

'Je kunt beter even wachten tot ik daar ben. Twintig, dertig minuten op z'n hoogst. Misschien is hij wel voor de tv in slaap gevallen of zoiets.'

'Geloof jij dat, Mo?'

'Nee. Ik bel je zodra ik daar ben.'

Hij hing op. Tia zwaaide haar benen van het grote bed. Opeens had de hotelkamer al zijn aantrekkingskracht verloren. Ze vond het

126

vreselijk om alleen te slapen, zelfs in luxueuze hotels met satijnen lakens. Ze wilde haar man naast zich hebben. Altijd. Het kwam zelden voor dat ze apart sliepen en ze miste hem meer dan ze wilde toegeven. Mike was geen bijzonder grote man, maar hij was wel stevig en fors. Ze hield van de warmte van zijn lichaam naast het hare, van zijn kus op haar voorhoofd wanneer hij opstond, van het gewicht van zijn sterke hand op haar rug tijdens het slapen.

Ze dacht terug aan die ene nacht toen Mike wat kortademig was geweest. Na veel aandringen had hij ten slotte toegegeven dat hij een beklemmend gevoel in zijn borstkas had. Tia had sterk voor haar man willen zijn, maar ze was bijna in elkaar gezakt toen ze dat hoorde. Uiteindelijk bleek het om een flinke indigestie te gaan, maar alleen al het idee had haar aan het huilen gemaakt. Ze zag voor zich hoe haar man naar zijn borst greep en op de vloer in elkaar zakte. En ze wíst het. Op dat moment wist ze dat dit op een dag kon gebeuren, misschien pas over dertig of veertig jaar, maar het zou een keer gebeuren, of iets anders wat net zo erg was, want het overkwam ieder stel, gelukkig getrouwd of niet, en ze wist ook dat zij het niet zou overleven als het hem overkwam. Soms, 's nachts in bed, lag Tia naar haar slapende man te kijken en fluisterde ze, zowel tegen Mike als tegen de hogere machten: 'Beloof me dat ik als eerste mag gaan. Beloof het me.'

Bel de politie.

Maar wat konden ze doen? Niks, eigenlijk. Op tv kwam de FBI altijd onmiddellijk in actie. Tia wist van een recente wetswijziging in het strafrecht dat iemand van achttien jaar en ouder niet eens als vermist kon worden opgegeven als hij nog maar zo kort spoorloos was, tenzij er overtuigende bewijzen waren dat hij was ontvoerd of in accuut gevaar verkeerde.

Zij had niets.

Trouwens, als ze nu de politie belde, zouden ze in het gunstigste geval een agent naar hun huis sturen. Waar Mo dan net zou zijn. Dat kon misverstanden opleveren.

Dus moest ze deze twintig tot dertig minuten uitzitten.

Tia wilde naar het huis van Guy Novak bellen om met Jill te praten, al was het alleen maar om haar stem te horen. Iets om zichzelf gerust te stellen. Verdomme. Tia had zich zo verheugd op deze trip, om lekker in een luxueuze hotelkamer te zitten, met haar lange, zachte badjas aan en iets te bestellen bij roomservice, en het enige wat ze nu wilde was naar huis. Er was geen leven en geen warmte in deze kamer. Alleen maar een eenzaamheid die haar deed rillen. Tia stond op en zette de airconditioning lager.

Het was allemaal zo verdomde kwetsbaar, dat was het punt. Het ligt voor de hand, maar voor het merendeel blokkeren we… weigeren we na te denken over hoe doodsimpel ons leven op zijn kop kan worden gezet, want als we daar wel aan denken, worden we gek. En degenen die voortdurend in die angst leven, die medicijnen nodig hebben om te kunnen functioneren? Want zij staan midden in de realiteit en weten hoe dun die scheidslijn is. Het is niet zo dat ze de waarheid niet kunnen accepteren, maar wel dat ze die niet kunnen tegenhouden.

Tia kon soms ook zo zijn. Dat wist ze en dan deed ze haar uiterste best om die gedachten weg te drukken. Opeens benijdde ze haar baas, Hester Crimstein, omdat zij niemand had. Misschien was dat wel beter. Hoewel het natuurlijk gezonder was om een gezin te hebben waar je meer om geeft dan om jezelf. Dat wist ze best. Maar dat ging dan wel gepaard met de angst dat je die gezinsleden zou kwijtraken. Ze zeggen dat bezit je in zijn greep houdt. Niet waar. Dierbaren houden je in hun greep. Wanneer je veel om iemand geeft, word je voor altijd in gijzeling gehouden.

De wijzers van de klok wilden maar niet vooruitgaan.

Tia wachtte. Ze zette de tv aan. De nacht werd gedomineerd door informatieve commercials, over opleidingen, banen en scholen… allemaal zaken, dacht Tia, die mensen die op dit belachelijke tijdstip tv keken, niet hadden.

Het was bijna vier uur toen haar mobiele telefoon zoemde. Tia pakte hem op, zag Mo's nummer op de display en nam op.

'Hallo?'

'Geen spoor van Mike,' zei Mo. 'Van Adam ook niet.'

Op Loren Muses deur stond: HOOFDINSPECTEUR VAN POLITIE – ESSEX COUNTY. Elke keer voordat ze naar binnen ging, bleef ze even staan en las ze het in stilte. Haar kantoor was in de rechterhoek. Haar rechercheurs huisden in de teamkamer ernaast. Lorens kantoor was met glas afgescheiden van de rest en ze deed haar deur nooit dicht. Ze wilde zich één met de anderen voelen en toch een beetje boven hen staan. Wanneer ze behoefte had aan privacy, wat zelden voorkwam, trok ze zich terug in een van de verhoorkamers elders in het gebouw.

Er waren maar drie andere rechercheurs in de teamkamer toen ze om half zeven 's morgens binnenkwam, en twee van hen maakten zich op om naar huis te gaan omdat om zeven uur hun dienst erop zat. Loren keek op het bord om te zien of er geen nieuwe moordzaken waren. Die waren er niet. Ze hoopte op de uitslag van het vingerafdrukkenonderzoek door de NCIC, van haar onbekende slachtoffer in het mortuarium, dat dus geen prostituee was. Ze keek in de computer. Nog niets.

De politie van Newark had een werkende beveiligingscamera niet ver van de vindplaats van de onbekende vrouw gevonden. Als het lijk met een auto daarnaartoe was gebracht – en ze had geen reden om aan te nemen dat het ernaartoe was gedragen – was er een goede kans dat de wagen op de tape stond. Het zou wel een hels karwei worden om uit te vinden welke van de vele het was. Er waren daar waarschijnlijk een paar honderd auto's langs gereden en Loren betwijfelde of een daarvan de tekst LIJK IN KOFFERBAK achterop had staan.

Ze keek weer in haar computer en jawel hoor, de tape was al geladen. Het was stil op het bureau dus dacht Loren: nou, waarom niet? Ze wilde net op de afspeelknop klikken toen er zacht op haar deur werd geklopt.

'Heb je even, chef?'

Clarence Morrow stond achter de deuropening en stak zijn hoofd naar binnen. Hij liep tegen de zestig, een zwarte man met een grijswit potloodsnorretje en een gezicht dat een beetje opgezwollen leek, alsof hij onlangs een flink pak slaag had gehad. Hij was een zachtaardig mens en in tegenstelling tot al zijn collega's van Moordzaken dronk hij niet en vloekte hij nooit.

'Natuurlijk, Clarence. Wat kan ik voor je doen?'

'Ik had je gisteravond bijna thuis gebeld.'

'O ja?'

'Ik dacht dat ik een naam voor ons onbekende slachtoffer had.'

Loren ging rechtop zitten. 'Maar?'

'We werden gebeld door de politie van Livingston over een zekere meneer Neil Cordova. Hij woont daar en is eigenaar van een stel kapperszaken. Getrouwd, twee kinderen, geen strafblad. Hoe dan ook, hij zei dat zijn vrouw niet was thuisgekomen en, nou ja, haar signalement kwam redelijk overeen met dat van jouw onbekende lijk.'

'Maar?' vroeg Muse weer.

'Maar ze is pas gisteren verdwenen… toen we het lijk al hadden gevonden.'

'Is dat zeker?'

'Ja. De echtgenoot zei dat hij haar 's morgens voordat hij naar zijn werk ging voor het laatst heeft gezien.'

'Misschien liegt hij.'

'Dat denk ik niet.'

'Heb je het laten checken?'

'Eerst niet. Maar toen gebeurde er iets grappigs. Cordova kent iemand bij de plaatselijke politie. Je weet hoe het daar gaat. Iedereen kent iedereen. Ze hebben haar auto gevonden. Die stond bij het Ramada in East Hanover.'

'Aha,' zei Muse. 'Een hotel.'

'Precies.'

'Dus mevrouw Cordova werd helemaal niet vermist?'

'Nou,' zei Clarence bedachtzaam, 'dat is het merkwaardige.'

'Wat?'

'Natuurlijk dacht die politieman in Livingston hetzelfde als jij. Dat mevrouw Cordova daar was geweest met een of andere minnaar en dat het te laat was geworden om naar huis te gaan, of zoiets. Daarom heeft hij me gebeld... die politieman in Livingston, bedoel ik. Hij wilde niet degene zijn die zijn goede vriend, de echtgenoot, het slechte nieuws moest brengen. Daarom heeft hij mij gevraagd of ik het wilde doen. Als een gunst.'

'Ga door.'

'Dus ik bel Cordova en leg hem uit dat we de auto van zijn vrouw op het parkeerterrein van een hotel in de stad hebben aangetroffen. Waarop hij zegt dat dat uitgesloten is. Ik zeg tegen hem dat hij er nog steeds staat, voor het geval hij wil gaan kijken.' Hij zweeg even. 'Verdorie.'

'Wat is er?'

'Had ik dat wel tegen hem mogen zeggen? Ik bedoel, nu ik erover nadenk. Misschien is dat wel een schending van haar privacy. En stel dat hij naar dat hotel stormt met een pistool of zoiets. Man, dat heb ik niet goed doordacht.' Clarence wreef met zijn wijsvinger over zijn snorretje. 'Had ik mijn mond moeten houden, chef?'

'Welnee, maak je geen zorgen.'

'Oké. Nou, die Cordova weigert te geloven wat ik insinueer.'

'Zoals de meeste mannen.'

'Ja, goed... maar dan zegt hij iets interessants. Hij zegt dat hij pas in paniek was geraakt toen ze hun dochtertje van negen niet van schaatsles in Airmont had afgehaald. Dat was niks voor haar. Hij zei dat ze van plan was geweest om naar het Palisades-winkelcentrum in Nyack te gaan – hij zei dat ze de spullen voor de kinderen altijd bij de Target daar kocht – en dat ze daarna zou doorrijden om haar dochter op te halen.'

'En de moeder heeft zich daar niet laten zien?'

'Nee. De mensen van de ijsbaan hebben Cordova op zijn mobiel gebeld toen ze zijn vrouw niet konden bereiken. Hij is ernaartoe gereden en heeft het meisje opgehaald. Hij dacht dat zijn vrouw misschien in het verkeer vast zat, of zoiets. Eerder die dag was er op de 287 een ongeluk gebeurd en ze vergat wel vaker haar telefoon op te laden, dus hij was wel bezorgd maar niet echt radeloos toen hij haar niet kon bereiken. Maar toen het later en later werd, begon hij zich pas echt zorgen te maken.'

Muse dacht erover na. 'Als ma Cordova met haar vriendje in dat hotel bezig was, is ze misschien gewoon vergeten het kind op te halen.'

'Akkoord, maar er is nog iets. Cordova was al het net op gegaan om de creditcardaankopen van zijn vrouw te checken. Ze is die middag inderdaad in het Palisades-winkelcentrum geweest en heeft dingen bij Target gekocht. Voor zevenenveertig dollar en achttien cent.'

'Hmm.' Muse gebaarde Clarence dat hij moest gaan zitten. Dat deed hij. 'Dus ze rijdt eerst helemaal naar het Palisades, komt dan weer helemaal terugrijden voor haar vriendje en ondertussen vergeet ze haar kind op te halen bij de schaatsbaan, die vlak bij het winkelcentrum ligt.' Ze keek Clarence aan. 'Dat klinkt vreemd.'

'Je had zijn stem moeten horen, chef. Van Cordova, bedoel ik. Hij was zo van streek.'

'Ik neem aan dat je al naar het Ramada bent geweest om te vragen of iemand haar heeft gezien.'

'Ja. Ik heb Cordova een foto naar me laten mailen. Niemand heeft haar herkend.'

'Dat hoeft niks te betekenen. Misschien hebben er nu andere mensen dienst, of is ze stiekem binnen geglipt nadat haar minnaar heeft ingecheckt. Maar haar auto staat daar nog?'

'Ja. Vreemd, vind je niet? Dat die daar nog staat. Ik bedoel, je hebt je pleziertje, stapt in je auto en rijdt weer naar huis, of waar ook naartoe. Of als ze een verhouding had, zou het dan niet kunnen zijn dat die uit de hand is gelopen? Dat hij haar heeft overmeesterd, of dat er geweld heeft plaatsgevonden…'

'… of dat ze er samen vandoor zijn.'

'Ja, dat zou kunnen. Maar het is een mooie auto. Een Acura MDX, nog geen vier maanden oud. Zou je die dan niet meenemen?'

Muse dacht erover na en haalde haar schouders op.

Clarence zei: 'Ik wil er achteraan gaan, vind je dat goed?'

'Ja, doe dat maar.' Ze dacht weer na. 'Doe me een lol en kijk of er in Livingston en omgeving nog meer vrouwen als vermist zijn opgegeven. Ook van recente datum. En ook als de politie het niet al te serieus neemt.'

'Dat heb ik al gedaan.'

'En?'

'Niks. O, maar er heeft wel een vrouw gebeld die zegt dat haar echtgenoot en haar zoon spoorloos zijn.' Hij keek op zijn blocnote. 'Ze heet Tia Baye. Haar man heet Mike en haar zoon heet Adam.'

'Maakt de plaatselijke politie er werk van?'

'Ik denk het, maar zeker weet ik het niet.'

'Als die zoon er niet bij was geweest,' zei Muse, 'had die Baye er met ma Cordova vandoor kunnen zijn.'

'Zal ik kijken of er een verband is?'

'Ja, doe dat maar. En als het zo is, is het geen zaak voor ons. Als twee weldenkende volwassenen samen een tijdje willen verdwijnen, mogen ze dat.'

'Ja, oké. Maar chef...?'

Muse vond het heerlijk als hij haar zo noemde. Chef. 'Wat?'

'Ik heb het gevoel dat er hier meer aan de hand is.'

'Volg dat gevoel dan, Clarence. En hou me op de hoogte.'

132

16

In zijn droom hoort hij een piepend geluid gevolgd door de woorden: 'Het spijt me zo, papa…'
In werkelijkheid hoorde Mike iemand Spaans spreken in het duister.

Hij sprak de taal voldoende – je kunt niet in een ziekenhuis in 168th Street werken als je niet ten minste een beetje Spaans spreekt – om te kunnen vaststellen dat een vrouw ratelend zat te bidden. Mike probeerde zijn hoofd om te draaien maar kreeg het niet in beweging. Het maakte niet uit. Alles was toch donker. Zijn slapen bonsden terwijl de vrouw in het duister keer op keer haar gebed herhaalde. Ondertussen had Mike zijn eigen gedachten.

Adam. Waar is Adam?

Na enige tijd besefte Mike dat hij zijn ogen dicht had. Hij wilde ze opendoen. Dat lukte niet meteen. Hij bleef nog even liggen luisteren en probeerde zich te concentreren op zijn oogleden, op de vraag hoe hij ze omhoog moest krijgen. Het duurde even, maar ten slotte begon hij met zijn ogen te knipperen. Het bonzen van zijn slapen ging over in hamerslagen. Hij bracht zijn hand naar zijn hoofd en drukte op zijn slaap alsof hij de pijn daarmee kon verzachten.

Knipperend keek hij naar de tl-lichten in het witte plafond. Het bidden in het Spaans ging door. Hij snoof een vertrouwde geur op, die bekende combinatie van krachtige schoonmaakmiddelen, lichaamsvloeistoffen, zieke mensen en lucht waarin geen enkele beweging zat. Mikes hoofd viel naar links. Hij zag de rug van een vrouw die zich over een bed boog. Een rozenkrans bewoog door haar vingers. Zo te zien had ze haar hoofd op de borst van de man in het bed naast het zijne gelegd. Haar gebed werd afgewisseld met gesnik… en een combinatie van beide.

Mike wilde zijn hand uitsteken en een paar troostende woorden tegen haar zeggen. Hij was tenslotte arts. Maar er zat een infuus in zijn arm en heel langzaam drong het tot hem door dat hij nu zelf ook patiënt was. Hij probeerde zich te herinneren wat er was gebeurd, en hoe hij hier in hemelsnaam terecht was gekomen. Dat duurde even. Zijn geest was beneveld. Hij worstelde zich door de mist.

Hij had een heel onaangenaam gevoel gehad toen hij bij kennis kwam. Hij had het weggedrukt, maar nu, om zijn geheugen ter wille te zijn, liet hij het weer toe. En direct kwam zijn eerdere gedachte terug, deze keer in één woord.

Adam.

De rest kwam erachteraan. Hij was Adam gaan zoeken. Hij had staan praten met die uitsmijter, Anthony. Daarna was hij het steegje in gelopen. Daar was hij die enge vrouw met die foeilelijke pruik tegengekomen...

Hij herinnerde zich het mes.

Was hij neergestoken?

Zo voelde het niet. Hij draaide zijn hoofd de andere kant op. Nog een patiënt. Een zwarte man die zijn ogen dicht had. Mike keek of hij zijn vrouw en kinderen zag, maar er was niemand voor hem. Dat was niet zo verrassend... misschien lag hij hier nog maar net. Ze zouden contact moeten opnemen met Tia. Die was in Boston. Het zou een tijdje duren voordat ze hier was. Jill was in het huis van Novak. En Adam...?

Wanneer in films een patiënt bij kennis komt, is dat altijd in een privékamer en staan de arts en de verpleegkundige al aan het voeteneind van het bed alsof ze daar de hele nacht hebben staan wachten, beiden met een brede glimlach en met antwoorden op alle vragen. Hier was geen professionele zorgverlener te zien. Mike wist hoe het werkte. Hij zocht naar de bel, vond het aan het snoer dat om de stang van het bed was gedraaid en drukte erop voor de verpleegkundige.

Het duurde enige tijd. Moeilijk te zeggen hoe lang. De tijd kroop voorbij. De vrouw was opgehouden met bidden. Ze stond op en droogde haar ogen. Mike kon de man in het bed nu zien. Die was aanzienlijk jonger dan zij. Moeder en zoon, nam hij aan. Hij vroeg zich af hoe de jongen hier terecht was gekomen.

Mike keek naar de ramen achter de vrouw. De jaloezieën waren open en hij zag zonlicht.

Het was dag.

Hij was 's nachts buiten westen geraakt. Uren geleden. Misschien wel dagen geleden. Moeilijk te zeggen. Hij drukte nog een paar keer op de knop van de bel, hoewel hij wist dat het hem niet veel zou helpen. Er kwam een gevoel van paniek in hem op. De pijn in zijn hoofd was erger geworden... iemand beukte met een voorhamer op zijn rechterslaap.

134

'Wel, wel, wel.'

Mike keek naar de deuropening. De verpleegkundige, een zware vrouw met een leesbril aan een koordje op haar enorme boezem, kwam binnen. BERTHA BONDY, stond er op haar naambordje. Ze keek op hem neer en fronste haar wenkbrauwen.

'Welkom in de vrije wereld, slaapkop. Hoe voelt u zich?'

Het duurde twee seconden voordat Mike zijn stem had hervonden. 'Alsof ik met een grizzlybeer heb gevreeën.'

'Dat is waarschijnlijk minder onveilig dan waar ze u hebben gevonden. Hebt u dorst?'

'Mijn mond is kurkdroog.'

Bertha knikte en pakte een beker met ijsblokjes. Ze bracht de beker naar zijn lippen. Het ijs smaakte medicinaal, maar o, wat was het heerlijk.

'U bent in het Lebanon-ziekenhuis in de Bronx,' zei Bertha. 'Herinnert u zich wat er gebeurd is?'

'Ik ben overvallen. Door een groep jongens, geloof ik.'

'Aha. Hoe heet u?'

'Mike Baye.'

'Kunt u de achternaam voor me spellen?'

Mike deed het, nam aan dat het een perceptietest was, dus hij gaf haar nog wat extra informatie. 'Ik ben zelf arts,' zei hij. 'Ik doe transplantatiechirurgie in het New York Presbyterian.'

Ze fronste haar wenkbrauwen nog wat dieper, alsof hij haar het verkeerde antwoord had gegeven. 'Echt?'

'Ja, echt.'

Meer gefrons.

'Ben ik geslaagd?' vroeg Mike.

'Geslaagd?'

'Voor de perceptietest.'

'Ik ben geen arts. Hij komt zo bij u. Ik heb u gevraagd hoe u heette omdat we niet weten wie u bent. U bent hier zonder portefeuille, zonder mobiele telefoon en zonder sleutels binnengebracht. Uw belagers hebben alles meegenomen.'

Mike wilde iets anders vragen, maar op dat moment trok er een vlijmscherpe pijnsteek door zijn hoofd. Hij zette zijn kiezen op elkaar, telde in gedachten tot tien en wachtte. Toen de pijn iets minder werd, begon hij weer te praten.

'Hoe lang ben ik buiten kennis geweest?'

'De hele nacht. Zes, zeven uur.'

'Hoe laat is het nu?'

'Acht uur 's ochtends.'

'Dus niemand heeft mijn gezin ingelicht?'

'Dat zeg ik net... we wisten niet wie u was.'

'Ik heb een telefoon nodig. Ik moet mijn vrouw bellen.'

'Uw vrouw? Weet u dat zeker?'

Mikes hoofd voelde wazig. Ze hadden hem waarschijnlijk pijn-stillers gegeven, dus misschien begreep hij daarom niet waarom ze hem die merkwaardige vraag stelde.

'Natuurlijk weet ik dat zeker.'

Bertha haalde haar schouders op. 'Er staat een telefoon naast uw bed, maar ik zal de centrale moeten vragen die aan te sluiten. En u hebt waarschijnlijk hulp nodig bij het draaien van het nummer?'

'Ja, ik denk het wel.'

'O, hebt u een ziektekostenverzekering? Er moeten een paar for-mulieren ingevuld worden.'

Mike had bijna geglimlacht. Eerst de financiën regelen. 'Ja, ik ben verzekerd.'

'Ik zal iemand van de administratie langs sturen om uw gegevens op te nemen. De dokter komt zo langs om over uw verwondingen te praten.'

'Hoe ernstig zijn die?'

'U bent flink afgetuigd en aangezien u zo lang buiten kennis bent geweest, zult u wel een hersenschudding hebben. Maar als u het niet erg vindt, laat ik de details liever aan de arts over. Ik zal kijken of ik hem kan vinden.'

Mike begreep het. Het was niet aan de verpleegkundigen om diagnoses te stellen.

'Hoe gaat het met de pijn?'

'Zo zo.'

'We hebben u een pijnstiller gegeven, dus de pijn zal eerst erger worden voordat die minder wordt. Ik zal een morfinepomp voor u aansluiten.'

'Bedankt.'

'Ben zo terug.'

Ze liep naar de deur. Mike moest opeens aan iets anders denken. 'Zuster?'

Ze bleef staan en draaide zich om.

'Is er geen agent die mijn verklaring wil opnemen, of zo?'

'Pardon?'

'Ik ben mishandeld en kennelijk ook beroofd. Hoort de politie daar niet bij gehaald te worden?'

Ze sloeg haar armen over elkaar. 'En u denkt dat die hier de hele nacht zit te wachten tot u eindelijk eens bij kennis komt?'

Ze had gelijk… het was hetzelfde als met de wachtende arts bij je bed in films.

Toen zei Bertha: 'De meeste mensen kiezen er trouwens voor om dit soort zaken niet aan te geven.'

'Wat voor soort zaken?'

Ze fronste haar wenkbrauwen weer. 'Wilt u echt dat ik de politie voor u bel?'

'Ik kan beter eerst mijn vrouw bellen.'

'Ja,' zei ze. 'Ja, dat lijkt me een goed idee.'

Mike pakte de bediening waarmee hij de stand van het bed kon veranderen. Pijnsteken schoten door zijn ribbenkast. Zijn longen weigerden te functioneren. Hij drukte op de bovenste knop. Zijn bovenlichaam kwam omhoog. Toen hij half overeind zat, stopte hij. Langzaam stak hij zijn hand uit naar de telefoon. Hij hield de hoorn tegen zijn oor. Het toestel was nog niet aangesloten.

Tia zou in alle staten zijn.

Zou Adam inmiddels thuis zijn?

Wie hadden hem in hemelsnaam overvallen?

'Meneer Baye?'

Zuster Bertha stond weer in de deuropening.

'Dokter Baye,' corrigeerde Mike haar.

'O, domkop die ik ben, dat was ik vergeten.'

Hij had niet hooghartig willen klinken, maar als je in een ziekenhuis laat weten dat je zelf arts bent, kan dat geen kwaad. Net als de politieman die wordt aangehouden voor te hard rijden, die laat zijn collega ook weten wat hij voor de kost doet. Viel allemaal in de categorie: kan geen kwaad.

'Ik kwam net een agent tegen die hier voor een andere kwestie is,' zei Bertha. 'Wilt u hem misschien spreken?'

'Ja, graag. Maar kun je ook de telefoon laten aansluiten?'

'Die kan nu ieder moment klaar zijn voor gebruik.'

Een agent in uniform kwam het zaaltje binnen. Hij was klein van stuk, een latino met een dun snorretje. Mike schatte hem een jaar of vijfendertig. Hij stelde zich voor als agent Guttierez.

'Wilt u echt aangifte doen?' vroeg hij.

'Natuurlijk.'

Ook hij fronste zijn wenkbrauwen.

'Wat is er?'

'Ik ben degene die u hierheen heeft gebracht.'

'Bedankt.'

'Graag gedaan. Weet u waar we u hebben gevonden?'

Mike dacht even na. 'Waarschijnlijk in dat steegje bij die club. Ik ben vergeten hoe die straat heet.'

'Precies.'

Hij bleef Mike aankijken en wachtte. Toen begreep Mike het pas.

'Dit is niet wat je denkt dat het is,' zei Mike.

'Wat denk ik dan?'

'Dat ik ben gerold door een hoertje.'

'Gerold?'

Mike probeerde zijn schouders op te halen. 'Ik kijk veel tv.'

'Hoor eens, ik trek niet graag overhaaste conclusies, maar wat ik weet is het volgende: u wordt gevonden in een steegje dat het werkterrein van hoertjes is, u bent twintig tot dertig jaar ouder dan de gemiddelde clubbezoeker, u bent getrouwd en u wordt belaagd, beroofd en mishandeld op een manier die me bekend voorkomt, namelijk die van de hoerenloper die wordt...' Hij maakte aanhalingstekens met zijn vingers. '... "gerold" door een hoertje of haar pooier.'

'Ik was daar niet voor seks,' zei Mike.

'Nee, o nee, natuurlijk niet. U was daar voor het mooie uitzicht. Dat is inderdaad heel bijzonder. Om over de bijbehorende geuren maar te zwijgen. Man, je hoeft het me echt niet uit te leggen. Ik weet wat er speelt onder de mensen.'

'Ik was op zoek naar mijn zoon.'

'In dat steegje?'

'Ja. Ik zag een vriend van hem lopen...' De pijn begon weer op te spelen. Mike wist nu al hoe dit zou aflopen. Het zou tijd kosten om alles uit te leggen. En dan? Hoe zou deze smeris hem verder kunnen helpen?

Hij moest Tia eerst spreken.

'Ik heb nu te veel last van de pijn,' zei Mike.

Guttierez knikte. 'Dat begrijp ik. Hoor eens, ik zal u mijn kaartje geven. Belt u me als u erover wilt praten of aangifte wilt doen, oké?'

Guttierez legde zijn kaartje op het nachtkastje en liep de deur uit. Mike liet het liggen. Hij verzette zich tegen de pijn, nam de hoorn van het telefoontoestel en draaide Tia's mobiele nummer.

17

Loren bekeek de beelden van de surveillancecamera in de buurt van de plek waar haar onbekende slachtoffer was gedumpt. Ze zag niets wat eruit sprong, maar ja, wat had ze verwacht? In een uur tijd reden er enkele tientallen auto's voorbij. Geen van die auto's kon ze uitsluiten, want het lijk had in de kofferbak van de kleinste van het hele stel kunnen zitten.

Toch bleef ze kijken en hopen, en toen de video afgelopen was, had die haar nul komma nul opgeleverd.

Clarence klopte en stak zijn hoofd naar binnen. 'Je gaat dit niet geloven, chef.'

'Ik luister.'

'Ten eerste, die vermiste man kunnen we vergeten. Die Baye. Raad eens waar hij is?'

'Nou?'

'In een ziekenhuis in de Bronx. Zijn vrouw is op zakenreis en hij zet de bloemetjes buiten en laat zich beroven door een hoertje.'

Muse trok een gezicht. 'Iemand uit Livingston gaat helemaal naar de Bronx voor een hoertje?'

'Tja, wat zal ik zeggen… sommige mensen voelen zich daartoe aangetrokken. Maar dat is niet het grote nieuws.' Clarence ging zitten zonder het te vragen, wat niets voor hem was. Hij had de mouwen van zijn overhemd opgerold en er brak een lichte glimlach door op zijn bolle gezicht.

'De Acura MDX van mevrouw Cordova staat nog steeds op het parkeerterrein van het hotel,' zei hij. 'De plaatselijke politie heeft een aantal kamers gecheckt, maar ze is daar niet. Dus ben ik teruggegaan.'

'Teruggegaan?'

'Naar de laatste plek waarvan we weten dat ze daar is geweest. Het Palisades. Een reusachtig, modern winkelcentrum waar ze over een heel geavanceerd beveiligingssysteem beschikken. Dus die heb ik gebeld.'

'De beveiligingsdienst?'

'Ja, en nu komt het: gisteren, om een uur of vijf in de middag, komt zich een man melden die zegt dat hij een vrouw naar haar groene Acura MDX heeft zien lopen en haar tassen achterin heeft zien zetten. Daarna liep ze door naar de bestuurder van een wit busje dat naast haar auto geparkeerd stond. Hij zegt dat hij haar achter in het busje heeft zien stappen, niet gedwongen of zoiets, maar dat toen de deuren werden dichtgedaan. Die man dacht eerst: het zal wel niks te betekenen hebben, totdat hij een andere vrouw ziet aankomen en in de Acura ziet stappen. Daarna zijn de auto's samen weggereden.'

Muse leunde achterover. 'Het busje en de Acura?'

'Ja.'

'Met een andere vrouw achter het stuur van de Acura?'

'Precies. Nou, die man vindt dat vreemd, gaat naar het kantoor van de beveiligingsdienst en meldt het, maar die bewakers denken: nou en? Ze besteden er geen aandacht aan... ik bedoel, wat moeten ze er trouwens aan doen? Dus ze schrijven er alleen een rapportje van. Maar wanneer ze door mij worden gebeld, herinneren ze het zich en pakken ze het rapportje erbij. Dit heeft allemaal voor de deur van Target plaatsgevonden. De man kwam het melden om 17.15 uur. We weten dat Reba Cordova haar aankopen bij Target om 16.52 heeft gedaan. De datum en tijd staan op het bonnetje.'

Muse hoorde alarmbellen rinkelen, hoewel ze niet precies wist uit welke richting het geluid kwam.

'Bel Target,' zei ze. 'Ik durf te wedden dat ze daar beveiligingscamera's hebben.'

'We zijn in gesprek met het hoofdkantoor van Target terwijl wij hier aan het praten zijn. Over een paar uur weten we meer. Nog iets anders. Misschien belangrijk, misschien niet. We hebben kunnen nagaan wat ze bij Target heeft gekocht. Een paar dvd's voor haar kinderen, ondergoed en kleding... allemaal kinderspul.'

'Geen dingen die je koopt als je van plan bent er met je minnaar vandoor te gaan.'

'Precies, tenzij je je kinderen meeneemt, wat ze niet heeft gedaan. En daar komt bij dat toen we in de Acura op het parkeerterrein van het hotel keken, we geen tassen van Target hebben gevonden. De echtgenoot heeft thuis gezocht, voor het geval ze daar een tussenstop heeft gemaakt. Ook daar was niks van Target te vinden.'

Een koude rilling die onder aan Muses rug begon kroop naar boven.

'Wat is er?' vroeg Clarence.

'Ik wil dat rapport van de beveiligingsdienst. Vraag het telefoonnummer van die man op... de man die haar in het busje heeft zien stappen. Hoor hem verder uit en kijk wat hij zich nog meer herinnert... voertuigen, signalementen van de inzittenden, enzovoort. Ik weet zeker dat die lui van de beveiligingsdienst dat niet grondig met hem hebben doorgenomen. Ik wil alles weten.'

'Oké.'

Ze praatten nog een paar minuten door, maar Muses gedachten tolden door haar hoofd en ze merkte dat haar hart sneller klopte. Toen Clarence vertrokken was, trok ze de telefoon naar zich toe en belde het mobiele nummer van haar baas, Paul Copeland.

'Hallo?'

'Waar ben je?' vroeg Muse.

'Ik heb Cara net afgezet. Ik kom straks.'

'Ik moet met je praten, Cope.'

'Ik heb een afspraak met mijn aanstaande in een of ander restaurant om de tafelschikking te bepalen.'

'De tafelschikking?'

'Ja, Muse, de tafelschikking. Dat is zo'n lijst waarop staat waar iedereen moet zitten.'

'En dat kan jou iets schelen?'

'Niet in het minst.'

'Laat Lucy het dan doen.'

'Ze doet alles al. Ze sleept me overal mee naartoe, maar inspraak heb ik niet. Ze wil me er alleen voor mijn knappe smoeltje bij hebben, zegt ze.'

'Dat heb je ook, Cope.'

'Ja, dat is waar, maar ik heb ook hersens.'

'En die heb ik van je nodig,' zei Muse.

'Hoezo, wat is er aan de hand?'

'Ik heb een van mijn meer bizarre intuïtieve ideeën en jij moet mij vertellen of er iets in zit of dat ik compleet de weg kwijt ben.'

'Is het belangrijker dan wie er met tante Carol en oom Jerry aan tafel zit?'

'Nee, het is maar een moord.'

'Dan offer ik me op. Ik kom eraan.'

Jill werd wakker van een rinkelende telefoon.

Ze was in Yasmins slaapkamer. Yasmin deed zo haar best om door de andere meisjes van school geaccepteerd te worden, onder andere door te doen alsof ze meer jongensgek was dan wie ook. Aan de ene muur hing een poster van Zac Efron, de *hunk* uit de *High School Musical*-films, en een van de Sprouse-tweeling uit *Suite Life*. Aan de andere muur hing er een van Miley Cyrus uit *Hannah Montana*... goed dan, een meisje, geen hunk, maar toch. Het leek allemaal zo overdreven en wanhopig.

Yasmins bed was naast de deur en dat van Jill bij het raam. Beide bedden lagen bezaaid met speelgoedbeesten. Yasmin had Jill een keer verteld dat de scheiding van haar ouders ook een goede kant had gehad: de voortdurende verwennerij... beide ouders die elkaar probeerden te overtreffen in het geven van cadeautjes. Yasmin zag haar moeder maar vier of vijf keer per jaar, maar haar moeder stuurde voortdurend pakjes op. Yasmin had meer dan twintig Build-A-Bears, waaronder een gekleed als cheerleader, en een andere, die naast Jills kussen stond, als popster, in glittershort, een topje en met een draadmicrofoon om haar pluizige kop geklemd. Talloze Webkinz-beesten, waaronder alleen al drie neushoorns, lagen over de vloer verspreid. Op het nachtkastje lagen stapels oude nummers van *J14*, *Teen People* en *Popstar*. De vloerbedekking was donkerbruin, een kleur waarvan haar ouders haar hadden verteld dat die in de jaren zeventig uit de mode was geraakt, maar die in de afgelopen jaren een wonderbaarlijke comeback in tienerkamers had gemaakt. Op het bureau stond een splinternieuwe iMac.

Yasmin was goed met computers. Jill ook.

Jill ging rechtop zitten. Yasmin knipperde met haar ogen en keek haar aan. In de verte hoorde Jill een gedempte stem in de telefoon praten. Meneer Novak. Op het nachtkastje tussen hun bedden stond een Homer Simpson-klok. Die wees 7.15 uur aan.

Vroeg voor een telefoontje, vond Jill. Zeker in het weekend.

De meisjes waren de vorige avond laat naar bed gegaan. Ze hadden in de stad gegeten en een ijsje toe gekregen, met meneer Novak en zijn irritante nieuwe vriendin Beth. Beth was een jaar of veertig en ze lachte om alles wat meneer Novak zei, net als die irritante jongensgekke meisjes op school deden om een jongen te behagen. Jill had altijd gedacht dat je daar op een zeker moment overheen zou groeien. Blijkbaar niet.

Yasmin had een plasma-tv op haar kamer. Ze mochten van haar vader net zo veel films kijken als ze wilden. 'Het is weekend,' had Guy Novak met een brede grijns gezegd. 'Neem het ervan.' Dus hadden ze popcorn in de magnetron gemaakt, naar PG-13 gekeken en daarna zelfs naar een film voor twaalf jaar en ouder, wat Jills ouders nooit goed zouden hebben gevonden.

Jill stapte uit bed. Ze moest plassen en ze vroeg ze zich af wat er gisteravond was gebeurd, of haar vader Adam had weten te vinden. Ze maakte zich zorgen. Ze had Adam zelf gebeld. Dat hij zich voor pa en ma verschuilde, goed, dat kon ze begrijpen. Maar ze had nooit rekening gehouden met de mogelijkheid dat hij de telefoontjes en sms'jes van zijn zusje niet zou beantwoorden. Adam had haar altijd geantwoord.

Maar deze keer niet.

En dat maakte Jill nog bezorgder.

Ze zette haar mobiele telefoon aan.

'Wat doe je?' vroeg Yasmin.

'Kijken of Adam heeft teruggebeld.'

'En?'

'Nee, niks.'

Yasmin zweeg.

Er werd zacht op de deur geklopt en toen ging die open. Meneer Novak stak zijn hoofd naar binnen en fluisterde: 'Hé, zijn jullie al op?'

'We werden wakker van de telefoon,' zei Yasmin.

'Wie was dat?' vroeg Jill.

Meneer Novak keek haar aan. 'Dat was je moeder.'

Jill verstijfde. 'Wat is er aan de hand?'

'Er is niks aan de hand, meisje,' zei meneer Novak, maar Jill zag dat hij loog dat hij barstte. 'Ze heeft alleen gevraagd of ik je nog een dagje hier kon houden. Ik stel voor dat we vanmiddag naar het winkelcentrum gaan, en misschien kunnen we daarna naar de bioscoop. Hoe klinkt dat?'

'Waarom wil ze dat ik hier blijf?' vroeg Jill.

'Dat weet ik niet, kindje. Ze zei alleen dat er iets tussen was gekomen en heeft me gevraagd of ik zo vriendelijk wilde zijn. Maar ik moest tegen je zeggen dat ze van je houdt en dat alles dik in orde is.'

Jill zei niets. Hij loog. Ze wist het zeker. Yasmin wist het ook. Ze keek Yasmin aan. Aandringen had geen zin. Hij zou het toch niet zeggen. Hij nam hen in bescherming omdat hun elf jaar oude hoofdjes de waarheid nog niet aankonden, of wat volwassenen verder ook maar als onzinnig excuus gebruikten om tegen kinderen te liegen.

'Ik moet heel even weg,' zei meneer Novak.

'Waarnaartoe?' vroeg Yasmin.

'Kantoor. Even iets ophalen. Maar Beth kwam toevallig net langs. Ze zit beneden tv te kijken, mochten jullie iets nodig hebben.'

Yasmin begon te lachen. 'Kwam toevallig langs?'

'Ja.'

'Dus je wou zeggen dat ze hier niet is blijven slapen? Ja hoor, papa. Hoe oud denk je eigenlijk dat we zijn?'

Novak fronste zijn wenkbrauwen. 'Zo is het wel genoeg, jonge-dame.'

'Ik zeg al niks meer.'

Novak deed de deur dicht. Jill ging op de rand van het bed zitten. Yasmin kwam naast haar staan.

'Wat denk je dat er gebeurd is?' vroeg Yasmin.

Jill gaf geen antwoord, maar de richting die haar gedachten op gingen, beviel haar helemaal niet.

Cope kwam Muses kantoor binnen en ze vond dat hij er snel uitzag in zijn nieuwe blauwe pak.

'Persconferentie vandaag?' vroeg ze.

'Hoe raad je dat zo?'

'Je snelle pak.'

'Zeggen mensen dat nog steeds? Snel?'

'Dat zou wel beter zijn…'

'Mee eens. Ik ben het evenbeeld van snelheid. Snelle Paultje. Cope de Snelle.'

Loren Muse hield een A4'tje op. 'Moet je zien wat ik net heb ont-vangen.'

'Vertel het me maar.'

'Frank Tremonts ontslagbrief. Hij heeft voor vervroegd pensi-oen gekozen.'

'Wat een aderlating.'

'Zeg dat wel.'

Muse keek hem aan.

'Wat is er?' vroeg Cope.

'Die stunt van jou, van gisteren, met die verslaggever.'

'Wat is daarmee?'

'Die vond ik nogal kleinerend,' zei Muse. 'Ik heb jou niet nodig om mijn huid te redden.'

'Dat was ik ook niet van plan. Sterker nog, ik heb je voor de leeu-wen gegooid.'

'Hoe dat zo?'

'Of je had het in je om Tremont op zijn nummer te zetten, óf je had het niet. Een van jullie moest eraan.'

'Het was hij of ik, is dat het?'

'Precies. We weten allemaal dat Tremont dingen aan de pers doorvertelt en dat hij een ronduit storende factor voor het korps is. Ik wilde hem weg hebben om meer egoïstische redenen.'

'En als ik dat niet had gekund?'

Cope haalde zijn schouders op. 'Dan was jij misschien degene geweest die ontslag had moeten nemen.'

'En jij was bereid dat risico te nemen?'

'Welk risico? Tremont is een lui varken. Als hij in staat was geweest jou af te troeven, verdien je het niet om hoofdinspecteur te zijn.'

'Touché.'

'Genoeg daarover. Je hebt me niet gebeld om over Frank Tremont te praten. Vertel op, wat is er aan de hand?'

Muse vertelde hem alles over de verdwijning van Reba Cordova, over de getuige bij Target, het busje, de auto die bij het Ramada in East Hanover was teruggevonden… Cope zat in zijn stoel, luisterde en keek haar aan met die grijze ogen. Hij had prachtige ogen, vond Muse, van het soort dat van kleur veranderde in wisselend licht. Loren Muse viel wel een beetje op Paul Copeland, hoewel ze ook een zwak had gehad voor zijn voorganger, die aanzienlijk ouder was en er heel anders uitzag. Misschien had ze gewoon iets met bazen?

Haar verliefdheid – als je het al zo kon noemen – was onschuldig en had meer met waardering dan met verlangen te maken. Hij hield haar 's nachts niet wakker, brak haar hart niet en was geen onderwerp van haar fantasieën, niet seksueel, noch anders van aard. Ze hield van Paul Copelands aantrekkelijke voorkomen zonder er verder iets mee te willen. Ze had diezelfde dingen altijd gezocht in de mannen met wie ze uitging, maar had ze nooit gevonden.

Muse was bekend met het verleden van haar baas, de hel waar hij doorheen was gegaan, de dreun van de laatste onthullingen. Ze had hem zelfs geholpen zich erdoorheen te knokken. Net als veel andere mannen die ze kende was Paul Copeland een beschadigd mens, met dit verschil dat hij er goed mee kon omgaan. Veel mannen die in de politiek zitten – en dat was zijn baan, een politieke benoeming – waren wel ambitieus, maar ze wisten niet wat lijden was. Cope wel. In zijn functie van openbaar aanklager maakte dat hem zowel begrijpender als minder bereid om met de excuses van de verdediging mee te gaan.

Muse gaf hem alleen de feiten omtrent de verdwijning van Reba Cordova, zonder de theorieën die ze had bedacht. Hij bleef haar aankijken en knikte ten slotte.

145

'Laat me raden,' zei Cope. 'Jij denkt dat er op de een of andere manier een verband bestaat tussen deze Reba Cordova en jouw onbekende lijk.'

'Ja.'

'Waar denk je dan aan, een seriemoordenaar?'

'Dat zou kunnen, hoewel seriemoordenaars meestal alleen werken. Er was in dit geval ook een vrouw bij betrokken.'

'Oké. Vertel mij nu eens waarom jij denkt dat er een verband is.'

'Ten eerste de werkwijze.'

'Twee blanke vrouwen van ongeveer dezelfde leeftijd,' zei Cope. 'De ene wordt als hoertje verkleed in Newark gevonden. Van de andere… tja, weten we nog niet waar ze is.'

'Dat speelt ook mee, maar er is iets anders, iets wat ik belangrijker vind, wat mijn aandacht heeft getrokken. De pogingen tot afleiding en misleiding.'

'Ik kan je niet volgen.'

'We hebben hier te maken met twee blanke vrouwen van begin veertig, beiden in goeden doen, die binnen een tijdsbestek van – wat? – vierentwintig uur verdwijnen. Daar zit een merkwaardige overeenkomst in. Maar wat belangrijker is, in het eerste geval, dat van ons onbekende lijk, wéten we dat de moordenaar erg zijn best heeft gedaan om ons te misleiden, waar of niet?'

'Waar.'

'Nou, bij Reba Cordova heeft hij hetzelfde gedaan.'

'Door haar auto bij een hotel neer te zetten?'

Muse knikte. 'In beide gevallen heeft hij geprobeerd ons met valse aanwijzingen op het verkeerde been te zetten. In het geval van ons onbekende slachtoffer heeft hij het zo geënsceneerd dat wij zouden denken dat ze een hoertje was. In het geval van Reba Cordova heeft hij de schijn willen wekken dat het gaat om een vrouw die er met haar minnaar vandoor is.'

'Eh…' Cope trok een gezicht. 'Ik vind het nogal zwak.'

'Ja, maar het is íéts. Ik wil niet racistisch zijn, maar hoe vaak gebeurt het dat een aantrekkelijke huisvrouw uit een leuke stad als Livingston er met een minnaar vandoor gaat?'

'Het komt voor.'

'Misschien wel, maar zou ze het dan niet beter plannen? Dan zou ze toch niet naar een winkelcentrum rijden, niet ver van de ijsbaan waar haar dochtertje aan het schaatsen is, om daar kinderkleding en -ondergoed te kopen, om vervolgens alles weg te gooien en er met haar minnaar vandoor te gaan? En we hebben een getuige, een man die Stephen Errico heet, die haar bij Target in een busje heeft zien stappen. En hij heeft die andere vrouw in haar auto zien wegrijden.'

'Als het echt zo gebeurd is.'

'Het ís zo gebeurd.'

'Goed, maar zelfs dan nog. Wat heb je nog meer dat Reba Cordova met ons onbekende slachtoffer in verband brengt?'

Muse trok haar ene wenkbrauw op. 'Ik heb het beste voor het laatst bewaard.'

'Goddank.'

'Laten we even teruggaan naar Stephen Errico.'

'De getuige bij Target?'

'Correct. Errico meldt wat hij heeft gezien. Op zich valt die jongens van de beveiliging niet veel te verwijten, want het klinkt onbelangrijk. Maar ik heb Errico opgezocht op het net. Hij heeft zijn eigen blog, met zijn foto – een grote, dikke man met een woeste baard en een Grateful Dead-T-shirt – en toen ik hem sprak, kwam hij op me over als iemand die overal samenzweringen zag. Bovendien lijkt hij me ook iemand die graag deel uitmaakt van het verhaal. Je weet wel, iemand die naar een winkelcentrum gaat in de hoop een winkeldief te betrappen?'

'Ik weet wat je bedoelt.'

'Maar dat maakt hem ook tot een oplettend mens. Errico zegt dat hij een vrouw die overeenkomt met het signalement van Reba Cordova in een wit Chevy-busje heeft zien stappen. Maar wat belangrijker is, hij heeft ook het kentekennummer van het busje opgeschreven.'

'En?'

'Ik heb het opgezocht. Het is van ene Helen Kasner in Scarsdale, New York.'

'Die heeft een wit busje?'

'Ja, en ze is gisteren in het Palisades-winkelcentrum geweest.'

Cope knikte, begreep waar dit naartoe zou gaan. 'Dus jij gaat ervan uit dat iemand de nummerplaten van mevrouw Kasner heeft verwisseld?'

'Precies. Een oeroude truc maar die werkt nog steeds. Je pikt een auto om een misdaad te plegen en zet er andere nummerplaten op voor het geval iemand je ziet. Ook weer misleiding. Wat veel criminelen echter níét weten, is dat de truc het beste werkt als je de platen verwisselt met die van een voertuig van hetzelfde soort en merk. Dan schep je meer verwarring.'

'Dus jij denkt dat het busje bij Target gestolen was?'

147

'Jij niet?'

'Ja, dat zou heel goed kunnen,' zei Cope. 'Het maakt het verhaal van meneer Errico zeker geloofwaardiger. Ik begrijp ook dat we ons serieus zorgen moeten maken om Reba Cordova. Maar een verband tussen haar en jouw onbekende slachtoffer zie ik nog steeds niet.'

'Kijk hier dan maar eens naar.'

Muse draaide haar beeldscherm Copes kant op. Cope boog zich opzij en keek ernaar.

'Wat is dit?'

'Opnamen van een surveillancecamera aan een gebouw in de buurt van de vindplaats van ons onbekende lijk. Ik heb er vanochtend naar zitten kijken en dacht dat ik mijn tijd zat te verdoen. Maar nu...' Muse had het juiste moment al klaarstaan. Ze klikte op de afspeelknop en een wit busje kwam het beeld in rijden. Ze klikte op de pauzekop en het busje stond stil.

Cope boog zich dichter naar het scherm toe. 'Een wit busje.'

'Een wit Chevy-busje, ja.'

'Er staan in New York en New Jersey een miljard witte Chevybusjes geregistreerd,' zei Cope. 'Heb je het kentekennummer?'

'Ja.'

'En ik mag aannemen dat dit overeenkomt met dat van die mevrouw Kasner?'

'Nee.'

Cope kneep zijn ogen tot spleetjes. 'Nee?'

'Nee. Het is een heel ander nummer.'

'Wat hebben we daar dan aan?'

Muse wees naar het scherm. 'Dit kentekennummer – JYL-419 – is van ene meneer David Pulkingham in Armonk, New York.'

'En meneer Pulkingham heeft ook een wit busje?'

'Ja.'

'Kan hij onze man zijn?'

'Hij is drieënzeventig en heeft geen strafblad.'

'Dus je vermoedt een tweede ruil?'

'Ja.'

Clarence stak zijn hoofd naar binnen. 'Chef?'

'Ja?'

Hij zag Paul Copeland en ging kaarsrecht staan alsof hij wilde salueren. 'Goeiemorgen, meneer de procureur.'

'Hallo, Clarence.'

Clarence wachtte.

148

'Kom verder,' zei Muse. 'Wat heb je?'

'Ik heb net met Helen Kasner gebeld.'

'En?'

'Ik heb haar gevraagd de nummerplaten van haar busje te controleren. Je had gelijk. De nummerplaten zijn verwisseld en ze heeft er niks van gemerkt.'

'Verder nog iets?'

'Ja, het klapstuk. De nummerplaten die nu op het busje zitten?' Clarence wees naar het busje op het beeldscherm. 'Die staan op naam van meneer David Pulkingham.'

Muse keek Cope aan, glimlachte en hief haar geopende handen ten hemel. 'Vind je dat genoeg voor een verband?'

'Ja,' zei Cope. 'Dat voldoet.'

18

'**K**om mee,' fluisterde Yasmin.

Jill keek haar vriendin aan. Yasmins snorretje, de aanleiding van alle problemen, was er niet meer, maar om de een of andere reden zag Jill het nog steeds. Yasmins moeder was overgekomen van waar ze nu woonde – ergens in het zuiden, Florida misschien – en was met haar naar een chique privékliniek geweest voor een elektrolysebehandeling. Die had geholpen, althans voor Yasmins uiterlijk, want op school was de situatie geen haar beter geworden.

Ze zaten aan de keukentafel. Beth, de 'vriendin van de week', zoals Yasmin haar noemde, had geprobeerd hen te imponeren met een ontbijt van omeletten met gebraden worstjes en Beths 'beroemde pannenkoeken', maar tot Beths grote teleurstelling hadden ze bedankt en gekozen voor Ice-Eggos met chocoladechips.

'Oké, meisjes, wat jullie willen,' had Beth knarsetandend gezegd. 'Ik ga even in de tuin in de zon zitten.'

Zodra Beth naar buiten was gelopen, stond Yasmin op van tafel en sloop ze naar het keukenraam. Beth was nergens te zien. Yasmin keek naar links, daarna naar rechts, en toen begon ze te glimlachen.

'Wat is er?' vroeg Jill.

'Kom eens kijken,' zei Yasmin.

Jill stond op en ging naast haar staan.

'Kijk. Daar, in de hoek achter die dikke boom.'

'Ik zie niks.'

'Kijk nog eens goed,' zei Yasmin.

Het duurde even, maar toen zag Jill iets wat licht en vluchtig was achter de boom vandaan komen en begreep ze wat Yasmin bedoelde. 'Staat ze te roken?'

'Ja. Ze heeft zich achter een boom verstopt en een sigaret opgestoken.'

'Waarom zo stiekem?'

'Misschien durft ze niet te roken in het bijzijn van beïnvloedbare kinderen,' zei Yasmin met een bittere glimlach. 'Of misschien wil ze niet dat mijn vader het te weten komt. Die heeft de pest aan rokers.'

'Ga je haar verlinken?'

Yasmin glimlachte en haalde haar schouders op. 'Wie weet. We hebben al die anderen ook verlinkt, of niet soms?' Ze maakte de handtas op het aanrecht open en begon erin te snuffelen. Jill slaakte een kreetje van schrik.

'Is die van Beth?'

'Ja.'

'Dat moeten we niet doen.'

Yasmin trok een gezicht en ging door met snuffelen.

Jill kwam naast haar staan en keek mee. 'Iets interessants?'

'Nee.' Yasmin deed de tas weer dicht. 'Kom mee, ik moet je iets laten zien.'

Ze gooide de tas op het aanrecht en liep de trap op. Jill ging haar achterna. In de badkamer op de overloop was een raam dat uitzag op de tuin. Yasmin keek naar buiten. Jill ook. Beth stond nog steeds achter de boom – ze konden haar nu duidelijk zien – aan haar sigaret te lurken alsof haar leven ervan afhing. Ze nam lange halen en inhaleerde diep, waarbij ze haar ogen dichtdeed en haar gelaatstrekken zich ontspanden.

Zonder iets te zeggen liep Yasmin weg bij het raam. Ze gebaarde Jill dat ze mee moest komen. Ze gingen de slaapkamer van Yasmins vader binnen. Yasmin liep meteen door naar het nachtkastje en trok de la open.

Jill was nauwelijks geschokt. Dit was ook iets wat ze gemeen hadden. Ze snuffelden graag rond. Dat deden alle kinderen, nam Jill aan, hoewel haar vader haar thuis 'de spion' noemde. Omdat ze altijd aan het rondsnuffelen was op plekken waar ze niets te zoeken had. Toen Jill acht was, had ze in een la een paar oude foto's van haar moeder gevonden. Ze lagen helemaal achterin, verstopt onder een stapeltje ansichtkaarten en souvenirs van een trip naar Florence in haar studietijd.

Op een van de foto's stond een jongen die ongeveer van Jills leeftijd was, acht of negen jaar. Hij stond naast een meisje dat een jaar of twee jonger was. Dat meisje, had Jill onmiddellijk geweten, was haar moeder. Ze had de foto omgedraaid. 'Tia en Davey', had iemand netjes achterop geschreven, met het jaartal erachter.

Jill had nooit van ene Davey gehoord. Maar dat gaf niet, want ze had door haar gesnuffel een belangrijke les geleerd. Dat ouders er ook hun geheimpjes op nahielden.

'Moet je zien,' zei Yasmin.

151

Jill keek in de la. Meneer Novak bewaarde daar een opgerolde strip condooms. 'Gatver,' zei ze.

'Denk je dat hij die voor Beth gebruikt?'

'Ik durf er niet aan te denken.'

'Wat dacht je van mij? Het is míjn vader.' Yasmin schoof de la dicht en opende die eronder. Ze ging op fluistertoon praten.

'Jill?'

'Wat?'

'Moet je dit zien.'

Yasmin schoof haar hand onder een paar oude truien, langs een of ander blikken doosje en een stel opgerolde sokken. Toen kwam haar hand tot stilstand. Ze glimlachte en haalde iets tevoorschijn.

Jill deinsde achteruit. 'Wat krijgen we nou...?'

'Het is een pistool.'

'Dat zie ik ook wel!'

'En het is geladen.'

'Leg terug. Ongelofelijk dat jouw vader een geladen pistool in zijn nachtkastje heeft.'

'Dat hebben zoveel vaders. Zal ik je laten zien hoe je de veiligheidspal omzet?'

'Nee.'

Maar Yasmin deed het toch. Met ontzag staarden ze allebei naar het wapen. Yasmin gaf het aan Jill. Jill wilde eerst haar hand opsteken om te weigeren, maar de vorm en de kleur hadden iets wat het onweerstaanbaar maakte. Ze nam het wapen in haar hand en was onder de indruk van het gewicht, de koelte van het metaal en de eenvoud.

'Zal ik je een geheimpje verklappen?' vroeg Yasmin.

'Ja, graag.'

'Als je belooft dat je het niet doorvertelt.'

'Natuurlijk vertel ik het niet door.'

'Toen ik het had gevonden, heb ik gefantaseerd dat ik het zou gebruiken om wraak te nemen op meneer Lewiston.'

Voorzichtig legde Jill het pistool op het nachtkastje.

'Ik kon het bijna voor me zien, weet je dat? Dan ga ik de klas in, met het pistool in mijn rugzak. Of ik wacht hem op na de les, en als iedereen weg is schiet ik hem dood, veeg mijn vingerafdrukken eraf en ontsnap zonder dat iemand iets merkt. Of ik ga naar zijn huis – ik weet waar hij woont, in West Orange – schiet hem daar dood en niemand zal me verdenken. Of heel soms denk ik dat ik het gewoon in de klas moet doen, waar iedereen bij is, zodat de hele klas het kan zien, of ik kan het pistool zelfs op de klas richten als er iemand moeilijk doet, maar dan denk ik meteen: nee, veel te dramatisch. Ik wil niet voor een of andere goth desperado doorgaan.'

'Yasmin?'

'Ja?'

'Ik begin een beetje bang van je te worden.'

Yasmin glimlachte. 'Het zijn maar… je weet wel, fantasieën. Onschuldig. Ik ga zoiets heus niet doen.'

Stilte.

'Maar hij zal ervoor boeten,' zei Jill. 'Dat weet je, toch? Meneer Lewiston?'

'Ja, dat weet ik,' zei Yasmin.

Ze hoorden een auto op de oprit. Meneer Novak kwam thuis. Doodkalm pakte Yasmin het pistool, legde het terug in de la en schoof de andere spullen op hun plaats. Ze nam er de tijd voor, zonder enige haast, ook niet toen beneden de deur openging en ze haar vader hoorden roepen: 'Yasmin? Meisjes?'

Yasmin schoof de la dicht, glimlachte en liep naar de deur van de slaapkamer.

'We komen eraan!'

Tia nam niet eens de tijd om haar spullen te pakken.

Zodra ze het gesprek met Mike had beëindigd, rende ze naar de uitgang van het hotel. Brett, die de slaap nog uit zijn ogen moest wrijven en wiens haar alle kanten op stond alsof het was ontploft, zat al op haar te wachten. Hij had aangeboden haar naar de Bronx te rijden. Bretts busje stond vol gepakt met computerapparatuur en het stonk als een beerput, maar hij hield zijn voet in ieder geval op het gaspedaal. Tia zat naast hem en voerde een paar telefoongesprekken. Ze belde Guy Novak wakker, legde hem in het kort uit dat Mike een ongeluk had gehad en vroeg of Jill nog een paar uur bij hem kon blijven. Novak was vriendelijk en meelevend en zei meteen dat het goed was.

'Maar wat moet ik tegen Jill zeggen?' vroeg Guy Novak.

'Zeg maar dat er iets tussen is gekomen. Ik wil niet dat ze zich zorgen maakt.'

'Komt voor elkaar.'

'Bedankt, Guy.'

Tia ging rechtop zitten en staarde naar de weg alsof ze daarmee hun snelheid kon verhogen. Ze dacht terug aan wat ze te horen had gekregen. Mike had gezegd dat hij gebruik had gemaakt van een gps-peiling per telefoon. Hij had Adam getraceerd op een of andere obscure locatie in de Bronx. Hij was ernaartoe gereden, dacht dat hij Huff had gezien en was toen overvallen.

Adam was nog steeds spoorloos... of misschien had hij, net als de vorige keer, besloten een dag of twee weg te blijven.

Ze belde naar Clarks huis. Ze sprak ook met Olivia. Geen van beiden hadden ze Adam gezien. Ze belde naar het huis van Huff, maar daar werd niet opgenomen. Het grootste deel van de nacht en zelfs nog vanochtend hadden haar voorbereidingen voor het getuigenverhoor haar angst enigszins op een afstand kunnen houden... in ieder geval totdat Mike haar vanuit het ziekenhuis had gebeld. Vanaf dat moment niet meer. Pure angst had bezit van haar genomen. Ze schoof onrustig heen en weer op haar stoel.

'Alles oké?' vroeg Brett.

'Ja.'

Maar dat was niet waar. Ze moest steeds weer denken aan de avond dat Spencer Hill was verdwenen en zelfmoord had gepleegd. Dat ze was gebeld door Betsy... Had Adam Spencer gezien...?

De paniek in Betsy's stem. De pure angst. Zonder enige verlossing aan het eind. Betsy was zo bezorgd geweest en uiteindelijk bleek dat dat volkomen terecht was geweest.

Tia deed haar ogen dicht. Ze had opeens moeite met ademhalen. Ze voelde de druk op haar borst. Ze hapte naar adem.

'Zal ik een raampje opendoen?' vroeg Brett.

'Nee, niet nodig.'

Ze riep zichzelf tot de orde en belde het ziekenhuis. Het lukte haar zelfs Mikes arts te pakken te krijgen, maar ze kwam niet veel meer te weten dan ze al wist. Mike was in elkaar geslagen en beroofd. Als ze het goed had begrepen was hij in een steegje besprongen door een groep opgeschoten jongens. Hij had een zware hersenschudding en was lange tijd buiten kennis geweest, maar hij lag nu te rusten en het zou weer helemaal goed met hem komen.

Ze belde Hester Crimstein thuis. Haar baas gaf blijk van een gematigde bezorgdheid jegens Tia's man en zoon... en een heel grote bezorgdheid jegens haar zaak.

'Je zoon is toch al eens eerder van huis weggelopen?' vroeg Hester.

'Eén keer.'

'Nou, dan is dit waarschijnlijk de tweede keer, denk je ook niet?'

'Misschien is er meer aan de hand.'

'Zoals?' vroeg Hester. 'Zeg, hoe laat is je verhoor ook alweer?'

154

'Drie uur vanmiddag.'

'Ik zal om uitstel vragen. Als we het niet krijgen, moet je terug.'

'Je maakt zeker een grapje?'

'Zo te horen kun je daar weinig doen. Hou maar telefonisch contact met het thuisfront. Je kunt met de privéjet gaan, dan kun je naar Teterboro terugvliegen als het nodig is.'

'We hebben het hier wel over mijn gezin.'

'Ja, en ik heb het over hooguit een paar uur dat ze het zonder jou moeten doen. Je kunt daar niets zinnigs doen, behalve jezelf geruststellen. Ondertussen zit ik met een onschuldige cliënt die misschien voor vijfentwintig jaar de bak in draait als we dit verpesten.'

Tia had per direct ontslag willen nemen, maar ze wist zich voldoende te beheersen om te zeggen: 'Laten we eerst het uitstel afwachten.'

'Ik bel je terug.'

Tia beëindigde het gesprek en keek naar de telefoon alsof het ding net uit haar handpalm was gegroeid. Gebeurde dit allemaal echt?

Toen ze het ziekenzaaltje binnenkwam, was Mo er al. Hij ijsbeerde door het vertrek, met zijn handen tot vuisten gebald en zijn wangen nat van de tranen. 'Hij overleeft het wel,' zei Mo zodra hij haar zag. 'Hij ligt net weer te slapen.'

Tia kwam naar het bed lopen. Er stonden nog twee bedden in het vertrek, beide bezet en beide zonder bezoek. Toen ze Mikes gezicht zag, was het alsof ze een sloopkogel in haar maag kreeg.

'O mijn lieve god...'

Mo kwam achter haar staan en legde zijn handen op haar schouders. 'Het ziet er erger uit dan het is.'

Dat hoopte ze van harte. Ze had natuurlijk niet geweten wat ze moest verwachten, maar dit? Mikes rechteroog zat potdicht. Over zijn ene wang liep een dunne snee die van een scheermes afkomstig kon zijn en de andere wang was paars en opgezwollen. Zijn lip was gespleten. Zijn ene arm lag onder het laken, maar op de andere onderarm zaten twee reusachtige paarse plekken, zag ze.

'Wat hebben ze met hem gedaan?' fluisterde Tia.

'Ze zijn er geweest,' zei Mo. 'Hoor je me? Ik zoek ze op en ik ga ze niet slaan. Ik maak ze meteen af.'

Tia legde haar hand op de arm van haar man. Haar man. Haar mooie, knappe, sterke man. Op Dartmouth was ze verliefd op hem geworden. Ze had haar bed met hem gedeeld, zijn kinderen gebaard en hem als partner voor de rest van haar leven gekozen. Het was niet iets waar je vaak over nadacht, maar nu deed Tia dat. Dat je echt één medemens koos om de rest van je leven mee te delen... als je erover nadacht, was het ronduit beangstigend. Hoe had ze kunnen toestaan dat Mike en zij uit elkaar waren gedreven, ook al was het maar een beetje? Of kunnen toestaan dat er een zekere sleur in hun huwelijk was geslopen en zij niet alles had gedaan om hun leven samen leuker en gepassioneerder te maken?

'Ik hou zo veel van je,' fluisterde ze.

Mike knipperde met zijn ogen en deed ze open. Ze zag angst in die ogen... en misschien was dat wel het ergste van alles. Zo lang ze Mike kende had ze hem nog nooit bang gezien. Ze had hem ook nooit zien huilen. Hij zou vast wel eens gehuild hebben, vermoedde ze, maar hij was iemand die dat niet liet zien. Hij wilde haar rots in de branding zijn, en hoe ouderwets het misschien ook klonk, zij wilde dat ook.

Hij keek recht omhoog, met grote angstogen, alsof hij een denkbeeldige belager boven zich zag.

'Mike,' zei Tia. 'Ik ben het.'

Zijn ogen draaiden haar kant op en vonden ten slotte de hare, maar de angst verdween niet. Als haar aanblik een troost voor hem was, liet hij dat niet merken. Tia pakte zijn hand vast.

'Het komt allemaal goed,' zei ze.

Hij bleef haar aankijken en nu zag ze het. Ze wist al wat hij ging zeggen voordat hij de woorden uitsprak.

'En Adam? Waar is Adam?'

19

Dolly Lewiston zag de auto weer langs het huis rijden. Hij minderde vaart. Net als de vorige keer. En de keer daarvoor.

'Hij is er weer,' zei ze.

Haar man, een onderwijzer van de vijfde klas die Joe Lewiston heette, keek niet op. Hij zat met iets te veel concentratie proefwerken te corrigeren.

'Joe?'

'Ik hoor je wel, Dolly,' zei hij kortaf. 'Wat wil je dat ik eraan doe?'

'Hij heeft het recht niet.' Ze zag de auto doorrijden en even later uit het zicht verdwijnen. 'Misschien moeten we de politie bellen.'

'En wat zeggen we dan?'

'Dat hij ons stalkt.'

'Hij rijdt door onze straat. Dat is niet verboden.'

'Hij mindert vaart.'

'Ook dat is niet verboden.'

'Je kunt ze vertellen wat er gebeurd is.'

Zonder van zijn papieren op te kijken maakte hij een snuivend geluid. 'Dan zal de politie vast alle begrip voor me hebben.'

'Wij hebben ook een kind.'

Ze had op haar computer naar kleine Allie, hun drie jaar oude dochtertje, zitten kijken. Op de website van de K-Little-crèche kon je via een webcam naar je kind kijken terwijl het een tussendoortje kreeg, met blokken speelde, een boekje las of met de andere kinderen een liedje zong, zodat je je er altijd van kon overtuigen dat alles in orde was. Daarom had Dolly voor K-Little gekozen.

Joe en zij werkten allebei als onderwijzer op de basisschool. Joe had groep vijf op de Mount Riker-school en zij had groep twee in Paramus. Dolly Lewiston zou liever stoppen met werken, maar ze hadden beide salarissen nodig. Haar man hield nog steeds van lesgeven, maar voor Dolly was de liefde voor haar vak in de afgelopen jaren minder geworden. Sommigen zouden zeggen dat ze haar passie voor het lesgeven was verloren toen Allie was geboren, of rond die periode, maar zelf dacht Dolly dat er meer achter stak. Desondanks deed ze nog steeds haar werk en stelde ze klagende ouders gerust, hoewel ze liever de hele dag naar de website van K-Little had gekeken om er zeker van te zijn dat met haar kind alles in orde was.

Guy Novak, de man die in zijn auto langs hun huis reed, was er niet in geslaagd om over zijn dochter te waken en haar te behoeden voor verdriet. Dus op dat punt begreep Dolly heel goed wat hem dreef, en kon ze zich zijn frustratie zelfs indenken. Maar dat betekende nog niet dat hij haar gezin mocht lastigvallen. In het leven was het gewoon een zaak van wij of zij, en ze verdomde het om zij te zijn.

Ze draaide zich om en keek naar Joe. Hij had zijn ogen dicht en het hoofd gebogen.

Ze ging achter hem staan en legde haar handen op zijn schouders. Hij schrok van haar aanraking. Dat duurde maar heel even, niet meer dan een seconde, maar ze voelde de natrilling ervan door heel haar lichaam trekken. Hij was de afgelopen weken zo gespannen geweest. Ze trok haar handen niet terug, liet ze op zijn schouders liggen, en ten slotte ontspande hij zich. Ze begon zijn schouders te masseren. Vroeger vond hij dat heerlijk. Het duurde een paar minuten, maar toen begon de spanning in zijn bovenrug minder te worden.

'Het is oké,' zei ze.

'Ik heb één keer mijn zelfbeheersing verloren.'

'Ik weet het.'

'Ik ging tot het randje, zoals ik altijd doe, en toen...'

'Ik weet het.'

Ze begreep het ook echt. Dat was wat Joe Lewiston tot een goed docent maakte. De passie waarmee hij lesgaf. Hij hield de aandacht van zijn leerlingen vast, maakte grapjes en overschreed soms de grens van het toelaatbare, maar juist daarom waren zijn leerlingen gek op hem. Deze dingen zorgden ervoor dat ze goed opletten en beter leerden. Joe's aanpak had sommige ouders wel eens de wenkbrauwen doen fronsen, maar hij had altijd genoeg bewonderaars gehad om zichzelf te kunnen excuseren. De meeste ouders zouden er een moord voor doen om hun kind bij Joe in de klas te krijgen. Die vonden het prachtig dat hun kinderen met plezier naar school gingen en een leraar hadden die niet alleen deed wat hij moest doen, maar oprecht enthousiasme voor zijn vak had. Heel anders dan Dolly.

'Ik heb dat meisje echt gekwetst,' zei Joe.

'Niet opzettelijk. Alle andere kinderen en ouders zijn nog steeds dol op je.'

Joe zei niets.

'Ze komt er wel overheen. Het waait wel over, Joe. Het komt allemaal weer goed.'

Joe's onderlip begon te trillen. Hij stond op instorten. Hoeveel ze ook van hem hield en hoezeer ze er ook van doordrongen was dat hij een veel betere docent was dan zij ooit zou zijn, ze wist ook dat haar echtgenoot niet tot de sterkste mannen op aarde behoorde. Men dacht wel dat hij sterk was. Joe kwam uit een groot gezin en was opgegroeid als de jongste van zes kinderen, maar zijn vader was altijd erg dominant geweest. Die had zijn jongste, meest zachtaardige kind gekleineerd, en Joe, op zijn beurt, had zich daartegen gewapend door grappig en onderhoudend te zijn. Joe Lewiston was de beste en liefste man van de wereld, maar echt sterk was hij niet.

Dat vond Dolly niet erg. Het was aan haar om de sterkste thuis te zijn, om voor haar man te zorgen en hun gezin bijeen te houden.

'Sorry dat ik zo kortaf tegen je was,' zei Joe.

'Dat geeft niet.'

'Je hebt gelijk. Het waait wel over.'

'Precies.' Ze kuste zijn hals en zijn oorlel. Zijn lievelingsplekje. Ze likte eraan. Ze wachtte op de zachte kreun die hij altijd liet horen wanneer ze dit deed. Maar die kwam niet. 'Misschien moet je even ophouden met corrigeren, hmm?' fluisterde Dolly in zijn oor.

Hij trok zijn hoofd weg, ook al was het maar een klein stukje. 'Ik... eh... moet dit echt afmaken.'

Dolly richtte zich op en deed een stap achteruit. Joe Lewiston zag wat hij had gedaan en probeerde het goed te maken.

'Mag ik het te goed houden?' vroeg hij.

Dat was wat zíj altijd zei wanneer ze niet in de stemming was. Sterker nog, het was een typische vrouwenuitspraak voor dit soort situaties. Hij was altijd degene die het initiatief nam – op dat punt kende hij geen zwakte – hoewel hij in de afgelopen paar maanden, sinds zijn verspreking tegen Yasmin, zelfs daarin was veranderd.

'Ja hoor,' zei ze.

Dolly liep weg.

'Wat ga je doen?' vroeg Joe.

'Ik ben zo terug,' zei Dolly. 'Even een boodschap doen en daarna haal ik Allie op. Maak jij je werk maar af.'

Dolly Lewiston haastte zich de trap op, ging online, zocht het adres van Guy Novak op en keek hoe ze er moest komen. Daarna controleerde ze haar e-mailaccount van school – er waren altijd wel een paar ouders die iets te klagen hadden – maar dat werkte al twee dagen niet. Nog steeds geen enkele e-mail.

'Mijn e-mail werkt nog steeds niet,' riep ze naar beneden.

'Ik zal er straks naar kijken,' riep Joe terug.

Dolly printte de route naar Guy Novaks huis uit, vouwde het blaadje in vieren en stak het in haar zak. Op weg naar buiten kuste ze haar man boven op zijn hoofd. Hij zei dat hij van haar hield. Zij zei hetzelfde terug.

Ze pakte haar sleutels en ging op weg naar Guy Novak.

Tia kon het aan de gezichten zien: de politie geloofde niet dat Adam was verdwenen.

'Ik dacht dat jullie een Code Oranje of zoiets konden geven,' zei Tia.

Naast elkaar vormden de twee politiemensen bijna een komisch duo. De ene was een kleine latino in uniform, die Guttierez heette. De andere was een lange, zwarte vrouw die zich had voorgesteld als rechercheur Clare Schlich.

Het was Schlich die antwoord gaf. 'Uw zoon voldoet niet aan de criteria voor een Code Oranje.'

'Waarom niet?'

'Dan moeten er aanwijzingen zijn dat hij ontvoerd is.'

'Maar hij is zestien jaar oud en spoorloos.'

'Ja.'

'Wat voor aanwijzingen willen jullie dan?'

Schlich haalde haar schouders op. 'Een getuige zou handig zijn.'

'Niet bij elke ontvoering is een getuige aanwezig.'

'Dat is juist, mevrouw. Maar er moeten enige aanwijzingen zijn dat hij is ontvoerd, of dat hij in accuut gevaar verkeert. Hebt u die?'

Tia kon de twee niet grof noemen; 'neerbuigend' zou een beter woord zijn. Plichtmatig schreven ze alle gegevens op. Ze deden haar bezorgdheid niet af als onzin, maar ze leken ook niet van plan al hun andere zaken te laten vallen en het hele korps op deze te zetten. Uit Clare Schlichs vragen en reacties op wat Mike en Tia haar hadden verteld bleek duidelijk hoe ze erover dacht.

'Bespioneert u uw zoon via zijn computer?'

'Hebt u de gps-chip in zijn mobiele telefoon geactiveerd?'

'Maakt u zich genoeg zorgen over zijn gedrag om hem helemaal naar de Bronx te volgen?'

160

'O, is hij al eens eerder van huis weggelopen?'

Zo ongeveer. In zekere zin kon Tia het de twee dienders niet eens kwalijk nemen, maar het enige waar zij oog voor had was Adams vermissing.

Guttierez had al eerder met Mike gesproken. Nu zei hij: 'U zei dat u Daniel Huff junior – DJ Huff – in de Bronx had gezien? Dat hij met uw zoon op stap zou zijn?'

'Ja.'

'Ik heb zijn vader net gesproken. Die is ook bij de politie, wist u dat?'

'Ja, dat weet ik.'

'Hij zegt dat zijn zoon de hele avond thuis is geweest.'

Tia keek Mike aan. Ze zag iets exploderen achter zijn ogen. Zijn pupillen werden zo klein als speldenknopjes. Tia had die blik eerder gezien. Ze legde haar hand op zijn onderarm, maar kalmeren was er niet bij.

'Hij liegt,' zei Mike.

Guttierez haalde zijn schouders op. Tia zag Mikes gezwollen gezicht rood worden. Hij keek haar aan, keek toen naar Mo en zei: 'We gaan hier weg. Nu meteen.'

De arts wilde dat Mike nog een dag zou blijven, maar dat ging niet gebeuren. Tia kende Mike goed genoeg om niet de bezorgde echtgenote te spelen. Hij zou zijn verwondingen met gemak overleven. Hij was er taai genoeg voor. Dit was zijn derde zware hersenschudding al... de eerste twee had hij tijdens ijshockey opgelopen. Mike was een tand kwijtgeraakt, had meer hechtingen in zijn gezicht gehad dan de meeste andere mannen, had zijn neus twee keer gebroken en zijn kaak één keer, en nooit, niet één keer, had hij een wedstrijd gemist... in de meeste gevallen had hij, na een blessure of verwonding, die wedstrijden zelfs gewoon uitgespeeld.

Tia wist ook dat het geen enkele zin had om te proberen Mike op andere gedachten te brengen, en dat wilde ze ook niet. Ze wilde dat hij uit bed kwam en weer naar hun zoon op zoek ging. Want nietsdoen, wist ze, zou onverdraaglijk zijn.

Mo hielp Mike uit bed. Tia hielp hem zijn kleren aan te trekken. Die bebloed waren. Mike sloeg er geen acht op. Hij ging rechtovereind staan. Ze waren bijna bij de deur toen Tia's mobiele telefoon begon te trillen. Ze hoopte dat het Adam was. Het was Adam niet.

Hester Crimstein nam niet eens de moeite om 'hallo' te zeggen.

'Nog nieuws over je zoon?'

'Nee. De politie gelooft niet in een ontvoering en denkt dat hij gewoon van huis is weggelopen.'

'Is hij dat dan niet?'

Tia was met stomheid geslagen toen ze dat hoorde.

'Nee, dat denk ik niet.'

'Brett zei dat jullie hem bespioneren,' zei Hester.

Brett met zijn grote mond, dacht ze. Geweldig. 'Ik hou bij wat hij online doet.'

'Komt op hetzelfde neer.'

'Adam zou nooit zomaar van huis weglopen.'

'Goh, dat heb ik ouders nog nooit horen zeggen.'

'Ik ken mijn zoon.'

'Dat ook niet,' zei Hester. 'Slecht nieuws: we krijgen geen uitstel.'

'Hester...'

'Voordat je zegt dat je niet teruggaat naar Boston, luister even naar me. Ik heb een limousine geregeld die je komt ophalen. Als het goed is staat hij al te wachten voor het ziekenhuis.'

'Ik kan niet...'

'Luister nou even, Tia. Dat mag ik toch wel van je vragen? De limousine brengt je naar Teterboro Airport, niet ver van je huis. Ik heb daar mijn privéjet. Jij hebt een mobiele telefoon. Als er nieuws is, brengt de chauffeur je naar huis. Aan boord van de jet is telefoon. Als er tijdens je vlucht nieuws is, kan mijn piloot je in een mum van tijd overal naartoe brengen. Misschien duikt Adam wel op in – weet ik veel – Philadelphia. Soms loont het om een privévliegtuig tot je beschikking te hebben.'

Mike keek Tia vragend aan. Tia schudde haar hoofd en gebaarde dat hij door moest lopen. Dat deden ze.

'Als je in Boston bent aangekomen,' vervolgde Hester, 'doe je je getuigenverhoor. Als er tijdens het verhoor iets gebeurt, kom je direct met de jet weer terug. Het is veertig minuten vliegen van Boston naar Teterboro. De kans is groot dat je zoon gewoon door de voordeur binnen komt lopen met een of ander puberexcuus dat hij een nachtje heeft doorgezakt met zijn vrienden. Hoe het ook zij, in amper een uur kun je weer thuis zijn.'

Tia kneep in haar neusbrug.

Hester zei: 'Wat ik zeg is niet onredelijk, toch?'

'Nee.'

'Mooi zo.'

'Maar ik kan het niet doen.'

'Waarom niet?'

'Omdat ik me onmogelijk kan concentreren als ik daar ben.'

162

'Ach, wat een onzin. Je weet wat ik van dit verhoor verlang.'
'Dat ik met hem flirt. Mijn man ligt in het ziekenhuis…'
'Hij is zojuist ontslagen. Ik weet alles, Tia.'
'Dat zal best, maar mijn man is mishandeld en mijn zoon wordt nog steeds vermist. Denk je nou echt dat ik in de stemming ben om een potje te flirten?'
'In de stemming bent? Wat kan het me verdomme schelen of je ervoor in de stemming bent? Je moet het gewoon dóén. De vrijheid van een onschuldig mens staat hier op het spel, Tia.'
'Je zult iemand anders moeten sturen.'
Stilte.
'Is dat je laatste woord erover?' vroeg Hester.
'Ja,' zei Tia. 'Gaat dit me mijn baan kosten?'
'Niet vandaag,' zei Hester. 'Maar lang zul je die niet houden. Want ik weet nu dat ik niet op je kan vertrouwen.'
'Ik zal alles doen om je vertrouwen terug te winnen.'
'Dat win je niet terug. Ik doe niet aan herkansing. Er werken te veel juristen voor me die nog nooit een eerste kans hebben gekregen. Ik plaats je terug naar het kruimelwerk totdat je ontslag neemt. Jammer, hoor. Ik dacht dat je potentie had.'
Hester Crimstein had opgehangen.
Ze waren inmiddels buiten. Mike liep nog steeds naar haar te kijken. 'Tia?'
'Ik wil er niet over praten.'
Mo bracht hen naar huis.
'Wat gaan we nu doen?' vroeg Tia.
Mike nam een pijnstiller. 'Misschien kun jij Jill ophalen?'
'Oké. Wat ga jij doen?'
'Om te beginnen,' zei Mike, 'ga ik commandant Daniel Huff vragen waarom hij heeft gelogen.'

20

Mo zei: 'Die Huff is een smeris, hè?'
'Ja.'
'Dus hij zal zich niet snel laten intimideren.'
Ze hadden de auto voor Huffs huis geparkeerd, op dezelfde plek waar Mike de vorige avond had gestaan, voordat de hel was losgebarsten. Hij luisterde niet naar Mo. Met grote passen beende hij naar de voordeur. Mo kwam hem achterna. Mike klopte op de deur en wachtte. Toen drukte hij op de bel en wachtte nog wat langer.
Niemand deed open.
Mike liep om het huis heen. Hij bonsde op de achterdeur. Geen reactie. Hij vouwde zijn handen om zijn ogen en gluurde door het raam naar binnen. Niemand te zien. Hij probeerde zelfs de deurknop. De deur zat op slot.
'Mike?'
'Hij liegt, Mo.'
Ze liepen terug naar de auto.
'Waarnaartoe?' vroeg Mo.
'Ik rij zelf wel.'
'Nee. Waarnaartoe?'
'Het politiebureau. Waar Huff werkt.'
Het was geen lange rit, nog geen anderhalve kilometer. Mike dacht daarover na, dat Daniel Huff elke dag maar een klein eindje hoefde te rijden om op zijn werk te komen. Dat je geluk had als je zo dicht bij je werk woonde. Hij dacht aan alle verspilde uren in het verkeer op de brug, en vervolgens vroeg hij zich af waarom hij zich op een moment als dit met dergelijke stompzinnige trivialiteiten bezighield, totdat hij merkte dat zijn ademhaling een eigenaardig geluid produceerde en Mo hem van opzij zat op te nemen.
'Mike?'
'Ja?'
'Je moet kalm blijven daar op het bureau.'
Mike fronste zijn wenkbrauwen. 'En dat zeg jij?'

164

'Ja, dat zeg ik. Je kunt twee dingen doen: me uitlachen omdat die woorden uit mijn mond wel heel ironisch klinken, of bedenken dat wannéér ik aan enige terughoudendheid refereer, ik daar een verdomd goede reden voor heb. Kortom, je kunt niet over de rooie een politiebureau binnenstormen en een smeris van leugens betichten.'

Mike zei niets. Het politiebureau was gevestigd in het oude pand van de vroegere bibliotheek. Het stond op een heuveltje en parkeerruimte was er nauwelijks. Mo begon naar een plekje te zoeken.

'Heb je me gehoord?'

'Ja, Mo, ik heb je gehoord.'

Aan de voorkant was geen parkeerplek te vinden.

'Ik rij door naar de achterkant.'

'Geen tijd voor,' zei Mike. 'Ik ga alleen naar binnen.'

'Mooi niet.'

Mike keek hem aan.

'Jezus, Mike, je ziet er afschrikwekkend uit.'

'Hoor eens, als je mijn chauffeur wilt zijn, prima. Maar je bent niet mijn babysitter, Mo. Dus zet me hier af. Ik moet Huff toch onder vier ogen spreken. Het zal zijn argwaan wekken als jij erbij bent. Als ik alleen met hem ben, kan ik van vader tot vader met hem praten.'

Mo stopte langs de stoeprand. 'Hou in gedachten wat je net zei.'

'Wat?'

'Van vader tot vader. Hij is ook vader.'

'Wat wil je daarmee zeggen?'

'Hou het in gedachten.'

Mike voelde een brandende pijn in zijn ribbenkast toen hij uitstapte. Raar hoe dat ging met lichamelijke pijn. Hij had een hoge pijngrens, dat wist hij. Soms vond hij het zelfs een geruststellend idee. Hij vond het niet erg om na een zware training pijn te hebben. Hij vond het zelfs prettig om zijn spieren flink te belasten. Op het ijs probeerden de jongens je te intimideren met harde schoten op het doel, maar die hadden op hem een averechts effect. Dan had hij bijna het gevoel van 'kom maar op' als hij de puck op zich af zag vliegen.

Hij had verwacht dat het bureau in een soort slaaptoestand zou verkeren. Hij was er maar één keer eerder binnen geweest, om een parkeerontheffing voor hun auto's aan te vragen. Het was namelijk verboden om je auto 's nachts na twee uur op straat te laten staan, maar hun oprit moest opnieuw bestraat worden, dus was hij naar het politiebureau gegaan om te vragen of ze hun auto's een week lang 's nachts op straat mochten laten staan. Er had toen een agent achter de balie gezeten, maar alle bureaus achter hem waren onbemand geweest.

Vandaag zag hij minstens vijftien politiemensen, die allemaal druk bezig waren.

'Kan ik iets voor u doen?'

De agent zag er veel te jong uit om achter de balie te zitten. Misschien was dit ook weer een voorbeeld van hoe de tv ons beïnvloedt, want Mike had een grijzende, getekende veteraan verwacht, iemand die voortdurend 'let's be careful out there' tegen de anderen zei, zoals in *Hill Street Blues*. Deze jongen zag eruit als een broekie van twintig. Hij staarde Mike met onverholen verbazing aan en wees naar zijn gezicht.

'Bent u hier voor die verwondingen?'

'Nee,' zei Mike. De politiemensen achter de balie kwamen druk in beweging. Ze riepen naar elkaar, reikten elkaar papieren aan en klemden met hun schouder telefoonhoorns tegen het oor.

'Ik kom voor agent Huff.'

'U bedoelt commandant Huff.'

'Ja.'

'Mag ik vragen waar het over gaat?'

'Zeg maar tegen hem dat Mike Baye hem wil spreken.'

'Zoals u ziet hebben we het op dit moment nogal druk.'

'Ja, dat zie ik,' zei Mike. 'Is er iets belangrijks gaande?'

De jonge agent keek hem aan met een blik die duidelijk maakte dat dat Mike niets aanging. Mike hoorde iemand iets roepen over een auto die bij het Ramada-hotel geparkeerd stond, maar dat was het zo'n beetje.

'Wilt u daar even plaatsnemen terwijl ik commandant Huff probeer te bereiken?'

'Natuurlijk.'

Mike liep naar de bank en ging zitten. Naast hem zat een man in een pak formulieren in te vullen. Een politieman riep: 'We hebben nu iedereen van het personeel gesproken. Niemand heeft haar gezien.' Mike vroeg zich af wat er aan de hand was, al was het alleen maar om zijn woede onder controle te houden.

Huff had gelogen.

Mikes blik bleef op de jonge agent achter de balie gericht. Toen de jongen ophing en opkeek, wist Mike dat hij geen goed nieuws te horen zou krijgen.

'Meneer Baye?'

166

'Dokter Baye,' corrigeerde Mike hem. Misschien kwam het deze keer wel arrogant over, maar soms maakt het indruk. Niet vaak. Maar soms wel.

'Dokter Baye, ik ben bang dat we het vanochtend allemaal erg druk hebben. Commandant Huff heeft me gevraagd om tegen u te zeggen dat hij u zal bellen zodra hij tijd heeft.'

'Daar neem ik geen genoegen mee,' zei Mike.

'Pardon?'

Het politiebureau bestond voor het merendeel uit een grote open ruimte. Er was een houten balustrade die nog geen meter hoog was, met een klapdeurtje erin. Waarom hadden politiebureaus die altijd? Wie zou zich erdoor laten tegenhouden? Bijna achter in het vertrek zag Mike een deur waarop duidelijk COMMANDANT te lezen stond. Hij stond snel op, wat allerlei nieuwe pijnscheuten in zijn ribbenkast en zijn gezicht opleverde, en liep de balie voorbij.

'Meneer?'

'Maak je geen zorgen, ik weet de weg.'

Hij duwde het deurtje open en ging langs de bureaus op weg naar het kantoor van de commandant.

'Blijf staan! Nu!'

Mike geloofde niet dat de jongen hem in zijn rug zou schieten, dus liep hij door. Voordat er iemand anders kon ingrijpen, was hij bij het kantoor. Hij greep de deurknop vast en zwaaide de deur open.

Huff zat achter zijn bureau te telefoneren.

'Wat krijgen we verdomme…?'

Mike werd al snel gevolgd door de jonge balieagent, die klaar leek om in te grijpen, maar Huff stak zijn hand op.

'Het is in orde.'

'Het spijt me, commandant. Hij liep door voordat ik er erg in had.'

'Het geeft niet. Doe de deur dicht, wil je?'

De jongen leek er niet blij mee, maar hij deed wat hem gezegd werd. De tussenwand was van glas. Hij ging achter de ruit staan en keek het kantoor in. Mike keek hem even aan en richtte zijn aandacht toen op Huff.

'Je hebt gelogen,' zei hij.

'Ik heb het druk, Mike.'

'Ik heb je zoon gezien voordat ik werd overvallen.'

'Dat kan niet. DJ was thuis.'

'Je liegt dat je barst.'

Huff stond niet op. Hij vroeg Mike ook niet te gaan zitten. Hij leunde achterover en legde zijn handen achter zijn hoofd. 'Ik heb hier nu echt geen tijd voor.'

'Mijn zoon was bij jou thuis. Daarna is hij naar de Bronx gereden.'

'Hoe weet je dat, Mike?'

'Ik heb een gps-peiling van zijn mobiele telefoon gedaan.'

Huff trok zijn wenkbrauwen op. 'Toe maar.'

Hij wist dat natuurlijk al lang. Zijn collega's in New York zouden hem zeker hebben ingelicht. 'Waarom lieg je hierover, Huff?'

'Hoe exact is die peiling?'

'Wat?'

'Misschien was hij helemaal niet bij DJ. Misschien was hij wel bij een van de buren. Die jongen van Lubetkin woont twee huizen verderop. Of hij was, weet ik het, bij mij thuis toen ik er nog niet was. Of hij kwam daar net aan, bedacht zich en is weer weggegaan.'

'Meen je dat nou?'

Er werd op de deur geklopt. Een andere agent stak zijn hoofd naar binnen. 'Meneer Cordova is er.'

'Zet hem in kamer A,' zei Huff. 'Ik kom zo.'

De agent knikte en deed de deur dicht. Huff stond op. Hij was groot en had strak achterovergekamd haar. Normaliter had hij de kalmte en zelfverzekerdheid die typerend is voor politiemensen, net als toen ze elkaar de vorige avond voor zijn huis hadden ontmoet. Hij straalde die nu ook uit, maar het leek hem meer moeite te kosten. Hij keek Mike recht aan. Mike wendde zijn blik niet af.

'Mijn zoon is de hele avond thuis geweest.'

'Dat lieg je.'

'Ik moet nu gaan. We hebben er nu lang genoeg over gepraat.'

Hij wilde naar de deur lopen. Mike ging ervoor staan.

'Ik wil je zoon spreken.'

'Ga opzij, Mike.'

'Nee.'

'Je gezicht.'

'Wat is daarmee?'

'Het ziet eruit alsof je al de nodige klappen hebt gehad,' zei Huff. 'En jij wilt het nog eens overdoen?'

Huff zei niets.

'Kom maar op, Huff. Ik ben al gewond. Wil je het nog een keer doen?'

'Nog een keer?'

'Misschien was je er wel bij.'

'Wat?'

'Je zoon was erbij. Dát weet ik zeker. Dus kom maar op. Maar deze keer doen we het sportief. Een tegen een. Geen hele groep jongens die me op mijn nek springt als ik er niet op bedacht ben. Nou, komt er nog wat van? Doe je pistool af en draai je deur op slot. En zeg tegen je maten dat ze ons met rust laten. Laat maar eens zien hoe stoer je bent.'

Er kwam een vage glimlach om Huffs mond. 'En jij denkt dat je daar je zoon mee terugvindt?'

Dat was het moment waarop Mike het inzag... dat hij begreep wat Mo tegen hem had gezegd. Tot nu toe had hij Huff voor leugenaar uitgemaakt en met hem op de vuist gewild, maar wat hij had móéten doen was wat Mo had gezegd, van vader tot vader met hem praten. Niet dat Huff daar meteen gehoor aan zou geven. Eerder het tegendeel. Mike probeerde zijn kind te redden... en Huff deed precies hetzelfde. Mike gaf geen bal om DJ Huff, net zoals Huff geen bal om Adam Baye gaf.

Ze probeerden allebei hun zoon te beschermen. Huff zou voor hem vechten als het nodig was. Het maakte niet uit of hij won of verloor, maar zijn kind zou hij niet laten barsten. Hetzelfde gold voor de andere ouders, die van Clark of Olivia of van wie ook... daar had Mike niet aan gedacht. Tia en hij waren in gesprek met ouders die boven op een handgranaat zouden duiken om hun kinderen te redden. Wat hij moest doen, was een beroep doen op Huffs ouderlijke gevoelens.

'Adam wordt vermist,' zei Mike.

'Dat heb ik begrepen.'

'Ik heb er met de politie van New York over gesproken. Maar wie kan me híér helpen mijn zoon terug te vinden?'

'Zeg tegen Cassandra dat ik haar mis,' had Nash gefluisterd.

En toen, eindelijk, na heel lange tijd, was er een eind gekomen aan het lijden van Reba Cordova.

Ze waren naar de U-Store-It aan de Route 15 in Sussex County gereden.

Hij reed het busje achteruit tot aan de deur van zijn opslagunit, die eruitzag als een garage. Het was al donker en er was niemand te zien. Hij had het lijk in een vuilnisemmer gestopt, voor het geval er iemand zou zijn, hoewel die kans miniem was. Opslagunits waren uitstekend geschikt voor dit soort dingen. Hij had eens een artikel gelezen over een ontvoering waarin het slachtoffer in een van dit soort opslagunits was vastgehouden. Het slachtoffer was ten slotte gestikt. Maar Nash kende ook andere verhalen... die waarvan je het pas echt benauwd kreeg. Dan zag je de vermisten op posters en vroeg je je af wie ze waren, die foto's van kinderen op melkpakken, of de vrouwen die op een dag nietsvermoedend van huis gingen en soms, vaker dan je wilde weten, geboeid en gekneveld en vaak nog in leven in dit soort units werden vastgehouden.

De politie, wist Nash, geloofde dat misdadigers een bepaald patroon volgden. Dat kon wel zo zijn, want de meeste misdadigers waren oerdom, maar Nash deed precies het tegenovergestelde. Hij had Marianne geslagen totdat ze onherkenbaar verminkt was, maar Reba's gezicht had hij niet aangeraakt. Voor een deel uit praktische overwegingen. Van Marianne had hij geweten dat hij haar identiteit kon verhullen. Met Reba ging dat niet. Waarschijnlijk had haar man haar inmiddels als vermist opgegeven. Als er ergens een vers lijk opdook, ook al was het mishandeld en onherkenbaar verminkt, was de kans groot dat de politie de link met Reba Cordova legde.

Dus moest hij afwijken van zijn werkwijze en ervoor zorgen dat het lijk helemaal niet werd gevonden.

Dat was de beste aanpak. Nash had Mariannes lijk gedumpt op een plek waar het gevonden zou worden, maar Reba zou gewoon van de aardbodem verdwijnen. Hij had haar auto op het parkeerterrein van een hotel laten zetten. De politie zou denken dat ze daarnaartoe was gegaan voor een chic slippertje. Daar zouden ze zich op concentreren, vanaf dat vertrekpunt zouden ze aan het werk gaan en haar achtergrond uitpluizen om te zien of ze een vriendje had. En misschien had Nash wel geluk en hád ze een vriendje achter de hand. Dan zou de politie zich zeker op hem concentreren. Hoe dan ook, als er geen lijk opdook, hadden ze niets om mee aan de slag te gaan en zouden ze uiteindelijk aannemen dat ze er gewoon vandoor was. Er zou in ieder geval geen verband tussen Reba en Marianne zijn.

Daarom hield hij haar hier. Althans, voor een tijdje.

Pietra had de dood weer in haar ogen. Jaren geleden was ze een beeldschone actrice in het voormalige Joegoslavië geweest. Toen hadden de etnische zuiveringen plaatsgevonden. Haar man en haar zoontje waren voor haar ogen vermoord, op een manier die te gruwelijk voor woorden was. Pietra hadden ze in leven gelaten. Nash was daar toen als huursoldaat. Hij had haar gered. Of wat er van haar over was. Sindsdien kwam Pietra alleen nog tot leven als ze iets moest doen, zoals in die bar toen ze Marianne hadden ontvoerd. De rest van de tijd zat er helemaal niets meer in dat hoofd. Dat hadden die Servische soldaten eruit gelepeld.

'Ik heb het Cassandra beloofd,' zei Nash tegen haar. 'Dat begrijp je toch?'

Pietra wendde haar blik af. Hij keek naar haar profiel.

'Deze zit je niet lekker, hè?'

Pietra zei niets. Ze hadden Reba's lijk afgedekt met een mengsel van houtsnippers en koemest. Het zou een tijdje intact blijven. Nash wilde niet het risico nemen nog meer nummerplaten te stelen. Dus had hij twee stukjes zwart isolatietape afgeknipt en de F's in E's veranderd... dat kon al genoeg zijn. In de hoek van de opslagunit lag een stapel andere 'vermommingen' voor het busje. Magnetische belettering voor op de zijkanten, van Verfhandel Tremesis en van het Cambridge-instituut. Maar in plaats van belettering koos hij voor een bumpersticker die hij afgelopen oktober op een religieuze bijeenkomst met het motto 'De Liefde van de Heer' had gekocht.

De tekst op de sticker luidde: GOD GELOOFT NIET IN ATHEÏSTEN.

Nash glimlachte. Een grappige, licht provocerende uitspraak. Maar wel een die je zag, en daar ging het om. Hij plakte hem op de bumper met tweezijdige tape, zodat hij hem er desgewenst weer gemakkelijk af kon halen. Automobilisten zouden de tekst lezen en zich beledigd voelen of erom lachen. Maar ze zouden hem in ieder geval zíén. En wanneer je op dat soort dingen lette, lette je niet op de nummerplaat.

Ze stapten weer in het busje.

Vóór hij Pietra leerde kennen had hij nooit geloofd dat de ogen de vensters van de ziel waren. Maar bij haar was het overduidelijk. Ze had prachtige ogen, blauw met gele stipjes, maar toch kon je zien dat er niets achter zat, dat iets de kaars had uitgeblazen en dat die nooit meer zou branden.

'Het moest gebeuren, Pietra. Dat begrijp je.'

Eindelijk zei ze iets. 'Je genoot ervan.'

Het was geen verwijt. Ze sprak gewoon de waarheid. Ze kende Nash lang genoeg om te weten dat ze niet tegen hem moest liegen.

'Nou en?'

Ze wendde haar blik weer af.

'Wat zit je dwars, Pietra?'

'Ik weet wat er met mijn gezin is gebeurd,' zei ze.

Nash zei niets.

171

'Ik heb mijn zoon en mijn man op de meest gruwelijke manier zien lijden. En zij hebben mij zien lijden. Dat was het laatste wat ze zagen voordat ze stierven... dat ik met hen mee leed.'

'Ja, dat weet ik,' zei Nash. 'En jij zei dat ik hiervan heb genoten. Maar meestal geniet jij er toch ook van?'

Ze antwoordde zonder te aarzelen. 'Ja.'

De meeste mensen denken dat het tegendeel het geval is... dat een slachtoffer van zo veel gruwelijk geweld een natuurlijke weerzin voor meer bloedvergieten ontwikkelt. Maar zo werkt het dus niet in het leven. Geweld brengt nieuw geweld voort... maar niet alleen op de directe, rancuneuze manier. Iemand die als kind is mishandeld, kan uitgroeien tot iemand die zelf mensen mishandelt. Voor de zoon die getraumatiseerd is omdat zijn vader zijn moeder in elkaar sloeg, is er een veel grotere kans dat er een dag komt dat hij zijn eigen vrouw in elkaar slaat.

Waarom?

Waarom leren wij mensen nooit iets van wat we doen? Sterker nog, wat zit er in onze genen dat ons trekt naar datgene wat we zouden moeten verafschuwen?

Nadat Nash haar had gered, had Pietra om wraak geschreeuwd. Het was het enige waar ze tijdens haar herstel aan kon denken. Drie weken nadat ze uit het ziekenhuis was ontslagen, hadden Nash en zij een van de soldaten gevonden die haar man en haar kind hadden gemarteld. Ze waren erin geslaagd hem van zijn vrienden af te zonderen. Nash had hem overmeesterd, geboeid en gekneveld. Hij had Pietra een snoeischaar gegeven en haar met hem alleen gelaten. Het had drie dagen geduurd voordat de soldaat stierf. Aan het eind van de eerste dag hij Pietra gesmeekt hem te doden. Maar dat had ze niet gedaan.

Ze had van elke seconde genoten.

Uiteindelijk beseffen de meeste mensen dat wraak een verspilde emotie is. Ze voelen zich akelig en leeg nadat ze een ander menselijk wezen iets gruwelijks hebben aangedaan, zelfs als diegene het dik verdiend heeft. Pietra niet. De ervaring had haar honger naar meer alleen maar versterkt. En dat was de voornaamste reden dat ze nu nog steeds bij hem was.

'Wat is er deze keer dan zo anders?' vroeg hij.

Nash wachtte. Ze nam de tijd, maar uiteindelijk kwam het antwoord.

'Het niet weten,' zei Pietra zachtjes. 'Het nooit weten. Iemand lichamelijk pijn doen, wat wij doen... geen probleem.' Ze knikte naar de opslagunit. 'Maar dat die man zich de rest van zijn leven moet afvragen wat er is gebeurd met de vrouw van wie hij hield…' Ze schudde haar hoofd. '… dat is volgens mij veel erger.'

Nash legde zijn hand op haar schouder. 'Maar daar kunnen we nu niks aan veranderen. Dat begrijp je toch?'

Ze bleef recht vooruitkijken en knikte. 'Maar ooit, op een dag?'

'Ja, Pietra. Ooit. Als we dit allemaal achter de rug hebben, vertellen we hem de waarheid.'

21

Toen Guy Novak op zijn oprit stopte, had hij zijn handen op het stuur en kneep hij er zo hard in dat zijn knokkels spierwit waren. Zo bleef hij zitten, met zijn voet op het rempedaal, met hart en ziel verlangend dat hij iets anders kon voelen dan alleen zijn totale onmacht.

Hij bekeek zichzelf in de achteruitkijkspiegel. Zijn haar begon dunner te worden. Het zakte af naar zijn oren. Hij hoefde het nog niet dwars over zijn schedel te kammen, maar dacht iedere man dat niet? Je scheiding zakte zo langzaam af dat je het verschil niet van de ene op de andere dag zag, ook niet van de ene op de andere week, maar toch, voordat je het wist lachten de mensen je achter je rug uit.

Guy staarde naar de man in het spiegeltje en kon niet geloven dat hij het was. Zijn inhammen bleven echter terrein winnen, wist hij. Gelukkig zaten er nog wat plukjes boven op zijn hoofd en dat was nog altijd beter dan een glimmende kale knikker.

Hij haalde zijn ene hand van het stuur, zette de automaat in zijn vrij en draaide de contactsleutel om. Daarna keek hij weer naar de man in het spiegeltje.

Een meelijwekkende aanblik.

Wat een sukkel. Langs een huis rijden en vaart minderen. Tjonge, wat een lef. Laat je spierballen eens zien, Guy… of ben je soms bang voor die vuile schoft die het leven van je kind heeft verwoest?

Wat ben je nou voor een vader? Wat ben je voor een man?

Een meelijwekkende sukkel.

O, natuurlijk had Guy zich bij het schoolhoofd beklaagd. Maar het schoolhoofd had alleen de juiste meelevende geluidjes gemaakt en er verder niets aan gedaan. Lewiston gaf nog steeds les. Lewiston ging gewoon aan het eind van de middag naar huis, waar hij zijn mooie vrouw kuste en waarschijnlijk zijn dochtertje in de lucht tilde totdat ze het uitkraaide van de pret. Guys vrouw, Yasmins moeder, had hen in de steek gelaten toen Yasmin nog geen twee was. De meeste mensen legden de schuld bij zijn ex omdat ze haar gezin had laten barsten, maar de waarheid was dat Guy niet mans genoeg voor haar was geweest. Daarom was zijn ex met andere mannen het bed in gedoken en na een tijdje kon het haar niet eens meer schelen of hij erachter kwam of niet.

Dat was zijn vrouw geweest. En hij was niet mans genoeg geweest om haar bij zich te houden. Goed, dat was de ene kant.

Maar we hadden het nu over zijn kind.

Yasmin. Zijn lieve dochter. Het enige mannelijke wat hij in zijn hele leven had gepresteerd. Vader te worden van een kind. Haar groot te brengen en voor haar te zorgen.

Was het dan niet zijn eerste plicht haar te beschermen?

Knap gedaan, Guy.

En nu was hij niet eens mans genoeg om voor haar te knokken. Wat had Guys vader daarvan gevonden? Die zou laatdunkend hebben gesnoven en Guy een mietje hebben genoemd, want als iemand het zou wagen om aan een van de zíjnen te komen, zou George Novak hem het licht uit de ogen hebben geslagen.

Dat was wat Guy zo graag wilde.

Hij stapte uit de auto en liep het tuinpad op. Hij woonde hier nu twaalf jaar. Hij herinnerde zich dat hij de hand van zijn vrouw had vastgehouden toen ze voor het eerst naar het huis kwamen kijken, en hoe ze naar hem had geglimlacht. Was ze toen ook al met andere mannen aan het rotzooien geweest? Waarschijnlijk wel. In de jaren nadat ze bij hem was weggegaan had Guy zich regelmatig afgevraagd of Yasmin wel echt zijn kind was. Hij had geprobeerd die gedachte van zich af te zetten en zichzelf voor te houden dat het niet uitmaakte. Maar de twijfel was aan hem blijven knagen en op het laatst had hij er niet meer tegen gekund. Twee jaar geleden had hij in stilte een vaderschapstest laten doen. Hij had drie lange, zenuwslopende weken op de uitslag moeten wachten, maar het was het allemaal waard geweest.

Yasmin was zíjn kind.

Het klinkt misschien idioot, maar die wetenschap had hem tot een betere vader gemaakt. Hij had ervoor gezorgd dat ze gelukkig was. Hij had haar welzijn zwaarder laten wegen dan het zijne. Hij hield zielsveel van Yasmin en had haar nooit gekleineerd, zoals zijn eigen vader bij hem had gedaan.

Maar hij had haar niet goed genoeg kunnen beschermen.

Guy bleef staan en keek naar het huis. Als hij het wilde verkopen, kon het wel een likje verf gebruiken. En de struiken in de tuin moesten ook worden gesnoeid.

'Hé!'

Een vrouwenstem die hem niet bekend voorkwam. Guy draaide zich om en knipperde met zijn ogen vanwege de felle zon. Tot zijn stomme verbazing zag hij Lewistons vrouw uit een auto stappen. Haar gezicht was vertrokken van woede. Ze kwam zijn kant op lopen.

Guy verroerde zich niet.

'Wat is daar de bedoeling van,' zei ze, 'dat alsmaar langs mijn huis rijden?'

Guy, die nooit erg ad rem was geweest, zei: 'Dit is een vrij land.'

Dolly Lewiston bleef doorlopen. Ze kwam zo snel op hem af dat hij bang was dat ze hem wilde slaan. Hij stak zijn handen op en deed een stap achteruit. Weer de meelijwekkende zwakkeling. Niet alleen te bang om het voor zijn kind op te nemen, maar zelfs bang voor de vrouw van haar kwelgeest.

Ze kwam voor hem staan en zwaaide dreigend met haar vinger. 'U laat mijn gezin met rust, hoort u me?'

Het duurde even voordat Guy wist wat hij moest zeggen. 'Weet u wat uw man mijn dochter heeft aangedaan?'

'Hij heeft een fout gemaakt.'

'Hij heeft een meisje van elf voor gek gezet.'

'Ik weet wat hij heeft gedaan. Dat was dom. Hij heeft er echt spijt van. U hebt geen idee hoeveel.'

'Hij heeft het leven van mijn kind tot een hel gemaakt.'

'O, en daarom wilt u ons leven ook tot een hel maken?'

'Uw man zou ontslag moeten nemen,' zei Guy.

'Omdat hij zich één keer heeft versproken?'

'Hij heeft mijn kind haar jeugd afgenomen.'

'Doe niet zo melodramatisch.'

'Weet u dan zelf niet meer hoe het vroeger was... als je elke dag werd gepest? Mijn dochtertje was gelukkig. Niet volmaakt, nee, maar wel gelukkig. En nu...'

'Hoor eens, het spijt me. Echt waar. Maar ik wil dat u mijn gezin met rust laat.'

'Als hij haar had geslagen... ik bedoel, als hij haar een klap had gegeven... dan zou hij van school moeten, waar of niet? Wat hij Yasmin heeft aangedaan is veel erger.'

Dolly Lewiston keek verbaasd. 'Meent u dat werkelijk?'

'Ik ben niet van plan dit te laten rusten.'

Ze deed nog een stap naar hem toe. Deze keer ging hij niet achteruit. Hun gezichten waren nog maar een centimeter of tien

176

van elkaar verwijderd. Ze dempte haar stem tot fluistertoon. 'Denkt u nu echt dat een keer belachelijk gemaakt worden het ergste is wat haar kan overkomen?'

Guys mond ging open, maar er kwam niets uit.

'U hebt het op mijn gezin gemunt, meneer Novak. Mijn gezin. De mensen van wie ik hou. Mijn man heeft een fout gemaakt. Hij heeft zijn excuses aangeboden. Maar u blijft ons maar lastigvallen. Als dit niet ophoudt, zullen we maatregelen nemen.'

'Als u naar de rechter wilt stappen...'

Ze begon zacht te grinniken. 'O nee,' zei ze, nog steeds op die fluistertoon, 'ik heb het niet over rechters.'

'Waarover dan wel?'

Dolly Lewiston hield haar hoofd iets schuin. 'Bent u wel eens mishandeld, meneer Novak?'

'Is dat een dreigement?'

'Dat is een vraag. U zegt net zelf dat wat mijn man heeft gedaan erger is dan fysiek geweld. Dat is het niet, meneer Novak, dat kan ik u verzekeren. Ik ken mensen. Ik hoef maar íéts te zeggen, ze een hint te geven dat iemand me kwaad wil doen... en ze staan op een avond voor uw deur, of 's nachts, als u en uw dochtertje liggen te slapen.'

Guys mond werd kurkdroog. Hij probeerde het trillen van zijn knieën te stoppen.

'Dat klinkt wel degelijk als een dreigement, mevrouw Lewiston.'

'Dat is het niet. Het is een feit. Als u ons te na komt, blijf ik niet met mijn armen over elkaar zitten terwijl u uw gang gaat. Dan werp ik alles in de strijd om mijn gezin te beschermen. Ben ik duidelijk?'

Guy zei niets.

'Doe uzelf een plezier, meneer Novak. Richt uw aandacht op het welzijn van uw dochter en laat mijn man met rust. Hou ermee op.'

'Dat ben ik niet van plan.'

'In dat geval zijn de problemen nog maar net begonnen.'

Zonder verder nog iets te zeggen draaide Dolly Lewiston zich om en liep van hem weg. Guy Novak stond te trillen op zijn benen. Hij keek haar na toen ze in haar auto stapte en wegreed. Ze keek niet om, maar Guy zag een glimlach om haar mond.

Dat mens is gek, dacht hij.

Maar moest hij daarom inbinden? Had hij dat verdomme niet zijn hele leven gedaan? Was dat niet het probleem dat aan alles ten grondslag lag... dat hij iemand was die over zich heen liet lopen?

Hij deed de voordeur open en ging naar binnen.

'Alles oké?'

Het was Beth, zijn nieuwe vriendin. Ze deed te veel haar best voor hem. Dat deden ze allemaal. Er was zo'n tekort aan mannen in zijn leeftijdscatagorie dat ze allemaal erg hun best deden om hem te behagen terwijl ze tegelijkertijd niet te wanhopig probeerden over te komen, en daar geen van allen in slaagden. Zo ging dat met wanhoop. Je kon proberen het te camoufleren, maar de geur drong overal doorheen.

Guy wilde dat hij deze fase achter zich kon laten. En meer nog dat de vrouwen die achter zich konden laten, zodat ze gewoon hém zouden zien. Maar zo ging het nu eenmaal en daarom bleven al zijn relaties een beetje oppervlakkig. Het waren de vrouwen die meer wilden. Ze deden hun best hem niet onder druk te zetten, en juist dat voelde hij als druk. Vrouwen wilden een nestje bouwen. Ze wilden dichter bij hem komen. Hij wilde dat niet. Maar desondanks bleven ze bij hem totdat hij er een eind aan maakte.

'Alles is dik in orde,' zei Guy tegen haar. 'Sorry dat het zo lang duurde.'

'Geeft niks.'

'Met de meisjes alles oké?'

'Ja. Jills moeder is langs geweest om haar op te halen. Yasmin is boven, op haar kamer.'

'Goed zo.'

'Heb je honger, Guy? Zal ik iets te eten voor je klaarmaken?'

'Alleen als jij met me meedoet.'

Beth begon te stralen en op de een of andere manier gaf Guy dat een schuldgevoel. De vrouwen met wie hij omging hadden het effect op hem dat hij zich minderwaardig en tegelijkertijd superieur voelde. Opnieuw werd hij verteerd door zijn zelfkritiek.

Ze kwam naar hem toe en kuste hem op zijn wang. 'Ga jij maar lekker zitten, dan maak ik iets te eten klaar.'

'Geweldig, maar ik ga eerst even snel mijn e-mails bekijken.'

Maar toen Guy zijn postvak opende, zag hij maar één nieuwe e-mail. Die kwam van een anonieme Hotmail-account en Guys bloed bevroor toen hij de korte boodschap las.

Luistert u naar me, alstublieft. U moet uw pistool beter opbergen.

Tia had al bijna spijt dat ze niet op Hester Crimsteins voorstel was ingegaan. Ze ijsbeerde door het huis en vroeg zich af of ze zich in haar hele leven ooit zo nutteloos had gevoeld. Ze had Adams vrienden gebeld, maar niemand wist iets. Angst beheerste haar gedachten. Jill, die niet gek was als het om de stemming van haar ouders ging, wist dat er iets ernstig mis was.

'Waar is Adam, mammie?'

'Dat weten we niet, kindje.'

'Ik heb hem op zijn mobiel gebeld,' zei Jill, 'maar hij neemt niet op.'

'Dat weet ik. We zijn hem aan het zoeken.'

Ze keek naar het gezicht van haar dochter. Zo volwassen al. Je tweede kind groeide heel anders op dan het eerste. Met het eerste was je overdreven voorzichtig. Elk stapje hield je in de gaten. Je dacht dat elke ademhaling door God persoonlijk werd ingegeven. De aarde, de maan, de zon en de sterren... ze draaiden allemaal om jouw eersteling.

Tia dacht na over geheimen, over intieme gedachten en angsten, over wat ze had gedaan om die van haar zoon te weten te komen. Ze vroeg zich af of zijn verdwijning bevestigde dat ze er goed aan had gedaan of juist niet. We hebben allemaal onze zwakheden, wist ze. Tia was overdreven bezorgd. Ze had er altijd op gestaan dat de kinderen valhelmen droegen tijdens sport en spel, en zelfs veiligheidsbrillen als de situatie erom vroeg. Ze was altijd bij de bushalte blijven wachten totdat ze waren ingestapt, en dat deed ze nog steeds, ook nu Adam daar veel te oud voor was en hij dat nooit van haar zou pikken. Daarom deed ze het stiekem, zodat hij het niet zou zien. Ze had het nooit prettig gevonden als ze drukke straten moesten oversteken, of als ze op de fiets naar de stad gingen. Carpoolen om ze naar school te brengen vond Tia ook maar niks, want een van de andere moeders zou wel eens minder oplettend in het verkeer kunnen zijn. Alle verhalen over kinderen die een tragische dood waren gestorven had ze gehoord... auto-ongelukken, kinderen die in een zwembad verdronken, ontvoeringen, neergestorte vliegtuigen... alles. Ze hoorde het aan en als ze dan thuiskwam zocht ze het op op internet, waar ze alles nog eens nalas terwijl Mike naast haar stond, zuchtte en haar probeerde gerust te stellen door te zeggen dat de kans op een ongeluk maar heel klein was, haar ervan te overtuigen dat haar angst ongegrond was, en dat die meer kwaad dan goed deed.

De kans mocht dan klein zijn, maar iémand was de pineut. En nu was zij dat.

Had dit met haar overdreven bezorgdheid te maken... of had ze al die tijd gelijk gehad?

Weer piepte haar mobiele telefoon en weer haalde ze hem tevoorschijn terwijl ze met hart en ziel hoopte dat het Adam zou zijn. Maar hij was het niet. Het was een afgeschermd nummer.

'Hallo?'

'Mevrouw Baye? U spreekt met rechercheur Schlich.'

De grote politievrouw die ze in het ziekenhuis had ontmoet. De angst sloeg weer toe. Je denkt dat zo'n nieuwe golf je minder hard raakt dan de vorige, maar je wordt er nooit ongevoelig voor. 'Ja?'

'We hebben de mobiele telefoon van uw zoon gevonden, in een vuilnisemmer niet ver van de plek waar uw man is overvallen.'

'Dus hij is daar geweest?'

'Nou, ja, maar daar gingen we al van uit.'

'Dan moet iemand zijn telefoon gestolen hebben.'

'Dat is nog maar de vraag. De meest aannemelijke reden dat iemand die telefoon heeft weggegooid, is dat die persoon – hoogstwaarschijnlijk uw zoon – uw man daar heeft gezien en heeft begrepen hoe die hem naar die plek is gevolgd.'

'Maar dat weet u niet zeker.'

'Nee, mevrouw Baye, dat weet ik niet zeker.'

'Zorgt deze nieuwe ontwikkeling ervoor dat jullie de zaak serieus gaan nemen?'

'We hebben die vanaf het begin serieus genomen,' zei Schlich.

'U begrijpt best wat ik bedoel.'

'Ja. Hoor eens, wij noemen dat straatje Vampire Row, omdat er overdag nooit iemand komt. Echt niemand. Dus vanavond laat, als de clubs en de bars weer open zijn, gaan we ernaartoe om rond te vragen of iemand iets heeft gezien.'

Vanavond laat. Dat duurde nog uren.

'En als er iets anders gebeurt, laat ik het u weten.'

'Bedankt.'

Tia legde haar telefoon neer toen ze een auto op hun oprit zag stoppen. Ze liep naar het raam en zag Betsy Hill, Spencers moeder, uit haar auto stappen en naar de voordeur lopen.

Ilene Goldfarb was 's ochtends vroeg opgestaan en had meteen het koffiezetapparaat aangezet. Daarna had ze haar badjas en slippers aangedaan en was ze naar buiten gelopen om de krant van de oprit te pakken. Haar man, Herschel, lag nog in bed. Haar zoon Hal was de vorige avond uit geweest en pas laat thuisgekomen, zoals het een laatstejaars van de middelbare school betaamt. Hal was al toegelaten op Princeton, haar vroegere universiteit. Hij had er hard voor gewerkt. Hij blies nu wat stoom af, en dat vond ze best.

De ochtendzon maakte het aangenaam warm in de keuken. Ilene zat in haar lievelingsstoel en had haar benen onder zich opgetrokken. Ze schoof de medische tijdschriften opzij. Een flinke stapel. Want zij was niet alleen een bekend transplantatiechirurg, maar haar man werd in het noorden van New Jersey beschouwd als de absolute top op het gebied van hartoperaties, die hij in het Valley Hospital in Ridgewood verrichtte.

Ilene nam een slokje koffie en las de krant. Ze dacht aan de simpele geneugten van het leven en hoe zelden ze er gebruik van maakte. Ze dacht aan Herschel, die boven lag te slapen, en hoe knap ze hem had gevonden toen ze elkaar op de universiteit hadden leren kennen en ze samen de lange uren en de druk van de medische faculteit, hun coassistentschappen, hun specialisatie, hun coassistentschappen in de chirurgie en ten slotte hun werk hadden overleefd. Ze dacht aan haar gevoelens voor hem en hoe die in de loop der jaren waren bezonken tot iets wat ze wel geruststellend vond, toen Herschel onlangs met haar aan tafel was gaan zitten en haar een 'proefscheiding' had voorgesteld, nu Hal op het punt stond het nest te verlaten.

'Wat is er nog over?' had Herschel gevraagd terwijl hij zijn handen voor haar ophield. 'Als je ons puur als stel ziet, wat hebben we dan nog, Ilene?'

Nu ze alleen in de keuken zat, amper een meter van de plek waar de man met wie ze al vierentwintig jaar was getrouwd haar die vraag had gesteld, galmden zijn woorden weer door haar hoofd.

Ilene had zich zo veel ontzegd en zo hard gewerkt, was er helemaal voor gegaan en had bereikt wat ze wilde: de indrukwekkende carrière, het geweldige gezin, het grote huis en het respect van collega's en vrienden. En nu vroeg haar man zich af of ze samen nog wel iets hadden. Tja, dat kon je je inderdaad afvragen. De verstilling was zo'n langzaam, geleidelijk proces geweest dat die haar niet echt was opgevallen. Of dat ze er niet genoeg aandacht aan had besteed. Of dat ze haar ogen ervoor had gesloten. Hoe moest zij dat verdomme weten?

Ze keek naar de trap. Even kwam ze in de verleiding om nu meteen naar boven te gaan, weer bij Herschel in bed te kruipen en urenlang met hem te vrijen, zoals ze dat te lang geleden hadden gedaan, om die twijfels over of ze nog wel iets hadden uit zijn hoofd te bonken. Maar ze kon het niet opbrengen om op te staan. Ze kon het gewoon niet. Dus las ze de krant, dronk haar koffie en veegde de tranen uit haar ogen.

'Hé, mam.'

Hal deed de koelkast open, pakte sinaasappelsap en dronk rechtstreeks uit de fles. Vroeger zou ze er iets van hebben gezegd – jarenlang had ze het geprobeerd – maar aan de andere kant was Hal de enige die sinaasappelsap dronk en ze had al genoeg tijd verspild aan dat soort futiliteiten. Zo meteen ging hij naar school. Ze waren nog maar even samen. Waarom zou ze die korte tijd aan bijzaken verspillen?

'Hoi, schat. Is het laat geworden?'

Hij nam nog een slok en haalde zijn schouders op. Hij had een sportbroekje en een grijs T-shirt aan, en een basketbal onder zijn arm.

'Speel je in de sportzaal van school?' vroeg ze.

'Nee, op Heritage.' Hij nam nog een slok en vroeg toen: 'Met jou alles in orde?'

'Met mij? Natuurlijk. Waarom zou ik niet in orde zijn?'

'Je ogen zijn rood.'

'Ik voel me prima.'

'En ik heb die mannen zien aanbellen.'

Hij had het over de agenten van de FBI. Ze waren naar haar toe gekomen en hadden haar allerlei vragen gesteld over haar praktijk, over Mike en over andere zaken waar ze geen barst van begreep. Normaliter zou ze het met Herschel hebben besproken, maar die had het te druk met zijn voorbereidingen voor zijn nieuwe leven zonder haar.

'Ik dacht dat je al weg was,' zei ze.

'Dat was ik ook, maar ik ben teruggekomen om Ricky op te halen. Ze zagen eruit alsof ze van de politie of zoiets waren.'

Ilene Goldfarb zei niets.

'Was dat zo?'

'Het is niet belangrijk. Niks om je zorgen over te maken.'

Hal drong niet aan en dribbelde met de bal de deur uit. Twintig minuten later ging de telefoon. Ilene keek op de klok. Acht uur. Om deze tijd moest dat het ziekenhuis wel zijn, hoewel ze geen oproepdienst had. Maar de telefonistes vergisten zich wel vaker en dan werden de berichten naar de verkeerde arts doorgestuurd.

Ze keek op de display maar zag een onbekend nummer.

Ilene nam op en meldde zich.

'Met Susan Loriman,' zei de stem.

'Ah, goedemorgen.'

'Ik wil deze…' Susan Loriman stopte even alsof ze naar het juiste

182

woord zocht. '... deze situatie liever niet met Mike bespreken. Over het vinden van een donor voor Lucas.'

'Dat kan ik begrijpen,' zei Ilene. 'Ik heb dinsdag weer spreekuur, als u wilt...'

'Zou ik u vandaag nog kunnen spreken?'

Ilene had eigenlijk willen weigeren. Het laatste waar ze op dit moment zin in had, was een vrouw in bescherming nemen – of zelfs maar helpen – die zelf verantwoordelijk was voor haar probleem. Maar dit ging niet over Susan Loriman, hield ze zichzelf voor. Dit betrof haar zoon, Ilenes patiënt Lucas.

'Ja, ik denk het wel,' zei ze.

22

Voordat Betsy Hill de kans kreeg om te kloppen trok Tia de deur open en vroeg meteen: 'Weet jij waar Adam is?'
De vraag overviel Betsy Hill. Ze schrok en haar ogen werden groot. Toen ze Tia's gezichtsuitdrukking zag, schudde ze snel haar hoofd. 'Nee,' zei ze, 'ik heb geen idee.'

'Wat kom je dan doen?'

Betsy Hill schudde haar hoofd weer. 'Wordt Adam vermist?'

'Ja.'

Alle kleur trok weg uit Betsy's gezicht. Tia kon alleen maar proberen zich voor te stellen wat een gruwelijke herinnering dit bij Betsy opriep. Had ze niet eerder gedacht aan de overeenkomsten met wat er met Spencer was gebeurd?

'Tia?'

'Ja?'

'Heb je op het dak van de school gekeken?'

Waar ze Spencer hadden gevonden.

Ze sprak Betsy niet tegen, zei helemaal niets. Ze riep naar Jill dat ze zo terug zou zijn – Jill was bijna oud genoeg om korte tijd alleen te zijn en bovendien had ze geen andere keus – en samen renden ze naar Betsy's auto.

Betsy reed naar de school. Tia zat als versteend naast haar. Ze waren twee zijstraten gepasseerd toen Betsy zei: 'Ik heb Adam gisteren gesproken.'

Tia hoorde wat Betsy zei, maar het drong niet echt tot haar door. 'Wat?'

'Je weet van die herdenkingssite op MySpace, die ze voor Spencer hebben gemaakt, hè?'

Tia's gedachten moesten zich door een dichte mist knokken. Ze moest haar hoofd erbij houden. De herdenkingssite op MySpace. Daar had ze een paar maanden geleden over horen praten, herinnerde ze zich.

'Ja.'

'Er stond een nieuwe foto op.'

'Ik begrijp niet waar je naartoe wilt.'

'Een foto die is gemaakt vlak voordat Spencer stierf.'

'Ik dacht dat hij die avond alleen was,' zei Tia.

'Ik ook.'

'Ik kan je nog steeds niet volgen.'

'Ik vermoed,' zei Betsy Hill, 'dat Adam die avond bij Spencer was.'

Tia keek haar aan. Betsy Hill bleef naar de weg kijken. 'En daar heb je hem gisteren over aangesproken?'

'Ja.'

'Waar was dat?'

'Op het parkeerterrein achter de school.'

Tia dacht terug aan Adams gesprek met CeeJay8115.

Wat is er aan de hand?

Zijn moeder wachtte me op na school.

'Waarom ben je niet naar mij toe gekomen?' vroeg Tia.

'Omdat ik Adams verklaring wilde horen, Tia,' zei Betsy, met een stem die wat scherper klonk. 'Niet die van jou.'

De middelbare school, een saaie bakstenen blokkendoos, doemde op in de verte. Betsy had de auto nauwelijks stilgezet of Tia was al uitgestapt en sprintte naar het schoolgebouw. Spencers levenloze lichaam, herinnerde ze zich, was gevonden op een van de lagere daken, een gewilde plek om stiekem te roken. Naast het raam was een richel waar je je voet op kon zetten. Voor de leerlingen was het een koud kunstje om dan de dakgoot vast te pakken en zich op te trekken.

'Wacht!' riep Betsy Hill.

Maar Tia was er al bijna. Het was zaterdag, maar er stonden genoeg auto's op het parkeerterrein. Allemaal suv's en minibusjes. Er werd zaterdags altijd gebasketbald en er waren voetbaltrainingen voor de laagste klassen. De ouders stonden langs de zijlijn met een beker koffie in de hand, te praten in mobiele telefoons en BlackBerries, of foto's te maken met telelenzen. Tia kwam niet graag kijken als Adam aan het sporten was, had dat nooit gedaan, want ook al wilde ze het niet, ze werd veel te emotioneel wanneer ze hem bezig zag. Ze had een hekel aan die drammerige ouders die elkaar de loef afstaken met de sportprestaties van hun kinderen, vond ze zowel irritant als meelijwekkend, en wilde daar beslist niet bij horen. Maar als zij haar zoon zag sporten, voelde ze zo veel en maakte ze zich zo veel zorgen om zijn welzijn, dat zijn hoogte- en dieptepunten haar volledig afmatten.

Tia knipperde haar tranen weg en rende door. Toen ze bij het raam met de richel kwam, bleef ze abrupt staan.

Want de richel was er niet meer.

'Die hebben ze weggehaald nadat Spencer daar was gevonden,' zei Betsy, die bij haar kwam staan. 'Om te voorkomen dat de kinderen op het dak klimmen. Sorry, ik was vergeten het te zeggen.'

Tia keek omhoog. 'Ze bedenken heus wel een andere manier om erop te komen,' zei ze.

'Ja, dat is waar.'

Tia en Betsy keken of ze zelf zo'n andere manier konden vinden, maar ze zagen niets. In looppas liepen ze om het gebouw heen naar de hoofdingang. De deur was op slot, dus bonsden ze er net zo lang op totdat de conciërge verscheen. Karl, stond er op zijn uniform.

'We zijn gesloten,' zei Karl door de ruit van de deur.

'We moeten op het dak kijken,' riep Tia.

'Het dak?' Hij fronste zijn wenkbrauwen. 'Waarom in hemelsnaam?'

'Alsjeblieft,' zei Tia. 'Laat ons alsjeblieft binnen.'

De blik van de conciërge ging naar rechts en toen hij Betsy Hill zag staan, zag je hem schrikken. Geen twijfel aan. Hij had haar herkend. Zonder iets te zeggen pakte hij zijn sleutels en maakte de deur open.

'Deze kant op,' zei hij.

Ze renden alle drie. Tia's hart bonsde zo hard dat ze dacht dat het zo meteen uit haar borstkas zou springen. De tranen stonden nog steeds in haar ogen. Karl opende een deur en wees naar de hoek. Er zat een ladder tegen de muur, zo'n stalen geval dat je in onderzeeërs ziet. Tia aarzelde geen seconde. Ze rende ernaartoe en begon te klimmen. Betsy Hill volgde op korte afstand.

Ze kwamen op het dak maar bevonden zich aan de verkeerde kant van de school. Tia rende over het grind, met Betsy vlak achter zich. De daken bevonden zich op verschillende niveaus. Eén keer moesten ze bijna een hele verdieping naar beneden springen. Ze deden het allebei zonder een seconde te aarzelen.

'Daar de hoek om,' riep Betsy.

Ze renden de hoek om en bleven staan.

Er lag geen lijk.

Dat was het belangrijkste. Adam was daar niet. Maar er was wel iemand geweest.

Er lagen scherven van bierflesjes. Er lagen sigarettenpeuken en peuken met zelfgemaakte kartonnen filtertjes. Van jointjes, nam Tia aan. Maar die waren niet de reden dat ze roerloos bleef staan.

186

Er stonden kaarsen.

Tientallen kaarsen. De meeste opgebrand totdat er alleen nog een vormeloze massa kaarsvet was overgebleven. Tia liep ernaartoe, bukte zich en voelde eraan. Van de meeste was het kaarsvet gestold en koud, maar van een paar was het nog zacht, alsof ze nog niet zo lang geleden hadden gebrand.

Tia richtte zich op en draaide zich om. Betsy Hill stond een paar meter achter haar. Roerloos. Ze huilde niet. Ze stond daar alleen maar en staarde naar de kaarsen.

'Betsy?'

'Dat is de plek waar ze Spencer hebben gevonden,' zei Betsy.

Tia hurkte neer, keek naar de stompjes kaarsen en wist wat die betekenden.

'Daar waar die kaarsen staan. Precies op die plek. Ik ben hier geweest voordat ze Spencers lichaam weghaalden. Dat heb ik geëist. Ze wilden hem al eerder naar beneden brengen, maar dat heb ik ze verboden. Ik wilde hem eerst zien. Ik wilde zien waar mijn jongen was gestorven.'

Betsy kwam een stap dichterbij. Tia verroerde zich niet.

'Ik ben op het dak geklommen via die richel die er nu niet meer is. Een van de agenten wilde me een kontje geven. Ik heb tegen hem gezegd dat hij met zijn poten van me af moest blijven. Ik heb ze allemaal een paar meter achteruit gejaagd. Ron dacht dat ik gek was geworden. Hij heeft geprobeerd me op andere gedachten te brengen. Maar ik ben tegen de muur op geklommen. En daar lag hij, Spencer. Daar waar jij nu zit. Hij lag op zijn zij. Met zijn benen opgetrokken, als een foetus. Zo sliep hij ook. In foetushouding. Totdat hij een jaar of tien was heeft hij altijd met zijn duim in zijn mond geslapen. Kijk jij wel eens naar je kinderen als ze slapen, Tia?'

Tia knikte. 'Volgens mij doen alle ouders dat.'

'Waarom doen we dat, denk je?'

'Omdat ze er dan zo onschuldig uitzien.'

'Misschien wel.' Betsy glimlachte. 'Maar ik denk ook dat we het doen omdat we ze dan uitgebreid kunnen bekijken en bewonderen zonder ons opgelaten te voelen. Als je overdag zo naar ze kijkt, denken ze dat je niet goed bij je hoofd bent. Maar als ze liggen te slapen...'

Ze zweeg even, keek om zich heen en zei toen: 'Best een groot dak.'

Tia verbaasde zich over de plotselinge verandering van onderwerp. 'Ja,' zei ze.

'Een flink groot dak,' zei Betsy weer. 'En overal liggen kapotte bierflesjes.'

Ze keek Tia aan. Tia, die niet goed wist hoe ze moest reageren, zei: 'Ja, ik zie het.'

'Degene die de kaarsen heeft gebrand, wie dat ook is,' vervolgde Betsy, 'heeft dat gedaan op de plek waar ze Spencer hebben gevonden. Precies op die plek. Maar het heeft nooit in de krant gestaan waar hij precies is gevonden. Dus hoe wisten ze dat? Als Spencer die avond alleen was, hoe wisten ze dan dat hij daar op die plek is gestorven?'

Mike klopte op de deur.

Hij stond op het stoepje en wachtte. Mo was in de auto blijven zitten. Ze waren bijna een kilometer van de plek waar Mike de vorige avond was overvallen. Hij had terug gewild naar het steegje om te zien of hij er iets kon vinden, of zich misschien iets herinnerde, of, tja... wat ook. Maar ze vonden niets, geen enkele aanwijzing. Hij probeerde maar wat, in de hoop dat het hem dichter bij zijn zoon zou brengen.

Dit bezoek, wist hij, was waarschijnlijk zijn beste kans.

Hij had Tia gebeld en haar verteld dat zijn gesprek met Huff niets had opgeleverd. Tia had hem verteld dat ze met Betsy Hill naar de school was geweest om op het dak te kijken. Betsy was nog steeds bij haar, zei Tia.

'Adam heeft zich meer en meer teruggetrokken na Spencers zelfmoord,' vervolgde Tia.

'Ja, dat weet ik.'

'Dus misschien is er die avond meer gebeurd.'

'Zoals?'

Het bleef even stil.

'Daar moeten Betsy en ik nog over praten,' zei Tia.

'Pas een beetje op, wil je?'

'Wat bedoel je daarmee?'

Mike gaf geen antwoord, maar ze wisten allebei wat hij bedoelde. De waarheid was, hoe gruwelijk die misschien ook leek, dat er een kans was dat hun belangen niet langer overeenkwamen met die van de familie Hill. Ze wilden het liever niet uitspreken, maar ze wisten het allebei.

'Laten we eerst maar proberen hem te vinden,' zei Tia.

'Daar zijn we mee bezig. Jij op jouw manier, ik op de mijne.'

'Ik hou van je, Mike.'

'Ik ook van jou.'

Mike klopte nog een keer op de deur. Geen reactie. Hij wilde net voor de derde keer kloppen toen er werd opengedaan. Anthony de uitsmijter vulde de hele deuropening. Hij sloeg zijn indrukwekkende armen over elkaar en zei: 'Je ziet er afschuwelijk uit.'

'Dank je. Fijn om te horen.'

'Hoe heb je me gevonden?'

'Ik heb op het net gezocht naar recente foto's van het football-team van Dartmouth. Je bent pas dit jaar afgestudeerd. Je adres heb ik van iemand van de administratie.'

'Slim,' zei Anthony met een half glimlachje. 'Maar wij van Dartmouth zijn heel slim.'

'Ik ben overvallen in dat steegje.'

'Ja, dat weet ik. Wie heeft de politie gebeld, denk je?'

'Jij?'

Hij haalde zijn schouders op. 'Kom, we gaan een eindje lopen.'

Anthony trok de deur achter zich dicht. Zo te zien was hij aan het trainen geweest. Hij had een sportbroekje aan en zo'n strak, mouwloos T-shirt dat opeens een rage leek te zijn, niet alleen voor jongens als Anthony, die het goed konden hebben, maar ook voor mannen van Mikes leeftijd, die er ronduit bespottelijk in uitzagen.

'Het is maar een vakantiebaantje,' zei Anthony. 'Dat werk bij die club. In de herfst ga ik rechten studeren aan Columbia.'

'Mijn vrouw is advocaat.'

'Ja, dat weet ik. En jij bent chirurg.'

'Hoe weet je dat?'

Hij grinnikte. 'Je bent niet de enige met connecties op de universiteit.'

'Heb je me op het net opgezocht?'

'Nee. Ik heb de huidige ijshockeycoach gebeld… een knaap die Ken Karl heet en die ook de verdediging van het footballteam heeft getraind. Ik heb hem beschreven hoe je eruitzag en gezegd dat je beweerde dat je in de landelijke competitie had gespeeld. "Mike Baye," zei hij meteen. Hij zei ook dat je een van de beste ijshockeyers was die de universiteit ooit heeft gehad. Er staat nog steeds een doelpuntenrecord op jouw naam.'

'Betekent dit dat we een band hebben, Anthony?'

De grote man gaf geen antwoord.

Ze liepen de treden af. Anthony sloeg rechts af. 'Yo, Ant!' riep een man die vanaf de andere kant kwam, en de twee deden een ingewikkelde handdruk voordat ze doorliepen.

'Vertel me eens wat je gisteravond hebt gezien,' zei Mike.

'Drie of vier gasten hebben je verrot geschopt. Ik hoorde de commotie. Toen ik het steegje in kwam, zijn ze weggerend. Een van die gasten had een mes. Ik dacht dat je er geweest was.'

'Heb jij ze verjaagd?'

Anthony haalde zijn schouders op.

'Bedankt.'

En deed het nog een keer.

'Heb je ze goed kunnen zien?'

'Geen gezichten. Maar het waren blanke jongens. Veel tatoeages. Helemaal in het zwart gekleed. Bleke slungels, allemaal zo stoned als wat, gok ik. Veel woede die eruit moest, blijkbaar. Een van die gasten hield zijn neus vast en vloekte.' Anthony glimlachte weer. 'Volgens mij heb je die gebroken.'

'En jij hebt de politie gebeld?'

'Ja. Ongelofelijk dat je al weer rechtop staat. Ik had verwacht dat je minstens een week uit de roulatie zou zijn.'

Ze liepen door.

'Gisteravond, die jongen met dat sportjack,' zei Mike. 'Had je hem eerder gezien?'

Anthony zei niets.

'En de foto van mijn zoon heb je ook herkend.'

Anthony bleef staan. Hij trok zijn zonnebril los van de boord van zijn T-shirt en zette hem op. Nu waren zijn ogen niet meer te zien. Mike wachtte.

'Onze Dartmouth-band heeft zijn grenzen, Mike.'

'Je zei dat het je verbaasde dat ik al weer rechtop sta.'

'Ja, dat is ook zo.'

'Wil je weten waaróm dat zo is?'

Hij haalde zijn schouders op.

'Mijn zoon wordt nog steeds vermist. Hij heet Adam. Hij is pas zestien en ik denk dat hij serieus in gevaar verkeert.'

Anthony liep door. 'Dat vind ik heel erg voor je.'

'Ik heb informatie nodig.'

'En ik zie eruit als de Gouden Gids? Ik woon hier. Ik praat niet over wat ik zie.'

'Kom nou niet bij me aan met die onzin over de "regels van de straat".'

'En kom jij niet bij me aan met die onzin over "mannen van Dartmouth laten elkaar niet barsten".'

Mike legde zijn hand op de arm van de reus. 'Ik heb je hulp nodig.'

190

Anthony trok zijn arm weg en versnelde zijn pas. Mike haalde hem in.

'Ik geef niet op, Anthony.'

'Nee, daar was ik al bang voor.' Hij bleef staan. 'Vond je het daar leuk?'

'Waar?'

'Op Dartmouth.'

'Ja,' zei Mike. 'Het beviel me uitstekend.'

'Mij ook. Het leek wel een andere wereld. Begrijp je wat ik bedoel?'

'Ja.'

'Hier in de buurt heeft niemand ooit van Dartmouth gehoord.'

'Hoe ben jij daar terechtgekomen?'

Anthony glimlachte en zette zijn zonnebril recht. 'Als grote zwarte *brother* uit de Bronx op het lelieblanke Dartmouth, bedoel je?'

'Ja,' zei Mike. 'Dat is precies wat ik bedoel.'

'Ik was goed in American football, misschien wel heel goed. Ik werd gevraagd voor de hoogste divisie. Ik had kunnen doorstoten naar de een van de beste clubs.'

'Maar?'

'Maar ik ken ook mijn beperkingen. Voor prof was ik niet goed genoeg. En wat zou het voor zin hebben? Geen opleiding maar wel een nepdiploma. Dus ben ik op Dartmouth gebleven en ben echt gaan studeren. Ik heb het hele traject afgelegd en een titel in de vrije kunsten gehaald. Dus wat er verder ook gebeurt, ik heb wel een graad van een Ivy League-universiteit in mijn zak.'

'En nu ga je rechten studeren aan Columbia.'

'Ja.'

'En dan? Als je klaar bent, bedoel ik.'

'Ik blijf in de buurt. Ik heb het niet gedaan om hier weg te komen. Het bevalt me hier. Ik wil alleen proberen het beter te maken.'

'Het is goed om ergens voor te staan.'

'Ja, maar slecht om iemand te verlinken.'

'Je komt er in dit geval niet onderuit, Anthony.'

'Nee, ik weet het.'

'Als de omstandigheden anders waren,' zei Mike, 'zou ik graag nog wat met je blijven praten over onze oude school...'

'Maar je moet je zoon redden.'

'Precies.'

'Ik dénk dat ik je zoon eerder heb gezien. Ik bedoel, voor mij zien ze er allemaal hetzelfde uit met die zwarte kleren en die ontevreden

191

gezichten, alsof het leven hun alles heeft gegeven en ze daarover de pest in hebben. Ik kan er weinig sympathie voor opbrengen. Hier word je stoned om ergens aan te ontsnappen. Waar moeten zij in godsnaam aan ontsnappen... aan hun mooie huis, aan ouders die gek op ze zijn?'

'Zo simpel is het niet,' zei Mike.

'Nee, dat zal wel niet.'

'Ik ben ook met niks begonnen. Soms denk ik wel eens dat dat gemakkelijker is. Ambitie is een natuurlijke drijfveer als je niks hebt. Dan weet je waar je het voor doet.'

Anthony reageerde niet.

'Mijn zoon is een goeie jongen. Hij maakt nu een of andere fase door. Het is mijn taak om hem te beschermen totdat hij zelf zijn weg heeft gevonden.'

'Ja. Jouw taak, niet de mijne.'

'Heb je hem gisteravond gezien, Anthony?'

'Het zou kunnen. Ik weet het niet, echt niet.'

Mike bleef hem aankijken.

'Er is een club voor minderjarigen. Zogenaamd een veilige plek voor tieners. Met buurtwerkers en jongerenprojecten en dat soort dingen, maar dat is alleen maar schijn om binnen flink te keer te gaan.'

'Waar is die club?'

'Twee of drie straten bij mijn club vandaan.'

'En als je zegt "om flink te keer te gaan", wat bedoel je daar dan mee?'

'Wat denk je? Drugs, alcohol, dat soort dingen. Er gaan geruchten dat ze ook aan hersenspoelen en dat soort onzin doen, maar dat geloof ik niet. Wel iets anders. Mensen die er niks te zoeken hebben, blijven er uit de buurt.'

'En dat houdt in?'

'Dat houdt in dat ze de reputatie hebben heel gevaarlijk te zijn. Misschien onderwereld, dat weet ik niet. Maar men loopt liever een straatje om. Dát is wat ik bedoel.'

'En jij denkt dat mijn zoon daar naar binnen is gegaan?'

'Als hij in die buurt was en zestien is, ja, dan is er een grote kans dat hij daarnaartoe is gegaan.'

'Heeft die tent een naam?'

'Club Jaguar, geloof ik. Ik heb het adres.'

Hij schreef het voor Mike op een briefje en Mike gaf Anthony zijn visitekaartje.

'Al mijn telefoonnummers staan erop,' zei Mike.

'Ja, ja...'

'Als je mijn zoon ziet...'

'Ik ben geen babysitter, Mike.'

'Goed zo, want mijn zoon is geen baby.'

Tia hield de foto van Spencer Hill in haar hand.

'Ik begrijp niet hoe je er zo zeker van kunt zijn dat het Adam is.'

'Dat was ik ook niet,' zei Betsy Hill. 'Totdat ik hem de foto liet zien.'

'Misschien is hij gewoon geschrokken toen hij een foto van zijn overleden vriend zag.'

'Dat kan,' zei Betsy, maar op een manier die duidelijk betekende: weinig kans.

'En je weet zeker dat deze foto is genomen op de avond dat hij is gestorven?'

'Ja.'

Tia knikte. Er viel een stilte. Ze waren nog steeds in Tia's huis. Jill was boven tv aan het kijken. De geluiden van *Hannah Montana* kwamen de trap af zweven. Tia keek recht voor zich uit. Betsy ook.

'Wat betekent dit volgens jou, Betsy?'

'Ze hebben allemaal gezegd dat ze Spencer die avond niet hebben gezien. Dat hij alleen was.'

'En jij denkt dat dat niet waar is?'

'Ja, dat denk ik.'

Tia drong wat meer aan. 'En als hij niet alleen was, wat betekent dat dan?'

Betsy dacht erover na. 'Dat weet ik niet.'

'Je hebt een afscheidsboodschap van hem gekregen, hè?'

'Per sms. Iedereen kan die hebben verstuurd.'

Tia zag het weer in. In zekere zin vertegenwoordigden de twee moeders verschillende belangen. Als het waar was wat Betsy Hill over de foto zei, dan had Adam gelogen. En als Adam had gelogen, wie wist er dan wat er die avond echt was gebeurd?

Dus vertelde Tia haar niet over Adams chat met CeeJay8115, waarin Adam zei dat hij na school door Spencers moeder was opgewacht. Nog niet. Ze wilde eerst meer weten.

'Ik heb de voortekens gemist,' zei Betsy.

'Welke voortekens?'

Betsy Hill deed haar ogen dicht.

'Betsy?'

'Ik heb hem een keer bespioneerd. Het was niet echt bespioneren, maar… Spencer was op zijn computer bezig geweest en toen hij zijn kamer uit kwam, ben ik snel naar binnen gegaan om te kijken waar hij mee bezig was. Je weet wel. Dat had ik niet moeten doen. Ik had zijn privacy niet mogen schenden.'

Tia zei niets.

'Hoe dan ook, toen ik op "vorige pagina" klikte, je weet wel, dat pijltje links bovenin?'

Tia knikte.

'Nou… toen zag ik dat hij een paar zelfmoordsites had bezocht. Met verhalen over jongeren die een eind aan hun leven hadden gemaakt, neem ik aan. Dat soort sites. Ik heb maar heel even gekeken. Maar ik heb er nooit iets mee gedaan. Ik heb het gewoon verdrongen.'

Tia keek weer naar Spencer op de foto. Ze zocht naar voortekens die erop wezen dat de jongen een paar uur later dood zou zijn, alsof je dat op de een of andere manier aan zijn gezicht zou kunnen zien. Ze zag ze niet, maar wat betekende dat?

'Heb je deze foto aan Ron laten zien?' vroeg ze.

'Ja.'

'En wat zei hij ervan?'

'Hij vraagt zich af wat voor nut het allemaal nog heeft. Onze zoon heeft zelfmoord gepleegd, zei hij, wat probeer je nog aan te tonen, Betsy? Hij denkt dat ik het doe om het te kunnen verwerken, om het af te sluiten.'

'Is dat dan niet zo?'

'Het afsluiten,' zei Betsy, bijna snauwend alsof de woorden haar een nare smaak in haar mond gaven. 'Wat mag dat dan wel betekenen? Dat ik een of ander deurtje in mijn hoofd heb dat ik dichtdoe zodat Spencer aan de andere kant blijft? Dat wil ik helemaal niet, Tia. Kun je je iets afschuwelijkers voorstellen dan dat ik me afsluit voor mijn nagedachtenis aan Spencer?'

Het werd weer stil. Het enige geluid dat overbleef was het irritante ingeblikte gelach van Jills tv-programma.

'De politie denkt dat jouw zoon van huis is weggelopen,' zei Betsy ten slotte. 'En ze denken dat de mijne zelfmoord heeft gepleegd.'

Tia knikte.

'Stel dat ze het mis hebben. Dat ze er met beiden naast zitten.'

23

Nash zat in het busje en dacht na over zijn volgende stap.

Nash had een normale jeugd gehad, vond hij. Hij wist dat er psychiaters waren die die uitspraak graag zouden evalueren, om te zoeken naar een of andere vorm van seksueel misbruik, of een geestelijke of extreem religieuze afwijking. Nash geloofde niet dat ze iets zouden vinden. Hij had fijne ouders en fijne broertjes en zusjes gehad. Misschien wel een beetje te fijn. Ze hadden hem altijd ingedekt, zoals gezinsleden dat voor elkaar doen. Achteraf gezien zou je kunnen zeggen dat dit niet goed was, maar het valt voor een gezin niet mee om de waarheid onder ogen te zien.

Nash was intelligent, dus wist hij al vroeg in zijn leven dat er iets in zijn hoofd zat wat je een 'beschadiging' zou kunnen noemen. Er werd wel beweerd dat een mentaal instabiele persoon, juist door zijn stoornis, zelf niet beseft dat hij mentaal instabiel is. Maar dat is niet waar. Dat kun je wel weten. Je kunt inzicht hebben in je eigen gekte. Nash wist dat al zijn stroomdraadjes niet in de juiste contactjes zaten, of dat er een of ander virus in zijn systeem zat. Hij wist dat hij anders was, dat hij niet helemaal normaal was. Dat had niet tot gevolg dat hij zich inferieur voelde... en ook niet superieur. Hij wist dat zijn gedachten vaak heel duistere plekken opzochten, omdat ze het daar leuk vonden. Er waren dingen die andere mensen wel voelden en hij niet, en hij voelde geen mededogen voor het leed van anderen, of niet op de manier waarop andere mensen dat wel pretendeerden.

Met de nadruk op pretendeerden.

Pietra zat naast hem.

'Waarom vindt de mens zichzelf zo bijzonder?' vroeg hij aan haar.

Pietra reageerde niet.

'Laten we even vergeten dat deze planeet... nee, dit hele zonnestelsel... zo onbetekenend klein is dat wij dat niet kunnen bevatten.

En dan dit: stel je voor dat je op een heel groot strand bent. En stel dat je één zandkorreltje oppakt. Eén korreltje, meer niet. Vervolgens kijk je om je heen en zie je dat het strand zich uitstrekt zo ver het oog reikt. Denk je dan dat ons hele zonnestelsel zo klein is als dat zandkorreltje van dat reusachtige strand?'

'Dat weet ik niet.'

'Nou, als je dat zou denken, zou je het mis hebben. Het is veel en veel kleiner. Maar nu het volgende: stel dat je dat zandkorreltje nog steeds tussen je vingers hebt. Alleen sta je nu niet meer op dít strand, maar op een dat zo groot is als alle stranden van de wereld, die van de kust van Californië, van de oostkust van Maine tot Florida, alle stranden langs de Indische Oceaan en alle kusten van Afrika. Stel je al dat zand voor, van al die stranden overal ter wereld, en dan kijk je naar dat ene zandkorreltje tussen je vingers en is onze hele zonnestelsel – vergeet onze planeet – nog steeds kleiner dan dat korreltje in vergelijking met de rest van het universum. Begin je nu te begrijpen hoe onbetekenend we zijn?'

Pietra zei niets.

'Maar laten we dit even vergeten,' vervolgde Nash, 'want de mens is zelfs onbetekenend op zijn eigen planeet. Laten we ons met deze hele discussie even beperken tot alleen de aarde, ja?'

Pietra knikte.

'Wist je dat dinosaurussen langer op de aarde hebben geleefd dan de mens?'

'Ja.'

'Maar dat is niet alles. Dat is maar één ding dat aantoont dat de mens niet bijzonder is… het feit dat we op deze onbetekenende, piepkleine planeet niet eens het langst de macht hebben gehad. We kunnen zelfs nog een stap verder gaan, want weet je hoeveel keer langer de dinosaurussen over de aarde hebben geheerst dan wij? Twee keer? Vijf keer? Tien keer?'

Ze keek hem aan. 'Ik weet het niet.'

'Vierenveertigduizend keer.' Hij gebaarde wild met zijn handen, opgezweept door zijn eigen betoog. 'Denk daar eens over na. Vierenveertigduizend keer langer. Dat is meer dan honderdtwintig jaar tegenover een enkele dag. Kun je je dat voorstellen? Denk je dat wij nog vierenveertigduizend keer zo lang zullen leven als we nu hebben gedaan?'

'Nee,' zei ze.

Nash leunde achterover. 'We zijn niks. De mens is niks. En toch voelen we ons zo bijzonder. We denken dat we iets te betekenen hebben, of dat God ons als zijn perfecte creatie beschouwt. Wat een giller.'

Op school had Nash de staatsfilosofie van John Locke bestudeerd... het idee dat de beste overheid er een was die zich met zo min mogelijk bemoeide, simpel gezegd, omdat die het dichtst bij een natuurlijke gang van zaken kwam, of zoals God het had bedoeld. In die visie waren mensen niet meer dan dieren. En het was ook onzin om te denken dat we zo veel meer waren. Hoe naïef was het om te denken dat we boven alle andere levensvormen stonden en dat liefde en vriendschap meer waren dan de oprispingen van een intelligentere geest, een geest die de stompzinnigheid daarvan inzag en dus manieren bedacht om ons gerust te stellen en ons daarvan af te leiden.

Was Nash de enige normale mens omdat hij het duister zag... of hield de rest zichzelf voor de gek? Maar toch...

Toch had Nash vele jaren verlangd naar het normale.

Hij had de zorgeloosheid ervan gezien en die had hem aangesproken. Hij was zich ervan bewust dat zijn intelligentie ver boven het gemiddelde lag. Hij was een uitstekende student die vrijwel uitsluitend hoge cijfers haalde. Hij werd aangenomen op Williams College, waar hij filosofie als hoofdvak koos en ondertussen probeerde zijn gekte in bedwang te houden. Maar zijn gekte wilde eruit.

Nou, waarom zou hij dat dan niet toestaan?

In hem huisde de primitieve drang om hun gezin te beschermen, maar de rest van de aardbewoners konden hem geen barst schelen. Die dienden slechts als achtergrond, als decor of als figuranten, meer niet. De waarheid – en die ontdekte hij al snel – was dat hij een intens genoegen beleefde aan het pijn doen van anderen. Dat was altijd zo geweest. Hij wist niet waarom. Andere mensen konden genieten van een zwoele zomerbries, een warme omhelzing of een beslissende score in een basketbalwedstrijd, en Nash vond het heerlijk wanneer hij de aardbol van een van zijn bewoners kon bevrijden. Hij had hier zelf niet om gevraagd, maar hij zag het in, en soms kon hij zich ertegen verzetten en soms ook niet.

Toen had hij Cassandra ontmoet.

Het leek wel zo'n scheikundeproef waarin je begint met een heldere vloeistof, er één druppeltje van een andere vloeistof – een katalysator – aan toevoegt, en dat alles dan verandert: de kleur, de dikte en de samenstelling. Hoe overdreven het misschien ook klinkt, Cassandra was die katalysator.

Hij zag haar, ze raakte hem aan en alles veranderde.

Opeens had hij het allemaal. Hij had liefde in zich. Hij had hoop en dromen, en de wil om de rest van zijn leven naast een ander mens wakker te worden. Ze leerden elkaar kennen op het eindexamenfeest van Williams. Cassandra was mooi, maar dat was niet het enige. Alle jongens vielen op haar, maar niet echt op de seksueel getinte manier die je op een middelbare school zou verwachten. Met haar onzekere manier van lopen en haar wijze glimlach was Cassandra iemand die je graag thuis zou willen brengen. Ze was iemand met wie je een huis wilde kopen en voor wie je het gras wilde maaien, een barbecue bouwen, of het zweet van haar voorhoofd wilde deppen als ze je kind ter wereld bracht. Je werd overrompeld door haar schoonheid, jazeker, maar nog meer door haar allesoverheersende goedheid. Ze was heel bijzonder en zou nooit iets of iemand kwaad doen, en intuïtief wist je dat.

Iets daarvan, een fractie, had hij in Reba Cordova gezien, en hij had een lichte schok van herkenning gevoeld toen hij haar vermoordde, een licht schokje weliswaar, maar toch. Hij dacht aan haar man, aan wat die nu moest doormaken, want hoewel hij Nash niet echt interesseerde, wist hij wel hoe hij zich moest voelen.

Cassandra.

Ze had vijf broers gehad, die allemaal dol op haar waren, net als haar ouders, en als je haar tegenkwam en ze glimlachte naar je, ook al kende je haar niet, raakte het je midden in je hart. Thuis noemden ze haar Cassie. Maar dat vond Nash geen mooie naam. Voor hem was ze Cassandra. Hij hield van haar en op de dag dat hij met haar trouwde, begreep hij wat mensen bedoelden wanneer ze zeiden dat je een gezegend mens was.

Ze kwamen terug op Williams voor de feesten en reünies, en dan logeerden ze altijd in de Porches Inn in North Adams. Nash kon haar daar voor zich zien, in dat grauwe motel, op het bed, zij met haar hoofd op zijn buik zoals in dat liedje, kijkend naar het plafond terwijl hij haar haar streelde en ze over van alles en nog wat praatten. Zo zag hij haar wanneer hij nu aan haar dacht, zo zag hij haar duidelijk voor zich. Maar dat was voordat ze ziek werd en ze hem vertelden dat ze kanker had, voordat ze zijn beeldschone Cassandra opensneden en ze stierf, zomaar, net als ieder ander onbetekenend organisme op deze nietige planeet.

Ja, Cassandra overleed en toen wist Nash zeker dat het leven één grote, smakeloze grap was. En toen ze er niet meer was, had hij de kracht niet meer gehad om zijn gekte onder controle te houden. Dat hoefde ook niet meer. Dus had hij zijn gekte vrijgelaten, had hij die als een golf uit zich laten stromen. En toen die zich eenmaal had bevrijd, liet ze zich niet meer indammen.

Haar familie had geprobeerd hem te troosten. Ze hadden het over 'geloof' en 'vertrouwen', legden hem nogmaals uit dat hij een 'gezegend' mens was geweest omdat hij haar überhaupt had gekend, en dat ze tot in de eeuwigheid op hem zou wachten in een of ander prachtig oord. Ze hadden blijkbaar behoefte aan die steun, nam Nash aan. Het gezin had al een tragedie achter de rug, want drie jaar daarvoor was Cassandra's oudste broer Curtis om het leven gekomen tijdens een of andere uit de hand gelopen overval, hoewel dat toch anders was geweest, want Curtis had het gevaar zelf opgezocht. Cassandra was er kapot van geweest en ze had dagen achtereen gehuild, net zo lang totdat Nash zijn gekte had willen vrijlaten om een manier te bedenken om haar pijn te verzachten. Maar uiteindelijk waren het degenen met vertrouwen geweest die erin waren geslaagd Curtis' dood te rationaliseren. Hun vertrouwen stelde hen in staat zijn dood uit te leggen als een onderdeel van een of ander groter geheel.

Maar hoe legde je de dood uit van iemand die zo warm en liefdevol was als Cassandra?

Dat kun je niet. Dus begonnen haar ouders over het hiernamaals, hoewel ze daar zelf ook niet echt in geloofden. Nash geloofde er in ieder geval niets van. Waarom zou je rouwen om iemands dood als je gelooft dat diegene tot in de eeuwigheid in vrede voortleeft? Was het niet vreselijk egoïstisch om je geliefde dat te willen onthouden? En als je geloofde dat jij en je geliefde eeuwig zouden voortleven in het paradijs, zou je nooit meer ergens bang voor hoeven te zijn, want dan was het leven hetzelfde als de eeuwigheid.

Je rouwt en je huilt, wist Nash, omdat je diep in je hart weet dat dat allemaal gelul is.

Cassandra was niet bij haar broer Curtis, op een wolk, badend in een helder licht. Wat er van haar over was, wat nog niet was opgevreten door de kanker en de chemotherapie, lag weg te rotten onder de grond.

Op de begrafenis hadden haar ouders het over het lot, het goddelijke plan en al die andere onzin gehad. Dat het het lot van zijn geliefde was geweest om kort te leven, iedereen die haar had gekend in het hart te raken en hem naar een grote hoogte te tillen om hem vervolgens met een enorme dreun weer op aarde te laten vallen. Dit was ook zíjn lot geweest, zeiden ze. Nash vroeg het zich af. Zelfs toen ze er nog was, waren er momenten geweest dat het hem moeite had gekost om zijn ware aard – zijn meest oprechte verlangens en drijfveren – te verhullen. Zou het hem gelukt zijn de vrede in zichzelf te bewaren? Of was hij vanaf het eerste begin voorbestemd om op duistere plekken te vertoeven en leed te veroorzaken, ook als Cassandra was blijven leven?

Hij zou het nooit weten. Maar in beide gevallen was dat zíjn lot.

'Ze zou nooit iets gezegd hebben,' zei Pietra.

Nash wist dat ze het over Reba had.

'Dat weten we niet.'

Pietra staarde uit het zijraampje.

'Uiteindelijk zal de politie Marianne identificeren,' zei Nash. 'Of zal iemand beseffen dat ze verdwenen is. Dan gaat de politie het onderzoeken en zullen ze met haar vrienden gaan praten. Reba zou het dan zeker hebben verteld.'

'Je maakt te veel slachtoffers.'

'Tot nu toe twee.'

'Plus de nabestaanden. Hun leven is ook verwoest.'

'Ja.'

'Waarom?'

'Je weet waarom.'

'Blijf je erbij dat Marianne dit in gang heeft gezet?'

'"In gang gezet" is de juiste term niet. Ze heeft de dynamiek gewijzigd.'

'Dus moest ze dood?'

'Ze had een beslissing genomen die levens kon veranderen en mogelijk kon verwoesten.'

'Dus moest ze dood?' vroeg Pietra weer.

'Al onze beslissingen hebben een prijs, Pietra. We spelen elke dag voor god. Als een vrouw een paar nieuwe, dure schoenen koopt, had ze dat geld ook aan de armen kunnen geven. In zekere zin betekenen die schoenen voor haar meer dan een mensenleven. We maken allemaal slachtoffers om zelf een comfortabeler leven te leiden. We zeggen het niet zo, maar we doen het wel.'

Ze ging er niet tegen in.

'Wat is er met je, Pietra?'

'Niks. Laat maar zitten.'

'Ik heb het Cassandra beloofd.'

'Ja, dat zei je al.'

'We moeten dit binnen de perken houden, Pietra.'

'Denk je dat we dat kunnen?'

'Ik wel.'

200

'Hoeveel meer moeten we er nog vermoorden?'

Haar vraag verbaasde Nash. 'Kan dat je iets schelen? Heb je er genoeg van?'

'Ik heb het alleen over nu. Vandaag. In dit verband. Hoeveel nog?'

Nash dacht erover na. Hij besefte nu dat het best mogelijk was dat Marianne hem de waarheid had verteld. In dat geval moest hij terug naar de basis om het probleem bij de wortel aan te pakken.

'Met een beetje geluk,' zei hij, 'nog maar één.'

'Jezus,' zei Loren Muse. 'Kan een mens nóg saaier zijn?'

Clarence glimlachte. Ze keken de creditcardaankopen van Reba Cordova na. Ze waren nog geen enkele verrassing tegengekomen. Ze kocht boodschappen en schoolspullen en kinderkleding. Ze had een stofzuiger bij Sears gekocht en die teruggebracht. Ze had een magnetron bij PC Richard gekocht. Ze had een rekening bij een Chinees restaurant dat Baumgarts heette, waar ze elke dinsdagavond eten afhaalde.

Haar e-mails waren al net zo saai. Ze mailde met andere ouders over speeluitjes. Ze hield contact met de balletjuf van haar dochtertje en de voetbalcoach van haar zoontje. Ze was geabonneerd op de maandelijkse digitale nieuwsbrief van de Willard School. Ze hield contact met haar tennisclubje over het huren van de baan en lichtte de anderen in als er iemand niet kon. Ze ontving de nieuwsbrieven van Williams-Sonoma, Pottery Barn en PetSmart. Ze mailde met haar zus en vroeg haar om de naam van een specialist omdat Sarah, haar dochtertje, leesproblemen had.

'Ik wist niet dat zulke mensen echt bestonden,' zei Muse.

Maar dat wist ze wel. Ze zag ze bij Starbucks, de zorgzame moeders met hun reeënogen, die een koffiebar de ideale plek vonden voor een uurtje moeder met kind, met hun Brittany's, Madisons en Kyles die in het rond renden terwijl de mammies – allemaal met minstens een middelbare-schooldiploma – onstuitbaar over alleen hún kinderen zeurden alsof er nooit andere kinderen hadden bestaan. Ze hadden het over hun drukjes – ja, echt waar, hun ontlasting! – en over hun eerste woordjes en hun sociale vaardigheden, hun montessorischolen, hun gymnastiekles en hun Baby Einstein-dvd's, en dat allemaal met dezelfde wezenloze glimlach alsof buitenaardse wezens hun hersens uit hun hoofd hadden gezogen. Muse kon ze wel schieten, maar aan de andere kant had ze medelijden met ze én moest ze haar best doen niet jaloers op ze te zijn.

Loren Muse zwoer natuurlijk dat zij nooit zo zou worden als ze kinderen zou krijgen. Maar wist ze dat wel zo zeker? Stellige uitspraken als die herinnerden haar aan mensen die zeiden dat ze, als ze oud waren en een last voor hun volwassen kinderen werden, zichzelf liever voor hun kop zouden schieten dan naar een verzorgingshuis te gaan... maar nu had vrijwel iedereen die ze kende ouders die een last voor hun kinderen waren of in een verzorgingshuis zaten, en geen van die oude mensen wilde dood.

Als je iets alleen van een afstand bekijkt, verval je algauw tot dit soort benepen vooroordelen.

'Hoe ziet het alibi van de echtgenoot eruit?' vroeg ze.

'De politie van Livingston heeft hem verhoord. Het klinkt geloofwaardig wat hij zegt.'

Muse gebaarde met haar kin naar haar papieren. 'Is hij net zo saai als zijn vrouw?'

'Ik ben zijn e-mails, telefoongegevens en creditcardafschrijvingen nog aan het bekijken, maar ja, tot nu toe wel.'

'Wat hebben we verder nog?'

'Nou, aangenomen dat Reba Cordova en ons onbekende slachtoffer door dezelfde dader – of daders – zijn vermoord, laten we de plekken waarvan bekend is dat er prostitutie wordt bedreven controleren door patrouilleagenten om te zien of er nog een lijk wordt gedumpt.'

Loren Muse geloofde niet dat dat zou gebeuren, maar kwaad kon het niet. Een van de mogelijke scenario's was dat een of andere seriemoordenaar, met de al dan niet vrijwillige hulp van een vrouwelijke medeplichtige, zich vergreep aan keurige burgervrouwen, ze vermoordde en de schijn wilde wekken dat het om prostituees ging. Ze waren inmiddels in de politiecomputer gedoken om te zien of er in de omliggende steden slachtoffers waren gevonden die aan deze omschrijving voldeden. Zonder resultaat, tot nu toe.

Muse geloofde trouwens niet in deze specifieke theorie. Psychologen en profielschetsers zouden een mentaal orgasme krijgen bij het idee van een seriemoordenaar die brave huismoeders in prostituees veranderde. Die zouden zeker heil zien in de 'van moeder tot hoer'-theorie, maar bij Muse wilde het er niet echt in. Want er was één vraag die niet paste in dit scenario, een vraag die haar dwars had gezeten vanaf het moment dat ze had beseft dat hun onbekende slachtoffer geen straatprostituee was: waarom had niemand haar als vermist opgegeven?

Ze kon er twee mogelijke redenen voor bedenken. Eén: niemand besefte dat ze werd vermist. Ze gingen ervan uit dat ze op vakantie of op zakenreis of zoiets was. En twee: ze was vermoord door iemand die haar kende. En die iemand wilde niet dat ze geïdentificeerd werd.

'Waar is de echtgenoot nu?'

'Cordova? Die is nog op het bureau in Livingston. Ze gaan een buurtonderzoek doen, de mensen vragen of ze een wit busje hebben gezien, je weet wel, het bekende werk.'

Muse pakte een potlood van haar bureau. Ze stak het uiteinde in haar mond en begon op het gummetje te kauwen.

Er werd op de deur geklopt. Ze keek op en zag de bijna gepensioneerde Frank Tremont in de deuropening staan.

Al de derde dag op rij in hetzelfde bruine pak. Chic, dacht Muse.

Hij keek haar aan en wachtte. Ze had hier geen tijd voor, maar misschien was het beter om het nu meteen af te handelen.

'Clarence, zou je ons even alleen willen laten?'

'Ja, chef, natuurlijk.'

Clarence knikte naar Frank Tremont voordat hij het kantoor uit liep. Tremont knikte niet terug. Toen Clarence uit het zicht was verdwenen, schudde hij zijn hoofd en zei: 'Noemt hij je chef?'

'Ik heb het nogal druk, Frank.'

'Heb je mijn brief ontvangen?'

Zijn ontslagbrief. 'Ja.'

Stilte.

'Ik heb iets voor je,' zei Tremont.

'Pardon?'

'Ik vertrek pas aan het eind van de maand,' zei hij. 'Dus tot het zover is doe ik gewoon mijn werk, akkoord?'

'Akkoord.'

'Dus heb ik iets voor je.'

Muse leunde achterover en hoopte dat hij een beetje zou opschieten.

'Ik heb me geconcentreerd op dat witte busje dat op beide plaatsen delict is gezien.'

'Oké.'

'Ik denk niet dat het gestolen is, of het moet een eind buiten de omgeving gebeurd zijn. Maar tot nu toe heb ik geen aangifte kunnen vinden. Dus ben ik navraag gaan doen bij autoverhuurbedrijven, om te zien of iemand een busje heeft gehuurd dat voldoet aan onze omschrijving.'

'En?'

'Dat leverde een stel treffers op, maar de meeste daarvan heb ik snel weten te traceren en dat bleek allemaal te kloppen.'

'Een doodlopend spoor dus.'

Frank Tremont glimlachte. 'Vind je het goed als ik even ga zitten?'

Muse gebaarde naar de stoel.

'Daarna heb ik nog iets anders geprobeerd,' zei hij. 'Want zie je, onze dader is tot nu toe heel slim geweest. Zoals jij al had geconstateerd. Het eerste slachtoffer heeft hij als hoer uitgedost, van het tweede heeft hij de auto bij een hotel neergezet, dat omruilen van de kentekenplaten en zo… Maar hij heeft dat niet op de geijkte manier gedaan. Dat heeft me aan het denken gezet. Ik dacht: wat is een betere en moeilijker te traceren manier dan een busje te stelen of te huren?'

'Ik luister.'

'Er een te kopen, tweedehands, op internet. Ken je die sites?'

'Niet echt, nee.'

'Er worden op die manier miljoenen auto's verkocht. Ik heb er vorig jaar zelf een op het net gekocht, bij autoused.com. Daar kun je echte koopjes vinden… en aangezien het om een particuliere koop gaat, is het papierwerk ondoorzichtig. Ik bedoel, bij een dealer kunnen we navraag doen, maar hoe vind je een auto terug die via het net is verhandeld?'

'Dus?'

'Dus heb ik de twee grootste autosites gebeld. Ik heb ze gevraagd in hun digitale archief te duiken en na te gaan of er in de afgelopen maand in deze regio witte Chevy-busjes zijn verkocht. Ze hebben er zes gevonden. Ik heb alle verkopers gebeld. Vier van de zes zijn met een cheque betaald, dus daar hebben we het adres van. De overige twee zijn met contant geld gekocht.'

Muse leunde weer achterover. Ze had het uiteinde van het potlood nog steeds in haar mond. 'Heel slim. Je koopt een tweedehands auto. Je betaalt contant. Je geeft een valse naam op, als er überhaupt om een naam wordt gevraagd. Je krijgt de papieren, maar je laat ze niet overschrijven en je sluit geen verzekering af. Je steelt de nummerplaten van een soortgelijke auto en je bent klaar.'

'Ja.' Tremont glimlachte. 'Maar er is nog iets.'

'Wat?'

'De man die ze het busje heeft verkocht…'

'Ze?'

'Ja. Een man en een vrouw. Een jaar of vijfendertig. Ik moet nog een volledig signalement krijgen, maar misschien hebben we zelfs wat beters. De verkoper, Scott Parsons uit Kasselton, werkt bij Best Buy. Die hebben een heel goed beveiligingssysteem. Alles digitaal. Dus alles wordt bewaard. Hij denkt dat er een goede kans is dat ze op schijf staan. Hij laat zijn technische man er nu naar kijken. Ik heb een auto gestuurd om hem op te halen, hem foto's te laten zien en een zo goed mogelijk signalement van hem los te krijgen.'

'Hebben we een politietekenaar om hem daarbij te helpen?'

Tremont knikte. 'Heb ik al geregeld.'

Het was een goed spoor... het beste dat ze tot nu toe hadden. Muse wist niet goed wat ze moest zeggen.

'Wat hebben we nog meer?' vroeg Tremont.

Ze praatte hem bij over de creditcardafrekeningen, de telefoongegevens en de e-mails, die allemaal waardeloos waren. Tremont leunde achterover en legde zijn handen op zijn buik.

'Toen ik binnenkwam,' zei hij, 'zat je hard op dat potlood te kauwen. Waar dacht je toen aan?'

'We houden er nu rekening mee dat we met een seriemoordenaar te maken hebben.'

'Maar jij gelooft daar niet in,' zei hij.

'Nee.'

'Ik ook niet,' zei Tremont. 'Laten we eens doornemen wat we hebben.'

Muse stond op en begon door het kantoor te ijsberen. 'Twee slachtoffers. Tot nu toe, tenminste, in deze regio. We zijn de omliggende regio's aan het controleren, maar laten we er eens van uitgaan dat we niks vinden. Dat het hierbij blijft. Laten we zeggen dat het alleen om Reba Cordova – die, voorzover we weten, nog in leven kan zijn – en ons onbekende slachtoffer gaat.'

'Oké,' zei Tremont.

'En laten we dan nog een stap verder gaan. Laten we zeggen dat er een motief is voor het feit dat deze twee vrouwen het doelwit waren.'

'Zoals?'

'Dat weet ik nog niet, maar laten we daar gewoon eens van uitgaan. En áls er een motief is... vergeet dat dan even. Want ook als er geen motief is en dit is niet het werk van een seriemoordenaar, moet er een verband tussen onze twee slachtoffers zijn.'

Tremont knikte, begreep in welke richting ze dacht. 'En als er een verband tussen die twee is,' zei hij, 'bestaat de kans dat ze elkaar kenden.'

Muse verstrakte. 'Precies.'

'En als Reba Cordova ons onbekende slachtoffer kende...' Tremont glimlachte naar haar.

'Dan kent Neil Cordova haar misschien ook. Bel de politie van Livingston. Zeg dat ze Cordova hiernaartoe brengen. Misschien kan hij haar voor ons identificeren.'

'Komt voor elkaar.'

'Frank?'

Hij bleef staan en draaide zich om.

'Goed werk,' zei ze.

'Ik ben een goeie smeris,' zei hij.

Daar zei ze niets op terug.

Hij wees naar haar. 'Jij bent ook een goeie smeris, Muse. Misschien wel een heel goeie. Maar je bent geen goeie chef. Want zie je, een goeie chef zou het beste uit zijn goeie smerissen hebben gehaald. En dat heb jij niet gedaan. Je moet leren leiding geven.'

Muse schudde haar hoofd. 'Ja, Frank, dat zal het zijn. Door mijn leidinggevende capaciteiten zat jij er compleet naast en zag je het eerste slachtoffer voor een hoertje aan. Het is allemaal mijn schuld.'

Hij glimlachte. 'Het was míjn zaak,' zei hij.

'En jij hebt er een zooitje van gemaakt.'

'Misschien zat ik er in het begin naast, maar ik ben hier nog niet weg. Het maakt niet uit hoe ik over jou denk. Of hoe jij over mij denkt. Het enige wat uitmaakt, is dat we recht doen aan míjn slachtoffer.'

24

Mo reed hen naar de Bronx en parkeerde de auto bij het adres dat Mike van Anthony had gekregen.

'Je zult het niet geloven,' zei Mo.

'Wat?'

'We worden gevolgd.'

Mike wist wel beter dan zich om te draaien en te kijken. Dus deed hij niets en wachtte.

'Een blauwe vierdeurs Chevy staat dubbel geparkeerd aan het eind van de straat. Twee mannen, allebei met een Yankees-pet en een zonnebril.'

De vorige avond had het hier gewemeld van de mensen. Nu was er praktisch niemand. Degenen die er wel waren sloften in apathische toestand voorbij of lagen op de stoep te slapen, met de benen opgetrokken en hun armen eromheen geslagen. Mike zou niet verbaasd zijn geweest als de wind een bol buitelkruid door de straat had geblazen.

'Ga jij naar binnen,' zei Mo. 'Ik bel een vriend van me, geef hem het kentekennummer en wacht af wat eruit komt.'

Mike knikte. Hij stapte uit en wierp een onopvallende blik in de richting van de auto. Hij kon hem niet goed zien maar wilde niet het risico nemen om nog een keer te kijken. Hij liep naar de deur. Die was van grijze staalplaat waarop in zwarte letters CLUB JAGUAR stond. Mike drukte op de bel. De deur zoemde en hij duwde hem open.

De muren van de hal hadden een gele tint die aan een McDonald's deed denken, of aan een peuterspeelzaal in een modern ziekenhuis. Rechts van hem was een mededelingenbord vol intekenlijsten voor therapieën, muzieklessen, literaire leesclubjes en praatgroepen voor drugs- en alcoholverslaafden en zij die geestelijk of lichamelijk waren misbruikt. Er hingen diverse briefjes van mensen die een appartement of een kamergenoot zochten, met de telefoonnummers eronder. Iemand bood zijn bank voor honderd dollar te koop aan. Een ander probeerde een gitaarversterker te slijten.

Mike liep door naar de balie. Een jonge vrouw met een neuspiercing keek op en vroeg: 'Kan ik u helpen?'

Hij haalde de foto van Adam uit zijn zak en legde hem voor haar neer. 'Heb je deze jongen gezien?'

'Ik ben de receptioniste maar,' zei ze.

'Receptionistes hebben ogen. Ik vraag of je hem hebt gezien.'

'Ik mag niet over onze cliënten praten.'

'Ik vraag je niet over hem te praten, maar of je hem hebt gezien.'

Haar mond werd een dunne streep. Ze had ook piercings in haar onderlip en mondhoek, zag Mike. Ze zweeg en bleef hem aankijken. Zo, besefte Mike, kwam hij niet verder.

'Kan ik degene spreken die hier de leiding heeft?'

'Dat is Rosemary.'

'Geweldig. Kan ik haar spreken?'

De gepiercete receptioniste nam de hoorn van de telefoon. Ze hield haar hand voor haar mond en mompelde er iets in. Tien seconden later keek ze glimlachend op en zei: 'Mevrouw McDevitt kan u ontvangen. De derde deur rechts.'

Mike wist niet precies wat hij had verwacht, maar Rosemary McDevitt was zeker een verrassing. Ze was jong, vrij klein van stuk, en ze had die primitieve sensualiteit die je aan een poema deed denken. Er zat een paarse streep in haar donkere haar en in haar hals zat een tatoeage die zo te zien doorliep naar haar schouder. Haar bovenlichaam was gehuld in een zwartleren vest, zonder mouwen, meer niet. Ze had gespierde armen en om haar biceps zaten getatoeëerde banden.

Ze stond op, glimlachte en stak haar hand uit. 'Welkom.'

Mike schudde haar de hand.

'Wat kan ik voor je doen?'

'Mijn naam is Mike Baye.'

'Hallo, Mike.'

'Eh... hallo. Ik ben op zoek naar mijn zoon.'

Hij ging dichter bij haar staan. Mike was een meter vijfenzeventig, maar hij stak minstens vijftien centimeter boven haar uit. Rosemary McDevitt keek naar de foto van Adam. Haar gezichtsuitdrukking gaf niets prijs.

'Ken je hem?' vroeg Mike.

'Je weet dat ik die vraag niet kan beantwoorden.'

Ze wilde hem de foto teruggeven, maar Mike pakte hem niet aan. Een agressieve aanpak zou hier zeker niet werken, dus deed hij een stapje achteruit en zuchtte.

'Ik vraag je niet het vertrouwen te schenden…'

'Ja, Mike, dat doe je wel.' Ze glimlachte lief. 'Dat is precies wat je van me vraagt.'

'Ik probeer alleen mijn zoon te vinden. Meer niet.'

Ze spreidde haar armen. 'Ziet dit eruit als Bureau Gevonden Voorwerpen?'

'Hij wordt vermist.'

'Dit is een toevluchtsoord, Mike. Begrijp je wat ik bedoel? Jongeren komen hiernaartoe om aan hun ouders te ontsnappen.'

'Ik ben bang dat hij misschien in gevaar is. Hij is uitgegaan zonder tegen iemand iets te zeggen. Hij is hier gisteravond geweest…'

'Ho.' Ze stak haar hand op.

'Wat is er?'

'Is hier gisteravond geweest? Zei je dat, Mike?'

'Ja, dat zei ik.'

Haar blik werd scherper. 'Hoe weet je dat, Mike?'

Het voortdurende gebruik van zijn naam begon hem te irriteren. 'Pardon?'

'Hoe weet je dat je zoon hier is geweest?'

'Dat doet er nu even niet toe.'

Ze glimlachte en deed een stapje achteruit. 'Ja, dat doet er wel toe.'

Hij moest van onderwerp veranderen. Hij keek om zich heen. 'Wat is dit eigenlijk voor club?'

'We zijn een soort mengvorm.' Rosemary keek hem aan met een blik die duidelijk maakte dat ze heel goed doorhad dat hij van onderwerp was veranderd. 'Denk aan een jongerencentrum in een modern jasje.'

'Op welke manier?'

'Herinner je je die nachtelijke basketbaltrainingen?'

'Ja, in de jaren negentig. Om de jongeren van de straat te houden.'

'Precies. Het is niet aan mij om te zeggen of er iets mee werd bereikt of niet, maar waar het om gaat is dat die projecten vooral waren gericht op de kansarme jongeren in de binnenstad… waarvan je zou kunnen zeggen dat er een discriminerend accentje aan zit. Ik bedoel, basketbal in de Bronx… dat lijkt me duidelijk, of niet soms?'

'En jullie aanpak is anders?'

'Ten eerste richten wij ons niet echt op de kansarmen. Het kan misschien wat rechts klinken, maar ik geloof niet dat wij de aangewezen instantie zijn om de zwarte, kansarme stadsjeugd te helpen.

209

Dat moeten ze binnen hun eigen leefgemeenschap doen. Ik vraag me trouwens af of een project als het onze op de lange termijn wel effect op die groep zou hebben. Ze moeten zelf leren inzien dat drugs en wapens niet de oplossing zijn, en ik betwijfel of je dat bereikt met een potje basketbal.'

Een groepje opgeschoten jongens kwam voorbij haar kantoor schuifelen, allemaal in zwarte gothkleding die was voorzien van een ruim assortiment klinknagels, kettingen en andere vertegenwoordigers van de metaalfamilie. De broeken hadden heel brede omslagen, zodat je hun schoenen niet kon zien.

'Hallo, Rosemary.'

'Dag, jongens.'

Ze liepen door. Rosemary wendde zich weer tot Mike. 'Waar woon je?'

'In New Jersey.'

'In een mooie, groene buitenwijk?'

'Ja.'

'De jongeren uit jouw omgeving... hoe raken die in de problemen?'

'Dat weet ik niet. Drank en drugs?'

'Precies. Ze willen feesten. Ze vinden het leven saai – en misschien hebben ze wel gelijk; wie zal het zeggen? – dus willen ze uit en stoned worden en naar clubs gaan en flirten en dat soort dingen. Die willen geen potje basketbal. Dus dat doen we hier.'

'Jullie laten ze stoned worden?'

'Niet zoals je denkt. Kom, ik zal het je laten zien.'

Ze liep de lichte, gele gang in. Mike ging naast haar lopen. Ze liep met haar hoofd rechtop en de schouders naar achteren. Ze had een sleutel in haar hand. Ze opende een deur en ging de trap af. Mike volgde haar.

Ze kwamen terecht in een nachtclub, of een disco, of hoe dat tegenwoordig ook werd genoemd. Er waren banken met kussens langs de wanden en ronde, verlichte tafels met lage barkrukken eromheen. Er was een geluidsinstallatie met draaitafels voor een deejay en een houten dansvloer, zonder spiegelbol, maar met een stel gekleurde spotjes die alle kanten op bewogen. Op een van de muren stond in grote graffitiletters CLUB JAGUAR.

'Dit is wat jongeren willen,' zei Rosemary McDevitt. 'Een plek om stoom af te blazen. Om te feesten en hun vrienden te ontmoeten. We schenken geen alcohol, maar wel cocktails die eruitzien als alcoholhoudende drankjes. We hebben aantrekkelijke, professione-

210

le barkeepers en serveersters. We doen hetzelfde wat ze in de beste clubs doen. Maar waar het om gaat is dat we ze een veilige omgeving bieden. Begrijp je wat ik bedoel? Jongens als jouw zoon gaan de stad in en proberen aan valse identiteitsbewijzen te komen. Ze proberen drugs te scoren of trucjes te bedenken om als minderjarigen aan alcohol te komen. Wij proberen dat te voorkomen door hetzelfde te bieden, maar dan op een veilige manier.'

'Met deze club?'

'Onder andere. We bieden ook begeleiding, als daar behoefte aan is. We hebben leesclubs, therapiegroepen, een ruimte vol Xbox- en PlayStation 3-spelcomputers en al het andere wat ze in jongerencentra hebben. Maar dit hier is het belangrijkste. Deze nachtclub is wat ons – vergeef me het tienerjargon – cool maakt.'

'Het gerucht gaat dat jullie wel alcohol schenken.'

'Dat gerucht klopt niet. Die geruchten worden verspreid door de andere clubs, omdat ze klandizie aan ons kwijtraken.'

Mike zei niets.

'Luister, laten we zeggen dat jouw zoon de stad in gaat om te feesten. Hij kan naar Third Avenue gaan en daar in een van de steegjes cocaïne kopen. Vijftig meter verderop staat een knaap die heroïne verkoopt. Je kunt het zo gek niet bedenken of ze kunnen het kopen. Of ze proberen een of andere club binnen te komen om zich daar te bezatten, of erger nog. Wij beschermen ze juist. Hier kunnen ze in alle veiligheid stoom afblazen.'

'Laten jullie ook zwarte straatjongens binnen?'

'We zullen ze niet weigeren, maar er zijn andere instanties waar ze beter terecht kunnen. We proberen niet op die manier levens te veranderen, want eerlijk gezegd geloof ik daar niet in. Een jongen die het slechte pad op is gegaan, of iemand met een beroerde thuissituatie heeft behoefte aan meer dan wij kunnen bieden. Wij proberen te voorkomen dat goeie, fatsoenlijke jongeren uit normale gezinnen een puinhoop van hun leven maken. Een nieuwe problematiek, omdat de ouders zich veel te veel met hen bemoeien. Die zitten hun kinderen vierentwintig uur per dag op hun nek. De jongeren van vandaag hebben behoefte aan ruimte om te rebelleren.'

Een argument dat Tia in de afgelopen jaren ook diverse keren naar voren had gebracht. We bemoeien ons te veel met onze kinderen. Mike zwierf vroeger alleen door de stad. Op zaterdag speelde hij de hele dag in Branch Brook Park en kwam hij 's avonds laat pas thuis. Nu konden hun kinderen niet eens de straat oversteken zonder dat Tia of hij toekeek, bang voor… ja, voor wat eigenlijk?

'En jullie geven ze die ruimte?'

'Ja.'

Mike knikte. 'Wie heeft dit opgezet?'

'Dat heb ik gedaan. Ik ben er drie jaar geleden mee begonnen, nadat mijn broer aan een overdosis drugs was gestorven. Greg was een goeie jongen. Zestien jaar. Hij deed niet aan sport, dus hij was niet bijzonder populair of zoiets. Onze ouders en de maatschappij in het algemeen hadden meer druk op hem uitgeoefend dan hij aankon. Het was pas de tweede keer dat hij drugs gebruikte.'

'Wat afschuwelijk.'

Ze haalde haar schouders op en liep de trap op. Mike ging haar achterna.

'Mevrouw McDervitt?'

'Rosemary,' zei ze.

'Rosemary, ik wil niet dat mijn zoon ook in de statistieken terechtkomt. Hij is hier gisteravond geweest. Nu weet ik niet waar hij is.'

'Ik kan je niet helpen.'

'Heb je hem eerder gezien?'

Haar rug was nog steeds naar hem toe gekeerd. 'Mijn missie is een grotere, Mike.'

'Dus mijn zoon doet er niet toe?'

'Dat zeg ik niet. Maar we praten niet met ouders. Nooit. Deze club is uitsluitend voor jongeren. Als ooit bekend wordt dat…'

'Ik zal tegen niemand iets zeggen.'

'Het is een regel die we onszelf hebben opgelegd.'

'En als Adam in gevaar is?'

'Dan zal ik doen wat ik kan om hem te helpen. Maar daar is hier geen sprake van.'

Mike wilde ertegen ingaan, maar op dat moment zag hij weer een groep goths in de gang staan.

'Zijn dat cliënten van je?' vroeg hij terwijl ze haar kantoor binnengingen.

'Cliënten en medewerkers.'

'Medewerkers?'

'Ze doen hier van alles. Ze helpen met schoonmaken. 's Avonds feesten ze. En ze letten op wie er binnenkomt.'

'Als een soort uitsmijters?'

Ze hield haar hoofd schuin. 'Zo zou ik ze niet willen noemen. Ze maken de nieuwkomers wegwijs. Ze zorgen ervoor dat de situatie niet uit de hand loopt. Ze houden een oogje in het zeil, controleren of niemand op de wc een stickie rookt of drugs gebruikt, dat soort dingen.'

Mike trok een gezicht. 'Boefjes die de orde handhaven.'

'Het zijn goeie jongens.'

Mike bekeek het groepje. Toen keek hij weer naar Rosemary. Bleef even naar haar kijken. Ze bood een spectaculaire aanblik. Ze had het gezicht van een fotomodel, met jukbeenderen zo scherp dat je ze als briefopener kon gebruiken. Toen keek hij weer naar de goths. Het waren er vier of vijf, een zwarte vlek vol metaal. Ze probeerden er stoer uit te zien maar faalden daarin jammerlijk.

'Rosemary?'

'Ja?'

'Er is iets met je praatje wat me niet overtuigt,' zei Mike.

'Mijn praatje?'

'Ja. Je verkooppraatje over deze club. Aan de ene kant klinkt het allemaal best geloofwaardig…'

'En aan de andere kant?'

Hij draaide zich om en keek haar recht aan. 'Ik denk dat je uit je nek kletst. Nou, waar is mijn zoon?'

'Ik denk dat u beter kunt gaan.'

'Als je hem hier verbergt, breek ik de hele tent steen voor steen af.'

'Nu bedreigt u me, dokter Baye.' Ze keek naar het groepje goths en knikte net zichtbaar. Ze kwamen naar Mike toe sloffen en gingen om hem heen staan. 'Gaat u nu weg, alstublieft.'

'Anders laat je me eruit gooien door je…' Hij maakte aanhalingstekens met zijn vingers. '… medewerkers?'

De grootste goth grijnsde en zei: 'Zo te zien is er al met je gegooid, ouwe.'

De andere goths grinnikten. Een weke verzameling van zwarte outfits vol glimmend metaal, bleke huid en zwarte make-up. Ze wilden zo graag stoer zijn, maar dat waren ze niet en dat maakte ze misschien wel des te gevaarlijker. Door die wanhoop. Omdat ze iets wilden zijn wat ze niet waren.

Mike overdacht zijn volgende stap. De grote goth was zo te zien begin twintig, een lange slungel met een flinke adamsappel. Diep in zijn hart wilde hij hem te lijf gaan, een paar dreunen geven, de leider uitschakelen om de anderen te laten zien dat het hem ernst was. Eigenlijk wilde hij met zijn onderarm uithalen naar die grote bobbel onder zijn kin, om hem voor twee weken een paar zere stembanden te bezorgen. Maar het zat er dik in dat de anderen dan boven op hem zouden springen. En hij zou er waarschijnlijk wel twee of drie kunnen uitschakelen, maar vast niet allemaal.

Hij stond daar nog over na te denken toen er iets anders gebeurde. Hij hoorde een zoemend geluid en de zware stalen voordeur ging open. Er kwam nog een goth binnen. Maar deze keer was het niet de zwarte outfit die Mikes aandacht trok.

Het waren de twee blauwe ogen.

En de nieuwkomer had een grote pleister dwars over zijn neus.

Zijn onlangs gebroken neus, dacht Mike.

Enkele van de andere goths liepen naar de jongen met de gebroken neus en gaven hem een lome high five. Ze bewogen zich alsof ze zich door een zwembad met pannenkoekenstroop moesten ploegen. Zelfs hun stemmen klonken dof en slepend, alsof ze onder de Prozac zaten. 'Yo, Carson,' wist de ene uit te brengen. 'Hé, Carson, man,' steunde de andere. Ze hieven hun hand op alsof die loodzwaar was om hem op de schouder te kloppen. Carson onderging de belangstelling alsof hij eraan gewend was en die verdiende.

'Rosemary?'

'Ja?'

'Je weet niet alleen wie mijn zoon is, maar ook wie ik ben.'

'Hoe komt u daarbij?'

'Je noemde me daarnet "dokter Baye".' Hij bleef de goth met de gebroken neus aankijken. 'Hoe wist je dat ik arts was?'

Hij wachtte het antwoord niet af. Dat had geen zin. Hij liep naar de deur en botste daarbij tegen de lange goth op. Carson, met zijn gebroken neus, zag hem aankomen. De blauwe ogen werden groot. Hij draaide zich om en liep de deur weer uit. Mike versnelde zijn pas, greep de deur vast voordat die helemaal dicht was en ging hem achterna.

Carson met zijn gebroken neus had een meter of drie voorsprong.

'Hé!' riep Mike.

De slungel draaide zich om. Zijn ravenzwarte haar hing als een gordijntje voor zijn ene oog.

'Wat is er met je neus gebeurd?'

Carson probeerde het weg te lachen. 'Wat is er met jouw gezicht gebeurd?'

Mike haastte zich naar hem toe. De andere goths waren ook naar buiten gekomen. Het was nu zes tegen één. Vanuit zijn ooghoek zag

hij Mo uit de auto stappen en zijn kant op komen. Zes tegen twee…
maar een van die twee was Mo. Mike durfde het wel aan.

Hij liep door totdat hij vlak voor Carson met zijn gebroken neus
stond en zei: 'Een stelletje laffe honden heeft me overvallen toen ik
er niet op bedacht was. Dát is er met mijn gezicht gebeurd.'

Carson probeerde zijn bravoure vol te houden. 'Vervelend voor
je.'

'Nou, bedankt, maar het is nog veel erger. Kun je je voorstellen
dat je een van die laffe honden bent en je slachtoffer slaat je een gebroken neus? Ben je dan een loser of niet?'

Carson haalde zijn schouders op. 'Iedereen heeft wel eens maz-
zel.'

'Dat is waar. Daarom wil die laffe loser misschien wel een tweede kans. Maar dan man tegen man. Een tegen een.'

De goth keek om en overtuigde zich ervan dat zijn vrienden op
hun plek stonden. De andere goths knikten, wonden hun kettingen
om hun hand en deden erg hun best om te laten zien dat ze er klaar
voor waren.

Mo liep naar de grote goth en greep hem bij de strot voordat
iemand iets in de gaten had. De goth wilde een kreet slaken, maar
door Mo's greep kwam er geen geluid uit zijn mond.

'Als iemand één stap naar voren doet,' zei Mo tegen hem, 'doe ik
jou pijn. Niet degene die naar voren komt. Niet degene die je te
hulp schiet. Alleen jou. En dan doe ik je heel erg veel pijn, ben ik
duidelijk?'

De grote goth probeerde te knikken.

Mike keek Carson weer aan. 'Zullen we?'

'Hé, ik heb geen mot met je.'

'Ik wel met jou.'

Mike gaf hem een duw, alsof ze op het schoolplein stonden,
daagde hem uit. De andere goths aarzelden, wisten niet wat ze
moesten doen. Mike gaf Carson nog een duw.

'Hé!'

'Wat hebben jullie met mijn zoon gedaan?'

'Wat? Met wie?'

'Mijn zoon, Adam Baye. Waar is hij?'

'Denk je dat ik dat weet?'

'Jij hebt me gisteravond overvallen, hè? Als je niet het pak slaag
van je leven wilt hebben, kun je beter praten.'

Op dat moment riep iemand: 'Verroer je niet! Niemand! FBI!'

Mike keek om. Het waren de mannen met de honkbalpetten, de

twee die hen waren gevolgd. Ze hadden allebei een pistool in de ene hand en hun legitimatie in de andere.

'Michael Baye?' vroeg de ene agent.

'Ja?'

'Darryl LeCrue, FBI. We willen graag dat u met ons mee komt.'

25

Tia liet Betsy Hill uit, deed de voordeur dicht en liep de trap op. Ze sloop door de gang, langs Jills kamer, en ging die van haar zoon binnen. Ze trok Adams bureaula open en begon de inhoud door te nemen. Die spionagesoftware in zijn computer had haar zo'n goed idee geleken, maar waarom dit dan niet? Ze had opeens een enorme hekel aan zichzelf. Het voelde nu allemaal zo verkeerd, deze hele inbreuk op zijn privacy.

Maar ze hield niet op met zoeken.

Adam was een jongen. Nog steeds een kind. De la was in geen eeuwen opgeruimd en ze kwam overblijfselen tegen uit diverse Adam-tijdperken, alsof ze met een archeologische opgraving bezig was. Honkbalplaatjes, Pokemon-plaatjes, Yugio, Yamaguchi met een lege batterij, Crazybones... allemaal dingen die 'in' waren geweest bij de jeugd, die ze per se moesten hebben en vervolgens algauw weer afdankten. Adam was daar trouwens minder erg in geweest dan de meeste andere kinderen die ze kende. Hij had nooit om meer gevraagd en had niet alles meteen opzij gesmeten.

Tia schudde haar hoofd. Ze lagen nog steeds in zijn la.

Ze vond pennen en potloden en het doosje van zijn oude gebitsbeschermer – Tia had hem altijd aan zijn hoofd gezeurd dat hij die nooit in deed – speldjes van hun trip naar DisneyWorld van vier jaar geleden en oude, afgescheurde kaartjes van een tiental wedstrijden van de Rangers. Ze pakte de kaartjes en dacht terug aan de combinatie van blijdschap en concentratie op zijn gezicht wanneer hij naar ijshockey keek. Ze herinnerde zich hoe hij en zijn vader juichten wanneer de Rangers scoorden, dat ze dan opsprongen, elkaar een high five gaven en een of ander dom clubliedje zongen, met een tekst die niet veel verder ging dan de woorden 'O, o, o', waarbij ze dan in hun handen klapten.

Ze begon te huilen.

Hou je hoofd erbij, Tia.

Ze zette Adams computer aan. Die vormde nu zijn wereld. In een jongenskamer draaide alles om de computer. Op dat scherm speel-de Adam de laatste online versie van Halo. Hij praatte met vrienden en onbekenden in chatboxen. Hij communiceerde met echte en vir-tuele vrienden in Facebook en MySpace. Hij had een tijdje online poker gespeeld, maar had er algauw genoeg van gekregen, tot grote opluchting van Mike en Tia. Hij had grappige filmpjes op YouTube bekeken, en filmtrailers en muziekvideo's en, ja, ook ranziger mate-riaal. Hij had nog meer *adventure games*, of simulatorgames, of hoe je die dingen ook noemde, waar hij helemaal in kon opgaan zoals Tia zich soms door een boek liet meeslepen, en ze kon onmogelijk zeggen of dat nu een goede of een slechte zaak was.

Hetzelfde gold voor dat hele seksgedoe van tegenwoordig… gek werd ze ervan. Je wilde het zo graag goed doen en vat houden op de informatiestroom die je kinderen bereikte, maar dat was onbegon-nen werk. Je kon 's ochtends de radio niet aanzetten of de deejays hadden het over tieten, vreemdgaan en orgasmes. Voor tijdschrif-ten en tv-programma's gold trouwens hetzelfde, maar ja, klagen over al dat bloot was al lang passé. Dus hoe ging je ermee om? Moest je tegen je kind zeggen dat het verkeerd was? En wat was er precies verkeerd aan?

Geen wonder dat mensen steun vonden in zwart-wit antwoor-den zoals 'verloedering', maar kom nou, dat werkt toch niet? Je wilt niet de boodschap uitdragen dat seks op de een of andere manier slecht of duivels of taboe is… maar toch wil je ook liever niet dat ze het doen. Je wilt ze meegeven dat het iets normaals en gezonds is, maar dat ze er toch nog maar niet aan moeten denken. Hoe wordt precies van ouders verwacht dat ze zich op dat slappe koord in even-wicht houden? Vreemd genoeg willen we ook dat onze kinderen onze ideeën overnemen, alsof die, ondanks het feit dat wij ons heb-ben afgezet tegen onze eigen ouders, het best en het gezondst zijn. Maar waarom willen we dat? Waren we opgevoed tot volmaakte mensen, of hebben we in de loop der tijd zelf het evenwicht gevon-den? En zullen zij het ook zelf vinden?

'Hoi, mam.'

Jill stond in de deuropening. Ze keek haar moeder vragend aan, was natuurlijk verbaasd, dacht Tia, dat ze haar in Adams kamer aan-trof. Er viel een stilte. Die duurde maar een seconde, niet langer, maar toch voelde Tia een kille tochtvlaag in haar borst.

'Hoi, schat.'

Jill hield Tia's BlackBerry vast. 'Mag ik BrickBreaker spelen?'

Ze vond het leuk om spelletjes op haar moeders BlackBerry te spelen. Meestal was dit voor Tia een aanleiding om Jill er op vriendelijke toon op te wijzen dat ze haar moeders telefoon niet moest pakken zonder het eerst te vragen. Zoals veel kinderen deed Jill dat voortdurend. Ze gebruikte Tia's BlackBerry, of haar iPod, of haar computer in de slaapkamer omdat haar eigen computer niet snel genoeg was, of ze nam de draadloze telefoon mee naar haar kamer, zodat Tia hem niet kon vinden.

Maar het was nu niet het geschikte moment voor een lesje verantwoordelijkheidsgevoel.

'Ja, dat mag. Maar als hij begint te zoemen kom je hem meteen brengen, oké?'

'Oké.' Jill keek om zich heen. 'Wat doe je hier?'

'Ik zoek.'

'Waarnaar?'

'Dat weet ik niet precies. Een aanwijzing die me vertelt waar je broer is.'

'Hij komt toch wel terug?'

'Natuurlijk. Maak je maar geen zorgen.' Toen herinnerde ze zich dat het leven doorgaat, en in een poging de draad weer op te pakken vroeg Tia: 'Heb je geen huiswerk?'

'Heb ik al af.'

'Mooi. Verder alles goed met je?'

Jill haalde haar schouders op.

'Is er iets waar je over wilt praten?'

'Nee, alles is oké. Ik maak me alleen zorgen om Adam.'

'Ja, ik weet het, schat. Hoe gaat het op school?'

Ze haalde haar schouders weer op. Domme vraag. Tia had die vraag in de loop der jaren al duizenden keren gesteld, aan allebei haar kinderen, en nooit, niet één keer, had ze een antwoord gekregen dat verder ging dan een schouderophalen, of 'best' of 'oké' of 'school is school'.

Tia liep de kamer van haar zoon uit. Er was toch niets te vinden. De prints van het E-SpyRight-rapport wachtten op haar. Ze deed haar deur dicht en nam de bladzijden door. Clark en Olivia hadden hem vanochtend gemaild, maar van de inhoud werd ze niets wijzer. Ze wilden allebei weten waar hij was en zeiden dat zijn ouders hadden gebeld om te vragen of zij misschien iets wisten.

Er was geen e-mail van DJ Huff.

Hm, vreemd. DJ en Adam hadden veel contact met elkaar. En nu opeens geen e-mail… alsof hij wist dat Adam er niet was om te antwoorden.

Er werd zacht op de deur geklopt. 'Mama?'
'Ja?'
Jill kwam de kamer binnen. 'Trouwens, de praktijk van tandarts Forte heeft gebeld. Ik heb een afspraak voor aanstaande dinsdag.'
'Ah, juist. Bedankt.'
'Waarom moet ik eigenlijk naar de tandarts? Ik ben pas bij de mondhygiëniste geweest.'
Het was weer het oude liedje. Opnieuw zei Tia er niets van. 'Misschien moet je binnenkort een beugel.'
'Nu al?'
'Ja. Adam was...' Ze zweeg abrupt.
'Was wat?'
Tia keek weer naar het E-SpyRight-rapport op het bed, dat van vandaag, maar daar had ze niets aan. Ze moest die met de originele e-mail over het feestje bij Huff hebben.
'Mam? Wat is er aan de hand?'
Mike en zij waren zo verstandig geweest om alle oude rapporten in de papierversnipperaar te stoppen, maar de e-mail had ze bewaard om die aan Mike te laten zien. Waar was die print? Ze keek naast zich op het bed. Stapels papier. Ze begon ze door te nemen.
'Kan ik je ergens mee helpen?' vroeg Jill.
'Nee, het lukt wel, schat.'
Ze kon hem niet vinden. Ze stond op. Het maakte niet uit.
Tia zette de computer aan en was online. De website van E-SpyRight stond onder haar favorieten. Ze typte het wachtwoord in en klikte op ARCHIEF. Ze vond de juiste datum en opende het rapport.
Het was niet nodig om het uit te printen. Toen het op het scherm verscheen, scrolde ze omlaag totdat ze de e-mail over het feestje bij Huff had gevonden. Het bericht zelf, over Huffs ouders die weg zouden zijn en hun plan om eens flink door te zakken, interesseerde haar niet, maar nu ze erover nadacht, vroeg ze zich af wat er eigenlijk van dat plan terecht was gekomen. Mike was naar Huffs huis gereden en daar werd niet alleen geen feestje gevierd, maar Daniel Huff was zelfs niet eens thuis geweest.
Hadden Huffs ouders hun plannen gewijzigd?
Maar dat deed er nu niet toe. Tia bewoog de cursor naar een plek die de meeste mensen het minst belangrijk zouden vinden.
De regels met tijd en datum.
De E-SpyRight-software vertelde je niet alleen op welke dag en hoe laat de e-mail was verzonden, maar ook op welke dag en hoe laat Adam die had geopend.

'Mam, wat ben je aan het doen?'

'Geef me een minuutje, lieveling.'

Tia pakte de telefoon en belde de praktijk van tandarts Forte. Het was zaterdag, maar met al die naschoolse activiteiten van kinderen hadden de tandartsen in de omgeving vaak weekenddienst, wist Tia. Ze keek op haar horloge, hoorde de telefoon voor de derde keer overgaan, en toen voor de vierde. Bij de vijfde keer begon ze het somber in te zien, maar toen werd er opgenomen.

'Met de praktijk van tandarts Forte.'

'Hallo, goedemorgen, met Tia Baye, de moeder van Adam en Jill?'

'Ja, mevrouw Baye, wat kan ik voor u doen?'

Tia probeerde zich de naam van Fortes receptioniste te herinneren. Ze werkte daar al jaren, kende iedereen en had er min of meer de leiding. Zij was de poortwachter. Toen wist Tia het weer. 'Spreek ik met Caroline?'

'Ja, dat klopt.'

'Dag, Caroline. Hoor eens, het klinkt misschien als een raar verzoek, maar ik wil je om een gunst vragen.'

'Nou, zegt u het maar. Alleen zitten we volgende week vrij vol.'

'Nee, daar gaat het niet om. Adam had een afspraak bij jullie op de achttiende, na school, om kwart voor vier.'

Geen antwoord.

'Wat ik graag wil weten, is of hij geweest is.'

'Denkt u dat hij niet is komen opdagen?'

'Ja.'

'O, nee, dan zou ik u gebeld hebben. Adam is zeker geweest.'

'Weet je ook of hij op tijd was?'

'Ik kan u de exacte tijd geven, als u daar iets aan hebt. Die noteer ik altijd in het afsprakenboek.'

'Graag. Dat zou geweldig zijn.'

Weer stilte. Tia hoorde het geluid van vingers op een toetsenbord. Geritsel van papieren.

'Adam was vroeg, mevrouw Baye... hij kwam hier om 15.20 uur binnen.'

Dat kon wel kloppen, dacht Tia, als hij meteen uit school was gegaan.

'En hij is op tijd geholpen... precies om 15.45 uur. Is dat wat u wilde weten?'

Tia liet de telefoon bijna uit haar hand vallen. Er zat hier iets vreselijk fout. Ze keek weer naar de monitor, naar de de regel met de datum en de tijd.

De e-mail over het feestje bij Huff was verzonden om 15.32 uur. En hij was gelezen om 15.37 uur.

Adam was toen niet thuis geweest.

Dit sloeg nergens op, tenzij…

'Bedankt, Caroline.' Ze beëindigde het gesprek en belde Brett, haar computernerd. Hij nam op met: 'Yo.'

Tia besloot hem meteen in de hoek te drukken. 'Nog bedankt dat je me aan Hester hebt verlinkt.'

'Tia? O, hoor eens, het spijt me.'

'Ja, dat zal wel.'

'Nee, echt waar. Hester weet alles wat er hier gebeurt. Wist je dat ze in alle computers neust? Soms leest ze ook privémails, gewoon, voor de lol. Ze gaat ervan uit dat zolang je je op haar terrein bevindt…'

'Ik bevond me niet op haar terrein.'

'Ik weet het. Het spijt me echt.'

Tijd om door te gaan. 'Volgens het rapport van E-SpyRight heeft mijn zoon een bepaalde e-mail om 15.37 uur gelezen.'

'Ja, en?'

'Nou, toen was hij niet thuis. Kan hij hem ergens anders hebben gelezen?'

'Je hebt dit uit de informatie van E-SpyRight?'

'Ja.'

'Dan is het antwoord nee. E-SpyRight volgt alleen zijn activiteiten op die ene computer. Als hij ergens anders vandaan in zijn e-mailaccount inlogt en een mail leest, zou dat niet in het rapport staan.'

'Hoe is dit dan mogelijk?'

'Hm. Nou, ten eerste, weet je zeker dat hij niet thuis was?'

'Absoluut.'

'Nou, er moet íémand thuis zijn geweest. En die iemand heeft zijn computer gebruikt.'

Tia keek weer naar het scherm. 'Hier staat ook dat de e-mail om 15.38 uur is gewist.'

'Dus iemand is in zijn computer geweest, heeft de e-mail gelezen en 'm daarna gewist.'

'Dan heeft Adam hem nooit gezien, toch?'

'Waarschijnlijk niet.'

Ze sloot snel de meest voor de hand liggende verdachten uit: zij en Mike waren op hun werk en Jill liep op dat moment met Yasmin naar huize Novak om daar te spelen.

Ze waren geen van vieren thuis geweest.

Kon er iemand ingebroken hebben zonder een spoor achter te laten? Ze dacht aan de sleutel die onder de nepkei bij de schutting lag.

De telefoon piepte. Ze zag Mo's naam op de display.

'Brett, ik bel je later terug.' Ze drukte op het knopje. 'Mo?'

'Je zult het niet geloven,' zei Mo, 'maar Mike is net opgepakt door de FBI.'

Ze zaten in een geïmproviseerde verhoorkamer en Loren Muse nam Neil Cordova lang en aandachtig op.

Hij was aan de kleine kant, had een wat gedrongen lichaamsbouw en was knap op een bijna maagdelijke manier. Hij leek een beetje op zijn vrouw als je ze naast elkaar zag. Muse wist dit omdat Cordova foto's had meegebracht waar ze samen op stonden, talloze foto's… tijdens cruises, op het strand, bij officiële gelegenheden, op feestjes, in de achtertuin… Neil en Reba Cordova waren fotogeniek, zagen er gezond uit en lieten zich graag wang aan wang fotograferen. Op alle foto's oogden ze even gelukkig.

'Vind haar alsjeblieft terug,' zei Neil Cordova voor de derde keer sinds hij was binnengekomen.

Muse had al twee keer 'we doen onze uiterste best' gezegd, dus ze hield haar mond.

'Ik ben bereid op alle mogelijke manieren mee te werken,' voegde hij eraan toe.

Neil Cordova had kortgeknipt haar en was gekleed in een blazer en een wit overhemd met stropdas, alsof dit van hem werd verwacht, alsof zijn kleding hem kon helpen bij zinnen te blijven. Zijn schoenen waren netjes gepoetst. Muse dacht daarover na. Haar eigen vader had gepoetste schoenen altijd heel belangrijk gevonden. 'Beoordeel een man naar de glans van zijn schoenen,' had hij altijd tegen zijn jonge dochter gezegd. Goed om te weten. Toen de veertienjarige Loren zijn lijk in de garage had gevonden – hij had zich daar door zijn kop geschoten – had hij inderdaad keurig gepoetste schoenen aangehad.

Goed advies, pa. Bedankt voor het zelfmoordprotocol.

'Ik weet hoe het werkt,' vervolgde Cordova. 'De echtgenoot is altijd de hoofdverdachte, waar of niet?'

Muse gaf geen antwoord.

'En jullie denken dat Reba een verhouding had omdat haar auto bij dat hotel geparkeerd stond… maar ik zweer jullie dat dat niet het geval was. Dat moeten jullie van me aannemen.'

Muse vertrok geen spier. 'We nemen niks aan en sluiten niks uit.'

'Ik doe alles wat jullie willen: leugendetectcr, geen advocaat, het maakt me niet uit wat. Ik wil alleen niet dat jullie kostbare tijd verspillen door in de verkeerde richting te zoeken. Reba ís er niet vandoor gegaan, dat weet ik zeker. En als haar iets is overkomen, heb ik daar de hand niet in gehad.'

Je mocht ze nooit op hun woord geloven, wist Muse. Dat was de regel. Ze had verdachten verhoord die zo goed konden acteren dat Robert De Niro acuut werkeloos zou worden. Maar wat hij had gezegd werd bevestigd door het bewijs dat ze tot nu toe hadden gevonden, en elke vezel van haar lichaam vertelde haar dat Neil Cordova de waarheid sprak. Bovendien maakte het op dit moment niet uit.

Muse had Cordova hiernaartoe laten halen om het lijk van haar onbekende slachtoffer te identificeren. Vriend of vijand, dat was waar ze nu op uit was. Zijn medewerking. Dus zei ze: 'Meneer Cordova, ik geloof niet dat u uw vrouw kwaad hebt gedaan.'

De opluchting was onmiddellijk zichtbaar maar verdween weer even snel. Hij was niet geïnteresseerd in zichzelf, zag Muse. Hij maakte zich uitsluitend zorgen om de beeldschone vrouw die op al die prachtige foto's stond.

'Maakte uw vrouw de laatste tijd een zorgelijke indruk?'

'Nee, niet echt. Sarah, ons dochtertje van acht…' Hij kreeg het even te kwaad, bracht zijn hand naar zijn mond, deed zijn ogen dicht en beet op een knokkel. '… Sarah had wat problemen met lezen. Ik heb dat al tegen de politie van Livingston gezegd toen ze me hetzelfde vroegen. Daar maakte Reba zich zorgen om.'

Geen informatie waar Muse iets aan had, maar hij praatte tenminste.

'Ik wil u iets vragen wat misschien vreemd klinkt,' zei Muse.

Hij knikte, boog zich naar voren, wilde niets liever dan behulpzaam zijn.

'Heeft Reba u iets verteld over een vriendin die in de problemen zat?'

'Ik weet niet precies wat u met "in de problemen" bedoelt.'

'Eerst iets anders. Mag ik aannemen dat niemand uit uw omgeving vermist wordt?'

'Net als mijn vrouw, bedoelt u?'

'Op welke manier ook. We gaan nog een stap verder. Zijn er vrienden van u weg, al is het maar op vakantie?'

'De Friedmans zijn een week naar Buenos Aires. Reba en zij gaan veel met elkaar om.'

'Goed, goed…' Muse wist dat Clarence dit opschreef. Hij zou later controleren of mevrouw Friedman was waar ze werd verondersteld te zijn. 'Nog iemand anders?'

Neil dacht diep na en beet op de binnenkant van zijn wang.

'Ik probeer na te denken,' zei hij.

'Oké, neem rustig de tijd. Alle bijzondere dingen in uw vriendenkring, problemen, het maakt niet uit wat.'

'Reba vertelde me dat de Colders huwelijksproblemen hadden.'

'Goed. Verder nog iemand?'

'Tonya Eastman heeft pas een slechte uitslag van haar mammografie gekregen, maar ze heeft het haar man nog niet verteld. Ze is bang dat hij haar zal verlaten. Tenminste, dat zei Reba. Wilt u dit soort dingen horen?'

'Ja. Ga door, alstublieft.'

Hij noemde nog een paar mensen en Clarence schreef alles op. Toen Neil Cordova niets meer wist te bedenken, kwam Muse tot de kern van de zaak.

'Meneer Cordova?'

Haar blik zocht de zijne en ze bleef hem aankijken.

'Ik wil u om een gunst vragen. Ik zal u niet vermoeien met lange verhandelingen over het waarom, of wat het misschien betekent…'

Hij onderbrak haar. 'Inspecteur Muse?'

'Ja?'

'Verspil uw tijd niet. U hoeft mijn hand niet vast te houden. Wat moet ik doen?'

'We hebben hier een lijk. Dat is zeer zeker níét van uw vrouw. Hoort u me? Het is níét uw vrouw. Deze vrouw is de avond daarvoor dood aangetroffen. We weten niet wie ze is.'

'En u denkt dat ik het wel weet?'

'Ik zou graag willen dat u even naar haar kijkt.'

Zijn handen lagen gevouwen in zijn schoot en hij zat rechtop, een beetje té rechtop. 'Oké,' zei hij. 'Laten we dat dan doen.'

Muse had overwogen het met behulp van foto's te doen, om hem de gruwelijke aanblik van het lijk te besparen. Maar in dit geval zou dat niet werken. Als ze een duidelijke foto van het gezicht had gehad… ja, dan misschien wel, maar dit gezicht zag eruit alsof er een grasmaaier overheen was gereden. Een en al botsplinters en bloederig weefsel. Muse had hem foto's van de rest van het lichaam kunnen laten zien, met de lengte en het gewicht erbij, maar de ervaring had geleerd dat het erg moeilijk was om iemand op die manier te herkennen.

Neil Cordova had zich niet verbaasd over de plek waar hun gesprek plaatsvond, maar dat was niet zo vreemd. Ze bevonden zich in Norfolk Street in Newark... het plaatselijke mortuarium. Muse had het zo geregeld zodat ze niet eerst helemaal hiernaartoe hoefden te rijden. Ze deed de deur open. Cordova liep met geheven hoofd, hoewel het hem moeite kostte. Zijn manier van lopen was gestaag, maar zijn schouders vertelden haar meer; Muse kon zijn gespannen spieren dwars door zijn blazer heen zien.

Het lijk lag al klaar. Tara O'Neill, de patholoog-anatoom, had het hoofd dik omzwachteld. Dat was het eerste wat Neil Cordova opviel... dat het lijk er door het verband uitzag als een soort mummie. Hij vroeg naar de reden van het verband.

'Het gezicht is ernstig beschadigd,' zei Muse.

'Hoe moet ik haar dan herkennen?'

'We hadden gehoopt dat u de lichaamsbouw of de lengte, of nog iets anders misschien zou herkennen.'

'Het zou het een stuk makkelijker maken als ik het gezicht kon zien.'

'Geloof me, meneer Cordova, dat gaat in dit geval niet.'

Hij haalde een keer diep adem en keek nog eens goed.

'Wat hebben ze met haar gedaan?'

'Ze is ernstig mishandeld.'

Hij draaide zich om naar Muse. 'Denken jullie dat ze hetzelfde met mijn vrouw hebben gedaan?'

'Dat weet ik niet.'

Cordova sloot zijn ogen, vermande zich, deed ze weer open en knikte. 'Oké.' Hij knikte nog een paar keer. 'Oké, ik begrijp het.'

'Ik weet dat het moeilijk is.'

'Ik kan het wel aan.' Maar Muse zag de tranen in zijn ogen staan. Hij veegde ze snel weg met de mouw van zijn blazer. Hij leek zo op een schooljongetje toen hij dat deed, dat Muse hem bijna in haar armen had genomen. Maar toen keerde hij zich weer naar het lijk.

'Kent u haar?'

'Ik geloof het niet.'

'Neem rustig de tijd.'

'Waar het om gaat is dat ze naakt is.' Zijn blik bleef op het ingezwachtelde gezicht gericht, alsof hij zijn best deed niet te vrijpostig te zijn. 'Ik bedoel, als het iemand is die ik ken, dan heb ik haar nog nooit zó gezien, begrijpt u wat ik bedoel?'

'Ja, dat begrijp ik. Zou het helpen als we haar aankleedden?'

'Nee, dat is niet nodig. Het is alleen...' Hij fronste zijn wenkbrauwen.

'Wat is er?'

Neil Cordova had enige tijd naar haar hoofd en hals staan kijken, maar nu ging zijn blik naar beneden, naar haar benen. 'Kan ze omgedraaid worden?'

'Op haar buik?'

'Ja. Ik wil de achterkant van haar benen zien.'

Muse keek Tara O'Neill aan, die meteen een assistent wenkte. Voorzichtig draaiden ze het onbekende slachtoffer om. Cordova deed een stap naar voren. Muse verroerde zich niet, wilde zijn concentratie niet verstoren. Tara O'Neill en haar assistent gingen geruisloos achteruit. Neil Cordova liet zijn blik over de beide benen gaan. De blik stopte bij de rechterenkel.

Daar zat een moedervlek.

Even gebeurde er niets. Ten slotte vroeg Muse: 'Meneer Cordova?'

'Ik weet wie dit is.'

Muse wachtte. Hij begon te beven. Zijn hand ging trillend naar zijn mond. Hij kneep zijn ogen dicht.

'Meneer Cordova?'

'Dit is Marianne,' zei hij. 'Mijn god, het is Marianne.'

227

26

Dokter Ilene Goldfarb schoof in het zitje en nam tegenover Susan Loriman plaats.

'Fijn dat u tijd voor me had,' zei Susan. 'Bedankt.'

Ze hadden even overwogen de stad uit te gaan, maar uiteindelijk had Ilene dat idee overboord gezet. Iedereen die hen hier zag zitten, zou gewoon denken aan twee vrouwen die samen lunchten, iets waar Ilene nooit tijd voor had omdat ze te veel uren in het ziekenhuis maakte. Ze had er ook nooit naar verlangd, omdat ze... nou ja, bang was dat ze een van die lunchende vrouwen zou worden.

Zelfs toen haar kinderen jong waren had de traditionele moederrol haar niet aangesproken. Ze had zich nooit geroepen gevoeld haar medische carrière op te geven om thuis te blijven en de conventionele moeder in het leven van haar kinderen te zijn. Juist het tegenovergestelde... ze had nauwelijks kunnen wachten tot haar zwangerschapsverlof voorbij was en ze weer normaal aan het werk kon gaan. Haar kinderen leken er niet onder geleden te hebben. Ze was er niet altijd voor hen geweest, maar je kon ook zeggen dat haar kinderen daardoor zelfstandiger waren geworden en een gezonde levenshouding hadden ontwikkeld.

Dat was tenminste wat ze zichzelf had wijsgemaakt.

Maar een jaar geleden was er in het ziekenhuis een feestje voor haar georganiseerd. Talloze studenten en coassistenten hadden daar hun respect aan hun favoriete docent betuigd. Ilene had een van haar beste studenten tegen haar dochter Kelci horen zeggen dat Ilene een geweldige docent was geweest en dat Kelci vast beretrots was op haar moeder. Kelci, die al een paar wijntjes had gedronken, had geantwoord: 'Moeilijk te zeggen, want ze was bijna nooit thuis.'

Ja. Haar carrière, het moederschap en een goed huwelijk... dat waren de drie ballen waarmee ze altijd met verbazingwekkend gemak had gejongleerd, was dat niet zo?

Alleen waren ze nu alle drie met een klap op de grond gevallen.

Zelfs haar carrière liep gevaar, als het waar was wat die FBI-agenten haar hadden verteld.

'Is er nog nieuws van de donorbanken?' vroeg Susan Loriman.

'Nee.'

'Dante en ik zijn met iets bezig. Een grote donoractie. Ik ben naar Lucas' basisschool gegaan. Mikes dochter Jill zit daar op school. Ik heb een paar leraren gesproken en ze vonden het een geweldig idee. We doen het volgende week zaterdag, dan hopen we dat veel leerlingen zich als donor aanmelden.'

Ilene knikte. 'Misschien levert het iets op.'

'En u zoekt toch ook nog steeds? Ik bedoel, de situatie is toch niet hopeloos?'

Ilene was hier echt niet voor in de stemming. 'Maar ook niet erg hoopvol,' zei ze.

Susan Loriman beet op haar onderlip. Ze had die vanzelfsprekende schoonheid waarop je bijna wel jaloers móést worden. Mannen gingen raar doen als ze met dit soort schoonheid in aanraking kwamen, wist Ilene. Zelfs Mike had een eigenaardige vibratie in zijn stem gekregen toen Susan in de spreekkamer was.

De serveerster kwam aanlopen met een kan koffie. Ilene knikte naar haar kopje, maar Susan vroeg wat voor soorten kruidenthee ze hadden. De serveerster keek haar aan alsof ze om een klysma vroeg. Susan zei dat gewone thee ook goed was. Even later kwam de serveerster terug met een Lipton-theezakje en een kan heet water.

Susan Loriman staarde in de vloeistof alsof die een of ander mysterieus geheim bevatte.

'Het was een moeilijke bevalling, die van Lucas. De week daarvoor had ik een longontsteking opgelopen en hoestte daar zo hard van dat ik een rib brak. Ik werd in het ziekenhuis opgenomen. De pijn was vreselijk. Dante is al die tijd bij me gebleven. Hij weigerde van mijn zijde te wijken.'

Langzaam bracht Susan de mok naar haar lippen, met haar beide handen eromheen gevouwen alsof het een gewond vogeltje was.

'Toen we te horen kregen dat Lucas ziek was, hebben we familieberaad gehouden. Dante sprak stoere taal en zei dat we met z'n allen de strijd tegen de ziekte zouden aangaan – "Ons Lorimans krijgen ze er niet onder," zei hij alsmaar – maar later die avond liep hij de tuin in en huilde hij zo hard dat ik bang was dat hij erin zou blijven.'

'Mevrouw Loriman?'

'Noem me Susan, alstublieft.'

'Susan, ik zie het plaatje voor me. Hij is de ideale vader. Hij heeft Lucas in bad gedaan toen hij klein was, heeft zijn luiers verschoond, heeft hem aangemoedigd bij zijn voetbalwedstrijden en zijn wereld zou instorten als hij te horen kreeg dat hij niet de biologische vader is. Komt het daar ongeveer op neer?'

Susan Loriman nam nog een slokje thee. Ilene dacht aan Herschel, aan zijn uitspraak dat er niets meer tussen hen was. Ze vroeg zich af of Herschel een verhouding had, misschien wel met die leuke, pas gescheiden receptioniste die om al zijn grapjes lachte, en ze vermoedde dat het antwoord 'ja' was.

Wat hebben we nog, Ilene...?

Iemand die je zo'n vraag stelde, was al lang klaar met zijn huwelijk. Ilene was alleen een beetje laat met het besef dat hij eigenlijk al vertrokken was.

'U begrijpt het niet,' zei Susan Loriman.

'Misschien is het ook niet nodig dat ik het begrijp. U wilt niet dat hij het te weten komt. Dat begrijp ik. Ik begrijp dat Dante zich gekwetst zal voelen. En ik begrijp dat uw gezin eronder zal lijden. Dus doe verder geen moeite, alstublieft. Ik heb hier echt geen tijd voor. Ik zou u kunnen vragen hoe het komt dat u hier negen maanden voor de geboorte van Lucas niet aan heeft gedacht, maar het is weekend, mijn vrije tijd, en ik heb mijn eigen problemen. Ik ben ook niet geïnteresseerd in uw – hoe zal ik het zeggen? – morele vrijzinnigheid, mevrouw Loriman. Het enige wat mij interesseert is de gezondheid van uw zoon. Punt uit, einde verhaal. Als ik uw huwelijk op het spel moet zetten om hem te kunnen genezen, dan zet ik vandaag nog mijn handtekening onder uw echtscheidingspapieren. Ben ik duidelijk?'

'Ja, dat bent u.'

Susan sloeg haar ogen neer. Ze keek... zedig, een woord dat Ilene vaak had gehoord, maar nooit helemaal goed had begrepen. Maar dat was wat ze nu voor zich zag, een zedige blik. Hoeveel mannen zouden daar niet voor bezwijken, of waren er al voor bezweken?

Ze moest echter voorkomen dat dit te persoonlijk werd. Dus haalde Ilene een keer diep adem en maakte ze zich los van haar eigen problemen... van haar afkeer van ontrouw, haar angst voor de toekomst, zonder de man die ze had gekozen om haar leven mee te delen, de zorgen om haar praktijk en de vragen die de FBI-agenten haar hadden gesteld.

'Maar ik zie het niet als noodzakelijk dát hij het te weten komt,' zei Ilene.

Susan keek op en er verscheen even iets van hoop op haar gezicht.

'We kunnen de biologische vader heel discreet benaderen,' zei Ilene. 'Hem alleen vragen of hij bereid is een bloedtest te ondergaan.'

De hoop vervloog weer. 'Dat kunt u niet doen.'

'Waarom niet?'

'Dat kan gewoon niet.'

'Nou, Susan, hij is jullie beste kans.' Haar stem klonk nu scherper. 'Ik probeer je te helpen, maar ik ben hier niet naartoe gekomen om te luisteren naar je verhalen over de perfectie van Dante de bedrogen echtgenoot. Jullie huwelijksperikelen interesseren me maar tot op zekere hoogte. Ik ben de arts van je zoon, niet jouw psychiater of biechtmoeder. Als je op begrip of vergeving uit bent, heb je de verkeerde voor je. Nou, wie is de vader?'

Susan deed haar ogen dicht. 'U begrijpt het niet.'

'Als je mij niet vertelt hoe hij heet, zeg ik het tegen je man.'

Ilene had dit niet willen zeggen, maar haar verontwaardiging nam nu de overhand.

'Je stelt je eigen geheimpje boven het welzijn van je kind. Een schande is het! En ik doe daar niet aan mee.'

'Alstublieft.'

'Wie is de vader, Susan?'

Susan Loriman wendde haar blik af en beet op haar onderlip.

'Wie is de vader?'

En toen gaf ze eindelijk antwoord. 'Dat weet ik niet.'

Ilene Goldfarb knipperde met haar ogen. Het antwoord bleef tussen hen in hangen, als een wolk waarvan ze niet precies wist hoe ze erdoorheen moest breken. 'Ik begrijp het,' zei ze.

'Nee, u begrijpt het niet.'

'Je had meer dan één minnaar. Ik begrijp best dat dat gênant is. Maar dan laten we ze toch gewoon allemaal opdraven?'

'Ik had niet meer dan één minnaar. Ik had helemaal geen minnaar.'

Ilene wachtte en vroeg zich af welke kant dit op zou gaan.

'Ik ben verkracht.'

27

Mike zat in een verhoorkamer en probeerde kalm te blijven. In de muur tegenover hem zat een grote, rechthoekige spiegel waarvan hij aannam dat je erdoorheen kon kijken. De andere muren hadden een groene tint die hem aan schooltoiletten deden denken. Op de vloer lag grijs linoleum.

Er waren twee mannen bij hem in de kamer. De ene zat in de hoek, alsof hij straf had. Hij had een klembord en een pen in zijn handen en hield het hoofd gebogen. De andere man – de agent die hem voor Club Jaguar zijn pistool en legitimatie had laten zien – was zwart en had een diamanten knopje in zijn linkeroor. Hij ijsbeerde door het vertrek met een onaangestoken sigaret in zijn hand.

'Ik ben special agent Darryl LeCrue,' zei de laatste. 'Dat daar is Scott Duncan, van het Openbaar Ministerie. Hebben ze u op uw rechten gewezen?'

'Ja, dat hebben ze.'

LeCrue knikte. 'En bent u bereid met ons te praten?'

'Ja, dat ben ik.'

'Tekent u dan de verklaring van afstand die voor u op tafel ligt, alstublieft.'

Mike zette zijn handtekening. Onder normale omstandigheden zou hij dat nooit doen. Hij wist wel beter. Mo zou Tia bellen. Die zou hiernaartoe komen, als zijn advocaat optreden of zorgen dat hij er een kreeg. Tot die tijd zou hij zijn mond houden. Maar al die dingen konden hem nu niet schelen.

LeCrue ging door met ijsberen. 'Weet u waar dit over gaat?' vroeg hij.

'Nee,' zei Mike.

'Hebt u echt geen idee?'

'Nee.'

'Wat deed u vandaag in Club Jaguar?'

'Waarom zijn jullie me gevolgd?'

'Dokter Baye?'

'Ja?'

'Ik rook. Wist u dat?'

De vraag overviel Mike. 'Ik zie de sigaret.'

'Is die aangestoken?'

'Nee.'

'Denkt u dat ik dat leuk vind?'

'Ik zou het niet weten.'

'Precies. Ik heb hier, in deze kamer, altijd mijn sigaretje gerookt. Niet omdat ik verdachten wilde intimideren of rook in hun gezicht wilde blazen, hoewel ik dat soms wel heb gedaan. Nee, ik rookte omdat ik het lekker vond. Het ontspande me. Nu, met al die nieuwe wetten, mag ik nergens meer een sigaretje opsteken. Begrijpt u waar ik naartoe wil?'

'Ik begin het te vermoeden.'

'Met andere woorden: de wet staat niet toe dat ik me ontspan. Dat vind ik niet leuk. Ik heb behoefte aan mijn sigaretje. Dus als ik in deze kamer ben, ben ik chagrijnig. Ik heb deze sigaret in mijn hand en zou die dolgraag opsteken. Maar dat mag niet. Het is alsof je een paard naar een drenkplaats brengt, maar het mag niet drinken. Nu ben ik niet uit op uw medeleven, maar ik wil dat u begrijpt dat u me nu al nijdig begint te maken.' Hij sloeg met zijn vlakke hand op het tafelblad maar bleef op dezelfde kalme toon doorpraten. 'Ik ben niet van plan úw vragen te beantwoorden. U gaat míjn vragen beantwoorden. Begrijpen we elkaar?'

'Misschien kan ik toch beter op mijn advocaat wachten,' zei Mike.

'Mij best.' Hij draaide zich om naar Duncan in de hoek. 'Scott, hebben we genoeg om hem aan te klagen?'

'Ja.'

'Cool. Dan doen we dat. Dan zetten we hem dit weekend nog op de rol. Wanneer denk je dat hij voorgeleid kan worden?'

Duncan haalde zijn schouders op. 'Dat kan uren duren. Misschien moeten we wel tot maandagochtend wachten.'

Mike probeerde zijn angst niet te laten blijken. 'Wat is de aanklacht?'

LeCrue haalde zijn schouders op. 'We verzinnen wel iets, nietwaar, Scott?'

'Geen probleem.'

'Dus het is aan u, dokter Baye. En u was degene die haast had, zei u. Dus laten we nog eens opnieuw beginnen en kijken hoe ver we komen. Wat deed u in Club Jaguar?'

Mike wist dat hij kon blijven zwijgen, maar dat leek hem nu niet de juiste optie. Wachten op Tia ook niet. Hij wilde hier weg. Hij moest Adam gaan zoeken.

'Ik was op zoek naar mijn zoon.'

Hij had verwacht dat LeCrue daarop door zou gaan, maar die knikte alleen en zei: 'U was uit op een knokpartij, was dat niet zo?'

'Ja.'

'En dat zou u helpen uw zoon te vinden?'

'Daar hoopte ik op.'

'Dat wilt u me vast wel uitleggen.'

'Ik was gisteravond in die buurt,' begon Mike.

'Ja, dat weten we.'

Mike schrok. 'Volgden jullie me toen ook al?'

LeCrue glimlachte, liet Mike zijn sigaret zien als geheugensteuntje en trok zijn ene wenkbrauw op.

'Vertel ons eens iets meer over uw zoon,' zei LeCrue.

Waarschuwingsvlaggen schoten omhoog. Dit beviel Mike helemaal niet. De dreigementen en het feit dat hij was gevolgd bevielen hem ook niet, maar dat LeCrue hem naar Adam vroeg, vond hij ronduit verontrustend. Maar nogmaals, wat kon hij doen?

'Hij wordt vermist. Ik dacht dat hij misschien in Club Jaguar zou zijn.'

'En daarom bent u daar gisteravond naartoe gegaan?'

'Ja.'

'Omdat u vermoedde dat hij daar was?'

'Ja.'

Mike vertelde hem het hele verhaal. Hij had geen reden om dat niet te doen, want hij had het de politie in het ziekenhuis en op het bureau ook al verteld.

'Waarom maakt u zich zo veel zorgen om hem?'

'Omdat we gisteravond naar een wedstrijd van de Rangers zouden gaan.'

'Het ijshockeyteam?'

'Ja.'

'Ze hebben verloren, wist u dat?'

'Nee, dat wist ik niet.'

'Wel een goeie wedstrijd. Veel opstootjes.' LeCrue glimlachte weer. 'Ik ben een van de weinige *brothers* die het ijshockey volgen. Vroeger hield ik alleen van basketbal, maar de NBA is saai geworden. Te veel overtredingen, begrijpt u wat ik bedoel?'

Mike nam aan dat dit een afleidingsmanoeuvre was en mompelde iets onverstaanbaars.

234

'Dus toen uw zoon niet kwam opdagen, bent u hem in de Bronx gaan zoeken?'

'Ja.'

'En toen bent u overvallen.'

'Ja.' Hij wachtte even en zei: 'Als jullie me in de gaten hielden, waarom zijn jullie me dan niet te hulp geschoten?'

Hij haalde zijn schouders op. 'Wie zegt dat we u in de gaten hielden?'

Scott Duncan keek op en voegde eraan toe: 'Wie zegt dat we u niet te hulp zijn geschoten?'

Stilte.

'Was u daar eerder geweest?'

'In Club Jaguar? Nee.'

'Nog nooit?'

'Nee.'

'Even voor de duidelijkheid: u beweert dat u tot gisteravond nooit in Club Jaguar bent geweest?'

'Zelfs gisteravond niet.'

'Pardon?'

'Zover is het niet gekomen. Ik werd overvallen voordat ik er naar binnen kon gaan.'

'Wat had u trouwens in dat steegje te zoeken?'

'Ik volgde iemand.'

'Wie?'

'Hij heet DJ Huff. Hij is een klasgenoot van mijn zoon.'

'Dus u houdt vol dat u tot vandaag nooit in Club Jaguar bent geweest?'

Mike begon er doodmoe van te worden maar probeerde dat niet te laten blijken. 'Ja, dat is juist. Hoor eens, agent LeCrue, kunnen we misschien een beetje opschieten? Mijn zoon wordt vermist. Ik maak me grote zorgen om hem.'

'Natuurlijk maakt u zich zorgen. Goed, dan gaan we door, zullen we? Hoe zit het met Rosemary McDevitt, de baas en oprichter van Club Jaguar?'

'Wat is er met haar?'

'Wanneer hebt u haar voor het eerst ontmoet?'

'Vandaag.'

LeCrue draaide zich om naar Duncan. 'Geloof jij dat, Scott?'

Scott Duncan hield zijn hand op en kantelde hem van de ene kant naar de andere.

'Ik heb er ook moeite mee,' zei LeCrue.

'Luister nou even naar me,' zei Mike, waarbij hij zijn best deed om niet al te smekend te klinken. 'Ik moet hier weg. Ik moet mijn zoon gaan zoeken.'

'Hebt u geen vertrouwen in het gezag?'

'Jawel. Ik denk alleen niet dat het gezag mijn zoon als een prioriteit ziet.'

'Dat klinkt niet onredelijk. Laat me u iets vragen. Weet u wat een *farmafeestje* is?'

Mike dacht na. 'De naam komt me niet geheel onbekend voor, maar daar houdt het mee op.'

'Dan zal ik u op weg helpen, dokter Baye. U bent arts, medicus, is dat juist?'

'Ja.'

'Dus als ik u "dokter" noem, is dat correct. Ik heb er namelijk de pest aan om elke sufkop met een diploma "dokter" te noemen... wetenschappelijk onderzoekers en fysiotherapeuten en de knaap die me bij Pearle aan mijn contactlenzen helpt... Begrijpt u wat ik bedoel?'

Mike probeerde hem weer op het spoor te krijgen. 'We hadden het over farmafeestjes.'

'Ja, dat klopt. En u hebt haast en ik sta maar uit mijn nek te kletsen. Ik zal ter zake komen. U, als medicus, bent zich bewust van de belachelijk hoge kosten van farmaceutische producten, zie ik dat goed?'

'Ja.'

'Goed, dan zal ik u uitleggen wat een farmafeestje is. Simpel gezegd gaat het om tieners die medicijnen uit het medicijnkastje van hun ouders pikken. Tegenwoordig laat iedereen medicijnen op recept in de badkamer rondslingeren... Vicodin, Adderal, Ritalin, Xanax, Prozac, OxyContin, Percoset, Demerol, Valium, en ga zo maar door. Nou, wat tieners doen is die medicijnen pikken, een feestje organiseren en al die pillen en capsules in een grote schaal gooien, of ze maken er een mix van, of zoiets. Een schaal vol snoepjes, en daar worden ze dus high van.'

LeCrue bleef staan, voor het eerst. Hij pakte een stoel, draaide die om, ging er wijdbeens op zitten en legde zijn armen op de leuning. Hij keek Mike recht aan. Mike keek terug.

Er verstreek enige tijd en toen zei Mike: 'Dus nu weet ik wat een farmafeestje is.'

'Ja, dat weet u nu. Of in ieder geval, zo begint het. Een stel tieners komt bij elkaar en iedereen denkt: hé, dit zijn legale medicij-

236

nen... geen spul zoals speed of cocaïne. Misschien slikt iemands broertje wel Ritalin omdat hij hyperactief is. Of slikt papa OxyContin tegen de pijn na zijn knieoperatie. Ga zo maar door. En ze denken: dat moet allemaal redelijk veilig zijn.'

'Ik begrijp het.'

'Ja, echt?'

'Ja.'

'Ziet u hoe doodsimpel het is? Hebt u thuis in de badkamer ook medicijnen op recept?'

Mike dacht aan zijn eigen knie, aan zijn Percocet op recept, en hoe hij zijn best deed om er niet te veel van te slikken. Die lagen inderdaad open en bloot in het medicijnkastje. Zou het hem opvallen als er een paar ontbraken? En hoe zat het met de ouders die niets van medicijnen wisten? Zouden die er iets van merken als de helft verdwenen was?

'Ja,' zei Mike. 'Zoals u al zei, net als in ieder ander gezin.'

'Goed, dus luister nog even. U kent de waarde van medicijnen en weet nu dat er dit soort feestjes worden gehouden. Stel dat je een ondernemend type bent, dat je iets van een entrepreneur in je hebt. Wat doet je dan? Dan wil je dit naar een volgend niveau tillen. Je wilt er een slaatje uit slaan. Stel dat jij ergens feesten organiseert en dat je een deel van de winst opstrijkt. Misschien ga je de tieners dan aanmoedigen meer medicijnen van thuis te stelen. Je kunt ze zelfs vervangende pillen geven.'

'Vervangende pillen?'

'Natuurlijk. Als de pillen wit, rond en plat zijn, nou, dan verwissel je die gewoon voor merkloze pijnstillers. Wie zal het merken? Je kunt ook placebo's kopen, die geen enkele uitwerking hebben en er alleen maar uitzien als pillen. Begrijpt u? Wie merkt dat? Er is een gigantische zwarte markt voor medicijnen op recept. Je kunt er een smak geld aan verdienen. Maar nogmaals, je denkt als de entrepreneur. Je wilt geen kleine flutfeestjes met acht tieners. Je wilt het groot aanpakken. Je wilt er een paar honderd, of liever nog een paar duizend. Bijvoorbeeld in een grote nachtclub.'

Mike begon het te begrijpen. 'En u verdenkt Club Jaguar daarvan.'

Mike herinnerde zich opeens dat Spencer Hill een eind aan zijn leven had gemaakt met medicijnen die hij van thuis had meegenomen. Dat werd tenminste gezegd. Hij had ze uit het medicijnkastje van zijn ouders gepikt om een overdosis te nemen.

LeCrue knikte en vervolgde: 'Je kunt het... als je echt entrepreneurologisch denkt... nóg een niveau hoger tillen. Op de zwarte markt hebben alle medicijnen waarde. Misschien heb je nog een oud doosje Amoxicillan over. Of je opa had een voorraadje Viagra aangelegd. Niemand let er echt op, of wel soms, doc?'

'Nee, zelden.'

'Precies. En als er medicijnen ontbreken, denk je gewoon dat de apotheek zich heeft vergist, of dat je er een paar meer hebt geslikt dan je je herinnert. Het is zo goed als uitgesloten dat je je eigen kind verdenkt van het pikken van je medicijnen. Daarom is het zo briljant.'

Mike wilde vragen wat dit met Adam en hem te maken had, maar dat leek hem niet verstandig.

LeCrue boog zich dichter naar hem toe en fluisterde: 'Hé, doc?'

Mike wachtte.

'Weet u wat de volgende stap op de entrepreneurologische ladder zou zijn?'

'LeCrue?' Het was Duncan.

LeCrue keek achterom. 'Wat is er, Scott?'

'Jij vindt dat een leuk woord, hè? Entrepreneurologisch?'

'Ik wel.' Hij keek Mike weer aan. 'En u, doc?'

'Ik vind het een geweldige vondst.'

LeCrue grinnikte alsof ze oude vrienden waren. 'Trouwens, een slimme entrepreneurologische tiener kan zelf wel manieren bedenken om nog meer medicijnen het huis uit te krijgen. Hoe? Hij belt het herhalingsrecept eerder door naar de apotheek. Als beide ouders naar hun werk zijn en de apotheek heeft een bezorgdienst, is alles geregeld voordat er iemand thuiskomt. En als de ouders het recept doorbellen en de apotheek weet van niks, dan zullen ze denken dat er een fout is gemaakt, of dat ze zelf de tel zijn kwijtgeraakt. Ziet u, als je erover doordenkt, zijn er talloze manieren om pakken dollars te verdienen. En vrijwel zonder risico's.'

De voor de hand liggende vraag die door Mikes hoofd bleef echoën was: is het mogelijk dat Adam dit heeft gedaan?

'Wie zouden we trouwens moeten oppakken? Hebt u daarover nagedacht? Een stel minderjarige kinderen van rijke ouders die zich allemaal de beste advocaten kunnen veroorloven, en wat hebben ze precies gedaan? Ze hebben legale medicijnen op recept meegenomen uit hun eigen huis. Wie kan het iets schelen? Ziet u nu hoe gemakkelijk dit geld wordt verdiend?'

'Het zal wel.'

'Het zal wel, dokter Baye? Kom op nou, laten we geen spelletjes spelen. U weet net zo goed als ik dat het vrijwel perfect is. U weet ook hoe we gewoonlijk te werk gaan. We gaan geen stel stomme tieners arresteren omdat ze stoned zijn. Wij willen de grote vis. Maar als de grote vis slim is, laat ze – laten we er een "zij" van maken, dan worden we niet van seksisme beticht, oké? – laat ze de medicijnen inzamelen door minderjarige jongens. Door een stel oerdomme goths die in de voedselketen maar één stap zijn verwijderd van de totale losers. Die voelen zich dan heel wat, en als zij een bloedmooie, doortrapte meid is, kan ze die gasten alles laten doen wat ze wil, begrijpt u wel?'

'Ja,' zei Mike. 'U denkt dat Rosemary McDevitt dat in Club Jaguar doet. Daarom is ze die nachtclub voor minderjarigen begonnen. Aan de ene kant klinkt het best geloofwaardig.'

'En aan de andere kant?'

'Een vrouw van wie de broer aan een overdosis is gestorven?'

LeCrue begon zachtjes te lachen. 'O, dus ze heeft u dat jankverhaal verteld? Over haar arme broer die geen uitlaatklep had en zo wild aan het feesten is gegaan dat hij het niet heeft overleefd?'

'Is het dan niet waar?'

'Honderd procent fictie, voor zover we hebben kunnen nagaan. Ze beweert dat ze uit Breman in Indiana komt, dus hebben we dat nagetrokken. Een zaak zoals zij die beschrijft heeft daar, noch in de omgeving plaatsgevonden.'

Mike zei niets.

Scott Duncan keek op van zijn aantekeningen. 'Wel een lekker stuk.'

'Reken maar,' zei LeCrue. 'Een eersteklas snoepje.'

'Een man kan rare dingen doen voor een vrouw als zij.'

'Reken maar, Scott. En dat is haar aanpak. Ze houdt die mannen in haar greep. Niet dat ik het erg zou vinden om die man een tijdje te zijn, begrijpt u wat ik bedoel, doc?'

'Nee, sorry, dat begrijp ik niet.'

'Bent u een homo?'

Mike had bijna met zijn ogen gerold. 'Ja hoor, ik ben een homo. Kunnen we nu doorgaan?'

'Ze gebruikt mannen, doc. Niet alleen domme pubers. Intelligente mannen. Oudere mannen.'

Hij stopte met praten en wachtte. Mike keek naar Duncan en toen weer naar LeCrue. 'Is dit het deel dat ik naar adem moet happen en opeens besef dat jullie het over mij hebben?'

'Waarom zouden we dat denken?'

'Ik neem aan dat jullie me dat nu gaan vertellen.'

'Ik bedoel…' LeCrue hield zijn handen op en spreidde zijn vingers als een eerstejaars dramastudent. '... u hebt zojuist toch gezegd dat u haar vandaag voor het eerst hebt ontmoet. Dat klopt toch?'

'Ja, dat klopt.'

'En wij geloven u, natuurlijk. Laat me u dan iets anders vragen. Hoe gaat het op uw werk? In het ziekenhuis, bedoel ik.'

Mike zuchtte. 'Laten we doen alsof ik van de wijs raak van deze plotselinge verandering van onderwerp. Hoor eens, ik weet niet waar jullie me van verdenken. Ik neem aan dat het iets met Club Jaguar te maken heeft, niet omdat ik iets heb gedaan, maar omdat je wel erg stom moet zijn als je dat inmiddels niet door hebt. Nogmaals, onder normale omstandigheden zou ik op mijn advocaat wachten, of op mijn vrouw, die advocaat is. Maar zoals ik al een paar keer heb gezegd, mijn zoon wordt vermist. Dus draai er niet langer omheen. Vertel me wat jullie willen weten, zodat ik daarna kan vertrekken om hem te gaan zoeken.'

LeCrue trok zijn ene wenkbrauw op. 'Ik raak opgewonden wanneer een verdachte echt als een kerel begint te praten. Jij ook, Scott?'

'Mijn tepels,' zei Scott, knikkend, 'worden hard van zulke stoere taal.'

'Nou, voordat de temperatuur hier al te veel oploopt, heb ik nog een paar vragen en dan kunnen we hier een eind aan maken. Hebt u een patiënt die William Brannum heet?'

Opnieuw vroeg Mike zich af wat hij moest doen, en opnieuw koos hij voor meewerken.

'Niet dat ik weet.'

'Kent u niet al uw patiënten bij naam?'

'De naam zegt me niks, maar misschien is het een patiënt van mijn naaste collega.'

'Dan hebben we het over Ilene Goldfarb?'

Ze hebben hun huiswerk gedaan, dacht Mike. 'Ja, dat klopt.'

'We hebben het haar gevraagd. Zij kent hem ook niet.'

Mike schoot niet overeind om te roepen: wat, zijn jullie bij haar geweest? Hij probeerde kalm te blijven. Ze hadden al met Ilene gepraat. Wat was hier in godsnaam aan de hand?

De grijns was teruggekeerd op LeCrues gezicht. 'Zullen we dit naar het volgende entrepreneurologische niveau tillen, dokter Baye?'

'Wat u wilt.'

'Mooi. Dan wil ik u iets laten zien.'

Hij draaide zich om naar Duncan. Die reikte hem een dossiermap aan. LeCrue stak de onaangestoken sigaret tussen zijn lippen en pakte de map aan. Hij haalde er een blaadje papier uit en schoof het over de tafel naar Mike toe. Zijn nagels waren bruin van de nicotine, zag Mike.

'Komt dit u bekend voor?' vroeg LeCrue.

Mike bekeek het blaadje. Het was een fotokopie van een recept. Bovenaan het briefhoofd van Ilene en hem. Daaronder het adres van hun praktijk in het New York Presbyterian en de nummers van hun artsenvergunningen. Het was een recept voor OxyContin, op naam van ene William Brannum.

Ondertekend door dr. Michael Baye.

'Komt dit u bekend voor?'

Mike dwong zichzelf zijn mond dicht te houden.

'Want dokter Goldfarb zegt dat het niet van haar is en dat ze de patiënt niet kent.'

LeCrue haalde nog een blaadje papier uit de map. Nog een recept. Deze keer voor Xanax. Ook ondertekend door dr. Michael Baye. En toen nog een.

'Doet een van deze namen een belletje bij u rinkelen?'

Mike bleef zwijgen.

'O, deze is interessant. Wilt u weten waarom?'

Mike keek hem aan.

'Want dit recept staat op naam van ene Carson Bledsoe. Weet u wie dat is?'

Mike had een vermoeden, maar desondanks vroeg hij: 'Zou ik hem moeten kennen?'

'Dat is de naam van die jongen met die gebroken neus, die u te lijf wilde gaan toen we u kwamen ophalen.'

De volgende entrepreneurologische stap, dacht Mike. Sla je haken in de zoon van een arts. Steel zijn receptenblok en schrijf de recepten zelf uit.

'In het gunstigste geval – als alles meezit en de goden zijn u goed gezind, bedoel ik – raakt u alleen uw artsenvergunning kwijt en zult u nooit meer mogen praktiseren. Dat is het best mogelijke scenario. U geeft uw werk als arts op.'

Het kostte Mike nu geen moeite om te zwijgen.

'Ziet u, we zijn al heel lang bezig met deze zaak. We houden Club Jaguar al een tijdje in de gaten. We weten wat zich daar afspeelt. We zouden een stel rijke pubers kunnen arresteren, maar nogmaals, als je de kop van de slang niet afhakt, wat schiet je er dan mee op? Gisteravond werden we getipt dat er een of andere grote samenkomst zou zijn. Dat is namelijk het probleem met deze specifieke entrepreneurologische stap: je hebt tussenpersonen nodig. De georganiseerde misdaad is al serieus geïnteresseerd in deze markt. Ze kunnen aan OxyContin net zo veel verdienen als aan cocaïne, misschien wel meer. Hoe dan ook, we houden alles scherp in de gaten. Maar dan, gisteravond, begint de zaak daar ineens in het honderd te lopen. Want u, een gerespecteerd arts, verschijnt op het toneel en wordt overvallen en mishandeld. En dan, vandaag, komt u terug om verhaal te halen. Dus nu zijn wij – de Dienst Narcotica van de FBI en het Openbaar Ministerie – bang dat de hele Club Jaguar-onderneming de tent zal opbreken en gaat verkassen, want dan is al ons werk voor niks geweest. Daarom moeten we nu toeslaan.'

'Ik heb niks te zeggen.'

'Natuurlijk wel.'

'Ik wacht op mijn advocaat.'

'Ik denk niet dat u het zo wilt spelen, want wij geloven niet dat u deze recepten hebt uitgeschreven. Ziet u, we hebben namelijk ook kopieën van een paar recepten die wel van uw hand zijn. We hebben de handschriften met elkaar vergeleken. Deze zijn niet door u uitgeschreven. Dat houdt dus in dat u óf uw receptenblok aan iemand hebt gegeven – wat een ernstig misdrijf is – óf dat iemand het van u heeft gestolen.'

'Ik heb niks te zeggen.'

'U kunt hem niet beschermen, doc. Jullie denken allemaal dat jullie dat kunnen. Ouders proberen het voortdurend. Maar niet in dit geval. Iedere arts die ik ken neemt een paar receptenblokken mee naar huis. Voor het geval ze een recept moeten uitschrijven wanneer ze geen dienst hebben. Het is doodsimpel om medicijnen uit het medicijnkastje te pikken. Maar het is waarschijnlijk nog simpeler om een receptenblok te pikken.'

Mike stond op. 'Ik ga nu weg.'

'Om de donder niet. Uw zoon is een van die rijke kinderen waar we het over hadden, maar dít maakt hem tot een grote jongen. Om te beginnen kan hij aangeklaagd worden voor poging tot samenzwering en distributie van sector 2 medicijnen. Dan hebben we het over serieuze gevangenisstraf... tot twintig jaar in een federale gevangenis. Maar wij willen uw zoon niet. Wij willen Rosemary McDevitt. We kunnen u een deal aanbieden.'

'Ik wacht op mijn advocaat,' zei Mike.

'Prima,' zei LeCrue, 'want uw charmante advocaat is zojuist gearriveerd.'

28

Verkracht.

Het was niet zozeer een stilte die viel nadat Susan Loriman dat woord had gezegd, maar een zacht geruis en een gevoel dat de luchtdruk opeens wegviel, alsof het hele restaurant te snel opsteeg en je trommelvliezen de klap moesten opvangen.

Verkracht.

Ilene Goldfarb wist niet wat ze moest zeggen. Natuurlijk had ze in de loop der jaren haar portie slecht nieuws wel gehad en ze had het zelf ook herhaaldelijk moeten brengen, maar dit kwam toch heel onverwacht. Dus koos ze voor het cliché dat bij dit soort ontboezemingen paste en dat haar de kans gaf iets beters te bedenken.

'Het spijt me dat te horen.'

Susan Lorimans ogen waren niet alleen dicht, maar ze had ze dichtgeknepen als een kind. Haar handen waren nog steeds om haar mok gevouwen alsof ze die wilde beschermen. Even overwoog Ilene haar hand op Susans onderarm te leggen, maar ze deed het niet. De serveerster kwam aanlopen, maar Ilene schudde haar hoofd. Susans ogen bleven dicht.

'Ik heb het Dante nooit verteld.'

Een ober kwam voorbij met een wagentje vol rammelende borden. Iemand vroeg luid om een glas water. Een vrouw aan het volgende tafeltje probeerde mee te luisteren, maar Ilene keek haar strak aan totdat ze zich omdraaide.

'Ik heb het aan niemand verteld. Toen ik in verwachting raakte, nam ik aan dat het van Dante was. Tenminste, dat hoopte ik. Toen werd Lucas geboren en wist ik het. Maar ik heb het weggestopt en ben verdergegaan met mijn leven. Het is al zo lang geleden.'

'Heb je de verkrachting niet aangegeven?'

Ze schudde haar hoofd. 'U mag het aan niemand vertellen. Alstublieft.'

'Goed dan.'

Zwijgend zaten ze tegenover elkaar.

'Susan?'

Ze keek op.

'Ik weet dat het lang geleden is...' begon Ilene.

'Elf jaar,' zei Susan.

'Oké. Maar misschien kun je overwegen alsnog aangifte te doen.'

'Wat?'

'Als hij gepakt wordt, kunnen we hem testen. Misschien zit hij zelfs al in de computer. Verkrachters houden het meestal niet bij één keer.'

Susan schudde haar hoofd. 'We vestigen onze hoop op de donoractie op school.'

'Weet je hoe groot de kans is dat we daar vinden wat we nodig hebben?'

'Het moet lukken.'

'Susan, je moet naar de politie gaan.'

'Alstublieft, dwing me daar niet toe.'

Toen kwam er een merkwaardige gedachte in Ilene op. 'Ken je de man die je heeft verkracht?'

'Wat? Nee.'

'Als ik jou was zou ik nog eens goed nadenken over wat ik heb gezegd.'

'Hij wordt toch niet gepakt, oké? Ik moet gaan.' Susan schoof het zitje uit, ging naast Ilene staan en boog zich over haar heen. 'Als ik dacht dat er een kans bestond dat ik mijn zoon daarmee het leven kon redden, zou ik het doen. Maar die is er niet. Alstublieft, dokter Goldfarb, help me met de donoractie. Help me een andere manier te vinden. Ik heb u de waarheid verteld. Laat het nu verder rusten, alstublieft.'

Joe Lewiston was in zijn klaslokaal en maakte het schoolbord schoon met een spons. Er waren in de loop der jaren op school veel dingen veranderd, waaronder het vervangen van de oude donkergroene schoolborden door moderne, afneembare witte, maar Joe had zijn aandenken aan eerdere generaties leerlingen per se willen houden. De geur van het krijtstof, het tikken van het krijtje op het bord wanneer je iets opschreef, en het schoonmaken met een spons hadden iets wat naar het verleden wees en wat hem herinnerde aan wie hij was en wat hij deed.

Joe gebruikte een grote spons die hij vandaag veel te nat had gemaakt. Het water stroomde langs het bord omlaag totdat hij het opving met de spons en weer recht omhoog veegde, heel zorgvuldig,

244

in een poging met deze simpele handeling zijn gedachten af te leiden.

Bijna was het hem gelukt.

Hij had zijn klas 'Lewiston Land' genoemd. De kinderen vonden het prachtig, maar lang niet zo prachtig als hij het zelf vond. Hij wilde zo vreselijk graag anders zijn, hier niet zomaar gaan staan om saaie lessen te geven, zich tot de verplichte leerstof te beperken en binnen een mum van tijd vergeten te zijn. Hij wilde dat de klas van zijn leerlingen was. Als hij de kinderen een opstel liet schrijven, schreef hij er zelf ook een. Na afloop las hij die van hen en mochten zij dat van hem lezen. Zijn stem verheffen deed hij nooit. Als een leerling iets goeds of opmerkelijks deed, kreeg hij een vinkje achter zijn naam. Als hij of zij zich misdroeg, veegde Joe het vinkje weg. Zo simpel was het. Hij geloofde niet in kinderen afzonderen of ze voor schut zetten.

Hij had andere leraren voor zijn ogen oud zien worden, had hun enthousiasme per klas en per jaar zien afnemen. Aan zíjn enthousiasme mankeerde niets. Als hij geschiedenis gaf, verkleedde hij zich als de persoon die werd behandeld. Hij organiseerde vreemde speurtochten waarbij de leerlingen eerst een opdracht moesten doen voordat ze het volgende voorwerp mochten gaan zoeken. De klas had haar eigen film mogen maken. Er waren zo veel goede dingen gebeurd in zijn lokaal, in Lewiston Land, en toen was er die ene dag geweest, de dag dat hij thuis had moeten blijven omdat zijn buikgriep nog niet helemaal over was, toen de airconditioning het opeens had begeven, hij zich beroerd voelde en wist dat hij koorts had...

Waarom had hij het gezegd? God, wat een afschuwelijke opmerking tegen een kind.

Hij zette zijn computer aan. Zijn handen trilden. Hij opende Outlook en klikte de account van zijn vrouw op school aan. Het wachtwoord was nu JoeLovesDolly.

Er was nooit iets mis geweest met haar e-mailaccount.

Dolly wist niet veel van computers of van internet. Dus had Joe een paar dagen terug haar account geopend en haar wachtwoord veranderd. Dat was de reden dat haar e-mail het niet goed 'deed'. Ze had het verkeerde wachtwoord, en als ze het invoerde, werd ze geweigerd.

Nu, in de veilige beschutting van het klaslokaal waar hij zo veel van hield, keek Joe Lewiston of er nieuwe e-mails voor haar waren binnengekomen. Hij hoopte dat hij niet weer diezelfde afzender zou zien.

Maar die zag hij dus wel.

Hij klemde zijn kiezen op elkaar om het niet uit te schreeuwen van frustratie. Het zou niet lang meer duren voordat Dolly echt zou willen weten wat er met haar e-mail mis was. Hij had misschien nog een dag, meer niet. En hij geloofde niet dat een dag lang genoeg zou zijn.

Tia had Jill naar Yasmins huis gebracht. Als Guy Novak dat vervelend vond of verbaasd was, liet hij dat niet merken. Tia had bovendien geen tijd om het uit te leggen. Zo hard als ze durfde reed ze naar het FBI-regiokantoor op Federal Plaza nummer 26. Hester Crimstein was een minuut eerder gearriveerd. Ze ontmoetten elkaar in de wachtkamer.

'Denk aan de rolverdeling,' zei Hester. 'Jij speelt de rol van de bezorgde echtgenote. Ik ben de publieksdiva die zijn doorgewinterde advocaat speelt.'

'Ik weet het.'

'Je zegt geen woord als we binnen zijn. Ik handel dit af.'

'Daarvoor heb ik je gebeld.'

Hester Crimstein liep naar de deur. Tia ging haar achterna. Hester gooide de deur open en stapte naar binnen. Mike zat aan een tafel. Er waren nog twee mannen in de kamer. De ene zat in de hoek. De andere stond over Mike heen gebogen. De laatste draaide zich om toen ze binnenkwamen en zei: 'Hallo, ik ben special agent Darryl LeCrue.'

'Dat kan me niet schelen,' zei Hester.

'Pardon?'

'Niks pardon. Is mijn cliënt officieel aangehouden?'

'We hebben redenen om aan te nemen…'

'Kan me niet schelen. Dit is een ja of nee vraag. Is mijn cliënt officieel aangehouden?'

'We hadden gehoopt dat het niet…'

'Nogmaals, dat kan me niet schelen.' Hester keek Mike aan. 'Dokter Baye, sta op, alstublieft, en verlaat onmiddellijk deze kamer. Uw vrouw zal u naar de lobby begeleiden, waar u beiden op me wacht.'

'Ho, wacht even, mevrouw Crimstein,' zei LeCrue.

'Ken je mij?'

Hij haalde zijn schouders op. 'Ja.'

'Waarvan?'

'Ik heb u op tv gezien.'

'Wil je mijn handtekening?'

'Nee.'

'Waarom niet? Laat maar... je had hem toch niet gekregen. Mijn cliënt is voorlopig uitgepraat. Als jullie hem hadden willen aanhouden, hadden jullie dat al lang gedaan. Dus hij vertrekt nu en jij en ik gaan eens goed met elkaar praten. Als ik het nodig acht, roepen we hem binnen om een vraag te beantwoorden. Is dat duidelijk?'

LeCrue keek naar zijn partner in de hoek.

'Het juiste antwoord,' zei Hester, 'is "zo helder als glas, mevrouw Crimstein".' Ze keek weer naar Mike en zei: 'Ga maar.'

Mike stond op. Tia en hij liepen de gang op en deden de deur achter zich dicht. Het eerste wat Mike vroeg was: 'Waar is Jill?'

'Bij Yasmin.'

Mike knikte.

'Wil je me vertellen wat hier aan de hand is?'

Dat wilde hij. Hij vertelde haar het hele verhaal... over zijn bezoek aan Club Jaguar, over zijn gesprek met Rosemary McDevitt, over de vechtpartij waar hij bijna in verzeild was geraakt, over de FBI die opeens opdook, over het verhoor en over farmafeestjes.

'Club Jaguar,' zei Mike toen hij alles had verteld. 'Denk eens terug aan dat chatgesprek.'

'Met CeeJay8115,' zei Tia.

'Precies. Wij dachten dat CJ de voorletters van iemand waren. Maar CJ staat voor Club Jaguar.'

'En die 8115?'

'Dat weet ik niet. Misschien zijn er meer mensen met die voorletters.'

'Dus jij denkt dat zij het is... die Rosemary Dinges?'

'Ja.'

Tia liet het bezinken. 'Het zou kunnen. Spencer Hill had die pillen uit het medicijnkastje van zijn ouders gestolen. Daarmee heeft hij een eind aan zijn leven gemaakt. Misschien wel op zo'n farmafeestje. Misschien hielden ze er een op het dak van de school.'

'En jij denkt dat Adam erbij was?'

'Dat klinkt aannemelijk. Ze hielden een farmafeestje. Je gooit alle pillen bij elkaar en denkt dat je niks kan gebeuren...'

Ze zwegen allebei.

'Maar heeft Spencer dan wel zelfmoord gepleegd?' vroeg Mike.

'Hij heeft die sms'jes verzonden.'

Ze zwegen weer, want ze durfden niet te denken aan de andere mogelijkheden.

'We moeten eerst Adam zien te vinden,' zei Mike. 'Laten we ons daarop concentreren, oké?'

Tia knikte. De deur van de verhoorkamer ging open en Hester kwam de gang op. Ze liep naar hen toe en zei: 'Niet hier. Kom mee naar buiten, dan praten we daar.'

Ze liep meteen door. Mike en Tia stonden snel op en gingen haar achterna. Ze stapten de lift in, maar Hester zei nog steeds geen woord. Toen de deuren opengingen, liep Hester met grote passen de hal door en ging ze door de draaideur naar buiten. Opnieuw gingen Mike en Tia haar achterna.

'In mijn auto,' zei Hester.

Dat was een verlengde limousine met een tv en kristallen glazen en een lege karaf. Ze mochten op de achterbank zitten. Hester nam tegenover hen plaats, achter de chauffeur.

'Ik vertrouw die federale gebouwen niet meer, met al die beveiliging,' zei Hester. Ze keek Mike aan. 'Ik neem aan dat je je vrouw hebt bijgepraat?'

'Ja.'

'Dus je kunt waarschijnlijk wel raden hoe het gesprek is verlopen. Ze hebben enkele tientallen vervalste recepten, zogenaamd uitgeschreven door jou. Die Club Jaguar was slim genoeg om voor allerlei verschillende medicijnen te kiezen. Ze hebben gebruikgemaakt van apotheken in en buiten New Jersey, en op internet. Er zaten ook herhalingsrecepten bij. Hun theorie hierover ligt voor de hand.'

'Dat Adam ze heeft gestolen,' zei Mike.

'Ja. En ze beschikken over een redelijke hoeveelheid bewijs.'

'Zoals?'

'Ze weten dat jullie zoon aan die feestjes deelnam. Tenminste, dat beweren ze. Ze hebben gisteravond gepost in de straat waar Club Jaguar is. Ze hebben Adam daar naar binnen zien gaan en kort daarna hebben ze jou ook gezien.'

'Hebben ze gezien dat ik werd overvallen?'

'Ze zeggen dat je een steegje in schoot en dat ze pas later hebben ontdekt wat daar gaande was. Ze zijn die club blijven observeren.'

'En Adam was daar?'

'Dat beweren ze. Maar verder wilden ze me niks vertellen. Bijvoorbeeld of ze hem ook weer naar buiten hebben zien komen. Maar wat ze willen is duidelijk. Ze willen Adam vinden. Ze willen dat hij hun bewijzen tegen die Club Jaguar levert, of wie de operatie ook leidt. Hij is minderjarig, stellen ze. Als hij meewerkt, krijgt hij alleen een tik op zijn vingers.'

'En wat heb jij daarop gezegd?' vroeg Tia.

'Ik heb natuurlijk eerst moeilijk gedaan. Ik heb ontkend dat Adam iets van die feestjes of van jouw receptenblok wist. Daarna heb ik gevraagd wat hun aanbod inhield wat betreft de aanklacht en de strafmaat. Ze waren nog niet zover dat ze daar meer over konden zeggen.'

'Adam zou nooit Mikes receptenblok stelen,' zei Tia. 'Hij weet wel beter.'

Hester keek haar met een lege blik aan. Tia besefte hoe naïef haar bewering klonk.

'Je weet hoe het werkt,' zei Hester. 'Het maakt niet uit wat jij denkt of wat ik denk. Ik vertel jullie alleen wat hun theorie is. En ze hebben een aanknopingspunt. Dat ben jij, dokter Baye.'

'Op welke manier?'

'Ze doen alsof ze niet echt van jouw onschuld overtuigd zijn. Ze stellen bijvoorbeeld dat je gisteravond, toen je een hardhandige aanvaring had met een stel jongeren die in die buurt bekend zijn, op weg was naar Club Jaguar. Hoe kon je weten van het bestaan van die club, tenzij je erbij betrokken was? Wat had je in die buurt te zoeken?'

'Ik was op zoek naar mijn zoon.'

'Maar hoe wist je dat je zoon daar was? Je hoeft die vraag niet te beantwoorden, want dat weten we allemaal al. Maar je begrijpt waar ik naartoe wil. Zij kunnen een zaak maken waarin jij en die Rosemary McDevitt onder één hoedje spelen. Je bent een volwassen man en je bent arts. Dat zou de FBI een paar prachtige krantenkoppen en jou een aanzienlijke gevangenisstraf opleveren. En als jij zo dom bent om te denken dat je de klappen voor je zoon moet opvangen, zullen ze stellen dat Adam en jij er samen in zaten. Adam is ermee begonnen. Hij ging naar die farmafeestjes. Vervolgens zagen hij en die dame van Club Jaguar een kans om extra geld te verdienen door er een arts bij te betrekken. Toen hebben ze jou benaderd.'

'Dat is waanzin!'

'Nee, dat is het niet. Ze hebben jouw recepten. In hun ogen is dat concreet bewijs. Weet je om hoeveel geld het gaat? OxyContin is een fortuin waard. Het gebruik begint epidemische vormen aan te nemen. En jij, dokter Baye, zou een prachtig voorbeeld vormen. Jij, dokter Baye, zou hét symbool worden voor hoe zorgvuldig de medische wereld met haar recepten moet omspringen. Ik krijg je misschien wel vrij. Ja, dat denk ik wel. Maar ten koste van wat?'

'Dus wat raad je me aan?'

'Hoewel ik geen voorstander ben van deals sluiten, denk ik dat het in dit geval toch de beste optie is. Maar dan lopen we op de zaak vooruit. We moeten eerst Adam zien op te sporen. Dan horen we hem uit over wat er precies is gebeurd. Op grond dáárvan besluiten we wat we gaan doen.'

Loren Muse gaf de foto aan Neil Cordova.

'Dat is Reba,' zei hij.

'Ja, dat weet ik,' zei Muse. 'Dit is een foto van een beveiligings-camera in Target, waar ze gisteren heeft gewinkeld.'

Hij keek op. 'Maar wat schieten we hiermee op?'

'Ziet u die vrouw daar?' Muse wees haar aan op de foto.

'Ja.'

'Kent u haar?'

'Nee, dat geloof ik niet. Is ze ook uit een andere hoek gefilmd?'

Muse gaf hem de tweede foto. Neil Cordova concentreerde zich erop, wilde zo graag dat hij iets zou zien waar ze iets aan hadden. Maar ten slotte schudde hij zijn hoofd. 'Wie is dit?'

'We hebben een getuige die uw vrouw in een busje heeft zien stappen en een andere vrouw in Reba's Acura heeft zien wegrijden. We hebben de getuige de beelden van de beveiligingscamera in Target laten bekijken. Hij zegt dat het deze vrouw is.'

Hij keek nog een keer naar de foto. 'Nee, ik ken haar niet.'

'Oké. Dank u, meneer Cordova. Ik ben zo terug.'

'Mag ik deze foto houden? Voor het geval me iets te binnen schiet?'

'Ja, natuurlijk.'

Hij staarde weer naar de foto, nog steeds aangeslagen door de identificatie van het lijk. Muse liep haar kantoor uit, de gang in. De receptioniste wuifde haar door. Ze klopte op de deur van haar baas, Paul Copeland. Hij riep dat ze binnen kon komen.

Cope zat aan een tafel waarop een tv-monitor stond. Het OM beschikte niet over verhoorkamers met doorkijkspiegels. Ze ge-bruikten hier tv-camera's. Cope had mee zitten kijken. Zijn blik bleef op Neil Cordova op het scherm gericht.

'Er is net iets anders binnengekomen,' zei Cope.

'O?'

'Marianne Gillespie logeerde in het Travelodge in Livingston. Ze zou vanochtend vertrekken. En iemand van het personeel heeft gezien dat Marianne een man meenam naar haar kamer.'

'Wanneer?'

'Hij wist het niet precies meer, maar hij dacht vier of vijf dagen geleden, kort nadat ze had ingecheckt.'

Muse knikte. 'Dat is een groot gat.'

Cope zat nog steeds naar de monitor te kijken. 'Misschien moeten we een persconferentie houden. De vrouw van de surveillance-foto uitvergroten en op tv laten zien. Misschien herkent iemand haar.'

'Misschien. Maar ik maak het niet graag openbaar als het niet echt nodig is.'

Cope bleef naar de echtgenoot op de monitor kijken. Muse vroeg zich af wat hij dacht. Cope had zelf de nodige tragedies meegemaakt, waaronder de dood van zijn eerste vrouw. Muse liet haar blik door zijn kantoor gaan. Op de tafel, nog in de doosjes, lagen vijf nieuwe iPods. 'Wat zijn dat?' vroeg ze.

'iPods.'

'Dat zie ik. Maar waar zijn ze voor?'

Cope kon zijn blik niet van Cordova losmaken. 'Ik had bijna gehoopt dat hij het had gedaan.'

'Cordova? Die heeft er niets mee te maken.'

'Nee, ik weet het. Je kunt de pijn bijna van hem af zien druipen.'

Stilte.

'De iPods zijn voor de bruidsmeisjes,' zei Cope.

'Wat leuk.'

'Misschien moet ik met hem gaan praten.'

'Met Cordova?'

Cope knikte.

'Het kan geen kwaad,' zei ze.

'Lucy houdt van deprimerende liedjes,' zei Cope. 'Dat weet je, hè?'

Hoewel Muse bruidsmeisje was, kende ze Lucy nog niet zo lang, en eigenlijk ook niet zo goed. Desondanks knikte ze, maar Cope zat nog steeds naar de monitor te kijken.

'Ik stel elke maand een nieuwe cd voor haar samen. Ik weet dat het klef klinkt, maar zij vindt het fantastisch. Dus zoek ik elke maand een stuk of vijftien van de allerdroevigste liedjes bij elkaar. Echte tearjerkers. Deze maand heb ik bijvoorbeeld "Congratulations" van Blue October en "Seed" van Angie Aparo.'

'Nooit van gehoord, van allebei niet.'

Hij glimlachte. 'O, maar binnenkort wel. Want die krijg je erbij. Ik heb al die liedjes op de iPods gezet.'

'Leuk idee,' zei Muse, maar ze voelde een steek van jaloezie.

Cope maakte cd's voor zijn grote liefde. Was die een geluksvogel of niet?

'Ik heb me vaak afgevraagd waarom Lucy zo gek is op dat soort muziek. Begrijp je wat ik bedoel? Dan gaat ze in het donker naar die liedjes zitten luisteren en huilt ze. Dat doet die muziek met haar. Ik begreep dat niet. En vorige maand…? Toen had ik dat liedje van Missy Higgins. Ken je die?'

'Nee.'

'Ze is geweldig. Haar muziek is zo indringend. Ze heeft een liedje over een ex-minnaar, en dat ze de gedachte niet kan verdragen dat een andere vrouw hem aanraakt, ook al weet ze dat ze dat zal moeten accepteren.'

'Droevig.'

'Precies. En Lucy is nu gelukkig, toch? Ik bedoel, het gaat prima tussen ons. We hebben elkaar na al die tijd gevonden en we gaan trouwen. Maar waarom blijft ze dan naar die deprimerende liedjes luisteren?'

'Vraag je dat aan mij?'

'Nee, Muse, ik probeer je iets uit te leggen. Lange tijd begreep ik er niks van. Maar nu wel. Die liedjes zijn voor haar een veilige manier van lijden. Gecontroleerd lijden. Een soort verkenning, om je voor te stellen hoe de pijn van echt lijden voelt. Maar zo werkt het niet. Lucy weet dat natuurlijk ook. Je kunt je nooit voorbereiden op echte pijn. Tegen echte pijn sta je machteloos, want die scheurt je uiteen en je kunt er niks aan doen.'

Zijn telefoon ging. Eindelijk maakte Cope zijn blik los van de monitor en nam op. 'Copeland,' zei hij. Toen keek hij Muse aan. 'Ze hebben een familielid van Marianne Gillespie gevonden. Je kunt er maar beter naartoe gaan.'

29

Zodra de twee meisjes alleen in de slaapkamer waren, begon Yasmin te huilen.

'Wat is er met je?' vroeg Jill.

Yasmin wees naar haar computer en ging achter haar bureautje zitten. 'Wat zijn mensen toch vals.'

'Wat hebben ze gedaan?'

'Ik zal het je laten zien. Het is zó gemeen.'

Jill pakte een stoel en ging naast haar vriendin zitten. Ze beet op haar nagel.

'Yasmin?'

'Ja?'

'Ik maak me zorgen over mijn broer. En er is mijn vader ook iets overkomen. Daarom heeft mijn moeder me hiernaartoe gebracht.'

'Heb je haar gevraagd wat het was?'

'Dat wilde ze niet zeggen.'

Yasmin veegde haar tranen weg en typte iets op het toetsenbord. 'Ze nemen ons altijd in bescherming, denk je ook niet?'

Jill vroeg zich af of Yasmin nu cynisch of serieus was, of misschien van allebei een beetje. Yasmin keek naar het beeldscherm en wees.

'Kijk, dit is het. Moet je zien.'

Het was een MySpace-pagina met de titel 'Man of Vrouw? Het Verhaal van XY'. De achtergrond was een decor van gorilla's en chimpansees. Onder favoriete films stonden er twee: *De Apenplaneet* en *Hair*. Het openingsliedje was 'Shock the Monkey' van Peter Gabriel. Er waren video's van National Geographic, allemaal met apen. En een kort YouTube-filmpje dat 'De Dansende Aap' heette.

Maar het ergste van alles was de foto op de startpagina... een schoolfoto van Yasmin waarop een baard en een snor waren getekend.

'Ongelooflijk,' fluisterde Jill.

Yasmin begon weer te huilen.

'Hoe heb je dit gevonden?'

'Marie Alexandra, dat secreet, heeft me de link gestuurd. Ze heeft hem naar de halve klas doorgestuurd.'

'Wie heeft dit gemaakt?'

'Dat weet ik niet. Het zou me niet verbazen als ze het zelf heeft gedaan. Ze deed alsof ze een en al bezorgdheid was, maar ik kon haar bijna horen giechelen.'

'En ze heeft hem doorgestuurd?'

'Ja, naar Heidi en Annie en...'

Jill schudde haar hoofd. 'Wat erg voor je.'

'Erg?'

Jill zei niets.

Yasmins gezicht werd rood. 'Iemand zal hiervoor boeten.'

Jill keek naar haar vriendin. Yasmin was altijd zo vrolijk en aardig geweest. Ze vond het heerlijk om piano te spelen, te dansen en te lachen om stomme films. Maar het enige wat Jill de laatste tijd nog zag, was boosheid. Die maakte haar bang. Er was in de afgelopen paar dagen al zo veel mis gegaan. Haar broer was weggelopen, haar vader zat op de een of andere manier in de problemen en nu was Yasmin ook nog bozer dan Jill haar ooit had gezien.

'Meisjes?'

Het was meneer Novak, die van beneden riep. Yasmin veegde de tranen van haar gezicht. Ze stond op, deed de deur open en riep: 'Ja, papa?'

'Ik ben popcorn aan het maken.'

'We komen zo beneden.'

'Beth en ik wilden jullie meenemen naar het winkelcentrum. We kunnen naar de film gaan, of misschien willen jullie naar de speelhal. Lijkt dat jullie wat?'

'We komen zo.'

Yasmin deed de deur weer dicht.

'Mijn vader wil niks liever dan de deur uit. Hij is zich lam geschrokken.'

'Waarvan?'

'Er is iets heel raars gebeurd. Meneer Lewistons vrouw is langs geweest.'

'Wat? Hier? Dat kan toch niet?'

Yasmin knikte en haar ogen waren groot. 'Tenminste, ik neem aan dat zij het was. Ik kon haar niet echt zien, maar ze reed in die afgedankte auto van hem.'

'Wat is er toen gebeurd?'

'Ze stonden voor de deur ruzie te maken.'

'O mijn god.'

'Ik kon niet verstaan wat ze zeiden, maar zij klonk flink boos.'

'De popcorn is klaar!' werd er van beneden geroepen.

De twee meisjes gingen naar beneden. Guy Novak stond onder aan de trap te wachten. Zijn glimlach was gespannen. 'In IMAX draait de nieuwe *Spiderman*,' zei hij.

De deurbel ging.

Guy Novak schrok en draaide zich om.

'Papa?'

'Ik doe wel open,' zei hij.

Hij liep naar de voordeur. De twee meisjes volgden op enige afstand. Beth kwam de gang in. Meneer Novak keek door het raampje, fronste zijn wenkbrauwen en deed open. Er stond een vrouw voor de deur. Jill keek Yasmin aan. Yasmin schudde haar hoofd. Dit was niet de vrouw van meneer Lewiston.

'Kan ik iets voor u doen?' vroeg meneer Novak.

De vrouw gluurde langs hem heen, zag de meisjes en keek Yasmins vader weer aan.

'Bent u Guy Novak?' vroeg de vrouw.

'Ja.'

'Mijn naam is Loren Muse. Kan ik u even onder vier ogen spreken?'

Loren Muse stond in de deuropening.

Ze zag de twee meisjes die achter Guy Novak stonden. Het ene meisje was waarschijnlijk zijn dochter en het andere... tja, misschien hoorde ze bij de vrouw die achter haar stond. Die vrouw, stelde ze snel vast, was niet Reba Cordova. De vrouw zag er gezond, ongeschonden en redelijk ontspannen uit, maar je kon niet weten. Muse bleef haar observeren en zocht naar sporen die aangaven dat ze op de een of andere manier werd bedreigd.

Geen bloed of sporen van een worsteling in de hal. De meisjes zagen er een beetje timide maar verder in orde uit. Voordat Muse had aangebeld, had ze haar oor tegen de deur gedrukt. Ze had geen verdachte geluiden gehoord, alleen Guy Novak die iets riep over popcorn en een film.

'Waar gaat dit over?' vroeg Guy Novak.

'Het lijkt me beter als we even alleen met elkaar praten.'

Ze legde de nadruk op 'alleen', in de hoop dat hij de hint zou begrijpen. Dat deed hij niet.

'Wie bent u?'

Muse wilde zich niet als politieambtenaar bekendmaken waar de meisjes bij stonden, dus boog ze zich opzij, keek langs hem heen naar de meisjes en richtte zich toen weer tot hem. 'We moeten echt even onder vier ogen met elkaar praten, meneer Novak.'

Eindelijk kwam de boodschap over. Hij draaide zich om naar de vrouw en zei: 'Beth, wil jij de meisjes meenemen naar de keuken en ze hun popcorn geven?'

'Oké.'

Muse keek ze na toen ze wegliepen. Ze probeerde Guy Novak in te schatten. Hij maakte een enigszins gespannen indruk, maar iets in zijn manier van doen vertelde haar dat hij meer geïrriteerd was door haar onverwachte bezoek dan echt bang.

Clarence Morrow, Frank Tremont en een paar agenten van de plaatselijke politie waren in de buurt. Ze hielden zich onopvallend op in de directe omgeving. Ze hadden een sprankje hoop gehad dat Guy Novak misschien Reba Cordova had ontvoerd en dat hij haar in dit huis vasthield, maar naarmate de seconden verstreken, leek dat steeds onwaarschijnlijker.

Guy Novak vroeg niet of ze binnen wilde komen. 'Nou?'

Muse liet hem haar legitimatie zien.

'U maakt zeker een grapje,' zei hij. 'Heeft mevrouw Lewiston jullie gebeld?'

Muse had geen idee wie mevrouw Lewiston was, maar ze besloot erin mee te gaan. Ze hield haar hoofd schuin en trok een gezicht dat zowel ja als nee kon uitdrukken.

'Ik kan mijn oren niet geloven. Ik ben alleen maar langs hun huis gereden. Dat is alles. Sinds wanneer is dat verboden?'

'Hangt ervan af,' zei Muse.

'Waarvan?'

'Wat uw bedoelingen waren.'

Guy Novak schoof zijn bril over zijn neusbrug omhoog. 'Weet u wat haar man mijn dochter heeft aangedaan?'

Muse had geen idee, maar wat het ook was, het zat hem kennelijk behoorlijk dwars. Dat kwam haar goed uit, want daar kon ze iets mee.

'Ik zou graag uw kant van het verhaal horen,' zei ze.

Hij begon een heel relaas over wat een leraar tegen zijn dochter zou hebben gezegd. Muse observeerde zijn gezicht. Net als met Neil Cordova had ze niet het gevoel dat er een toneelstukje werd opgevoerd om haar te misleiden. Hij mopperde over het onrecht dat zijn kind was aangedaan en dat de leraar niet eens een reprimande had gekregen.

Toen hij even stopte vroeg ze: 'Wat vindt uw vrouw hiervan?'

'Ik ben niet getrouwd.'

Dat wist Muse al. 'O, ik dacht dat de vrouw die zonet met de meisjes...'

'Dat is Beth... een vriendin.'

Muse wachtte om te zien of hij haar nog meer zou vertellen. Hij haalde een keer diep adem en zei: 'Oké, ik heb de boodschap begrepen.'

'De boodschap?'

'Ik neem aan dat mevrouw Lewiston haar beklag bij jullie heeft gedaan. Ik heb het begrepen. Ik zal met mijn advocaat bespreken wat ik verder nog kan doen.'

Dit leidde tot niets, besefte Muse. Tijd om er een andere wending aan te geven. 'Mag ik u iets anders vragen?'

'Ja, van mij wel.'

'Hoe heeft Yasmins moeder op dit hele gebeuren gereageerd?'

De blik in zijn ogen werd argwanend. 'Waarom vraagt u dat?'

'Dat is toch geen onredelijke vraag?'

'Yasmins moeder bemoeit zich nauwelijks met haar dochter.'

'Maar toch... bij zoiets belangrijks als dit...'

'Marianne heeft ons in de steek gelaten toen Yasmin nog klein was. Ze woont in Florida en komt haar dochter hooguit vier of vijf keer per jaar opzoeken.'

'Wanneer was de laatste keer?'

Hij fronste zijn wenkbrauwen. 'Wat heeft dat te maken met... Wacht even, mag ik uw legitimatie nog eens zien?'

Muse hield hem het leren mapje voor. Deze keer bestudeerde hij het zorgvuldig. 'De politie van Essex County?'

'Ja.'

'Vindt u het goed als ik naar uw bureau bel om dit te verifiëren?'

'Als u dat wilt.' Muse stak haar hand in haar zak en haalde er een kaartje uit. 'Hier.'

Hij las het hardop voor. 'Loren Muse, hoofdinspecteur.'

'Ja.'

'Hoofdinspecteur,' herhaalde hij. 'Bent u soms bevriend met de Lewistons?'

Muse vroeg zich weer af of hier een spelletje met haar werd gespeeld of dat Guy Novak echt van niets wist.

'Wanneer hebt u uw ex-vrouw voor het laatst gezien?'

Hij wreef over zijn kin. 'Ik dacht dat u zei dat dit over de Lewistons ging.'

'Beantwoord mijn vraag nou maar, alstublieft. Wanneer hebt u uw ex-vrouw voor het laatst gezien?'

'Drie weken geleden.'

'Waarom was ze hier?'

'Ze kwam Yasmin opzoeken.'

'Hebt u haar gesproken?'

'Nauwelijks. Ze kwam Yasmin ophalen. Ze beloofde dat ze haar op de afgesproken tijd zou terugbrengen. Meestal houdt ze zich daar wel aan. Het moet haar vooral niet te lang duren, de tijd die ze met haar kind doorbrengt.'

'Hebt u haar daarna nog gesproken?'

'Nee.'

'Oké. Weet u waar ze meestal logeerde als ze hiernaartoe kwam?'

'In het Travelodge bij het winkelcentrum.'

'Wist u dat ze daar de afgelopen vier dagen heeft gelogeerd?'

Dat verbaasde hem. 'Ze had gezegd dat ze naar Los Angeles ging.'

'Wanneer heeft ze dat gezegd?'

'Ik kreeg een e-mail van haar... ik weet het niet meer precies. Gisteren, geloof ik.'

'Mag ik die zien?'

'Die e-mail? Die heb ik gewist.'

'Weet u of uw ex-vrouw een minnaar had?'

Er gleed iets over zijn gezicht wat in de buurt van een laatdunkende grijns kwam. 'Ik twijfel er niet aan dat ze er meer dan een had, maar daar weet ik verder niks van.'

'Ook in deze omgeving?'

'Ze had mannen in elke omgeving.'

'Kent u iemand van naam?'

Guy Novak schudde zijn hoofd. 'Nee, gelukkig niet.'

'Waarom bent u zo verbitterd, meneer Novak?'

'Ik weet niet of verbitterd wel het juiste woord is.' Hij zette zijn bril af, tuurde ernaar alsof er een stofje op zat en veegde hem af aan zijn overhemd. 'Ik hield van Marianne, maar ze wilde mijn liefde blijkbaar niet. Als je heel mild bent, zou je haar zelfdestructief kunnen noemen. Deze stad verveelde haar. Ik verveelde haar. Het leven verveelde haar. Ze was een chronische mannenverslindster. Ze heeft haar eigen kind laten barsten en is daarna alleen nog een bron van teleurstellingen geweest. Twee jaar geleden had Marianne Yasmin beloofd dat ze naar DisneyWorld zouden gaan. De dag voor vertrek belde ze om te zeggen dat het niet doorging. Zonder zelfs maar een reden te geven.'

258

'Betaalt u haar alimentatie of een andere vergoeding voor Yasmin?'

'Geen van beide. Ik heb de volledige voogdij.'

'Heeft uw ex-vrouw nog vriendinnen in deze omgeving?'

'Ik zou het niet weten, maar ik betwijfel het.'

'En Reba Cordova?'

Daar moest Guy Novak even over nadenken. 'Reba en zij waren bevriend toen Marianne hier nog woonde. Dik bevriend. Ik heb dat nooit begrepen. Ik ken geen twee vrouwen die meer van elkaar verschillen. Maar ja, ik bedoel, als Marianne nog contact heeft met iemand in deze omgeving, dan zal dat waarschijnlijk met Reba zijn.'

'Wanneer hebt u Reba Cordova voor het laatst gezien?'

Hij keek omhoog en toen naar rechts. 'Dat is al een tijdje geleden. Ik weet het niet meer precies, op een of andere ouderavond, geloof ik.'

Als hij weet dat zijn ex-vrouw is vermoord, dacht Muse, dan is hij wel een heel koele kikker.

'Reba Cordova wordt vermist.'

Guy Novaks mond ging open en ging toen weer dicht. 'Denken jullie dat Marianne daar iets mee te maken heeft?'

'Denkt u dat?'

'Ze is zelfdestructief, maar met de nadruk op "zelf". Ik geloof niet dat ze iemand anders kwaad zou willen doen, afgezien van haar eigen gezin, misschien.'

'Meneer Novak, ik zou heel graag met uw dochter willen praten.'

'Waarom?'

'Omdat we denken dat uw ex-vrouw is vermoord.'

Ze zei het onomwonden en wachtte op een reactie. Het duurde even voordat die kwam. Het was alsof de woorden een voor een naar hem toe zweefden en hij veel tijd nodig had om ze te horen en tot zich door te laten dringen. Een paar seconden lang gebeurde er niets. Hij verroerde zich niet en keek haar alleen maar aan. Toen trok hij een gezicht alsof hij haar misschien verkeerd had verstaan.

'Ik… dénken jullie dat ze is vermoord?'

Muse keek achter zich en knikte. Clarence kwam naar het huis lopen.

'We hebben in een achterbuurt een lichaam gevonden dat als prostituee was verkleed. Neil Cordova denkt dat het uw ex-vrouw is, Marianne Gillespie. Wat we van u willen, meneer Novak, is dat u met mijn collega rechercheur Morrow meegaat naar het mortuarium om zelf naar het lichaam te kijken. Begrijpt u me?'

Zijn stem klonk ineens dof. 'Is Marianne dood?'

'Dat denken we, ja, en daarom hebben we uw hulp nodig. Rechercheur Morrow neemt u mee naar het mortuarium en zal u daarna een paar vragen stellen. Uw vriendin Beth kan bij de kinderen blijven. Ik blijf zelf ook hier. Ik wil uw dochter een paar dingen over haar moeder vragen, vindt u dat goed?'

'Ja, natuurlijk.' En daarmee bewees hij zichzelf onbewust een dienst. Als hij had geweigerd of had geaarzeld... nou, dan is de exman altijd de eerste verdachte. Niet dat ze er voor honderd procent van overtuigd was dat hij er niets mee te maken had. Misschien stond ze wel weer tegenover een groot acteur van het kaliber De Niro, of Cordova. Maar ook nu betwijfelde ze dat. Hoe dan ook, Clarence zou hem verder uithoren.

'Meneer Novak,' zei Clarence, 'zullen we gaan?'

'Ik wil het eerst zelf aan mijn dochter vertellen.'

'Ik heb liever dat u dat niet doet,' zei Muse.

'Waarom niet?'

'Zoals ik al zei zijn we er nog niet helemaal zeker van. Ik ga haar een paar dingen over haar moeder vragen, maar ik vertel haar niet dat ze dood is. Dat laat ik aan u over, als het nodig blijkt.'

Guy Novak knikte alsof hij het begreep. 'Oké.'

Clarence pakte zijn bovenarm vast en zei op allervriendelijkste toon: 'Kom, meneer Novak, dan gaan we. Deze kant op.'

Muse keek hen niet na toen Clarence met hem het tuinpad af liep. Ze ging het huis binnen en liep door naar de keuken. De twee meisjes zaten te doen alsof ze popcorn aten en keken haar met grote ogen aan.

'Wie ben jij?' vroeg het ene meisje.

Muse forceerde haar mond in een glimlach. 'Ik heet Loren Muse. Ik ben van de politie van Essex County.'

'Waar is mijn vader?'

'Ben jij Yasmin?'

'Ja.'

'Jouw vader gaat een van mijn collega's ergens mee helpen. Hij komt straks terug. Maar nu zou ik jou een paar vragen willen stellen, vind je dat goed?'

30

Betsy Hill zat op de grond in de kamer van haar zoon. Ze had Spencers mobiele telefoon in haar hand. De accu was natuurlijk hartstikke leeg. Ze hield de telefoon alleen maar vast, keek ernaar en wist niet goed wat ze moest doen.

Een dag nadat haar zoon dood op het dak was gevonden, had ze Ron betrapt toen hij deze kamer aan het leegruimen was... net zoals hij Spencers eettafelstoel naar de kelder had gebracht. Betsy had hem in niet mis te verstane bewoordingen gezegd dat hij daarmee moest ophouden. Je had vroeg en je had té vroeg, en zelfs Ron moest dat begrijpen.

Na Spencers dood had ze hier dagenlang in foetushouding op de grond liggen snikken. Tot ze er pijn in haar buik van had gekregen. Zij wilde ook dood, dat was het enige wat ze wilde, zich overgeven aan haar verdriet en zich erdoor laten verteren. Maar dat gebeurde niet. Ze had haar handen op zijn bed gelegd en de deken glad gestreken. Ze had haar gezicht in zijn kussen geduwd maar had zijn geur niet meer geroken.

Hoe had het kunnen gebeuren?

Ze dacht aan haar gesprek met Tia Baye, aan wat het haar had opgeleverd en wat het uiteindelijk te betekenen kon hebben. Niets, eigenlijk. Spencer was nog steeds dood. Op dat punt had Ron gelijk. Als ze de waarheid wist, zou dat niets veranderen. Ze zou zich er niet beter door voelen en het zou haar ook niet die verdomde 'acceptatie' opleveren, wat ze trouwens ook niet wilde. Wat was je voor moeder, als je tegenover je kind al op zo veel punten had gefaald en na diens dood geen pijn meer wilde voelen en wilde doorgaan met je leven?

'Hoi.'

Ze keek op. Ron stond in de deuropening. Hij probeerde naar haar te glimlachen. Ze stak de telefoon in haar achterzak.

'Alles goed met je?' vroeg hij.

'Ron?'

Hij wachtte.

'Ik móét weten wat er die avond is gebeurd.'

'Ja,' zei Ron, 'ik weet dat je dat moet.'

'We krijgen hem er niet mee terug,' zei ze. 'Dat weet ik ook wel. We zullen ons er ook niet beter door voelen. Maar toch vind ik dat we het moeten weten.'

'Waarom?' vroeg hij.

'Dat weet ik niet.'

Ron knikte. Hij kwam verder de kamer in en wilde zich over haar heen buigen. Even dacht ze dat hij haar in zijn armen wilde nemen en alleen al bij het idee voelde ze haar hele lichaam verkrampen. Ron zag het, knipperde met zijn ogen en ging weer rechtop staan.

'Ik kan beter gaan,' zei hij.

Hij draaide zich om en liep de kamer uit. Betsy haalde de telefoon uit haar achterzak. Ze stak de stekker van de oplader in het stopcontact, plugde het andere uiteinde in het toestel en zette het aan. Ze hield het in haar hand, draaide zich op haar zij, trok haar knieën op en begon weer te huilen. Ze moest eraan denken dat haar jongen in dezelfde houding – was die soms ook erfelijk? – op dat harde, koude dak was gevonden.

Ze bekeek de gesprekkenlijst van de telefoon. Geen verrassingen. Ze had die al vaker bekeken, maar de afgelopen paar weken niet. Spencer had op die bewuste avond drie keer met Adam Baye gebeld. Een uur voordat hij zijn zelfmoord per sms had aangekondigd, had hij hem voor het laatst gesproken. Dat gesprek had maar een minuut geduurd. Adam had gezegd dat Spencer amper te verstaan was geweest. Ze vroeg zich nu af of hij niet had gelogen.

Deze telefoon was door de politie op het dak gevonden, naast het levenloze lichaam van haar zoon.

Ze hield het toestel in haar hand geklemd en sloot haar ogen. Ze viel bijna in slaap, bevond zich in dat schemergebied tussen waken en slapen toen de telefoon overging. Heel even dacht ze dat het Spencers toestel was, maar nee, het was natuurlijk de huistelefoon.

Eigenlijk had Betsy willen wachten totdat die naar de voicemail doorschakelde, maar het kon Tia Baye zijn. Ze krabbelde overeind van de vloer. Hier in Spencers kamer was ook een toestel. Ze keek op de display en zag een onbekend nummer.

'Hallo?'

Stilte.

'Hallo?'

Een jongensstem, schor van het huilen, zei: 'Ik heb u en mijn moeder op het dak gezien.'

Betsy was opeens een en al aandacht. 'Adam?'

'Het spijt me zo, mevrouw Hill.'

'Waar bel je vandaan?' vroeg ze.

'Een telefooncel.'

'Waar?'

Hij begon weer te huilen.

'Adam?'

'Spencer en ik spraken altijd af in uw tuin. Helemaal achterin, bij die bomen waar vroeger de schommel was. Weet u wat ik bedoel?'

'Ja.'

'Ik kan daar met u afspreken.'

'Oké, wanneer?'

'Spencer en ik hadden voor die plek gekozen omdat je daar iedereen kunt zien komen en gaan. Als u iemand meebrengt, kan ik dat zien. Beloof me dat u dat niet zult doen.'

'Ik beloof het. Wanneer?'

'Over een uur.'

'Oké.'

'Mevrouw Hill?'

'Ja?'

'Wat er met Spencer is gebeurd, is mijn schuld geweest.'

Zodra Mike en Tia hun straat in reden, zagen ze de man met het lange haar en de vuile nagels door hun voortuin ijsberen.

'Is dat niet die Brett van jouw kantoor?' vroeg Mike.

Tia knikte. 'Hij heeft de e-mail voor me bekeken. Die over dat feestje bij Huff.'

Ze draaiden de oprit op. Susan en Dante Loriman waren ook in hun tuin. Dante zwaaide. Mike zwaaide terug. Hij keek naar Susan. Ze stak aarzelend een hand naar hem op en liep naar de voordeur van hun huis. Mike zwaaide nog een keer en wendde zijn blik af. Hij had hier nu geen tijd voor.

Zijn mobiele telefoon ging. Mike keek naar het nummer en fronste zijn wenkbrauwen.

'Wie is het?' vroeg Tia.

'Ilene,' zei hij. 'De FBI heeft haar ook uitgehoord. Ik kan maar beter even met haar praten.'

Tia knikte. 'Ik ga alvast naar Brett.'

Ze stapte uit de auto. Brett ijsbeerde nog steeds door de tuin, getergd, en liep in zichzelf te mompelen. Tia riep hem en hij bleef staan.

'Iemand probeert je gek te maken, Tia,' zei Brett.

'Op wat voor manier?'

'Ik moet eerst Adams computer bekijken voordat ik daar meer over kan zeggen.'

Tia wilde hem nog iets vragen, maar ze besefte dat dat tijdverspilling zou zijn. Ze deed de voordeur open en liet Brett binnen. Hij wist de weg.

'Heb je aan iemand verteld wat ik in zijn computer heb gestopt?' vroeg hij.

'Over dat spionageprogramma? Nee. Tenminste, gisteravond hebben we het verteld. Aan de politie.'

'Maar daarvoor? Weet iemand ervan?'

'Nee. Het was niet iets waar Mike en ik bepaald trots op waren. Of wacht eens... onze vriend Mo weet ervan.'

'Wie?'

'Mo. Hij is min of meer Adams peetvader. Mo zou Adam nooit kwaad doen.'

Brett haalde zijn schouders op. Ze gingen Adams kamer binnen. De computer stond nog aan. Brett ging erachter zitten en typte iets in. Hij opende Outlook en startte een of ander programma. Letters en symbolen flitsten over het scherm. Tia keek toe en begreep er niets van.

'Wat zoek je?'

Brett streek zijn rafelige pieken haar achter zijn oren en tuurde naar het scherm. 'Wacht even. De e-mail waar we het over hadden was gewist, weet je nog? Ik wil alleen zien of hij een of andere timerfunctie had ingesteld... nee dus.' Hij dacht even na. 'Ah... wacht, oké.'

'Oké wat?'

'Het is vreemd, dat is alles. Jij zei dat Adam er niet was toen de e-mail binnenkwam. Maar we weten dat die met deze computer is geopend, nietwaar?'

'Ja.'

'Enig idee wie dat geweest kan zijn?'

'Nee. Er was toen niemand thuis.'

'Want dit is interessant. Hij is niet alleen met Adams computer geopend, maar er ook mee verzonden.'

Tia trok een gezicht. 'Dus er breekt iemand in, zet zijn computer aan, schrijft die e-mail over dat feestje bij Huff, stuurt hem naar zijn eigen computer, opent de e-mail en wist hem dan?'

'Ja, daar komt het zo ongeveer op neer.'

'Waarom zou iemand dat doen?'

Brett haalde zijn schouders op. 'Ik kan maar één reden bedenken: om jullie op het verkeerde been te zetten.'

'Maar niemand wist dat we E-SpyRight in zijn computer hadden gezet. Alleen Mike en ik en Mo, en...' Ze keek hem aan, maar hij wendde zijn blik af. '... en jij.'

'Hé, je moet mij niet aankijken.'

'Jij hebt het aan Hester Crimstein verteld.'

'Dat spijt me. Maar zij is de enige die het weet.'

Tia vroeg het zich af. Ze keek naar Brett, met zijn vuile nagels, zijn ongeschoren wangen en zijn hippe maar groezelige T-shirt, bedacht hoeveel vertrouwen ze had gesteld in iemand die ze helemaal niet zo goed kende, en hoe dom dat in feite was.

Hoe wist ze dat alles wat hij haar vertelde wel waar was?

Hij had haar laten zien dat ze helemaal vanuit Boston kon inloggen en haar rapporten kon opvragen. Was het zo vergezocht als ze het voor mogelijk hield dat hij voor zichzelf ook een wachtwoord had gemaakt, zodat hij in hun account kon komen en de rapporten kon lezen? Daar zou ze nooit achter komen. Wie wist er trouwens wat er allemaal in een computer zat? Bedrijven zetten spyware op je harde schijf, zodat ze kunnen volgen welke websites je bezoekt. Winkels geven je kortingpasjes, zodat ze kunnen bijhouden wat je allemaal koopt. God mocht weten wat computerfabrikanten allemaal op de harde schijf van nieuwe pc's zetten. Zoekmachines houden bij wat je allemaal opzoekt, en dankzij de minimale kosten van dataopslag van de laatste jaren wordt die informatie nooit gewist.

Was het zo vergezocht om te denken dat Brett misschien meer wist dan hij zei?

'Hallo?'

'Mike?' antwoordde Ilene Goldfarb.

Mike zag Tia en Brett het huis binnengaan. Hij drukte zijn telefoon tegen zijn oor. 'Ja. Wat is er aan de hand?' vroeg hij zijn partner.

'Ik heb met Susan Loriman over de biologische vader van Lucas gepraat.'

Dat verbaasde Mike. 'Wanneer?'

'Vandaag. Ze belde me. We hebben ergens koffie gedronken.'

'En?'

'En het is een dood spoor.'

'De echte vader?'

'Ja.'

'Op welke manier?'

'Dat wil ze graag vertrouwelijk houden.'

'De naam van de vader? Jammer.'

'Niet de naam van de vader.'

'Wat dan?'

'Ze heeft me verteld waarom die optie ons niets zal opleveren.'

'Ik kan je niet volgen,' zei Mike.

'Vertrouw me nou maar. Ze heeft de situatie aan me uitgelegd. Het is een dood spoor.'

'Maar ik begrijp niet hoe dat mogelijk is.'

'Ik begreep het ook niet, totdat Susan het me heeft uitgelegd.'

'En ze wil dat vertrouwelijk houden?'

'Dat klopt.'

'Dus het is iets waar ze zich voor schaamt. Daarom is ze met jou gaan praten en niet met mij.'

'Ik zou het niet beschamend willen noemen.'

'Hoe wil je het dan wel noemen?'

'Je klinkt alsof je niet op mijn oordeel vertrouwt.'

Mike hield de telefoon tegen zijn andere oor. 'Onder normale omstandigheden zou ik je mijn leven toevertrouwen, Ilene.'

'Maar?'

'Maar ik ben daarnet door de wringer gehaald door de Narcoticadienst van de fbi én het Openbaar Ministerie.'

Het bleef even stil.

'Ze zijn ook bij jou geweest, hè?' vroeg Mike.

'Ja.'

'Waarom heb je me dat niet verteld?'

'Omdat ze me dat verboden hebben. Ze zeiden dat ik een belangrijk federaal onderzoek zou hinderen als ik met jou praatte. Ze dreigden met strafrechtelijke vervolging en zeiden dat ik mijn praktijk kon kwijtraken als ik jou iets vertelde.'

Mike zei niets.

'Vergeet niet,' vervolgde Ilene, met een stem die nu wat scherper klonk, 'dat mijn naam ook in het briefhoofd staat.'

'Dat weet ik.'

'Wat is er in godsnaam aan de hand, Mike?'

'Dat is een lang verhaal.'

'Heb je gedaan waar ze je van verdenken?'

266

'Dit meen je toch niet serieus, hè? Zeg me alsjeblieft dat dat niet zo is.'

'Ze hebben me die receptenblokken laten zien. Ze hebben me een lijst gegeven van de recepten die er uitgeschreven zijn. Geen van die mensen is een patiënt van ons. Jezus, de helft van die medicijnen hebben wij nog nooit voorgeschreven.'

'Ik weet het.'

'Ook mijn carrière staat op het spel, Mike,' zei ze. 'Ik heb deze praktijk opgezet. Je weet wat die voor me betekent.'

Hij hoorde iets in haar stem, iets wat verder ging dan alleen gekwetstheid. 'Het spijt me, Ilene. Ik doe mijn uiterste best om uit te vinden wat er precies aan de hand is.'

'Ik denk dat ik recht heb op meer dan alleen "het is een lang verhaal".'

'De waarheid is dat ik niet weet wat er gaande is. Het enige wat ik weet is dat Adam wordt vermist. Ik moet eerst hem zien te vinden.'

'Hoe bedoel je, vermist?'

Hij vertelde haar in het kort wat er was gebeurd. Toen hij klaar was zei Ilene: 'Ik vind het niet leuk om je de voor de hand liggende vraag te stellen.'

'Doe dat dan niet.'

'Ik wil mijn praktijk niet kwijt, Mike.'

'Het is ónze praktijk, Ilene.'

'Dat is waar. Dus als ik je op de een of andere manier kan helpen Adam terug te vinden...' begon ze.

'Dan laat ik het je weten.'

Nash stopte het busje voor het huis van Pietra in Hawthorne.

Ze moesten elkaar even met rust laten. Hij zag dat in. De eerste barsten waren in hun relatie gekomen. Ze zouden altijd op de een of andere manier aan elkaar verbonden blijven... niet zoals hij aan Cassandra verbonden was geweest, bij lange na niet. Maar er was wel iets, een zeker magnetisme dat hen keer op keer bij elkaar had gebracht. Het was waarschijnlijk begonnen als een soort inlossing van schuld, dankbaarheid voor het feit dat hij haar uit dat afschuwelijke land had weggehaald, maar misschien had ze later wel bedacht dat ze helemaal niet gered had willen worden. Misschien ervoer ze het feit dat hij haar had gered wel als een vloek, dat ze zich nu verplicht aan hem voelde in plaats van andersom.

Pietra keek uit het zijraampje. 'Nash?'

'Ja?'

Ze bracht haar hand naar haar hals. 'Die soldaten die mijn familie hebben afgeslacht. Al die onbeschrijflijke dingen die ze met ze hebben gedaan. Ik vraag me wel eens af…'

Ze stopte met praten.

'Ik luister,' zei hij.

'Denk je dat die soldaten allemaal moordenaars en verkrachters en sadisten waren… ook als het geen oorlog was geweest? Dat ze die dingen dan ook zouden hebben gedaan?'

Nash zei niets.

'Die ene die we hebben gevonden, was bakker,' zei ze. 'We kochten altijd brood bij hem. De hele familie kwam bij hem in de winkel. Hij was altijd aardig tegen ons. Soms kregen we een lolly.'

'Waar wil je naartoe?'

'Als het geen oorlog was geweest,' zei Pietra, 'dan zouden ze waarschijnlijk gewoon hun normale leven hebben geleid. Dan waren ze bakker of smid of timmerman gebleven. Dan zouden het geen moordenaars zijn geworden.'

'En jij denkt dat dat voor jou ook opgaat?' vroeg Nash. 'Dat je gewoon actrice gebleven zou zijn?'

'Ik heb het nu niet over mij,' zei Pietra. 'Ik heb het over die soldaten.'

'Oké, wat je wilt. Als ik jouw logica volg, dan denk je dus dat de druk van de oorlog hun misdaden verklaart.'

'Jij niet?'

'Nee, ik niet.'

Langzaam draaide ze haar hoofd zijn kant op. 'Waarom niet?'

'Jij stelt dat de oorlog hen heeft gedwongen tot daden die niet in hun aard zaten.'

'Ja.'

'Misschien is het tegendeel wel waar,' zei hij. 'Wie weet heeft de oorlog hun juist de gelegenheid gegeven hun ware aard te tonen. En is het de samenleving, niet de oorlog, die de mensen dwingt tot daden die niet in hun aard zitten.'

Pietra deed het portier open en stapte uit. Hij keek haar na tot ze het appartementengebouw binnenging. Toen zette hij het busje in de versnelling en ging op weg naar zijn volgende bestemming. Een half uur later parkeerde hij het busje in een zijstraat, tussen twee huizen die onbewoond leken. Hij wilde niet dat het busje op het parkeerterrein gezien zou worden.

Nash plakte zijn snor op en zette een honkbalpet op. Hij wandelde naar het grote bakstenen gebouw drie straten verderop. Het gebouw maakte een verlaten indruk. De voordeur, wist Nash, zou zeker op slot zijn. Maar bij de zijdeur zat een boekje lucifers tussen het slot. Hij trok de deur open en ging naar binnen. De gang hing vol met schilderopdrachten van leerlingen. Aan het prikbord hingen opstellen. Nash bleef staan en las er een paar. Ze waren van groep drie en alle verhaaltjes ging over henzelf. Zo kregen kinderen tegenwoordig les. Alleen aan jezelf denken. Jij bent bijzonder. Je bent uniek en speciaal en niemand, maar dan ook echt niemand, is gewoon. Wat, als je erover nadacht, iedereen juist wél gewoon maakte.

Hij ging het lokaal op de begane grond binnen. Joe Lewiston zat in kleermakerszit op de vloer. Hij had papieren in zijn hand en de tranen stonden in zijn ogen. Hij keek op toen Nash binnenkwam.

'Het werkt niet,' zei Joe Lewiston. 'Ze blijft die e-mails sturen.'

31

Muse ondervroeg de dochter van Marianne Gillespie heel voorzichtig, maar Yasmin wist niets.

Ze had haar moeder niet gezien. Ze wist niet eens dat ze in de stad was.

'Ik dacht dat ze in LA zat,' zei Yasmin.

'Heeft ze je dat verteld?' vroeg Muse.

'Ja.' En toen: 'Tenminste, ze heeft me een e-mail gestuurd.'

Muse herinnerde zich dat Guy Novak haar hetzelfde had verteld. 'Heb je die nog?'

'Ik kan in mijn computer kijken. Alles oké met Marianne?'

'Noem je je moeder bij haar voornaam?'

Yasmin haalde haar schouders op. 'Ze heeft nooit echt moeder willen zijn. Dus ik dacht: waarom zou ik haar daar dan aan herinneren? Daarom noemde ik haar Marianne.'

Ze zijn al vroeg wijs, dacht Muse. 'Heb je die e-mail nog?' vroeg ze nog eens.

'Ik denk het wel. In mijn computer.'

'Ik zou graag willen dat je die voor me print.'

Yasmin fronste haar wenkbrauwen. 'Maar je wilt me niet vertellen waar dit over gaat.' Het was geen vraag.

'Niks om je zorgen over te maken.'

'Ah! Je wilt niet dat het kind zich zorgen maakt. Als het om jouw moeder ging en je was zo oud als ik, zou jij het dan niet willen weten?'

'Daar heb je gelijk in. Maar we weten nog niet genoeg. Straks komt je vader terug, dan weten we meer. Ik zou heel graag die e-mail willen zien.'

Yasmin liep de trap op. Haar vriendinnetje bleef in de keuken. Normaliter zou Muse liever onder vier ogen met Yasmin hebben gepraat, maar het vriendinnetje leek een kalmerende invloed op haar te hebben.

'Hoe heette je ook alweer?' vroeg Muse aan het meisje.

270

'Jill Baye.'
'Jill, heb jij Yasmins moeder wel eens ontmoet?'
'Ja, een paar keer.'
'Je kijkt bezorgd.'
Jill trok een gezicht. 'Jij bent van de politie en je stelt mijn vrien-
din vragen over haar moeder. Vind je het gek dat ik bezorgd ben?'
Die kinderen van tegenwoordig.
Yasmin kwam de trap af met een A4'tje in haar hand. 'Hier,' zei ze.
Muse las de tekst.
*Hallo! Ik ga een paar weken naar Los Angeles. Ik bel je zodra ik terug
ben.*
Dit verklaarde een hoop. Muse had zich al afgevraagd waarom
niemand haar onbekende slachtoffer als vermist had opgegeven.
Doodsimpel. Ze woonde alleen in Florida. Met haar manier van le-
ven en deze e-mail zou het weken of misschien wel maanden kun-
nen duren voordat iemand zich zorgen om haar begon te maken.
'Heb je er iets aan?' vroeg Yasmin.
'Ja. Dank je wel.'
Er kwamen tranen in Yasmins ogen. 'Ze is wel nog steeds mijn
moeder, weet je?'
'Ja, dat weet ik.'
'Ze houdt van me.' Yasmin begon te huilen. Muse wilde naar
haar toe lopen, maar het meisje stak haar hand op. 'Ze weet gewoon
niet goed hoe ze moeder moet zijn. Ze doet haar best. Maar ze be-
grijpt het gewoon niet.'
'Ik veroordeel haar ook niet.'
'Vertel me dan wat er aan de hand is. Alsjeblieft?'
'Dat mag ik niet doen,' zei Muse.
'Maar het is iets ergs, of niet soms? Dat kun je me toch wel ver-
tellen? Hoe erg is het?'
Muse had graag eerlijk tegen het meisje willen zijn, maar daar
was het nu het moment noch de plaats voor.
'Straks komt je vader terug. Ik moet nu weer naar het bureau.'

'Doe even rustig,' zei Nash.
In een vloeiende beweging stond Joe Lewiston op uit zijn kleermakerszit. Leraren, vermoedde Nash, deden dat zo vaak dat ze gewend waren aan die beweging. 'Sorry,' zei Lewiston. 'Ik had je er
niet bij moeten betrekken.'
'Je hebt er goed aan gedaan me te bellen.'
Nash keek naar zijn voormalige zwager. Je zei 'voormalig', want

'ex' duidde op een echtscheiding. Cassandra Lewiston, de vrouw van wie hij zo veel had gehouden, had vijf broers gehad. Joe was de jongste, en hij was haar lievelingsbroer geweest. Toen hun oudste broer Curtis was vermoord, iets meer dan tien jaar geleden, had Cassandra het er erg moeilijk mee gehad. Dagenlang had ze gehuild en niet uit bed willen komen, en hoewel Nash wist dat het irreëel was om zulk soort dingen te denken, had hij zich soms afgevraagd of ze niet ziek was geworden van verdriet. De dood van haar broer was zo'n klap voor haar geweest dat haar immuunsysteem er misschien wel door was aangetast. Misschien zat de kanker wel standaard in ons lichaam, bij iedereen, die cellen die op ons leven loerden en wachtten tot we ons zwak en kwetsbaar voelden en dan toesloegen.

'Ik beloof je dat ik erachter zal komen wie Curtis heeft vermoord,' had Nash tegen zijn geliefde gezegd.

Maar hij had zich niet aan die belofte gehouden, hoewel het Cassandra niet echt had kunnen schelen. Ze was niet wraakzuchtig geweest. Ze had gewoon haar grote broer gemist. Dus had hij haar daar, op dat moment, gezworen dat ze nooit meer zo veel pijn zou lijden. Hij zou de mensen beschermen van wie ze hield. Altijd.

Op haar sterfbed had hij het haar opnieuw beloofd.

Het had haar enigszins gerustgesteld.

'Dus je zult er zijn als ze je nodig hebben?' had Cassandra hem gevraagd.

'Ja.'

'Dan zullen zij er ook voor jou zijn.'

Op dat laatste had Nash niet gereageerd.

Joe kwam naar hem toe. Nash liet zijn blik door het lokaal gaan. In veel opzichten was het nauwelijks veranderd sinds hij zelf op school zat. Op het bord stonden de regels geschreven, in schuinschrift, zowel de hoofdletters als de kleine letters. Overal op de linoleumvloer zaten gekleurde vegen. Er was een touwtje door het lokaal gespannen, waaraan met plakkaatverf beschilderde vellen papier hingen te drogen.

'Er is iets anders gebeurd,' zei Joe.

'Vertel op.'

'Guy Novak rijdt steeds langs mijn huis. Dan mindert hij vaart en gluurt naar binnen. Ik denk dat Dolly en Allie er bang van beginnen te worden.'

'Sinds wanneer doet hij dat?'

'Nu ongeveer een week.'

272

'Waarom heb je dat niet eerder gezegd?'

'Ik dacht niet dat het belangrijk was. Dat hij er wel mee op zou houden.'

Er kwam een scherpere blik in Nash' ogen. 'En waarom denk je dat het nu wel belangrijk is?'

'Omdat Dolly echt overstuur raakte toen hij het vanochtend weer deed.'

'Is Guy Novak vandaag langs jullie huis gereden?'

'Ja.'

'En jij denkt dat hij dat doet om jullie te intimideren?'

'Waarom zou hij het anders doen?'

Nash schudde zijn hoofd. 'We hebben er vanaf het eerste begin naast gezeten.'

'Hoe bedoel je?'

Maar het had geen zin om dat uit te leggen. Dolly Lewiston ontving nog steeds die e-mails. Dat betekende één ding. Marianne had ze niet verstuurd, ook al had ze, toen hij haar lang genoeg had laten lijden, toegegeven dat ze het wel had gedaan.

Guy Novak had ze verstuurd.

Hij dacht aan Cassandra en aan wat hij haar had beloofd. Hij wist nu wat hij moest doen om de situatie onder controle te krijgen.

'God, wat ben ik dom geweest,' zei Joe Lewiston.

'Luister naar me, Joe.'

Hij zag er ronduit bang uit. Nash was blij dat Cassandra haar lievelingsbroertje niet in deze toestand hoefde te zien. Hij dacht weer aan hoe Cassandra kort voor haar overlijden was geweest. Ze was hartstikke kaal geweest. Haar huid had een gelige tint. Ze had open wonden op haar schedel en in haar gezicht gehad. Geen controle meer over haar ingewanden. Er waren momenten geweest dat ze ondraaglijke pijn leed, maar ze had hem laten beloven dat hij niet zou ingrijpen. Dan perste ze haar lippen op elkaar en puilden haar ogen bijna uit haar hoofd, alsof ze van binnenuit door stalen klauwen uiteen werd gescheurd. Kort voor het einde kreeg ze zweren in haar mondholte, zodat ze niet eens meer kon praten. Nash had bij haar bed gezeten, had het aangezien en had zijn woede steeds verder voelen oplaaien.

'Het komt allemaal goed, Joe.'

'Wat ga je doen?'

'Maak jij je daar maar geen zorgen over, oké? Het komt goed. Ik beloof het je.'

273

Betsy Hill wachtte op Adam in het stukje bos achter hun achtertuin. Het overgroeide lapje grond hoorde bij hun terrein, maar ze hadden nooit de moeite genomen er iets mee te doen. Een paar jaar geleden hadden Ron en zij het plan opgevat om het te ontginnen en er een zwembad te laten aanleggen, maar de kosten waren aanzienlijk en de tweeling was nog te jong. Dus waren ze er nooit aan toe gekomen. Ron had er een fort gebouwd toen Spencer negen was. De kinderen uit de buurt hadden er vaak gespeeld. Ron had er ook een schommel opgehangen. Het fort en de schommel waren er al jaren niet meer, maar als Betsy goed keek, zag ze hier en daar nog wel een krom geslagen spijker of een roestig stuk pijp.

Jaren later gebruikte Spencer het als ontmoetingsplek voor vrienden. Betsy had een keer lege bierflesjes gevonden. Ze had Spencer ermee willen confronteren, maar elke keer wanneer ze het ter sprake probeerde te brengen, had hij zich verder in zichzelf teruggetrokken. Een tiener die stiekem met zijn vrienden een biertje dronk. Was dat nou zo vreselijk?

'Mevrouw Hill?'

Ze draaide zich om en zag Adam achter zich staan. Hij was vanaf de andere kant gekomen, door de tuin van Kadison.

'Mijn god,' zei ze, 'wat is er met jou gebeurd?'

Zijn gezicht was vuil en de ene kant was bont en blauw. Zijn onderarm zat in het verband. Hij had een scheur in zijn T-shirt.

'Niks ernstigs,' zei Adam.

Betsy had zijn waarschuwing ter harte genomen en had zijn ouders niet gebeld. Ze was bang dat deze kans anders verloren zou gaan. Dat was misschien niet goed, maar ze had in de afgelopen maand al zo veel foute beslissingen genomen dat deze er ook nog wel bij kon.

Desondanks waren haar volgende woorden tegen hem: 'Je ouders maken zich doodongerust over je.'

'Ik weet het.'

'Wat is er gebeurd, Adam? Waar heb je uitgehangen?'

Hij schudde zijn hoofd. Iets in de manier waarop deed Betsy aan zijn vader denken. Als kinderen ouder worden, zie je dat wel vaker... ze lijken niet alleen uiterlijk op hun ouders, ze schijnen ook hun maniertjes over te nemen. Adam was al groot, groter dan zijn vader, al bijna een man.

'Ik vermoed dat die foto al vrij lang op de herdenkingssite staat,' zei Adam. 'Ik kom er zelf nooit.'

'O nee?'

274

'Nee.'

'Mag ik vragen waarom niet?'

'Voor mij is het Spencer niet, op die site. Begrijpt u? Ik bedoel, ik ken die meisjes die hem hebben gemaakt niet eens. Ik heb genoeg eigen herinneringen aan hem. Dus kom ik daar nooit.'

'Weet je wie de foto heeft gemaakt?'

'DJ Huff, denk ik. Zeker weet ik het niet, want ik sta op de achtergrond en kijk de andere kant op. Maar DJ heeft veel foto's op die site gezet. Ik vermoed dat hij ze gewoon allemaal heeft ingeladen, zonder te beseffen dat er een van die avond bij zat.'

'Wat is er die avond gebeurd, Adam?'

Adam begon te huilen. Ze had zonet nog gedacht dat hij er bijna als een volwassen man had uitgezien. Nu was de man verdwenen en kwam de jongen weer terug.

'We hebben gevochten.'

Betsy verroerde zich niet. Ze stonden een meter of twee van elkaar vandaan, maar ze meende dat ze het bonzen van zijn hart kon horen.

'Zo is hij aan die blauwe plek op zijn gezicht gekomen,' zei Adam.

'Heb je hem geslagen?'

Adam knikte.

'Maar jullie waren vrienden,' zei Betsy. 'Waarom zouden jullie met elkaar vechten?'

'We hadden gedronken en waren half stoned. Het ging om een meisje. Het is uit de hand gelopen. We stonden tegen elkaar aan te duwen en toen haalde hij naar me uit. Ik dook weg en raakte hem in zijn gezicht.'

'Om een meisje?'

Adam sloeg zijn ogen neer.

'Wie waren er nog meer bij?' vroeg Betsy.

Adam schudde zijn hoofd. 'Dat is niet belangrijk.'

'Voor mij wel.'

'Het doet er niet toe. Ik was het die met hem op de vuist is gegaan.'

Betsy probeerde het zich voor te stellen. Haar zoon. Haar knappe jongen tijdens zijn laatste dag op deze aardbol en zijn allerbeste vriend geeft hem een dreun in zijn gezicht. Ze deed haar best om rustig te blijven praten, maar slaagde daar niet in. 'Ik begrijp er niets van. Waar waren jullie?'

'We zouden naar de Bronx gaan. Er is daar een club waar jongeren van onze leeftijd kunnen feesten.'

'De Bronx?'

'Maar het was daarvóór dat Spencer en ik op de vuist gingen. Ik heb hem een dreun verkocht en hem de meest vreselijke dingen naar zijn hoofd geslingerd. Ik was zo boos. En toen is hij weggerend. Ik had hem achterna moeten gaan. Dat heb ik niet gedaan. Ik heb hem laten lopen. Ik had moeten weten wat hij ging doen.'

Betsy Hill stond daar als verlamd. Ze dacht aan wat Ron had gezegd, dat niemand hun zoon had gedwongen een fles wodka en een pot pillen van huis mee te pikken.

'Wie heeft mijn jongen vermoord?' vroeg ze.

Maar ze wist het antwoord.

Ze had het vanaf het eerste begin geweten. Ze had gezocht naar een verklaring voor het onverklaarbare, en misschien zou ze er ooit een vinden, maar menselijke motieven zijn veel complexer dan je denkt. Twee kinderen uit hetzelfde gezin, op exact dezelfde manier opgevoed, en het ene wordt een brave burger en het andere een moordenaar. Sommige mensen zullen het wijten aan erfelijke aanleg, aan aard boven opvoeding, maar soms is het dat niet eens. Dan is het een of andere willekeurige gebeurtenis die het leven van iemand radicaal verandert, iets in de lucht wat vat krijgt op de chemie van je hersenen. Het kan echt van alles zijn. En dan, nadat de ramp zich heeft voltrokken, gaan we op zoek naar een verklaring, en misschien vinden we die ook wel, maar eigenlijk is het allemaal theoretiseren achteraf.

'Vertel me wat er gebeurd is, Adam.'

'Hij heeft later geprobeerd me te bellen,' zei Adam. 'Dat waren die telefoontjes. Ik zag dat hij het was en heb niet geantwoord. Ik heb gewacht tot de oproep naar mijn voicemail werd doorgeschakeld. Hij was al zo stoned. Hij was depressief en down, en ik had dat moeten zien. Ik had hem moeten vergeven. Maar dat heb ik niet gedaan. Dat was zijn laatste sms aan mij. Hij zei dat het hem speet en dat hij een uitweg wist. Hij had al eerder over zelfmoord gedacht. We hebben het er allemaal wel eens over gehad. Maar bij hem was het anders. Serieuzer. En ik had met hem gevochten. Ik had hem uitgescholden en gezegd dat ik hem nooit zou vergeven.'

Betsy schudde haar hoofd.

'Hij was een goeie jongen, mevrouw Hill.'

'Hij was degene die de pillen heeft meegenomen, ze uit ons medicijnkastje heeft gepikt...' zei ze, meer tegen zichzelf dan tegen hem.

'Ik weet het. Dat deden we allemaal.'

Die laatste woorden verbaasden haar zo dat ze niet meer goed kon nadenken. 'Een meisje? Hadden jullie ruzie over een meisje?'
'Het was mijn schuld,' zei Adam. 'Ik verloor mijn zelfbeheersing. Ik ben hem niet gaan zoeken. Ik heb zijn ingesproken berichten te laat afgeluisterd. Ik ben naar het dak gegaan zodra ik kon. Maar toen was hij al dood.'
'Heb jíj hem gevonden?'
Hij knikte.
'En je hebt niks gezegd?'
'Ik durfde het niet. Maar het kan zo niet langer. Ik ga er een eind aan maken.'
'Waaraan?'
'Het spijt me heel erg, mevrouw Hill. Ik heb hem niet kunnen redden.'
Toen zei Betsy: 'Ik ook niet, Adam.'
Ze deed een stap naar hem toe, maar hij schudde zijn hoofd.
'Ik ga er een eind aan maken,' zei hij weer.
Toen deed hij twee stappen achteruit, draaide zich om en rende weg.

32

Paul Copeland stond tegenover een woud van persmicrofoons en zei: 'We hebben uw hulp nodig bij het zoeken naar een vermiste vrouw. Ze heet Reba Cordova.'

Muse keek toe vanaf de zijkant van het podium. Het grote beeldscherm lichtte op en toonde een foto van Reba, zo lief dat het bijna zeer deed. Haar glimlach was er zo een waardoor je zelf ging glimlachen, of in het andere geval, zoals deze situatie, die je midden in je hart raakte. Onder aan het scherm stond een telefoonnummer.

'We vragen ook uw hulp bij het opsporen van déze vrouw.'

Nu verscheen de foto van de bewakingsvideo van Target.

'Wij zouden graag met deze vrouw in contact komen. Als u weet wie ze is of informatie over haar hebt, belt u dan het onderstaande nummer, alstublieft.'

Ze zouden talloze telefoontjes van idioten krijgen, wist Muse, maar in een situatie als deze moesten ze dat maar op de koop toe nemen. Ze betwijfelde of iemand Reba Cordova zou hebben gezien, maar er was wel een goede kans dat iemand de vrouw van de bewakingsfoto zou herkennen. Tenminste, dat hoopte ze.

Neil Cordova stond naast Cope. Aan weerszijden van hem, half tegen hem aan, stonden zijn twee kinderen. Cordova stond daar met geheven hoofd, maar je kon zien dat hij beefde. De meisjes hadden beeldschone gezichtjes met grote angstogen, alsof ze in een oorlogsreportage net uit een uitgebrand gebouw waren komen wankelen. De pers vond het natuurlijk prachtig… dit doodsbange, fotogenieke gezin. Cope had tegen Cordova gezegd dat het niet nodig was dat hij naar de persconferentie kwam, of dat hij anders beter alleen kon komen, zonder zijn kinderen. Neil Cordova had dat geweigerd.

'We moeten doen wat in ons vermogen ligt om haar te redden,' had Cordova tegen hem gezegd. 'Ander zullen ze zich later blijven afvragen of ze wel genoeg hebben gedaan.'

'Het kan traumatisch voor ze zijn,' had Cope ertegen ingebracht.

'Als hun moeder dood is, zullen ze ook door een hel moeten

gaan. Ik wil dat ze in ieder geval weten dat we al het mogelijke hebben gedaan.'

Muse voelde haar mobiele telefoon trillen. Ze keek op de display en zag dat het Clarence Morrow in het mortuarium was. Het werd verdomme een keer tijd.

'Het onbekende slachtoffer is Marianne Gillespie,' zei Clarence. 'Haar ex-man heeft het bevestigd.'

Muse deed een stap naar voren, zodat Cope haar kon zien. Toen hij haar kant op keek, knikte ze naar hem. Cope boog zich weer naar de microfoons en zei: 'We hebben ook een lijk geïdentificeerd dat mogelijk in verband kan worden gebracht met de verdwijning van Reba Cordova. Het gaat om een vrouw die Marianne Gillespie heet...'

Muse vervolgde haar telefoongesprek. 'Heb je Novak verhoord?'

'Ja, maar ik geloof niet dat hij iets met haar dood te maken heeft. Jij?'

'Nee, ik ook niet.'

'Hij had geen motief. Zijn vriendin is niet de vrouw van de bewakingsvideo en zijn signalement komt niet overeen met dat van de bestuurder van het busje.'

'Breng hem maar naar huis. Laat hem in alle rust met zijn dochtertje praten.'

'Ik ben al onderweg. Novak heeft zijn vriendin al gebeld, om de meisjes bij de tv weg te houden totdat hij terug is.'

Op het beeldscherm verscheen een foto van Marianne Gillespie. Vreemd genoeg had Novak geen enkele foto van zijn ex-vrouw gehad, maar Reba Cordova had Marianne het afgelopen voorjaar opgezocht in Florida en toen een paar foto's gemaakt. De foto was genomen bij het zwembad, met Marianne in haar bikini, maar voor de persfoto hadden ze alleen haar gezicht uitvergroot. Marianne had wel iets van een vamp gehad, constateerde Muse, hoewel een die betere tijden had gekend voordat ze door het harde leven was getekend. Alles was wat minder strak dan het was geweest, maar toch kon je zien dat ze het ooit had gehad.

Ten slotte kwam Neil Cordova achter de lessenaar staan. Alle camera's flitsten en hij werd overvallen door de explosie van licht. Cordova knipperde een paar keer met zijn ogen, maar hij maakte een kalmere indruk en van zijn gezicht viel weinig af te lezen. Hij vertelde de aanwezigen dat hij heel veel van zijn vrouw hield, dat ze een geweldige moeder voor hun kinderen was, en als iemand informatie over haar had, zou die persoon dan alstublieft het nummer onder in het beeldscherm willen bellen?

'Psst.'

Muse draaide zich om. Het was Frank Tremont. Hij wenkte haar.

'We hebben iets,' zei hij.

'Nu al?'

'We zijn gebeld door de weduwe van een voormalige politieman in Hawthorne. Ze zegt dat de vrouw van de bewakingsfoto een paar verdiepingen onder haar woont. Ze woont alleen, ze komt uit een of ander ver land en ze heet Pietra.'

Op weg naar de uitgang van de school ging Joe Lewiston de docentenkamer binnen en keek in zijn postvakje.

Er lag weer een persoonlijk oproep van de familie Loriman om hen te helpen met het vinden van een donor voor hun zoon Lucas. Joe had geen van hun beide kinderen ooit in zijn klas gehad, maar de moeder had hij wel eens op school gezien. Mannelijke docenten mochten dan doen alsof ze erboven stonden, maar ook zij waren gevoelig voor mooie moeders. Susan Loriman was er zeker een.

De oproep – het was de derde al – meldde dat er de komende vrijdag een 'medisch deskundige' op school zou komen om bloedproeven te nemen.

Laat uw hart spreken en help ons alstublieft het leven van onze Lucas te redden…

Joe voelde zich afschuwelijk. Zij en haar man zochten wanhopig naar een mogelijkheid om het leven van hun zoon te redden. Mevrouw Loriman had hem een e-mail met een dringend verzoek om hulp gestuurd. 'Ik weet dat u geen van mijn kinderen ooit in de klas hebt gehad, maar ik weet ook dat iedereen op school u als een geboren leider ziet,' had ze geschreven. En Joe had gedacht, heel egoïstisch omdat mensen dat nu eenmaal zijn, dat hij zich hiermee misschien kon rehabiliteren na het Yasmin-XY-probleem, of zich ten minste van zijn eigen schuldgevoel kon bevrijden. Hij dacht aan zijn eigen kind, stelde zich hun kleine Allie voor in een ziekenhuisbed, doodziek en pijn lijdend, met slangetjes bevestigd aan allerlei apparaten. Die gedachte zou zijn eigen problemen in perspectief moeten zetten, maar dat gebeurde niet. Er zijn altijd mensen die het moeilijker hebben dan jij. Maar veel troost leek dat nooit te bieden.

Hij stapte in zijn auto en dacht aan Nash. Joe had drie oudere broers die nog in leven waren, maar hij vertrouwde meer op Nash dan op zijn broers. Nash en Cassie hadden een weinig voor de hand liggende combinatie geleken, maar toen ze bij elkaar waren hadden ze een echte eenheid gevormd. Hij had wel eens gehoord dat relaties soms zo werkten, maar hij had het nog nooit echt gezien, daarvoor niet en daarna evenmin. Dolly en hij hadden zo'n relatie in ieder geval niet, dat was duidelijk.

Hoe banaal het misschien ook mocht klinken, Cassie en Nash waren een echte twee-eenheid geweest.

Toen Cassie overleed, was dat meer dan rampzalig geweest. Want ze geloofden gewoon niet dat het echt zou gebeuren. Ook niet toen de diagnose was gesteld. En zelfs niet nadat ze de eerste afschuwelijke gevolgen van de ziekte met eigen ogen hadden gezien. Realistisch of niet, ze waren gewoon blijven denken dat Cassie het wel zou halen. Toen ze uiteindelijk was bezweken, had het niet zo'n schok voor hen mogen zijn. Maar dat was het wel geweest.

Joe had Nash meer zien veranderen dan wie ook van de familie… of misschien, wanneer twee mensen op elkaar aangewezen zijn, wilde hij het wel zo zien. Er was een kilte over Nash gekomen die Joe merkwaardig genoeg geruststellend had gevonden, omdat er zo weinig was overgebleven waar Nash nog om gaf. Mensen leken zo meelevend en deden alsof ze er voor iedereen waren, maar als het er echt op aankwam, zoals toen in Joe's geval, dan wendde je je tot een sterke vriend die zich alleen voor jouw belangen inzette, die lak had aan wat goed of fout was en die alleen om jouw welzijn gaf.

Zo iemand was Nash.

'Ik heb het Cassandra beloofd,' had hij na de begrafenis tegen Joe gezegd. 'Ik heb haar beloofd dat ik jou zal beschermen.'

Als iemand anders dit had gezegd, zou het nogal bizar en verontrustend hebben geklonken, maar met Nash wist je dat hij het meende en dat hij alles zou doen wat in zijn ontzagwekkende vermogen lag om zich aan zijn woord te houden. Het was zowel beangstigend als opwindend geweest, en voor iemand als Joe, de niet-assertieve zoon die was genegeerd door zijn veeleisende vader, betekende dit heel veel.

Toen Joe thuiskwam, zat Dolly achter de computer. Ze had een merkwaardige uitdrukking op haar gezicht en Joe voorzag problemen.

'Waar ben je geweest?' vroeg Dolly.

'Op school.'

'Tot zo laat?'

'Ik had nog wat werk dat ik moest afmaken.'

'Mijn e-mail doet het nog steeds niet.'

'Ik zal er straks nog eens naar kijken.'

Dolly stond op. 'Wil je een kopje thee?'

'Ja, graag, dat zou lekker zijn.'

Dolly kuste hem op zijn wang. Joe nam achter de computer plaats. Hij wachtte tot ze de kamer uit was en logde in op zijn account. Hij wilde kijken of er e-mails voor hem waren toen iets op de startpagina zijn aandacht trok.

Op de startpagina stonden de foto's van het laatste nieuws. Van het wereldnieuws, het plaatselijke nieuws, sport en entertainment. Het was de foto van het plaatselijke nieuws die zijn aandacht had getrokken. De foto was al weer weg, vervangen door een nieuwsitem over de New York Knicks.

Joe klikte op het groene pijltje en de foto verscheen weer op het scherm.

Het was er een van een man met zijn twee kinderen. Joe herkende het dochtertje. Ze zat niet bij hem in de klas, maar wel bij hem op school. Of ze leek in ieder geval op een meisje dat bij hem op school zat. Hij klikte op het artikel.

VROUW VERMIST, luidde de kop.

Hij zag de naam Reba Cordova. Joe kende haar. Ze zat in het comité van de schoolbibliotheek, waar Joe hoofd van was. Ze was vicevoorzitter van de oudervereniging en hij herinnerde zich dat hij haar glimlachende gezicht wel eens bij de achteruitgang had gezien toen hij zijn klas uitgeleide deed.

Werd zij vermist?

Toen las hij de volgende alinea, over het mogelijke verband tussen haar verdwijning en een lijk dat onlangs in Newark was gevonden. Hij las de naam van het slachtoffer en voelde dat alle lucht uit zijn borstkas werd geperst.

O, mijn lieve god, wat had hij gedaan?

Joe Lewiston rende naar de badkamer en gaf over in de wc. Daarna pakte hij zijn telefoon en toetste het nummer van Nash in.

33

Ron Hill zorgde er eerst voor dat hij zeker wist dat Betsy en de tweeling niet thuis waren. Toen ging hij naar boven, naar de kamer van zijn overleden zoon.

Hij wilde niet dat iemand zag wat hij deed.

Ron leunde tegen de deurpost. Hij staarde naar het bed alsof hij daarmee het beeld van zijn zoon kon oproepen... dat, als hij maar lang genoeg bleef kijken, zich een gedaante zou materialiseren en dat het Spencer zou zijn, die op zijn rug naar het plafond lag te staren zoals hij dat altijd had gedaan, zwijgend en met een paar traantjes in zijn ooghoeken.

Waarom hadden ze het niet gezien?

Je kon terugkijken en constateren dat de jongen altijd erg stil was geweest, altijd net iets te bedroefd en te mat. Maar je wilde hem ook niet meteen het etiket 'manisch depressief' opplakken. Hij was nog maar een kind, dus je ging ervan uit dat hij er wel overheen zou groeien. Maar nu, dankzij het wonder van de terugblik, vroeg hij zich af hoe vaak hij niet langs Spencers kamer was gelopen, dat de deur dan dicht was en Ron die had opengedaan zonder te kloppen – het was verdorie zíjn huis; hij hoefde niet te kloppen – dat Spencer dan op zijn bed had gelegen, met vochtige ogen naar het plafond lag te kijken en Ron had gevraagd: 'Alles oké met je?', waarop hij had geantwoord: 'Ja, pa.' Dat Ron dan de deur weer had dichtgedaan en dat dat voldoende was geweest?

Mooie vader ben jij, dacht Ron.

Hij verweet het zichzelf. Hij verweet zichzelf dat hij de signalen in Spencers gedrag niet serieus had genomen. Hij verweet zichzelf dat hij de medicijnen en de wodka had laten slingeren op plekken waar zijn zoon ze zo kon pakken. Maar wat hij zichzelf het meest verweet, was wat hij had gedacht.

Misschien was het zijn midlifecrisis geweest. Maar Ron geloofde dat niet. Dat kwam te goed van pas, was hem te gemakkelijk. De waarheid was dat Ron zijn eigen leven vreselijk vond. Hij vond zijn baan vreselijk. Hij vond het vreselijk om 's avonds thuis te komen, bij kinderen die nooit naar hem luisterden, altijd en eeuwig die herrie in huis, of dat hij weer snel naar de winkel moest om gloeilampen te halen, of zich zorgen moest maken om de energierekening of het schoolgeld, en god, wat zou hij dat allemaal graag achter zich laten. Hoe was hij eigenlijk in dit leven verzeild geraakt? Hoe raakten zo veel andere mannen erin verzeild? Wat hij wilde was een blokhut in het bos, lekker met rust worden gelaten en meer niet, helemaal alleen in het bos, zonder mobiele telefoon die hem zou kunnen storen, alleen een open plek tussen de bomen vinden, naar de hemel kijken en de zon op zijn gezicht voelen.

Dus had hij dit leven verwenst, had hij gewild dat hij eraan kon ontsnappen, en raad eens hoe God zijn gebeden had beantwoord? Met de dood van zijn zoon.

Hij vond het hier vreselijk, in dit huis, in deze graftombe. Betsy zou nooit willen verhuizen. Er was een algehele communicatiestoornis tussen hem en de tweeling. Een man blijft omdat hij zich daartoe verplicht voelt, maar wat had het voor zin? Je offert je eigen geluk op in de ijdele hoop dat de volgende generatie er gelukkiger van wordt. Maar werd dat ook gegarandeerd... als ik maar blijf doorploeteren, zullen mijn kinderen een beter leven hebben? Wat een onzin. Had het voor Spencer soms gewerkt?

Hij dacht terug aan de eerste dagen na Spencers dood. Hij was naar deze kamer gegaan, niet zozeer om hem leeg te ruimen maar om Spencers spullen te bekijken. Het had hem geholpen. Hij wist niet precies waarom. Hij had zich met de dingen van zijn zoon omringd alsof het verschil zou maken wanneer hij hem op die manier beter leerde kennen. Betsy was de kamer binnengekomen en had een woedeaanval gekregen. Dus was hij ermee opgehouden en had hij nooit een woord gezegd over wat hij had gevonden... en hoewel hij zou blijven proberen om nader tot Betsy te komen, hoewel hij naar nieuwe wegen zou blijven zoeken, de vrouw die hij lief had gehad was voorgoed verdwenen. Misschien was dat al langer geleden gebeurd – hij kon het niet met zekerheid zeggen – maar wat er nog restte, wat dat ook was, was samen met Spencer in die verdomde doodskist begraven.

Het geluid van de achterdeur maakte hem aan het schrikken. Hij had geen auto op de oprit gehoord. Hij haastte zich naar de trap en zag Betsy beneden staan. Hij zag de blik in haar ogen en vroeg: 'Wat is er gebeurd?'

'Spencer heeft zelf een eind aan zijn leven gemaakt,' zei ze.

Ron keek haar alleen maar aan, wist niet goed hoe hij hierop moest reageren.

'Ik had eigenlijk gewild dat er meer achter zou zitten,' zei ze.

Hij knikte. 'Dat weet ik.'

'We blijven ons altijd maar afvragen wat we hadden kunnen doen om het te voorkomen. Maar misschien... ik weet het niet... konden we dat helemaal niet. Misschien hebben we dingen over het hoofd gezien, maar misschien zou het niks uitgemaakt hebben. Ik vind dat een nare gedachte, want ik wil onszelf niet vrijpleiten... en tegelijkertijd denk ik: wat kunnen mij dat vrijpleiten en die zelfverwijten en weet ik wat nog meer schelen? Het enige wat ik wil is terug in de tijd. Begrijp je wat ik bedoel? Een kans om het nog eens over te doen en het net iets anders aan te pakken, met één piepkleine verandering, zoals links afslaan vanaf de oprit in plaats van rechtsaf, of als we het huis geel hadden geschilderd in plaats van blauw, of wat ook, dat alles dan anders gegaan zou zijn.'

Ron wachtte of ze nog meer ging zeggen. Toen ze dat niet deed vroeg hij: 'Wat is er gebeurd, Betsy?'

'Ik heb Adam Baye daarnet gezien.'

'Waar?'

'Achter het huis. Waar ze vroeger speelden.'

'Wat zei hij?'

Ze vertelde hem alles, over de ruzie, de vechtpartij, de telefoontjes daarna en hoe Adam zichzelf de schuld van alles gaf.

'Om een meisje?'

'Ja,' zei ze.

Maar Ron wist dat dat niet waar was.

Betsy draaide zich om.

'Wat ga je doen?' vroeg hij.

'Ik moet het aan Tia vertellen.'

Tia en Mike hadden besloten de taken te verdelen.

Mo was er ook. Hij en Mike reden weer naar de Bronx terwijl Tia de computer voor haar rekening nam. Mike praatte Mo bij over wat er was gebeurd. Mo reed door zonder Mike te onderbreken. Toen Mike uitgepraat was, zei Mo alleen: 'Die chat, met CeeJay8115.'

'Wat is daarmee?'

Mo reed door.

'Mo?'

'Ik weet het niet, maar het lijkt me heel sterk dat er nog 8114 CeeJays zijn.'

'Dus?'

'Getallen worden nooit willekeurig gekozen,' zei Mo. 'Die hebben altijd iets te betekenen. We moeten alleen zien uit te vinden wat.'

Mike had het kunnen weten. Mo was een kei in cijfers. Die hadden hem zijn toelating op Dartmouth opgeleverd... zijn foutloze proefwerken en andere toetsen voor cijfermatige vakken.

'Enig idee wat het zou kunnen betekenen?'

Mo schudde zijn hoofd. 'Nog niet.' En daarna: 'Wat gaan we nu doen?'

'Ik moet iemand bellen.'

Mike toetste het nummer van Club Jaguar in. Hij was verbaasd toen Rosemary McDevitt zelf opnam.

'Met Mike Baye.'

'Ja, dat vermoedde ik al. We zijn vandaag gesloten, maar ik had je telefoontje verwacht.'

'We moeten praten.'

'Dat moeten we zeker,' zei Rosemary. 'Je weet me te vinden. Kom zo snel mogelijk hiernaartoe.'

Tia bekeek Adams e-mails, maar er was niets binnengekomen waar ze iets aan had. Zijn vrienden Clark en Olivia stuurden nog steeds berichten, die steeds ongeruster van toon waren, maar nog steeds niets van DJ Huff. Dat verontrustte Tia.

Ze stond op en liep naar buiten. Ze keek of de reservesleutel er nog was. Die lag op zijn vaste plek. Mo had hem gebruikt en had gezegd dat hij hem zou terugleggen. Mo was de enige die wist waar hij lag, dus in zekere zin maakte dat hem tot een verdachte. Maar Tia mocht dan haar bedenkingen met Mo hebben, wantrouwen hoorde daar zeker niet bij. Hij zou hun gezin nooit kwaad doen. Er bestonden maar weinig mensen die zich in de vuurlinie zouden werpen wanneer er een pistool op je werd gericht. Of hij het ook voor Tia zou doen wist ze niet zeker, maar in het geval van Mike, Adam en Jill zou hij geen seconde aarzelen.

Ze stond nog steeds buiten toen ze de telefoon hoorde. Ze rende naar binnen en nam op toen die drie keer was overgegaan. Geen tijd om op de display te kijken.

'Hallo?'

'Tia? Met Guy Novak.'

Zijn stem klonk ijl en angstig, alsof hij van een hoog gebouw was gesprongen zonder te weten hoe hij moest landen.

'Wat is er mis?'

'Met de meisjes is alles in orde, maak je geen zorgen. Heb je het nieuws al gezien?'

'Nee, hoezo?'

Hij onderdrukte een snik. 'Mijn ex-vrouw is vermoord. Ik heb daarnet het lichaam geïdentificeerd.'

Tia wist niet precies wat ze had verwacht, maar dit in ieder geval niet. 'O mijn god, Guy, wat vreselijk.'

'Over de meisjes hoef je je geen zorgen te maken. Mijn vriendin Beth is bij ze. Ik heb net naar huis gebeld. Alles is oké met ze.'

'Hoe is Marianne vermoord?' vroeg Tia.

'Ze is doodgeslagen.'

'O nee...'

Tia had haar maar een paar keer ontmoet. Marianne was er al vandoor gegaan vóór Jill en Yasmin naar de kleuterschool gingen. Het was een flinke roddel geweest... een moeder die de druk van het moederschap niet aankon, eronder was bezweken, haar biezen had gepakt en een – zo gingen de geruchten – wild leven zonder verantwoordelijkheden onder de zon leidde. De meeste moeders praatten er vol over afkeer, maar Tia had zich altijd afgevraagd of ze ook niet een beetje jaloers waren en iets van bewondering voor haar voelden omdat ze zich van haar ketenen had bevrijd, zij het op een egoïstische en destructieve manier.

'Is de dader al gepakt?'

'Nee. Ze wisten tot vandaag niet eens wie ze was.'

'Ik vind het heel erg voor je, Guy.'

'Ik ben op weg naar huis. Yasmin weet het nog niet. Ik moet het haar straks vertellen.'

'Natuurlijk.'

'Het lijkt me beter als Jill er niet bij is als ik dat doe.'

'Nee, helemaal mee eens,' zei Tia. 'Ik kom haar nu meteen ophalen. Kunnen we verder nog iets voor je doen?'

'Nee, we redden ons wel. Maar het zou misschien goed zijn als Jill later terug kon komen. Ik weet dat ik veel van je vraag, maar Yasmin zou behoefte aan een beetje afleiding kunnen hebben.'

'Natuurlijk. Alles wat jij en Yasmin maar willen.'

'Dank je, Tia.' Hij beëindigde het gesprek. Tia bleef verbijsterd voor zich uit kijken. Doodgeslagen. Ze kon het nauwelijks bevatten. Het was te veel. Ze was nooit iemand van honderd dingen tegelijk geweest, maar de afgelopen paar dagen waren een zware aanslag geweest op de controlfreak die ze eigenlijk was.

287

Ze pakte haar sleutels van tafel, vroeg zich af of ze Mike moest bellen en besloot het niet te doen. Mike had zich totaal op het vinden van Adam geconcentreerd. Ze wilde hem daar niet bij storen. Toen ze buiten kwam, was de hemel strakblauw. Ze keek naar de weg, naar de vredige huizen erlangs, de keurig verzorgde gazons. De Grahams waren buiten, allebei. Hij leerde zijn zoontje van zes fietsen, hield het zadel vast terwijl het jongetje slingerend zijn eerste meters fietste. De bekende ontwikkelingsrite, een kwestie van vertrouwen ook, zoals wanneer je je als kind achterover liet vallen en wist dat degene die achter je stond je op zou vangen. Pa Graham liep te hijgen en zag er hopeloos uit vorm uit. Zijn vrouw keek toe vanuit de deuropening. Ze hield haar hand boven haar ogen vanwege de felle zon. Ze glimlachte. Dante Loriman draaide zijn BMW 550i de oprit op.

'Hé, Tia.'

'Hallo, Dante.'

'Hoe gaat het?'

'Prima. En met jou?'

'Ook prima.'

Ze logen allebei, natuurlijk. Tia keek de straat in. Alle huizen leken op elkaar. Ze moest weer denken aan de degelijke bouwwerken die het leven van zijn bewoners moesten beschermen en die dat niet konden. De Lorimans hadden een doodzieke zoon. De hare werd vermist en was waarschijnlijk bij illegale praktijken betrokken.

Ze ging achter het stuur van haar auto zitten toen haar mobiele telefoon zoemde. Ze keek op de display. Het was Betsy Hill. Misschien kon ze beter niet antwoorden. Ze hadden verschillende belangen, zij en Betsy. Tia wilde haar niet vertellen over de farmafeestjes en wat de politie vermoedde. Nog niet.

Haar telefoon zoemde weer.

Tia's vinger zweefde boven het groene knopje. Het belangrijkste was dat ze Adam terugvonden. Al het andere kon wachten. Maar er was een kans dat Betsy iets had ontdekt, dat ze Tia een aanwijzing kon geven over wat er allemaal aan de hand was.

Ze drukte op het knopje.

'Hallo?'

'Ik heb Adam net gezien,' zei Betsy Hill.

Carsons gebroken neus was gaan jeuken. Hij keek toe terwijl Rosemary McDevitt de hoorn op het toestel legde.

Het was doodstil in Club Jaguar. Rosemary had de club gesloten en iedereen naar huis gestuurd nadat het bijna op een knokpartij met Baye en zijn grote, kale vriend was uitgedraaid. Zij waren de enigen die waren achtergebleven.

Ze was een mooie vrouw, daar bestond geen twijfel over, een echte kanjer, maar het was toch alsof er barstjes in haar anders zo stoere buitenkant waren gekomen. Ze had haar armen om haar bovenlichaam geklemd.

Carson zat tegenover haar. Hij probeerde minachtend te snuiven, maar een pijnsteek in zijn neus weerhield hem daarvan.

'Was dat Adams ouweheer?'

'Ja.'

'We moeten ze lozen, allebei.'

Rosemary schudde haar hoofd.

'Wat nou nee?'

'Wat jij moet doen,' zei ze, 'is dit aan mij overlaten.'

'Je begrijpt het nog steeds niet, hè?'

Rosemary zei niets.

'De mensen voor wie we werken…'

'We werken voor niemand,' onderbrak ze hem.

'Oké, noem het hoe je wilt. Onze partners. Onze distributeurs. Onze… weet ik veel.'

Ze deed haar ogen dicht.

'Die twee zijn gevaarlijk voor ons.'

'Niemand kan iets bewijzen.'

'Natuurlijk wel.'

'Laat dit nou maar aan mij over, oké?'

'Komt hij hierheen?'

'Ja. Ik ga met hem praten. Ik weet wat ik doe. Jij kunt beter weggaan.'

'Zodat je alleen met hem kunt zijn?'

Rosemary schudde haar hoofd. 'Niet op de manier die jij denkt.'

'Op welke manier dan wel?'

'Ik weet hoe ik hem moet aanpakken. Ik ga hem overtuigen. Laat het nou maar aan mij over, oké?'

Adam, alleen op de heuvel, hoorde in zijn hoofd nog steeds Spencers stem.

Het spijt me zo…

Adam deed zijn ogen dicht. Die voicemails. Hij had ze bewaard in zijn telefoon, had er elke dag naar geluisterd en was steeds weer opnieuw verscheurd door verdriet.

Adam, geef alsjeblieft antwoord…
Vergeef me, oké? Zeg alleen dat je het me vergeeft…

Nog steeds spookten ze elke avond door zijn hoofd, vooral de laatste, toen Spencer al bijna niet meer uit zijn woorden kon komen, toen hij de dood al in de ogen zag…

Dit is niet tegen jou gericht, Adam. Hé, man, probeer het alleen te begrijpen. Het is tegen niemand gericht. Het is gewoon te zwaar voor me. Het is altijd te zwaar voor me geweest…

Adam was op de heuvel bij de oude school en wachtte op DJ Huff. DJ's vader, de politieman die hier in de stad was opgegroeid, had gezegd dat jongeren hier na school kwamen om drugs te gebruiken. De stoere gozers kwamen hier. De rest maakte liever een omweg van een halve kilometer om de heuvel te vermijden.

Hij tuurde in de verte. Hij kon het voetbalveld zien. Adam had daar gespeeld, bij de pupillen toen hij een jaar of acht was, maar voetbal was nooit zijn sport geweest. Hij hield meer van het ijs. Hij hield van de kou en het kille staal van de schaatsijzers. Hij vond het leuk om zijn schouder- en beenbeschermers aan te trekken en zijn masker op te zetten, hield van de concentratie die je nodig had om het doel te bewaken. Dan was je een echte vent. Als je goed was, als je de beste was, kon je team niet verliezen. De meeste jongens konden die druk niet aan. Adam had er juist van genoten.

Vergeef me, oké…?

Nee, dacht Adam nu, jij bent degene die het mij moet vergeven.

Spencer was altijd labiel geweest, met een paar echte pieken en heel diepe dalen. Hij had het gehad over van huis weglopen en een eigen bedrijf beginnen, maar meestal praatte hij over doodgaan en pijn lijden. Alle jongeren deden dat, tot op zekere hoogte. Adam had een jaar daarvoor zelfs een soort zelfmoordpact met Spencer gesloten. Maar voor hem was het bij praten gebleven.

Hij had moeten inzien dat Spencer het echt zou doen.

Vergeef me…

Zou het dan anders zijn gegaan? Ja, die avond misschien wel. Dan zou zijn vriend nog een dag hebben geleefd. En daarna misschien nog een dag. En daarna… wie weet?

'Adam?'

Hij draaide zich in de richting van de stem. Het was DJ Huff.

'Alles oké met je?' vroeg DJ.

'Nee, dankzij jou.'

'Ik kon niet voorzien wat er zou gebeuren. Ik zag alleen dat je va-

290

der me volgde en toen heb ik Carson gebeld.'

'En zelf ben je ervandoor gegaan.'

'Ik wist niet dat ze hem in elkaar zouden slaan.'

'Wat had je dán gedacht dat er zou gebeuren, DJ?'

DJ haalde zijn schouders op en toen zag Adam het. Zijn rode ogen. Het koude zweet dat op zijn gezicht stond. De manier waarop hij zich bewoog.

'Je bent stoned,' zei Adam.

'Nou en? Ik begrijp jou niet, man. Waarom heb je het aan je vader verteld? Hoe heb je dat kunnen doen?'

'Ik heb hem niks verteld.'

Adam had die avond zorgvuldig gepland. Hij was ervoor naar de stad geweest, naar een winkel waar ze spionage-elektronica verkochten. Hij had gedacht aan een zendertje op zijn lijf, zoals ze dat op tv deden, maar wat ze voor hem hadden was nog veel beter: een doodgewone pen waarmee hij geluid kon opnemen, en een gesp voor zijn riem met een videocameraatje erin. Hij zou alles vastleggen, naar de politie gaan – niet de plaatselijke politie, want daar werkte DJ's vader – en zou alle stukjes op hun plaats laten vallen. Hij wist dat hij een risico nam, maar hij had geen keus gehad.

Want hij ging eraan onderdoor.

Hij was aan het afglijden en hij wist het. En hij wist ook dat als hij er zelf niets aan deed, hij net zo zou eindigen als Spencer. Dus had hij een plan gemaakt en zich voorbereid op die avond.

En toen had zijn vader erop gestaan dat hij meeging naar die wedstrijd van de Rangers.

Hij wist dat hij dat niet kon doen. Hij had zijn plan misschien wel even kunnen uitstellen, maar als hij die avond niet kwam opdagen, zouden Rosemary en Carson en de anderen misschien argwaan krijgen. Want die wisten dat hij op breken stond. Daarom hadden ze hem met chantage gedreigd. Dus was hij het huis uit gevlucht en naar Club Jaguar gegaan.

Toen zijn vader ineens in de buurt was opgedoken, was zijn hele plan in het honderd gelopen.

De steekwond in zijn onderarm brandde. Die zou waarschijnlijk gehecht moeten worden en misschien was hij wel ontstoken. Hij had hem zo goed mogelijk schoongemaakt. De pijn was zo erg geweest dat hij bijna van zijn stokje was gegaan. Maar voorlopig was het goed zo. Totdat hij dit recht had gezet.

'Carson en de anderen denken dat je ons wilt verlinken,' zei DJ.

'Dat is niet waar,' loog Adam.

'Je vader is ook bij mijn huis gezien.'

'Wanneer?'

'Dat weet ik niet. Een uur voordat hij in de Bronx opdook, geloof ik. Mijn vader zag hem aan de overkant van de straat in zijn auto zitten.'

Adam wilde nadenken over wat dit te betekenen kon hebben, maar daar had hij nu geen tijd voor.

'We moeten hiermee stoppen, DJ.'

'Luister, ik heb met mijn ouweheer gepraat. Hij is bereid ons te helpen. Hij is politieman. Hij weet hoe dit soort dingen werkt.'

'Spencer is dood.'

'Dat is onze schuld niet.'

'Ja, DJ, dat is het wel.'

'Spencer zag het niet meer zitten. Hij heeft het zelf gedaan.'

'En wij hebben hem zijn gang laten gaan.' Adam keek omlaag. Hij had zijn hand tot een vuist gebald. Dat was Spencers laatste contact met een ander mens geweest. De vuist van zijn beste vriend. 'Ik heb hem geslagen.'

'Dat is jouw zaak, man. Als jij je er schuldig over wilt voelen, moet je dat zelf weten. Maar daar kun je de anderen niet voor laten opdraaien.'

'Het gaat niet alleen om schuld. Ze hebben geprobeerd mijn vader te vermoorden. Shit, ze hebben geprobeerd míj te vermoorden.'

DJ schudde zijn hoofd. 'Je begrijpt het niet.'

'Wat niet?'

'Als we onszelf aangeven, zijn we er geweest. Dan draaien we waarschijnlijk de bak in. Dan kunnen we de universiteit wel vergeten. En aan wie denk je dat Carson en Rosemary die medicijnen doorverkopen... aan het Leger des Heils? De georganiseerde misdaad is erbij betrokken, begrijp je dat dan niet? Carson schijt zeven kleuren.'

Adam zei niets.

'Mijn ouweheer zegt dat als we dit gewoon stil houden, het allemaal goed komt.'

'En jij gelooft dat?'

'Ik heb jou daar geïntroduceerd, maar dat is alles wat ze tegen me hebben. Het was het receptenblok van jouw vader. We kunnen gewoon zeggen dat we ermee willen ophouden.'

'En als ze ons niet willen laten gaan?'

'Dan kan mijn vader ze onder druk zetten. Hij heeft tegen mij gezegd dat het allemaal wel goed komt. In het allerergste geval kunnen we ons achter een advocaat verschuilen en gewoon niks zeggen.'

Adam keek hem aan en wachtte.

'Deze beslissing gaat ons allemaal aan,' zei DJ. 'Het is niet alleen jouw toekomst die op het spel staat. Het is ook die van mij. En Clark is erbij betrokken... en Olivia...'

'Naar dat argument luister ik niet meer.'

'Maar het is nog steeds waar, Adam. Misschien zijn zij er niet zo direct bij betrokken als jij en ik, maar als wij hangen, hangen zij ook.'

'Nee.'

'Wat nee?'

Adam keek zijn vriend aan. 'Dit is nu precies wat jij je hele leven hebt gedaan, DJ.'

'Wat bedoel je daarmee?'

'Jij werkt jezelf in de problemen en je vader haalt je eruit.'

'Wie denk je verdomme wel dat je bent?'

'We kunnen hier niet voor weglopen.'

Adam tuurde langs de bomen. Het voetbalveld was verlaten, maar een aantal spelers liep er in looppas omheen. Hij draaide zijn hoofd een stukje naar links. Hij zocht naar het lichte rechthoekje van het dak waar ze Spencer hadden gevonden, maar dat werd aan het zicht onttrokken door de hoogbouw. DJ kwam naast hem staan.

'Mijn vader kwam hier vroeger,' zei DJ. 'Toen hij op de middelbare school zat. Hij was een van raddraaiers, wist je dat? Hij rookte wiet en dronk bier. Hij deed mee aan vechtpartijen.'

'Wat wil je daarmee zeggen?'

'Daar wil ik dít mee zeggen: in die tijd kon je het je veroorloven een fout te maken. De mensen zagen het door de vingers. Je was jong... het hoorde erbij dat je stoom afblies. Mijn vader heeft zelfs een auto gestolen toen hij zo oud was als wij. Hij is ook gepakt, maar ze hebben hem een tik op zijn vingers gegeven en een regeling met hem getroffen. Nu is mijn ouweheer een van de meest gezagstrouwe burgers van de hele stad. Maar als hij in deze tijd was opgegroeid, zou hij het een stuk moeilijker hebben gehad. Het is belachelijk. Als je op school naar een meisje fluit, kun je de bak in gaan. Als je in de gang tegen iemand opbotst, kunnen ze je voor de rechter slepen. Eén fout en het is afgelopen met je. Mijn vader vindt dat onzin. Hoe moeten we anders onze weg vinden?'

'Dat geeft ons niet het recht alles te doen.'

'Adam, over een paar jaar zitten we op de universiteit. Dan ligt dit allemaal achter ons. We zijn geen criminelen. We kunnen ons leven niet vergooien door deze beslissing.'

'Die heeft Spencer anders het leven gekost.'

'Dat was onze schuld niet.'

'Die gasten hebben mijn vader bijna vermoord. Ze hebben hem het ziekenhuis in geslagen.'

'Ik weet het. En ik weet ook hoe ik me zou voelen als het mijn vader was. Maar je kunt niet alleen daarom als een dolle stier op ze af stormen. Je moet eerst tot rust komen en het goed overdenken. Ik heb Carson gesproken. Hij wil dat we met hem komen praten.'

Adam fronste zijn wenkbrauwen. 'Dat zal best.'

'Nee, echt, ik meen het.'

'Carson is gestoord, DJ. Dat weet jij ook. Je zei het net zelf... hij denkt dat ik hem wil verlinken.'

Adam probeerde te bedenken wat hij moest doen, maar hij was zo verdomde moe. Hij had de hele nacht niet geslapen. Hij had pijn, was doodmoe en ook nog vreselijk in de war. Hij had de hele nacht zitten nadenken en wist nog steeds niet wat hij moest doen.

Hij had zijn ouders de waarheid moeten vertellen.

Maar hij kon het niet. Hij had er een zooitje van gemaakt en was te vaak stoned geweest, en dan begin je vanzelf te geloven dat de enige mensen ter wereld die onvoorwaardelijk van je houden, de enige mensen die van je blíjven houden ook al maak je er een puinhoop van, dat juist die mensen op de een of andere manier je tegenstanders zijn.

Maar ze hadden hem wel bespioneerd.

Zo veel wist hij inmiddels wel. Ze hadden geen vertrouwen in hem gehad. Dat had hem in eerste instantie woedend gemaakt, maar zeg nu zelf, als je erover nadacht, had hij dat vertrouwen dan verdiend?

Dus was hij gisteravond in paniek geraakt. Hij was op de vlucht geslagen en had zich ergens verschanst. Hij had gewoon tijd nodig gehad om na te denken.

'Ik moet mijn ouders bellen,' zei hij.

'Dat lijkt me geen goed idee.'

Adam keek hem aan. 'Geef me jouw telefoon even.'

DJ schudde zijn hoofd. Adam deed een stap naar hem toe en balde zijn vuist.

'Dwing me niet geweld te gebruiken.'

De tranen stonden in DJ's ogen. Hij stak zijn hand op, haalde zijn mobiele telefoon uit zijn zak en gaf hem aan Adam. Adam belde naar huis. Geen reactie. Hij toetste zijn vaders mobiele nummer in. Geen reactie. Het mobiele nummer van zijn moeder kende hij niet uit zijn hoofd.

'Adam?' zei DJ.

Hij kon nog één ding proberen. Hij had haar al een keer gebeld, net lang genoeg om haar te vertellen dat alles in orde met hem was en haar te laten zweren dat ze niets tegen zijn ouders zou zeggen.

Hij toetste Jills nummer in.

'Hallo?'

'Ik ben het.'

'Adam? Kom alsjeblieft naar huis. Ik ben zo bang.'

'Weet jij waar pa en ma zijn?'

'Mama komt me zo ophalen bij Yasmin. Papa is jou aan het zoeken.'

'Weet je ook waar?'

'Ik geloof dat hij naar de Bronx is. Ik hoorde mama zoiets zeggen. Iets over Club Jaguar.'

Adam deed zijn ogen dicht. Verdomme, ze wisten het.

'Hoor eens, ik moet gaan.'

'Waar ga je naartoe?'

'Maak je geen zorgen. Het komt allemaal goed. Als je mama straks ziet, zeg dan tegen haar dat je van me hebt gehoord. Zeg dat alles oké met me is en dat ik gauw naar huis kom. En dat ze papa moet bellen om te zeggen dat hij naar huis moet komen. Oké?'

'Adam?'

'Zeg dat nou maar tegen haar.'

'Ik ben zo bang.'

'Je hoeft niet bang te zijn, Jill. Doe nou maar wat ik je gevraagd heb. Het is bijna voorbij.'

Hij beëindigde het gesprek en keek DJ aan. 'Ben je met de auto?'

'Ja.'

'Kom. We moeten opschieten.'

Nash zag de neutrale dienstauto voor het huis stoppen.

Guy Novak stapte uit. Een politieman in burger wilde aan de andere kant uitstappen, maar Novak wuifde hem terug. Hij boog zich de auto weer in, gaf de politieman een hand en slofte als een slaapwandelaar naar zijn voordeur toe.

Nash voelde zijn telefoon trillen. Hij hoefde niet te kijken om te weten wie er belde. Hij wist dat het Joe Lewiston weer zou zijn.

Joe's eerste panische bericht had hij een paar minuten geleden afgeluisterd.

'O mijn god, Nash, wat ben je aan het doen? Ik heb dit nooit gewild. Doe alsjeblieft niemand meer kwaad, oké? Ik... ik wist niet beter dan dat je alleen met haar zou gaan praten, of haar om die video zou vragen. En als je iets van die andere vrouw weet, doe haar dan geen kwaad, alsjeblieft. O god, o mijn god...'

Zoiets was het geweest.

Guy Novak ging zijn huis binnen. Nash kwam dichterbij. Na drie minuten ging de voordeur weer open. Er kwam een vrouw naar buiten. Guy Novaks vriendin. Novak kuste haar op de wang en deed de deur achter haar dicht. De vrouw liep het tuinpad af. Toen ze bij de straat was, keek ze achterom en schudde haar hoofd. Het was mogelijk dat ze huilde, maar hij stond te ver weg om dat met zekerheid te zeggen.

Een halve minuut later was ook zij uit het zicht verdwenen.

Hij had nu niet veel tijd meer. Op de een of andere manier was Nash in de fout gegaan. Ze hadden ontdekt wie Marianne was. Het was in het nieuws geweest. De echtgenoot was verhoord door de politie. Mensen denken dat smerissen dom zijn. Dat zijn ze niet. Ze beschikken over allerlei middelen. Nash had daar rekening mee gehouden. Dat was een van de redenen dat hij zo veel moeite had gedaan om Marianne onherkenbaar te maken.

Zijn gevoel voor zelfbehoud zei hem dat hij op de vlucht moest slaan, een tijdje onderduiken en dan proberen het land uit te komen. Maar dat kon hij niet doen. Hij zou Joe Lewiston blijven helpen, ook al werkte Joe niet erg mee. Nash zou hem later bellen en hem ervan overtuigen dat hij zich gedeisd moest houden. Of misschien zou Joe zelf het licht zien. Joe mocht nu dan in paniek zijn, maar hij was degene geweest die Nash in eerste instantie om hulp had gevraagd. Misschien kon Nash er in zijn eindspel nog een slimme draai aan geven.

De tinteling was terug. De gekte, zoals Nash het zelf graag noemde. Hij wist dat er kinderen in huis waren. Hij was er niet op uit om ze kwaad te doen... of hield hij zichzelf voor de gek? Soms was het moeilijk te zeggen. Mensen waren een en al zelfbedrog en Nash was, als het hem zo uitkwam, geen haar beter dan zij.

Maar in puur praktische zin had hij gewoon geen tijd om langer te wachten. Hij moest nu in actie komen. Wat inhield – met of zonder gekte – dat er een goede kans bestond dat ook de kinderen enige bedrijfsschade zouden oplopen.

Hij had een mes in zijn zak. Hij haalde het tevoorschijn en woog het in zijn hand.

Nash liep door naar Novaks achterdeur en begon het slot te forceren.

34

Rosemary McDevitt zat in haar kantoor in Club Jaguar en haar leren vest en tatoeages werden nu bedekt door een te groot grijs sweatshirt. Ze paste er twee keer in en haar handen zaten verstopt in de lange mouwen. Hierdoor zag ze er kleiner, minder sterk en minder bedreigend uit, en Mike vroeg zich af of dit de bedoeling was. Voor haar op het bureau stond een kop koffie. Mike had er ook een voor zich staan.

'Heeft de politie je een zendertje opgeplakt?' vroeg ze.

'Nee.'

'Zou je me je mobiele telefoon willen geven, alleen voor de zekerheid?'

Mike haalde zijn schouders op en gaf haar het toestel. Ze zette het uit en legde het tussen hen in op het bureaublad.

Ze had haar benen opgetrokken en het sweatshirt over haar knieën geslagen. Mo zat buiten in de auto te wachten. Hij was er niet blij mee dat Mike dit deed, was bang dat er een val voor hem was gezet, maar hij wist ook dat ze geen andere keus hadden. Dit was hun beste kans om Adam terug te vinden.

'Het kan me niet schelen wat jullie hier doen,' zei Mike, 'behalve wanneer mijn zoon erbij betrokken is. Weet je waar hij is?'

'Nee.'

'Wanneer heb je hem voor het laatst gezien?'

Ze keek naar hem op met haar reebruine ogen. Mike wist niet of er een spelletje met hem werd gespeeld, maar dat kon hem ook niet veel schelen. Hij wilde antwoorden. Als het nodig was, zou hij het spelletje meespelen.

'Gisteravond.'

'Waar precies?'

'Beneden, in de club.'

'Was hij hier om te feesten?'

Rosemary glimlachte. 'Nee, dat denk ik niet.'

Mike ging er niet op door. 'Je hebt contact met hem gehad via een chatbox, is dat niet zo? Jij bent CeeJay8115.'

Ze gaf geen antwoord.

'Je hebt tegen Adam gezegd dat hij zich gedeisd moest houden en dat hem dan niks kon gebeuren. Hij had je verteld dat hij was benaderd door de moeder van Spencer Hill, nietwaar?'

Ze had haar benen nog steeds opgetrokken en sloeg haar beide armen eromheen. 'Hoe kan het dat je zo veel van Adams privéberichten weet, dokter Baye?'

'Dat is jouw zorg niet.'

'En dat je hem gisteravond naar Club Jaguar hebt kunnen volgen?'

Mike zei niets.

'Weet je zeker dat je het op deze manier wilt doen?'

'Ik denk dat ik niet veel keus heb.'

Ze keek langs hem heen. Mike draaide zich om. Carson, met zijn gebroken neus, stond door de ruit naar hen te kijken. Mike keek hem recht aan en wachtte. Na een paar seconden wendde Carson zijn blik af en liep hij door.

'Het zijn nog maar jongens,' zei Mike.

'Nee, dat zijn het niet.'

Ook daarop ging Mike niet door. 'Praat met me.'

Rosemary leunde achterover. 'Laten we het hypothetisch benaderen, is dat goed?'

'Als jij dat wilt.'

'Ja, dat wil ik. Stel dat je een meisje uit een klein gehucht bent. Je broer overlijdt aan een overdosis drugs.'

'Volgens de politie niet. Ze zeggen dat er geen enkel bewijs is dat er zoiets is gebeurd.'

Ze grijnsde. 'Heeft de FBI je dat verteld?'

'Ja. Ze zeiden dat ze niks hebben kunnen vinden wat die bewering staaft.'

'Omdat ik een deel van de feiten heb veranderd.'

'Welke feiten?'

'De naam van het gehucht en de naam van de staat.'

'Waarom?'

'De voornaamste reden? Op de avond dat mijn broer stierf, was ik gearresteerd voor het in bezit hebben van drugs met het doel die te verhandelen.' Ze keek hem recht aan. 'Ja, dat klopt. Mijn broer had die drugs van mij. Ik was zijn dealer. Dat deel heb ik uit het verhaal gelaten. Mensen hebben de neiging overhaaste conclusies te trekken.'

'Ga door.'

'Dus toen ben ik Club Jaguar begonnen. Over mijn filosofie heb ik je al verteld. Ik wilde een beschermde omgeving bieden waar jongeren konden feesten en uit hun dak konden gaan. Ik wilde hun natuurlijke drang om te rebelleren in veilige banen leiden.'

'Juist.'

'Zo is het begonnen. Ik heb keihard gewerkt om genoeg geld bij elkaar te schrapen om het van de grond te krijgen. Binnen een jaar hebben we deze club geopend. Je hebt geen idee wat daar allemaal bij komt kijken.'

'Dat heb ik wel, maar dat hoef ik allemaal niet te horen. Kunnen we nu doorspoelen naar het deel waarin je bent begonnen farmafeestjes te organiseren en receptenblokken te stelen?'

Ze glimlachte en schudde haar hoofd. 'Zo is het niet gegaan.'

'Hm.'

'Ik lees vandaag in de krant over een weduwe die vrijwilligerswerk voor de plaatselijke kerk doet. In de afgelopen vijf jaar heeft ze in totaal achtentwintigduizend dollar uit de collecteschaal gepikt. Heb je het ook gelezen?'

'Nee.'

'Maar je kent die verhalen toch wel? Er zijn tientallen van dat soort gevallen. Een man werkt voor een liefdadigheidsinstelling en roomt de inkomsten af om een nieuwe Lexus te kopen... Denk je dat hij van de ene op de andere dag had besloten dat hij dat ging doen?'

'Dat zou ik echt niet weten.'

'En die vrouw van de kerk? Weet je wat er volgens mij is gebeurd? Op een dag zit ze het geld uit de collecteschaal te tellen en het is al laat. Misschien is haar auto wel kapot en weet ze niet hoe ze thuis moet komen. Het begint al donker te worden. Dus misschien belt ze de taxicentrale en denkt: nou, ik werk hier al die tijd voor niks, dus de kerk mag best mijn ritje naar huis betalen. Ze vraagt geen toestemming maar pakt gewoon vijf dollar. Meer niet. Als het iemand toekomt, dan wel aan haar. Ik denk dat het zo begint. Het is iets wat erin sluipt. Je ziet al die nette mensen die gearresteerd worden omdat ze scholen, kerken of liefdadigheidsinstellingen hebben bestolen. Maar het begint heel klein en groeit tergend langzaam, alsof je naar de wijzers van een klok kijkt en die niet ziet bewegen. Ze zien het zelf niet, en ze hebben ook niet het idee dat ze iets fout doen.'

'En zoiets is ook met Club Jaguar gebeurd?'

'Ik dacht dat tieners op een sociale manier wilden feesten. Maar het was net als met de nachtelijke basketbaluitzending. Ze wilden feesten, ja, maar met drank en drugs. Je kúnt geen plek aanwijzen waar ze kunnen rebelleren. Je kunt die niet veilig en drugsvrij maken, want dan schiet je hun doel voorbij... ze willen die veiligheid namelijk niet.'

'Je plan mislukte,' zei Mike.

'Er kwam niemand opdagen, en zij die kwamen, bleven niet. We kregen het etiket "suf" opgeplakt. We werden gezien als een van die evangelische clubjes waar ze je maagdelijkheid proberen te beschermen.'

'Wat ik dan niet begrijp is wat er daarna gebeurt,' zei Mike. 'Liet je ze gewoon hun eigen pillen meebrengen?'

'Nee, dat deden ze zelf. Ik wist er eerst niet eens van, maar eigenlijk was het te voorzien geweest. Het sloop er hier ook in. Een paar jongens namen pillen op recept van huis mee. Geen echt zwaar spul. Niet vergelijkbaar met cocaïne of heroïne. Medicijnen die waren goedgekeurd door Volksgezondheid.'

'Wat een onzin,' zei Mike.

'Wat?'

'We hebben het over medicijnen, drugs. Harddrugs, in veel gevallen. Het is niet voor niets dat je ze alleen op recept kunt krijgen.'

Ze maakte een snuivend geluid. 'Ja, natuurlijk zal een arts dat zeggen. Als jullie niet langer kunnen bepalen wie welke medicijnen krijgt, valt er niks meer te verdienen. Jullie zijn al zo veel geld kwijtgeraakt aan Medicare en Medicaid, en aan al dat uitpersen door de verzekeringsmaatschappijen.'

'Wat een gelul.'

'In jouw geval misschien wel. Maar niet elke arts is zo zorgzaam als jij.'

'Je probeert gewoon een misdrijf goed te praten.'

Rosemary haalde haar schouders op. 'Daar kun je wel eens gelijk in hebben. Maar zo is het in ieder geval begonnen... met een paar jongens die pillen van thuis meebrachten. Medicijnen, goed beschouwd. Op recept en legaal. Toen ik er voor het eerst van hoorde, was ik geschokt, maar ik zag ook hoeveel nieuw publiek we aantrokken. Ze zouden het toch wel doen, en ik bood tenminste een beschermde omgeving. Ik heb zelfs een verpleegkundige in dienst genomen. Die werkte beneden, in de club, voor als er iets misging. Begrijpt u het dan niet? Ik kreeg ze hier binnen. En ze waren hier beter af dan ergens anders. We hadden ook groepstherapieën waar-

301

in ze over hun problemen konden praten. Je hebt de folders gezien. Diverse jongeren hebben zich ervoor aangemeld. We deden meer goed dan kwaad.'

'Een sluipende ontwikkeling,' zei Mike.

'Precies.'

'Maar er moest natuurlijk ook geld worden verdiend,' zei hij. 'Je hebt uitgezocht hoeveel die pillen op straat waard waren en je wilde meedelen in de opbrengst.'

'Voor de club. Om de kosten te dekken. Ik moest die verpleegkundige tenslotte ook betalen.'

'Net zoals de vrouw van de kerk geld voor een taxi nodig had.'

Rosemary glimlachte, maar het was geen blije glimlach. 'Ja.'

'En toen kwam Adam binnenlopen. De zoon van een arts.'

Het was precies zoals de FBI hem had verteld. Entrepreneurologisch. Haar ware beweegredenen konden hem niet zo veel schelen. Misschien speldde ze hem maar wat op de mouw, of misschien ook niet. Het maakte eigenlijk niet uit. Ze had wel gelijk met haar opmerking over de sluipende manier waarop mensen in de problemen raken. Die vrouw was niet als vrijwilliger in de kerk gaan werken met het plan de collecteschaal leeg te halen. Het was gewoon gebeurd. Het was in zijn eigen omgeving ook voorgekomen, een paar jaar geleden, toen iemand een greep in de kleine kas van het pupillenteam had gedaan. Het gebeurde overal, op schoolverenigingen, op kantoren, en elke keer wanneer je erover hoorde kon je je oren niet geloven. Je kende die mensen. Het waren geen boeven. Of wel? Waren het de omstandigheden die hen ertoe hadden aangezet... of was het meer zelfrechtvaardiging waar Rosemary zich in hulde?

'Wat is er met Spencer Hill gebeurd?' vroeg Mike.

'Die heeft zelfmoord gepleegd.'

Mike schudde zijn hoofd.

'Ik kan alleen vertellen wat ik weet,' zei ze.

'Waarom moest Adam zich daar dan gedeisd over houden, zoals je het in jullie chat formuleerde?'

'Spencer Hill heeft zelf een eind aan zijn leven gemaakt.'

Mike schudde zijn hoofd weer. 'Hij heeft die overdosis hier genomen, hè?'

'Nee.'

'Dat is de enige logische verklaring. Daarom moesten Adam en zijn vrienden het stilhouden. Ze waren bang. Ik weet niet hoe je ze onder druk hebt gezet. Misschien heb je ze eraan herinnerd dat zij ook strafbare dingen hadden gedaan. Daarom voelden ze zich allemaal schuldig. Daarom heeft Adam zo'n hekel aan zichzelf gekregen. Hij heeft Spencer die avond gezien. En hij heeft hem niet alleen gezien, hij heeft ook meegeholpen zijn lichaam op dat dak te leggen.'

Er kwam een vage glimlach om haar lippen. 'U hebt echt geen idee, hè, dokter Baye?'

De manier waarop ze het zei beviel hem niet. 'Vertel het me dan.' Rosemary zat nog steeds met opgetrokken benen en met haar knieën onder haar sweatshirt. Het gaf haar de jeugdige, onschuldige uitstraling van een tiener, maar Mike wist inmiddels wel beter. 'Ken je je zoon eigenlijk wel?'

'Tot voor kort wel.'

'Nee, dat is niet zo. Je dénkt dat je hem kent. Maar je bent zijn vader. Je wordt niet verondersteld hem te kennen. En zij worden verondersteld zich van hun ouders los te maken. Als ik zeg dat je hem niet kent, bedoel ik dat in positieve zin.'

'Ik kan je niet volgen.'

'Je hebt door middel van een gps-peiling zijn telefoon opgespoord. Zo ben je te weten gekomen waar hij was. Het is duidelijk dat je nagaat wat hij op zijn computer doet en dat je zijn berichten leest. Je denkt waarschijnlijk dat je daar iets mee opschiet, maar het tegendeel is waar. Ouders hóren niet te weten wat hun kinderen elke minuut van de dag doen.'

'We moeten ze de ruimte geven om te rebelleren, is dat het?'

'Voor een deel wel, ja.'

Mike ging rechtop zitten. 'Als ik eerder van jouw bestaan had geweten, had ik hem misschien kunnen tegenhouden.'

'Geloof je dat echt?' Rosemary hield haar hoofd schuin alsof ze oprecht geïnteresseerd was in zijn antwoord. Toen dat niet kwam, vroeg ze: 'Zijn dat je plannen voor de toekomst? Je kinderen bespieden bij alles wat ze doen?'

'Doe me een lol, Rosemary. Laat me zelf bepalen hoe ik mijn kinderen opvoed, oké?'

Ze bekeek hem aandachtig en wees toen naar zijn verwondingen. 'Het spijt me van die blauwe plekken.'

'Heb jij die goths op me afgestuurd?'

'Nee. Ik hoorde er vanochtend pas van.'

'Van wie?'

'Dat doet er niet toe. Gisteravond was je zoon hier en ontstond er een problematische situatie. En toen, uit het niets, dook jij ineens in de buurt op. DJ Huff had gemerkt dat je hem volgde. Hij belde hiernaartoe en Carson was degene die opnam.'

'Hij en zijn bende probeerden me te vermoorden.'

'En dat zouden ze ook hebben gedaan, als ze de kans hadden gekregen. Denk je nog steeds dat het "maar jongens" zijn?'

'Een uitsmijter heeft me het leven gered.'

'Nee. Een uitsmijter heeft je gevonden.'

'Wat bedoel je daarmee?'

Ze schudde haar hoofd. 'Toen ik hoorde dat je was overvallen en dat de politie erbij is geweest, heeft dat me... de ogen geopend. Wat ik nu alleen nog wil, is een manier bedenken om een eind aan de problemen te maken.'

'Hoe?'

'Dat weet ik niet precies, maar daarom wilde ik met je praten. Om een plan te bedenken.'

Mike zag het nu... hij besefte waarom ze bereid was geweest al haar informatie met hem te delen. Ze wist dat de FBI haar op de hielen zat, dat het nu het moment was om haar fiches te verzilveren en de speeltafel te verlaten. Ze had hulp nodig en ging ervan uit dat de bezorgde vader zich wel naar haar plannen zou schikken.

'Ik heb een idee,' zei hij. 'We stappen naar de FBI en vertellen ze de waarheid.'

Ze schudde haar hoofd. 'Dat is voor je zoon mogelijk niet de beste oplossing.'

'Hij is minderjarig.'

'Maar toch. We zitten met z'n allen in deze puinhoop. We moeten een manier zien te bedenken om daaruit te komen.'

'Jij bent degene die verboden middelen aan minderjarigen leverde.'

'Dat is niet waar, zoals ik je net heb uitgelegd. Het is misschien aantoonbaar dat ze deze gelegenheid hebben gebruikt om voorgeschreven medicijnen met elkaar uit te wisselen. Dat is het enige wat je kunt bewijzen. Je kunt niet hard maken dat ik ervan wist.'

'En de gestolen receptenblokken?'

Ze trok haar ene wenkbrauw op. 'Denk je dat ik die heb gestolen?'

Stilte.

Ze keek hem recht aan. 'Heb ik toegang tot je huis of je praktijk, dokter Baye?'

'De FBI houdt je al een tijdje in de gaten. Die willen je voor de rechter slepen. Denk je nou echt dat die goths van jou hun mond blijven houden wanneer er met gevangenisstraf wordt gedreigd?'

304

'Ze houden van deze club. Ze hebben je bijna vermoord om die te beschermen.'

'Doe me een lol. Als ze eenmaal in een verhoorkamer zitten, bekennen ze alles.'

'Er zijn meer dingen die we in gedachten moeten houden.'

'Zoals?'

'Zoals de lui die deze medicijnen op straat verkopen. Wie denk je dat dat zijn? Wil je echt dat jouw zoon tegen dit soort mensen getuigt?'

Mike had zich over het bureau willen buigen om haar de nek om te draaien. 'Bij wat voor vuiligheid heb je mijn zoon betrokken, Rosemary?'

'Waar het om gaat is dat we hem eruit halen. Daar moet je je nu op concentreren. We moeten een oplossing zien te vinden... goed, ook om mijn huid te redden, maar meer nog die van je zoon.'

Mike pakte zijn mobiele telefoon van het bureau. 'Ik weet niet wat er verder nog te zeggen valt.'

'Heb je een advocaat?'

'Ja.'

'Doe niks totdat ik hem heb gesproken, oké? Er staat te veel op het spel. Er zijn meer mensen bij betrokken... de vrienden van je zoon.'

'Die kunnen me wat. Alleen Adam kan me schelen.'

Hij zette de telefoon aan en die begon meteen te piepen. Mike keek op de display. Een nummer dat hij niet herkende. Hij hield het toestel tegen zijn oor.

'Papa?'

Mikes hart sloeg een slag over.

'Adam? Is alles goed met je? Waar ben je?'

'Ben je in Club Jaguar?'

'Ja.'

'Ga daar weg. Ik ben op straat en kom jouw kant op. Ga daar onmiddellijk weg, alsjeblieft.'

35

nthony werkte drie dagen per week als uitsmijter in een derderangs 'herenclub' die Upscale Pleasure heette. De naam was een lachertje. De club was een stinkhol. Hiervoor had Anthony gewerkt in een stripclub die Homewreckers heette. Dat was hem beter bevallen, omdat die naam eerlijker was en je vertelde wat je binnen kon verwachten.

Anthony werkte meestal tijdens de lunch. Je zou kunnen denken dat het er dan heel stil zou zijn, dat dit soort tenten pas 's avonds laat publiek trok. Maar dan zat je er mijlenver naast.

Het dagpubliek van een stripclub lijkt op dat van een vergadering van de Verenigde Naties. Alle rassen, leeftijden en sociaaleconomische achtergronden zijn vertegenwoordigd. Er waren mannen keurig in pak, in van die rode flanellen jacks die Anthony altijd met jagen associeerde, met Gucci-schoenen en namaak Timberland-laarzen, mooie jongens en gladde praatjesmakers, ambtenaren uit de buitenwijken en provincialen. In een tent als deze zag je ze allemaal.

Goedkope seks... het ultieme middel om de wereldbevolking te verenigen.

'Je hebt pauze, Anthony. Tien minuten.'

Anthony liep naar buiten. De zon was niet fel, maar toch knipperde hij met zijn ogen. Dat had je altijd in dit soort tenten, zelfs 's avonds. Er hing een ander soort duister in stripclubs. Als je naar buiten ging, moesten je ogen altijd even wennen, alsof je Dracula was die op pad ging.

Hij wilde een sigaret opsteken maar herinnerde zich dat hij was gestopt. Hij had niet willen stoppen, maar zijn vrouw was in verwachting en dan kwam hij altijd zijn belofte na: geen sigarettenrook in de buurt van de baby. Hij dacht aan Mike Baye, aan diens problemen met zijn kinderen. Anthony mocht Mike. Een goeie vent, zelfs voor iemand die op Dartmouth had gezeten. Had niet van wijken willen weten. Sommige mannen worden stoer van de drank, of als ze vrouwen of hun vrienden willen imponeren. Andere mannen doen stoer omdat ze oerdom zijn. Maar Mike niet. Hij weigerde gewoon op te geven. Een kerel uit één stuk. Het mocht misschien raar klinken, maar daardoor had Anthony zich ook vastberadener gevoeld.

Hij keek op zijn horloge. Nog twee minuten pauze. God, wat had hij een trek in een sigaret. Dit baantje betaalde niet zo goed als zijn avondbaan, maar hij hoefde er ook nauwelijks iets voor te doen. Hij geloofde niet in occulte nonsens, maar de ervaring had hem geleerd dat de maan effect op mensen had. De avonden waren voor knokpartijen en als het volle maan was, wist Anthony dat hij zijn handen vol zou hebben. Rond lunchtijd was iedereen bedeesder. Men zat stilletjes aan de bar, keek naar de stripshow en genoot van het beroerdste buffet sinds mensenheugenis, voer dat je een hond nog niet zou voorzetten.

'Anthony? Het is tijd.'

Anthony knikte en wilde weer naar binnen gaan toen hij haastig voorbij werd gelopen door een jongen die een mobiele telefoon tegen zijn oor hield. Hij zag hem maar een seconde, misschien nog niet eens, en het gezicht van de jongen zag hij helemaal niet. Maar hij werd gevolgd door een tweede jongen, die een paar meter achter hem liep. Die jongen had een jack aan.

Een sportjack.

'Anthony?'

'Ik ben zo terug,' zei hij. 'Ik moet even iets doen.'

Bij de voordeur van zijn huis nam Guy Novak met een kus op haar wang afscheid van Beth.

'Fijn dat je bij de meisjes bent gebleven. Dank je wel.'

'Geen probleem. Ik ben blij dat ik iets voor jullie kon doen. Ik vind het zo erg van je ex.'

Geen leuk uitje voor haar, dacht Guy.

Hij vroeg zich af of hij Beth nog zou terugzien, of dat het gebeuren van vandaag haar op andere gedachten had gebracht, wat hij begrijpelijk zou vinden. Lang dacht hij er niet over na.

'Bedankt,' zei hij weer.

Guy deed de deur dicht en liep rechtstreeks naar de drankkast. Hij was niet zo'n drinker, maar nu had hij er behoefte aan. De meisjes waren boven, had Beth hem verteld, en keken naar een film op dvd. Hij had al naar boven geroepen dat ze eerst rustig de film af konden kijken. Dat gaf Tia de kans om Jill op te halen en hem de tijd om te bedenken hoe hij Yasmin het droevige nieuws moest brengen.

Hij schonk een whisky in uit een fles die hij in geen drie jaar had aangeraakt. Hij dronk het glas in één teug leeg, voelde de drank branden in zijn keel en schonk nog een glas in.

Marianne.

Hij dacht terug aan hoe het al die jaren geleden was begonnen… als een zomerliefde aan de kust, waar ze samen in een toeristenrestaurant werkten. Als ze hadden schoongemaakt en hun dienst er tegen middernacht op zat, gingen ze naar het strand en lagen ze op een plaid naar de sterren te kijken. Het geruis van de branding en de heerlijke geur van het zoute zeewater omhulde hun naakte lichamen. Toen ze weer terug naar school moesten – hij in Syracuse en zij in Delaware – belden ze elkaar elke dag. Ze schreven brieven. Guy kocht een oeroude Oldsmobile Ciera zodat hij elk weekend naar Marianne toe kon. De rit, die meer dan vier uur duurde, had hij er graag voor over. Als hij er aankwam, gooide hij het portier open, rende naar haar toe en wierp zij zich in zijn armen.

Nu, in dit huis, zoomde de tijd in en uit en haalde die iets wat ver weg was opeens heel dichtbij.

Guy nam nog een slok whisky. Hij werd er warm van.

God, wat had hij van Marianne gehouden… en zij had van alles een zooitje gemaakt. Waarom? Om op deze manier te eindigen? Op gruwelijke wijze vermoord, met haar gezicht, dat hij toen op het strand zo teder had gekust, verbrijzeld als een eierschaal, en dat prachtige lichaam gedumpt in een of ander goor achterafsteegje?

Hoe raakte je dat kwijt? Wanneer je zo van iemand hield, wanneer je elke minuut van de dag bij haar wilde zijn en alles wat ze deed even fantastisch en boeiend vond, hoe kwam je daar verdomme dan weer van af?

Guy was gestopt met zichzelf verwijten te maken. Hij dronk zijn glas leeg, stond op en schonk er nog een in. Marianne was van het ene bed in het andere gedoken… en was erin gebleven.

Stomme koe.

Waar was je naar op zoek, Marianne? We hadden samen iets. Al die doorgezopen nachten en dat geflikflooi in al die bedden, hebben ze je iets opgeleverd, mijn enige ware liefde? Hebben ze je voldoening geschonken? Blijdschap? Iets anders dan leegte? Je had een beeldschoon dochtertje, een man die je aanbad, een thuis, vrienden, een doel en een leven… waarom was dat niet genoeg?

Stomme, stomme koe.

Hij liet zijn hoofd achteroverzakken. Dat misvormde, strak met verband omzwachtelde gezicht... hij zou dat beeld nooit meer kwijtraken. Het zou de rest van zijn leven in zijn hoofd blijven zitten. Misschien kon hij het verdringen, wegstoppen in een duister hoekje van zijn geest, maar 's nachts zou het tevoorschijn komen en hem achtervolgen. Dat was niet eerlijk. Hij was een goed mens geweest. Marianne was degene geweest die van haar leven een destructieve queeste had willen maken – niet alleen zelfdestructief, want uiteindelijk had ze heel wat slachtoffers gemaakt – op zoek naar een of ander onbereikbaar Nirwana.

Hij zat in het donker en repeteerde wat hij tegen Yasmin zou zeggen. Hou het simpel, hield hij zich voor. Haar moeder was dood. Vertel haar niet hoe. Maar Yasmin was nieuwsgierig. Ze zou vast alle details willen weten. Of ze zou internet op gaan en ze daar vinden, of ze van klasgenootjes op school horen. Weer een ouderlijk dilemma: de waarheid vertellen of haar in bescherming nemen? Het laatste zou in dit geval niet werken. Internet zorgde er wel voor dat er niets geheim zou blijven. Dus hij zou haar alles moeten vertellen.

Maar rustig aan. Niet alles tegelijk. Eenvoudig beginnen.

Guy deed zijn ogen dicht. Hij hoorde niets, geen enkele waarschuwing, totdat er opeens een hand op zijn mond werd gedrukt en hij het lemmet van een mes op zijn keel voelde, dat al door de huid heen drong.

'Stil,' fluisterde een stem in zijn oor. 'Dwing me niet de meisjes te vermoorden.'

Susan Loriman zat alleen in de achtertuin.

De tuin deed het goed dit jaar. Dante en zij hadden er veel in gewerkt, maar ze plukten zelden de vruchten van hun werk. Als Susan hier ging zitten om zich te ontspannen te midden van het groen, slaagde ze er nooit in haar kritische oog te sluiten. Een van de planten was aan het doodgaan, een andere moest nodig gesnoeid worden, en een derde bloeide minder mooi dan vorig jaar. Maar vandaag trok ze zich er niets van aan en probeerde ze op te gaan in het landschap.

'Schat?'

Ze bleef voor zich uit kijken. Dante kwam achter haar staan en legde zijn handen op haar schouders.

'Alles oké met je?' vroeg hij.

'Ja.'

'We vinden heus wel een donor.'

'Ik weet het.'

'We geven het niet op. We laten iedereen die we kennen een bloedtest afnemen. Als het nodig is, smeken we ze. Ik weet dat jij niet veel familie hebt, maar ik wel. Ze worden allemaal getest, dat beloof ik je.'

Ze knikte.

Bloed, dacht ze. Het bloed maakte niet uit, want afgezien daarvan was Dante altijd Lucas' vader geweest.

Ze speelde met het gouden kruisje aan het kettinkje om haar nek. Ze kón hem de waarheid vertellen. Maar de leugen had al zo lang tussen hen in gestaan. Meteen na de verkrachting had ze zo vaak mogelijk gemeenschap met Dante gehad. Waarom? Had ze iets vermoed? Toen Lucas werd geboren, was ze ervan overtuigd geweest dat het zíjn kind was. Dat kon bijna niet anders. De verkrachting was eenmalig geweest en ze had die maand vele keren met haar man gevreeën. Wat uiterlijk betreft leek Lucas op haar, niet op een van beide mannen, dus had ze zichzelf gedwongen er niet meer aan te denken.

Maar ze was het natuurlijk niet vergeten. Ze was er nooit overheen gekomen, ondanks alles wat haar moeder haar had beloofd.

Het is het beste zo. Ga door met je leven. Bescherm je gezin…

Ze hoopte dat Ilene Goldfarb haar geheim niet zou prijsgeven. Verder wist niemand nog wat er was gebeurd. Haar ouders hadden het geweten, maar die waren allebei overleden, haar vader aan een hartinfarct en haar moeder aan kanker. Toen ze nog leefden, hadden ze nooit iets gezegd over wat er was gebeurd. Geen woord, nooit. Ze hadden haar nooit apart genomen om haar eens te omhelzen, haar nooit gevraagd hoe het ermee ging en of ze het wel redde. Zelfs toen Dante en zij hun drie maanden na de verkrachting vertelden dat ze grootouders zouden worden, hadden ze niet met hun ogen geknipperd.

Ilene wilde de verkrachter opsporen en hem vragen of hij wilde helpen.

Maar dat kon niet.

Toen het gebeurde, was Dante met een stel vrienden naar Las Vegas. Daar was Susan niet blij mee geweest. Hun huwelijk bevond zich in een moeilijke fase en terwijl zij zich afvroeg of ze niet te jong was getrouwd, zette haar man de bloemetjes buiten in een gokparadijs, wat inhield dat ze ook wel in een of meer stripclubs terecht zouden komen.

Vóór die bewuste avond was Susan Loriman geen gelovig mens geweest. Als kind was ze elke zondag met haar ouders naar de kerk gegaan, maar er was nooit een echte basis gelegd. Toen ze zich begon te ontpoppen tot wat velen als een schoonheid zagen, hadden haar ouders haar heel kort gehouden. Uiteindelijk was Susan zich daartegen gaan afzetten, natuurlijk, maar die afschuwelijke avond had haar weer terug in het gareel gebracht.

Ze was met drie vriendinnen naar een bar in West Orange gegaan. De andere meisjes waren vrijgezel en voor die ene avond, nu haar man in Las Vegas zat, zou Susan doen alsof ze dat ook was. Tot op zekere hoogte, natuurlijk. Ze was getrouwd, meestal gelukkig getrouwd, maar een beetje flirten kon geen kwaad. Dus had ze meegedaan en net zoveel gedronken als de andere meisjes. Maar ze had veel te veel gedronken. Voor haar gevoel was het steeds donkerder geworden in de bar, en de muziek steeds harder. Ze had gedanst tot haar hoofd ervan tolde.

Naarmate het later werd, hadden haar vriendinnen alle drie een man versierd en waren ze ten slotte een voor een van het toneel verdwenen.

Later zou Susan lezen over Rohypnol of 'verkrachtingsdrugs' en had ze zich afgevraagd of dat ermee te maken had gehad. Ze kon zich er heel weinig van herinneren. Opeens had ze bij een man in de auto gezeten. Ze had gehuild en wilde uitstappen, maar dat vond hij niet goed. Op een zeker moment had hij een mes getrokken en haar een motelkamer binnengesleept. Hij had haar uitgescholden voor alles wat lelijk was en had haar verkracht. Toen ze zich verzette, had hij haar in haar gezicht geslagen.

De gruwelijke beproeving leek een eeuwigheid door te gaan. Ze herinnerde zich dat ze ten slotte hoopte dat hij haar zou vermoorden. Zo afschuwelijk had ze zich gevoeld. Ze dacht niet meer aan overleven. Ze wilde dood.

Wat daarna kwam, gebeurde ook in een roes. Ze herinnerde zich dat ze ergens had gelezen dat je je moest ontspannen en je niet moest verzetten... om je verkrachter het idee te geven dat hij had gewonnen, of zoiets. Dus had Susan dat gedaan. Toen hij niet meer zo alert was, had ze haar ene hand bevrijd, hem bij zijn ballen gepakt en zo hard geknepen als ze kon. Ze was blijven knijpen en draaien totdat hij het uitschreeuwde van de pijn en van haar af was gegaan.

Susan had zich van het bed laten rollen en het mes op de grond gevonden.

Haar verkrachter rolde over de vloer en crepeerde van de pijn. Al

311

zijn strijdlust was verdwenen. Ze had kunnen ontsnappen: de deur opentrekken, naar buiten rennen en om hulp roepen. Dat zou de beste zet zijn geweest. Maar dat had ze niet gedaan.

In plaats daarvan had Susan het mes met al haar kracht in zijn borstkas gestoten.

Zijn lichaam was verstrakt en het had zich gekromd toen het lemmet zijn hart doorboorde.

En toen was haar verkrachter dood.

'Je voelt gespannen, schat,' zei Dante nu, elf jaar later tegen haar.

Dante begon haar schouders te masseren. Ze liet hem begaan, hoewel het weinig verlichting opleverde.

Terwijl het mes nog rechtop in de borst van de verkrachter stond, was Susan de motelkamer uit gerend.

Ze was lange tijd blijven rennen. Ten slotte was haar hoofd wat helderder geworden. Ze vond een telefooncel en had haar ouders gebeld. Haar vader was haar komen ophalen. Ze vertelde hem wat er gebeurd was. Haar vader was teruggereden naar het motel, totdat hij overal rode en blauwe knipperende lichten zag. De politie was er al. Dus had haar vader haar meegenomen naar haar ouderlijk huis.

'Wie zal je geloven?' had haar moeder tegen haar gezegd.

Susan vroeg het zich af.

'Wat zal Dante ervan denken?'

Ook een goede vraag.

'Een vrouw beschermt haar gezin. Dat doen vrouwen. Op dat punt zijn we sterker dan mannen. We incasseren de klap en gaan door. Als je het aan je man vertelt, zal hij nooit meer op dezelfde manier naar je kijken. Geen enkele man doet dat. Je wilt dat hij je ziet zoals je bent, ja? Hij zal zich altijd blijven afvragen waarom je uit bent gegaan. En hij zal zich blijven afvragen hoe je met die man in die motelkamer terecht bent gekomen. Misschien gelooft hij je, maar het wordt nooit meer zoals het was. Begrijp je wat ik zeg?'

Dus had ze gewacht totdat de politie haar zou komen halen. Maar dat gebeurde niet. Ze las in de krant over de dode man – zijn naam stond er zelfs bij – maar al na een paar dagen werd er niet meer over hem geschreven. De politie ging ervan uit dat haar verkrachter was vermoord tijdens een beroving of een uit de hand gelopen drugsdeal. De man had een strafblad.

Dus ging Susan door met haar leven, zoals haar moeder haar had aangeraden. Dante was thuisgekomen. Ze hadden gevreeën. Ze had er niet van genoten. Dat deed ze nog steeds niet. Maar ze hield van hem en wilde dat hij gelukkig was. Dante vroeg zich af waarom zijn beeldschone bruid stiller was dan voorheen, maar op de een of andere manier voelde hij aan dat hij er beter niet naar kon vragen.

Susan begon 's zondags weer naar de kerk te gaan. Haar moeder had gelijk gehad. De waarheid zou het einde van haar gezin hebben betekend. Dus hield ze haar geheim voor zichzelf en nam ze Dante en hun kinderen in bescherming. De tijd heelde de wonden enigszins. Er gingen soms dagen voorbij dat ze niet aan die avond terugdacht. Als Dante had gemerkt dat ze niet langer van seks kon genieten, liet hij haar dat niet merken. Zoals Susan altijd had genoten van de bewonderende blikken van mannen, kreeg ze er nu buikpijn van.

Dat was het verhaal dat ze niet aan Ilene Goldfarb kon vertellen. Dat het geen zin had om haar verkrachter om hulp te vragen.

Die was dood.

'Je huid voelt zo koud aan,' zei Dante.

'Ik voel me prima.'

'Ik zal een plaid voor je halen.'

'Nee, dat is niet nodig.'

Hij voelde aan dat ze alleen wilde zijn. Vóór die avond had ze dat nooit gehad. Maar tegenwoordig wel. Ook daar had hij nooit naar gevraagd. Hij had nooit aangedrongen en haar altijd de ruimte gegeven waar ze behoefte aan had.

'We zúllen ervoor zorgen dat hij beter wordt,' zei hij.

Hij draaide zich om en ging naar binnen. Susan bleef buiten zitten en nam een slokje uit haar glas. Haar vingers speelden nog steeds met het gouden kruisje om haar nek. Het was van haar moeder geweest. Die had het op haar sterfbed aan haar enige kind gegeven.

'We moeten boeten voor onze zonden,' had haar moeder tegen haar gezegd.

Daar kon Susan mee leven. Ze was graag bereid om te boeten voor haar zonden. Maar God moest wel met Zijn vingers van haar zoon afblijven.

36

Pietra hoorde de auto's aankomen. Ze keek uit het raam en zag een kleine vrouw met doelbewuste tred naar de voordeur lopen. Toen Pietra naar rechts keek, zag ze de vier patrouillewagens en wist ze het.

Ze aarzelde geen moment en pakte haar mobiele telefoon. Er zat maar één nummer in opgeslagen. Ze drukte op het knopje en hoorde het toestel aan de andere kant twee keer overgaan.

'Wat is er aan de hand?' vroeg Nash.

'De politie is er.'

Toen Joe Lewiston beneden kwam, had Dolly aan één blik genoeg.

'Wat is er gebeurd?' vroeg ze.

'Niks,' zei hij, en zijn lippen voelden verdoofd.

'Je ziet er aangeslagen uit.'

'Ik voel me prima.'

Maar Dolly kende haar man. Ze geloofde er niets van. Ze stond op en liep naar hem toe. Hij bleef abrupt staan en was bijna achteruitgelopen.

'Wat is er nou?'

'Niks, echt niet.'

Ze ging vlak voor hem staan.

'Is het Guy Novak?' vroeg ze. 'Heeft hij weer iets gedaan? Want als dat zo is…'

Joe legde zijn beide handen op de schouders van zijn vrouw. Hij liet zijn blik over haar gezicht gaan. Ze kon altijd aan hem zien of er iets was. Dat was het probleem. Ze kende hem te goed. Ze hadden zo weinig geheimen voor elkaar. Maar dít was er een van.

Marianne Gillespie.

Ze speelde de rol van de bezorgde moeder en had hem gebeld om een afspraak voor een oudergesprek te maken. Marianne had gehoord dat Joe iets heel akeligs tegen haar dochter Yasmin had gezegd, maar ze klonk alsof ze het wel begreep. Mensen flappen er wel eens vaker iets uit, zei ze over de telefoon. Iedereen maakt fouten. Haar ex-man kookte nog steeds van woede, jawel, maar zij niet, zei Marianne. Ze wilde met hem om de tafel gaan zitten om Joe's kant van het verhaal te horen.

Misschien, had Marianne gezegd, konden ze een manier bedenken om het allemaal te sussen.

Joe had zich enorm opgelucht gevoeld.

Ze waren aan tafel gaan zitten en hadden gepraat. Marianne had hem zo goed begrepen. Ze had haar hand even op zijn onderarm gelegd. Ze had zo veel bewondering voor zijn manier van lesgeven. Ze had hem met een verlangende blik aangekeken en had iets aan wat strak en diep uitgesneden was. Toen ze elkaar aan het eind van het gesprek hadden omhelsd, had dat een paar seconden te lang geduurd. Haar lippen hadden bijna zijn hals geraakt. Zijn ademhaling was versneld. De hare ook.

Hoe had hij zo dom kunnen zijn?

'Joe?' Dolly deed een stap achteruit. 'Wat is er met je?'

Marianne had haar wraakactie vanaf het eerste begin gepland. Dat hij dat niet door had gehad. En toen Marianne had waar ze op uit was geweest, waren binnen een paar uur nadat hij haar hotelkamer had verlaten de eerste telefoontjes gekomen.

Ik heb alles op video, smerige schoft…

Marianne had hun samenzijn in de hotelkamer gefilmd met de camera van haar mobiele telefoon, er een videobestandje van gemaakt en hem gedreigd het eerst naar Dolly te mailen, daarna naar het schoolbestuur en ten slotte naar elk e-mailadres dat ze op de website van de school kon vinden. Drie dagen lang had ze haar dreigementen volgehouden. Joe had geen oog dichtgedaan en geen hap door zijn keel kunnen krijgen. Hij was afgevallen. Hij had haar gesmeekt het niet te doen. Toen kwam er een moment dat haar verlangen naar wraak leek af te nemen, alsof de hele operatie haar ineens verveelde. Ze belde hem en zei dat ze er niet meer zo zeker van was dat ze de e-mails wel zou versturen.

Ze had hem willen laten lijden – en dat had hij gedaan – maar ze wekte nu de indruk dat ze het zo wel genoeg vond.

De volgende dag had ze echter een e-mail naar Dolly's e-mailadres op school gestuurd.

Het verraderlijke rotwijf.

Gelukkig was Dolly niet erg handig met e-mail. Joe had haar wachtwoord. Toen hij de e-mail met de bijgevoegde video zag, voelde hij de grond onder zijn voeten wegzakken. Hij wiste de e-mail en veranderde het wachtwoord, zodat Dolly niet meer bij haar eigen account kon komen.

Maar hoe lang kon hij dat volhouden?

Hij wist niet wat hij moest doen. Er was niemand met wie hij erover kon praten, niemand die het zou begrijpen en die onvoorwaardelijk achter hem zou blijven staan.

En toen had hij aan Nash gedacht.

'O mijn god, Dolly…'

'Wat is er?'

Hij moest hier een eind aan maken. Nash had iemand vermoord. Hij had Marianne Gillespie vermoord! En die vrouw van Cordova werd vermist. Joe probeerde het in elkaar te passen. Misschien had Marianne een kopie van de video aan Reba Cordova gegeven.

'Joe, praat met me.'

Wat Joe had gedaan was niet goed, maar Nash erbij betrekken had alles duizend keer erger gemaakt. Het liefst had hij Dolly alles verteld. Het was zijn enige mogelijkheid.

Dolly keek hem recht aan en knikte. 'Het is oké,' zei ze. 'Vertel het me maar.'

Maar toen gebeurde er iets merkwaardigs met Joe Lewiston. Zijn overlevingsinstinct nam het commando over. Ja, wat Nash had gedaan was afschuwelijk, maar werd de situatie er beter door als hij ook nog zijn eigen huwelijk om zeep hielp? Waarom zou hij alles nog erger maken door het risico te nemen dat hij Dolly en misschien ook zijn kind zou kwijtraken? Het was tenslotte Nash geweest die dit had gedaan. Joe had hem niet gevraagd zo ver te gaan… en zeker niet om iemand te vermoorden! Hij was ervan uitgegaan dat Nash haar misschien zou aanbieden de video van haar te kopen, of een of andere deal met haar te sluiten, of – in het ergste geval – haar eens goed bang te maken. Joe had Nash altijd gezien als iemand die tot het randje ging, maar hij had in geen miljoen jaar durven dromen dat hij iets als dit zou doen.

Wat schoot hij ermee op als hij hem nu aangaf?

Nash, die had geprobeerd hem te helpen, zou de gevangenis in gaan. Maar wat minstens even belangrijk was, wie was degene die Nash om hulp had gevraagd?

Joe.

Zou de politie geloven dat Joe niet had geweten hoe Nash het zou aanpakken? En als je erover doordacht en Nash werd gezien als de uitvoerder, zou de politie dan niet meer geïnteresseerd zijn in degene die de opdracht had gegeven?

316

Dat zou opnieuw Joe zijn.

Er was nog steeds een kans, hoewel een kleine, dat dit allemaal tot een relatief goed einde kon worden gebracht. Als Nash niet werd gepakt en de video nooit boven water kwam. Marianne heeft het met de dood moeten bekopen, ja, maar daar kon niets meer aan veranderd worden... en had ze er zelf niet min of meer om gevraagd? Was ze niet te ver gegaan met haar chantage? Joe had zeker een blunder begaan... maar was zij er niet op uit geweest om hem en zijn gezin kapot te maken?

Afgezien van één detail.

Er was vandaag weer een e-mail binnengekomen. Marianne was dood. Wat inhield dat Nash, hoeveel schade hij inmiddels ook had aangericht, nog niet alle lekken had gedicht.

Guy Novak.

Hij was het laatste lek dat gedicht moest worden. Daar zou Nash nu zijn. Nash had zijn telefoon en Joe's voicemails niet beantwoord omdat hij op pad was gegaan om zijn karwei af te maken.

Dat wist Joe nu.

Hij kon met zijn armen over elkaar blijven zitten en er het beste van hopen. Maar het betekende ook dat er een goede kans bestond dat Guy Novak het niet zou overleven.

Wat het einde van Joe's problemen zou betekenen.

'Joe?' zei Dolly. 'Joe, vertel me wat er aan de hand is.'

Hij wist niet wat hij moest doen. Maar hij zou het niet aan Dolly vertellen. Ze hadden een jong dochtertje, een jong gezin. Dat zette je niet op het spel.

Maar hij kon ook niet iemand zomaar laten vermoorden.

'Ik moet weg,' zei hij, en hij rende naar de deur.

Nash fluisterde in Guy Novaks oor: 'Roep naar de meisjes dat je iets in de kelder moet doen en dat je niet gestoord wilt worden. Duidelijk?'

Guy knikte. Ze liepen naar de trap. Nash drukte de punt van het mes in zijn rug, in de buurt van zijn nier. De beste methode, had Nash geleerd, was iets te hard door te drukken. Genoeg pijn te veroorzaken om ze ervan te overtuigen dat je niet blufte.

'Meisjes! Ik moet iets in de kelder doen. Jullie blijven boven, oké? Ik wil even niet gestoord worden.'

'Oké,' riep een gedempte stem naar beneden.

Guy draaide zich om. Nash hield het mes nog steeds vooruit gericht en prikte de punt nu in Guys buik. Guy vertrok geen spier en

317

ging niet achteruit. 'Heb jij mijn vrouw vermoord?'

Nash glimlachte. 'Ik dacht dat ze je ex was.'

'Wat wil je?'

'Waar zijn je computers?'

'Mijn laptop zit in mijn tas, daar, naast de stoel. Mijn pc staat in de keuken.'

'Heb je er nog meer?'

'Nee. Neem ze mee en ga weg.'

'We moeten eerst praten, Guy.'

'Ik vertel je alles wat je wilt weten. En ik heb geld. Dat mag je hebben. Als je de meisjes maar met rust laat.'

Nash bekeek de man eens goed. Die moest toch weten dat er een reële kans was dat hij vandaag ging sterven. Voor zover Nash wist had hij heel zijn leven nog nooit iets heldhaftigs gedaan en toch was het nu alsof hij er schoon genoeg van had en nog een laatste statement wilde maken.

'Als je meewerkt,' zei Nash, 'raak ik ze met geen vinger aan.'

Guy keek Nash recht aan alsof hij probeerde vast te stellen of hij loog of niet. Nash deed de kelderdeur open. Samen liepen ze de trap af. Nash deed het licht aan en trok de deur achter zich dicht. De kelder was een rommeltje. De vloer was van kaal beton. Er waren waterleidingen die een gorgelend geluid produceerden. Tegen een hutkoffer stond een schildersdoek. Oude hoeden en petten en opgerolde posters, en stapels kartonnen dozen op de vloer.

Nash had een sporttas bij zich, waar alles in zat wat hij nodig had. Toen hij er een rol brede grijze tape uit haalde, beging Guy Novak een grote fout.

Hij haalde naar Nash uit en riep: 'Meisjes! Rennen!'

Nash gaf hem een elleboogstoot op zijn strottenhoofd en smoorde de kreet, gevolgd door een slag met zijn handpalm op Guys voorhoofd. Guy ging tegen de grond en greep met beide handen naar zijn keel.

'Als je nog één kik geeft,' zei Nash, 'haal ik je dochter naar beneden en mag jij toekijken. Begrepen?'

Guy kromp ineen. Het vaderschap kon een laffe worm als Guy Novak blijkbaar in een vechtjas veranderen. Nash vroeg zich af of Cassandra en hij nu kinderen zouden hebben gehad. Hij wist het bijna zeker. Cassandra kwam uit een groot gezin. Ze had vast een heel stel kinderen gewild. Van zichzelf was hij op dat punt minder zeker – zijn visie op het leven was een stuk grimmiger dan de hare was geweest – maar hij zou haar nooit iets hebben geweigerd.

318

Nash keek omlaag. Hij kon Novak in zijn been steken of hem een van zijn vingers afsnijden, maar echt nodig was het niet. Guy had zijn kans gewaagd en had ervan geleerd. Hij zou het niet nog eens proberen.

'Draai je op je buik en doe je handen achter je rug.'

Guy deed wat hem was opgedragen. Nash draaide de grijze tape een aantal keren om zijn polsen en onderarmen. Daarna deed hij hetzelfde met de enkels en onderbenen. Hij trok de armen achteruit, de onderbenen omhoog en bond de polsen aan de enkels vast. De klassieke methode. Als laatste plakte hij Guys mond dicht door de rol tape vijf keer om zijn hoofd te draaien.

Toen hij klaar was liep hij de trap naar de kelderdeur op.

Guy begon te wringen en te trekken, maar het had geen enkele zin. Nash wilde zich ervan overtuigen dat de meisjes Guys kreet niet hadden gehoord. Hij deed de deur open. In de verte hoorde hij nog steeds het geluid van de tv. De meisjes waren nergens te zien. Hij deed de deur dicht en liep de trap weer af.

'Jouw ex-vrouw heeft een video gemaakt. Ik wil van jou weten waar die is.'

Guys mond zat stevig dichtgeplakt met de grijze tape. De verwarring op zijn gezicht was begrijpelijk: hoe moest hij die vraag verdomme beantwoorden als hij niks kon zeggen? Nash glimlachte naar hem en liet hem het mes zien.

'Je mag het me straks vertellen, oké?'

Nash' telefoon begon weer te trillen. Lewiston, nam hij aan, maar toen hij op de display keek, wist hij dat het geen goed nieuws zou zijn.

'Wat is er aan de hand?' vroeg Nash.

'De politie is er,' zei Pietra.

Nash was nauwelijks verbaasd. Je offerde een van je stukken op en alles werd teruggebracht tot de essentie. Maar de tijd begon te dringen. Hij kon hier blijven om Guy nog een beetje pijn te doen. Maar hij had haast.

Hoe zou hij Guy het snelst aan het praten krijgen?

Nash schudde zijn hoofd. Dat wat ons moedig maakt – waarvoor je bereid bent te sterven – maakt ons ook zwak.

'Ik ga je dochter een bezoekje brengen,' zei hij tegen Guy. 'En daarna gaan we praten, oké?'

Guys ogen puilden bijna uit zijn hoofd. Hij begon weer te draaien en te wringen, om Nash duidelijk te maken wat hij al lang wist. Natuurlijk zou hij praten. Hij zou hem alles vertellen wat hij wilde weten, als hij zijn dochter maar met rust liet. Maar Nash wist dat hij de informatie sneller zou krijgen als Guys dochter hier voor hem stond. Je zou kunnen zeggen dat alleen al het dreigement meer dan voldoende zou zijn. Je zou daar gelijk in kunnen hebben.

Maar Nash wilde zijn dochter om andere redenen naar beneden halen.

Hij haalde een keer diep adem. Het einde naderde. Dat begreep hij. Ja, hij wilde dit overleven en ontsnappen, maar de gekte was niet alleen zijn hoofd binnengeslopen, maar had ook de leiding genomen. De gekte deed zijn aderen jeuken, deed zijn hele lijf tintelen en zorgde ervoor dat hij zich springlevend voelde.

Hij liep de keldertrap op. Achter zich hoorde hij Guy spartelen van pure angst. Heel even liet de gekte hem los en overwoog hij terug te gaan. Guy zou hem alles vertellen wat hij wilde weten. Maar aan de andere kant misschien ook niet. En dan zou het erop lijken dat Nash hem alleen maar had gedreigd.

Nee, hij moest het doorzetten.

Hij deed de kelderdeur open en liep de hal in. Hij keek naar de trap. Boven stond de tv nog aan. Hij liep door naar de trap.

En bleef abrupt staan toen hij de deurbel hoorde.

Tia parkeerde haar auto op Novaks oprit. Ze liet haar tas met haar telefoon in de auto en liep naar de voordeur. Ze probeerde te verwerken wat Betsy Hill haar daarnet had verteld. Haar zoon was ongedeerd. Dat was het allerbelangrijkste. Hij had misschien een paar lichte verwondingen opgelopen, maar hij was in leven, kon op zijn benen staan en had zelfs weg kunnen rennen. Het waren de andere dingen die Adam aan Betsy had verteld... dat hij zich schuldig voelde door Spencers dood, onder andere. Maar dat konden ze later oplossen. Eerst overleven, dan zorgen dat hij thuiskwam en daarna konden ze zich met die andere zaken gaan bezighouden.

Terwijl deze gedachten nog door haar hoofd speelden, belde ze aan bij Guy Novak.

Tia slikte toen ze bedacht dat dit gezin vandaag door een groot verlies was getroffen. Het was belangrijk dat ze haar medeleven toonde, nam ze aan, hoewel ze het liefst haar dochter had gegrepen, haar man en haar zoon had opgezocht, ze alle drie naar huis had gebracht en de voordeur voorlopig op slot had gedraaid.

Er deed niemand open.

Ze keek door het raampje in de deur, maar door de spiegeling van het glas zag ze nauwelijks iets. Ze schermde haar ogen af met haar handen en tuurde de hal in. Een gedaante leek weg te duiken. Of misschien speelde het licht haar parten. Ze belde nog een keer aan, langer nu. Deze keer werd er wel gereageerd. Luidruchtig kwamen de meisjes de trap af stampen.

Ze kwamen naar de voordeur. Yasmin deed open. Jill stond een meter achter haar.

'Dag, mevrouw Baye.'

'Hallo, Yasmin.'

Tia kon aan Yasmins gezicht zien dat Guy haar het slechte nieuws nog niet had verteld, maar dat verbaasde haar eigenlijk niet. Guy had natuurlijk willen wachten tot ze Jill had opgehaald, zodat hij alleen met zijn dochter kon zijn.

'Waar is je vader?'

Yasmin haalde haar schouders op. 'Ik geloof dat hij zei dat hij iets in de kelder moest doen.'

Even zeiden ze geen van drieën iets. Het was doodstil in het huis. Ze wachtten nog een paar seconden, alsof ze op een geluid of een teken wachtten. Maar er gebeurde niets.

Guy wilde waarschijnlijk even alleen zijn met zijn verdriet, dacht Tia. Misschien moest ze Jill gewoon meenemen en naar huis gaan. Maar niemand verroerde zich. Dit voelde opeens niet goed. Dit was meestal de manier waarop je het deed wanneer je je kind kwam brengen... dat je het dan tot aan de deur bracht en je ervan overtuigde dat een van de ouders of de oppas er was.

Nu had ze het gevoel alsof ze Yasmin alleen zouden laten.

Tia riep: 'Guy?'

'Het is oké, mevrouw Baye. Ik ben oud genoeg om mezelf te redden.'

Dat was nog maar de vraag. Ze waren op een twijfelachtige leeftijd. Waarschijnlijk konden ze best even voor zichzelf zorgen, met hun mobiele telefoons en zo. Jill had ook al om meer zelfstandigheid gezeurd. Ze had voor zichzelf bewezen, had ze gezegd, dat ze de verantwoordelijkheid aankon. Ze hadden Adam alleen gelaten toen hij zo oud was als zij, wat, zo bleek uiteindelijk, toch niet zo'n goed idee was geweest.

Maar dat was niet wat Tia op dit moment dwarszat. Het ging er niet om dat ze Yasmin alleen lieten. Haar vaders auto stond op de oprit. Dus hij was thuis. Maar hij hoorde hier te zijn. Hij hoorde Yasmin te vertellen wat er met haar moeder was gebeurd.

'Guy?'

Weer geen reactie.

De meisjes keken elkaar aan. Er trok een lichte bezorgdheid over hun gezichtjes.

'Waar zei je dat hij was?' vroeg Tia.

'In de kelder.'

'Wat is daar dan?'

'Niks, eigenlijk. Dozen en oude troep. Nogal een rommeltje.'

Waarom zou Guy Novak het ineens nodig vinden om naar de kelder te gaan?

Het voor de hand liggende antwoord was: omdat hij alleen wilde zijn. Yasmin had het over dozen en oude troep. Misschien zaten Guys aandenkens aan Marianne daarin en zat hij daar nu op de grond foto's van vroeger te bekijken. Dat zou het kunnen zijn. En misschien had hij haar gewoon niet gehoord omdat de kelderdeur dicht was.

Ja, dat zou het waarschijnlijk zijn.

Toen dacht Tia aan de gedaante die ze had zien wegschieten toen ze door het raampje van de deur keek. Kon dat Guy geweest zijn? Had hij zich voor haar willen verstoppen? Zelfs dat zou kunnen. Misschien kon hij het op dit moment gewoon niet opbrengen om met haar te praten. Of wilde hij helemaal geen gezelschap. Zoiets kon het zijn.

Alles goed en wel, dacht Tia, ze vond het nog steeds geen prettig idee om Yasmin alleen in deze situatie achter te laten.

'Guy?'

Ze riep het deze keer harder.

Nog steeds geen reactie.

Tia liep naar de kelderdeur. Als hij alleen wilde zijn, had hij pech gehad. Een kort 'ik ben hier!' zou al voldoende zijn. Ze klopte op de deur. Geen antwoord. Haar hand pakte de deurknop vast en draaide die om. Ze deed hem een stukje open.

Er brandde geen licht.

Ze draaide zich om naar Yasmin. 'Schat, weet je zeker dat hij naar de kelder ging?'

'Dat riep hij.'

Tia keek Jill aan. Ze knikte. De eerste sporen van angst werden voelbaar. Guy had aan de telefoon zo aangeslagen geklonken en nu was hij alleen naar de kelder gegaan...

Nee, dat zou hij toch niet doen? Dat zou hij Yasmin toch niet aandoen?

Op dat moment hoorde Tia een geluid. Iets wat gedempt klonk, gevolgd door een krakend of schrapend geluid. Een rat?

Toen hoorde ze het weer. Nee, geen rat. Het klonk als iets wat groter was.

Wat moest dit voorstellen?

Ze keek de meisjes recht aan. 'Jullie blijven hier, horen jullie me? Jullie komen niet naar beneden totdat ik jullie roep.'

Tia tastte met haar hand naar de lichtschakelaar. Ze vond hem en deed het licht aan. Haar voeten waren al in beweging gekomen en liepen op eigen initiatief de trap af. En toen ze beneden was en Guy Novak vastgebonden en gekneveld op de grond zag liggen, bleef ze abrupt staan en reageerde onmiddellijk.

Ze draaide zich om en rende terug naar de trap.

'Lopen, meisjes! Ga snel naar...'

De woorden bleven steken in haar keel toen ze zag dat de kelderdeur dicht was.

Boven aan de trap stond een man. Met zijn rechterhand om de nek van de kermende Yasmin geklemd, en zijn linkerhand om Jills nek.

37

Carson kookte van woede. Weggestuurd. Na alles wat hij voor haar had gedaan had Rosemary hem als een schooljongen haar kantoor uit gestuurd. Zij zat daar nu te praten met die oude man die hem in het bijzijn van zijn vrienden voor schut had gezet.

Ze begreep er niets van.

Carson kende haar. Ze wierp altijd haar schoonheid en mooie praatjes in de strijd om zich uit de nesten te werken. Maar dat zou haar in dit geval niet lukken. Dus zou ze zoeken naar een manier om haar eigen huid te redden, en alleen dat. En hoe meer Carson erover nadacht, hoe slechter het er voor hem begon uit te zien. Als de politie hier binnenviel en er moest iemand als zondebok worden aangewezen, zou Carson boven aan de kandidatenlijst staan.

Misschien zaten ze dat daar nu wel te bespreken.

Zo onmogelijk was dat niet. Carson was nu tweeëntwintig... oud genoeg om als volwassene berecht en veroordeeld te worden. Hij was degene met wie de minderjarige jongeren het meest contact hadden gehad, want Rosemary was slim genoeg geweest om zich daar niet aan te branden. Bovendien had hij, Carson, opgetreden als contactpersoon met de distributeur.

Verdomme, hij had kunnen weten dat dit zou gebeuren. Nadat die jongen van Spencer de geest had gegeven, hadden ze zich een tijdje gedeisd moeten houden. Maar er ging zo veel geld om in hun handel en de distributeurs hadden druk op hem uitgeoefend. Carsons contactpersoon was een man die Barry Watkins heette en die altijd pakken van Armani droeg. Hij had Carson meegenomen naar chique herenclubs. Hij had met geld gesmeten. Hij had Carson aan meisjes geholpen en hem gerespecteerd. Hij was goed voor hem geweest.

Maar gisteravond, toen Carson niet kon leveren, was Watkins' toon veranderd. Hij had zijn stem niet verheven, maar die had een heel kille klank gekregen, die als een ijspriem tussen zijn ribben had gevoeld.

'Dit hadden we niet afgesproken,' had hij tegen Carson gezegd.

'Ik denk dat we een probleem hebben.'

'Hoe bedoel je?'

'Dat dokterszoontje heeft het benauwd gekregen. Zijn vader is hier vandaag geweest.'

Stilte.

'Hallo?'

'Carson?'

'Ja?'

'Mijn opdrachtgevers zullen het niet zover laten komen dat er sporen naar mij wijzen. Begrijp je wat ik zeg? Ze zullen koste wat kost voorkomen dat het dat niveau bereikt.'

Daarmee had hij het gesprek beëindigd. De boodschap was overgekomen.

Dus wachtte Carson hier met een pistool.

Hij hoorde rumoer bij de voordeur. Er probeerde iemand binnen te komen. De deur zat aan beide kanten op slot. Je moest de code weten om naar binnen of naar buiten te gaan. Er stond iemand op de deur te bonzen. Carson keek door het raampje.

Het was Adam Baye. Die jongen van Huff was bij hem.

'Doe open!' riep Adam. Hij bonsde weer op de deur. 'Kom op, doe open!'

Carson onderdrukte een glimlach. Vader en zoon in één ruimte. De perfecte manier om er een eind aan te maken.

'Wacht even,' riep Carson.

Hij stak het pistool achter zijn broekband, op zijn rug, toetste de vier cijfers in en zag het rode lampje op groen springen. De deur ging open.

Adam kwam binnenstormen met DJ in zijn kielzog.

'Is mijn vader hier?' vroeg Adam.

Carson knikte. 'In Rosemary's kantoor.'

Adam liep de gang in. DJ Huff ging hem achterna.

Carson liet de deur dichtvallen, waarmee hij ze insloot. Hij bracht zijn hand achter zijn rug en trok zijn pistool.

Anthony volgde Adam Baye.

Hij hield afstand, niet te veel, maar hij wist niet goed hoe hij het moest aanpakken. Adam kende hem niet, dus Anthony kon hem niet zomaar roepen... bovendien wist hij niet wat de gemoedstoestand van de jongen was. Als Anthony hem vertelde dat hij een vriend van zijn vader was, ging hij er misschien wel vandoor en zou hij opnieuw onderduiken.

Rustig aan, zei Anthony tegen zichzelf.

Hij zag dat Adam in zijn mobiele telefoon liep te praten. Goed idee, dacht Anthony. Hij haalde zijn toestel tevoorschijn en toetste al lopende Mikes nummer in.

Geen antwoord.

Toen hij Mikes voicemail aan de lijn kreeg, zei hij: 'Mike, ik zie je zoon. Hij is op weg naar die club waarover ik je heb verteld. Ik ga hem achterna.'

Hij klapte het toestel dicht en stak het terug in zijn zak. Adam had zijn gesprek al beëindigd en was sneller gaan lopen. Anthony versnelde zijn pas. Toen Adam bij de club kwam, rende hij de treden op en greep de deurknop vast.

Op slot.

Anthony zag hem naar het toetsenpaneeltje kijken. Hij draaide zich om naar zijn vriend, maar die haalde zijn schouders op. Adam begon op de deur te bonzen.

'Doe open!'

Aan zijn stem te horen, dacht Anthony, is hij niet alleen ongeduldig. Er klonk pure wanhoop en zelfs angst in door. Anthony kwam voorzichtig dichterbij.

'Kom op, doe open!'

Hij bonsde harder en harder op de deur. Na een paar seconden ging die open. Een van die goths stond in de deuropening. Anthony had hem wel eens in de buurt gezien. Hij was wat ouder dan de rest en zag zichzelf als de leider van dat stelletje meelijwekkende losers. Hij had een grote pleister dwars over zijn neus, alsof die gebroken was geweest. Anthony vroeg zich af of dit een van de jongens was die Mike hadden mishandeld en kwam tot de slotsom dat dat waarschijnlijk zo was.

Maar wat moest hij doen?

Moest hij voorkomen dat Adam naar binnen ging? Misschien wel, maar nogmaals, er was een kans dat de jongen zijn bemoeienis verkeerd zou begrijpen en ervandoor zou gaan. Anthony kon hem in zijn nekvel pakken en in bedwang houden, maar dan zou er een hoop heibel ontstaan en wat schoten ze daarmee op?

Hij sloop dichter naar de deur toe.

Adam ging naar binnen en verdween uit het zicht alsof hij door het pand werd opgeslokt. Adams vriend, met het sportjack, ging na hem naar binnen, enigszins aarzelend. Vanaf de plek waar hij stond zag Anthony dat de goth de deur losliet en dat die langzaam dichtging. Terwijl dat gebeurde keerde de goth hem zijn rug toe.

En toen zag Anthony het.

De kolf van een pistool, die boven zijn broekband uitstak.

En net voordat de deur helemaal dicht was, leek het erop dat de hand van de goth naar die kolf ging.

Mo zat in de auto en dacht na over die verdomde cijferreeks. CeeJay8115.

Hij begon met wat hij wist. 'Cee' werd C ofwel de derde letter van het alfabet. Drie. 'Jay' werd J. Tien. Wat kreeg hij dan? 3108115. Hij telde die cijfers bij elkaar op, probeerde ze te delen en zocht naar een patroon. Hij nam Adams chatnaam erbij: Hockey-Adam1117. Mike had hem verteld dat 11 het rugnummer van Messier was, en 17 Adams eigen nummer. Toch telde hij het op bij 8115 en daarna bij 3108115. Hij zette 'HockeyAdam' om in cijfers, deed nog meer vergelijkingen en probeerde tot een uitkomst te komen.

Niets.

Toch waren de cijfers niet willekeurig gekozen. Dat wist hij zeker. Net zoals Adams cijfers niet willekeurig waren. Er moest een bepaalde logica in zitten. Mo moest die alleen zien te vinden.

Tot nu toe had Mo al het rekenwerk uit zijn hoofd gedaan, maar nu deed hij het handschoenenkastje open en haalde er een blocnote uit. Hij was alle getallen weer aan het opschrijven toen hij een bekende stem hoorde roepen: 'Doe open!'

Mo keek door de voorruit.

Adam stond op de deur van Club Jaguar te bonzen.

'Kom op, doe open!'

Mo's hand ging naar de portierhendel toen de deur van de club openging. Adam ging naar binnen. Mo vroeg zich af wat dit te betekenen had en wat hij moest doen, toen hij iets anders zag.

Het was Anthony, de zwarte uitsmijter bij wie Mike eerder vandaag op bezoek was geweest. Hij sprintte naar de deur van Club Jaguar. Mo stapte uit en rende naar hem toe. Anthony was het eerst bij de deur. Hij greep de deurknop vast, maar die gaf niet mee.

'Wat is er aan de hand?' vroeg Mo.

'We moeten naar binnen,' zei Anthony.

Mo zette zijn hand tegen de deur. 'Massief plaatstaal. Die trappen we niet in.'

'Nou, dan moeten we iets anders bedenken.'

'Hoezo, wat is er aan de hand?'

'Die gast die Adam binnenliet,' zei Anthony, 'heeft een pistool.'

Carson hield het pistool achter zijn rug.

'Is mijn vader hier?' vroeg Adam.

'In Rosemary's kantoor.'

Adam liep langs hem heen. Opeens werd er ergens in de gang een deur opengedaan.

'Adam?'

Het was de stem van Mike Baye.

'Papa?'

Baye kwam de hoek om toen Adam halverwege de gang was. Vader en zoon renden naar elkaar toe en vlogen elkaar in de armen.

Ach, dacht Carson, wat schattig.

Carson haalde het pistool achter zijn rug vandaan en richtte.

Hij riep niets, geen enkele waarschuwing. Daar was geen reden voor. Hij had geen keus meer. Geen tijd om te onderhandelen of iets te eisen. Hij moest er een eind aan maken.

Ze moesten gewoon dood, allebei.

'Carson, niet doen!' riep Rosemary.

Maar naar dat rotwijf luisterde hij niet meer, mooi niet. Carson richtte het pistool op Adam, kreeg hem in het vizier en zette zich schrap om te vuren.

Zelfs met zijn zoon in zijn armen – dat geweldige gevoel van de compacte massa van zijn kind tegen zich aan en de enorme opluchting omdat Adam op het eerste gezicht ongedeerd was – zag Mike het vanuit zijn ooghoek.

Carson had een pistool.

Hij had geen tijd om te bedenken wat hij moest doen. Er zat ook geen bewuste gedachte achter wat hij deed… alleen primitieve, basale overlevingsdrang. Hij zag dat Carson het pistool op Adam richtte en reageerde daarop.

Mike gaf zijn zoon een duw.

Hij gaf hem een heel harde duw. Adams voeten kwamen echt van de grond. Hij vloog door de lucht, met zijn ogen groot van verbazing. Het pistool ging af en de ruit achter Mike, precies op de plek waar Adam nog geen seconde daarvoor had gestaan, spatte uiteen. Mike voelde de scherven tegen zijn achterhoofd slaan.

Maar de duw had niet alleen Adam verrast… ook Carson had die niet verwacht. Hij was ervan uitgegaan dat ze óf niet zouden zien dat hij een pistool had, óf dat ze zouden reageren zoals de meeste mensen reageerden als er een pistool op hen werd gericht… dat ze roerloos zouden blijven staan met hun handen in de lucht.

Carson herstelde zich echter snel. Hij zwaaide zijn armen al naar rechts, naar de plek waar Adam op de grond was gevallen. Maar dat was de reden geweest dat Mike hem zo hard had geduwd. Zelfs in Mikes eerste reactie had de kern van een plan gezeten. Want hij moest zijn zoon niet alleen uit de baan van de kogel duwen, maar ook uit het zicht van de schutter. En dat was hem gelukt.

Adam was achter de zijmuur van een nis terechtgekomen. Carson richtte het pistool weer, maar hij kon Adam niet raken. Dus had hij maar één alternatief... eerst de vader doodschieten.

Mike voelde een merkwaardige kalmte over zich neerdalen. Hij wist wat hem te doen stond. Hij had geen keus. Hij moest zijn zoon beschermen. Toen Carson het pistool zijn kant op begon te draaien, wist Mike wat dit betekende.

Hij moest zich opofferen.

Hij dacht er niet over na. Het was gewoon zo. Vader redt zoon. Zo hoorde het ook. Carson zou de kans krijgen om een van hen neer te schieten. Dat was onvermijdelijk. Dus deed Mike het enige wat hij kon doen.

Hij zorgde ervoor dat híj het zou zijn.

Puur op instinct stormde hij op Carson af.

Zijn gedachten flitsten terug naar zijn ijshockeywedstrijden waarin hij zo snel als hij kon voor de puck ging, en hij besefte dat zelfs als Carson hem raakte, hij misschien toch een kans had. Dat hij genoeg snelheid had om Carson omver te kegelen voordat hij meer schade zou aanrichten.

Hij zou zijn zoons leven redden.

Maar naarmate Mike dichterbij kwam, besefte hij dat nobele gedachten niet altijd met de realiteit strookten. Want de afstand was te groot. Carson bracht het pistool al omhoog. Mike zou nooit op tijd bij hem zijn, niet zonder een of twee kogels in zijn lijf. Er was maar een heel kleine kans dat hij het zou overleven, of dat hij iets met zijn actie zou bereiken.

Toch had hij geen keus. Dus deed hij zijn ogen dicht, boog zijn hoofd en stormde naar voren.

De afstand was nog maar een meter of vijf, maar als Carson hem iets dichterbij liet komen, kon hij hem bijna niet missen.

Hij richtte iets lager, op Mikes hoofd, en zag zijn doelwit groter en groter worden.

Anthony beukte tegen de deur, maar die gaf geen krimp.

'Al die ingewikkelde rekensommen,' mompelde Mo, 'en dan is het dít?'

'Waar heb je het over?'

'Acht-een-een-vijf.'

'Pardon?'

Hij had geen tijd om het uit te leggen. Mo toetste 8115 in op het paneeltje. Het rode lichtje ging op groen en de deur sprong van het slot.

Anthony trok de deur open en de twee mannen stormden naar binnen.

Carson had hem in het vizier.

Het pistool was op Mikes hoofd gericht. Het verbaasde hem dat hij zich zo kalm voelde. Hij had gedacht dat hij in paniek zou raken, maar zijn hand om de kolf was zo vast als een rots. Het eerste schot had hem een goed gevoel gegeven. Het tweede zou nog veel beter zijn. Zijn doelwit was nu dichtbij genoeg. Hij kon niet missen. Uitgesloten.

Carsons vinger spande zich om de trekker.

En toen was het pistool ineens weg.

Een reusachtige hand schoot in beeld en griste het pistool uit zijn hand. Zomaar. Het ene moment was het er nog en het volgende was het weg. Carson draaide zich om en zag de grote, zwarte uitsmijter van de club verderop in de straat. De reus had het pistool in zijn hand en glimlachte naar hem.

Maar veel tijd om zich te verbazen kreeg Carson niet. Iets wat oersterk was – een andere man – raakte hem hard in zijn onderrug. Carson voelde de pijn door zijn hele lichaam trekken. Hij schreeuwde het uit, vloog naar voren en kromde zijn rug, precies op het moment dat Mike Bayes schouder hem vanaf de andere kant raakte. Carsons lichaam brak bijna in tweeën door de botsing. Hij viel op de grond alsof iemand hem van grote hoogte had laten vallen. Hij kreeg geen lucht meer. Zijn borstkas voelde alsof al zijn ribben gebroken waren.

Mike boog zich over hem heen en zei: 'Het is afgelopen.' Vervolgens draaide hij zich om naar Rosemary, die verderop in de gang stond, en zei: 'Er worden geen deals gemaakt.'

38

Nash had de twee meisjes nog steeds bij de nek vast. Hij kneep niet hard, maar oefende een lichte druk uit op de plekken die daar gevoelig voor waren. Hij zag dat Yasmin, met wie alle problemen waren begonnen toen ze lastig was in Joe's klas, een pijnlijk gezicht trok. Het andere meisje – de dochter van de vrouw die opeens was komen binnenvallen – beefde als een riet.

'Laat ze gaan,' zei de vrouw.

Nash schudde van nee. Hij voelde zich licht in zijn hoofd. De gekte gierde door zijn lichaam alsof hij onder stroom stond. Al zijn neuronen waren naar een hogere versnelling geschakeld. Een van de meisjes begon te huilen. Hij wist dat dit effect op hem zou moeten hebben, dat het hem op de een of andere manier zou moeten raken wanneer hij een ander mens in tranen zag.

Maar het maakte zijn opwinding alleen maar groter.

Was je nog wel gek als je wist dat je het was?

'Alsjeblieft,' zei de vrouw. 'Het zijn nog maar kinderen.'

Daarna zei ze niets meer. Misschien zag ze het aan zijn gezicht. Dat haar woorden hem niets deden. Erger nog, dat hij ervan scheen te genieten. Nash had bewondering voor de vrouw. Hij vroeg zich af of ze altijd zo was, zo moedig en beheerst, of dat het de situatie was die haar had veranderd in een moederbeer die haar welp beschermt.

Hij zou de moeder het eerst moeten vermoorden.

Zij zou voor de meeste problemen zorgen. Daar was hij van overtuigd. Het was uitgesloten dat ze hulpeloos zou blijven toekijken terwijl hij de meisjes pijn deed.

Maar toen diende zich een nieuwe opwindende gedachte aan. Als dit het einde was, zijn slotakte in dit gebeuren, was er dan een mooier hoogtepunt denkbaar dan ouders die moesten toekijken hoe hun kinderen werden vermoord?

O, hij wist best dat dit een heel ziek plan was. Maar toen de gedachte eenmaal had postgevat in zijn hoofd, kon hij hem niet meer loslaten. Je bent nou eenmaal wie je bent. Nash had in de gevangenis een paar pedofielen ontmoet en die hadden altijd zo hun best gedaan om zichzelf ervan te overtuigen dat het niet verderfelijk was wat ze hadden gedaan. Dan hadden ze het over het verleden, oude beschavingen en andere tijden waarin meisjes op hun twaalfde al trouwden, en Nash zich voortdurend had afgevraagd waarom ze al die moeite deden. Het lag veel eenvoudiger. Zo zat je gewoon in elkaar. Je had bepaalde verlangens. Je had behoefte aan dingen die anderen onbegrijpelijk vonden.

Zo had God je gemaakt. Dus wie was de ware schuldige?

Al die hypocriete fatsoensrakkers zouden moeten beseffen dat je, wanneer je er goed over nadacht, eigenlijk het werk van God bekritiseerde wanneer je zulke mensen veroordeelde. O, natuurlijk zouden die beginnen over verleiding, maar het was meer dan dat. Dat wisten zij ook. Want iedereen heeft verlangens. En het is niet alleen je zelfdiscipline die je in het gareel houdt. De omstandigheden spelen ook een rol. Dat was wat Pietra niet goed had begrepen met die soldaten. Want de omstandigheden hadden hen niet gedwongen zich schuldig te maken aan wreedheden.

Die hadden alleen de gelegenheid geschapen.

Dus hij wist het nu. Hij zou ze alle vier vermoorden. Dan zou hij de computers pakken en maken dat hij wegkwam. Wanneer de politie arriveerde, zou die zich eerst met het bloedbad moeten bezighouden. Ze zouden ervan uitgaan dat het om een seriemoordenaar ging. Niemand zou zich druk maken over een of andere video gemaakt door een vrouw die het leven van een brave burger en een goed docent wilde verwoesten. Joe zou hoogstwaarschijnlijk buiten schot blijven.

Maar zover waren ze nog niet. Eerst moest hij de moeder vastbinden.

'Meisjes?' zei Nash.

Hij draaide zijn handen een kwartslag, zodat ze hem konden aankijken.

'Als jullie weglopen, vermoord ik jouw mammie en jouw pappie. Hebben jullie dat goed begrepen?'

Ze knikten allebei. Voor de zekerheid liepen ze eerst de keldertrap af, weg van de deur. Hij liet beide nekjes los... en dat was het moment dat Yasmin de ijzingwekkendste kreet slaakte die hij ooit had gehoord en naar haar vader toe rende. Nash wilde haar achternagaan.

Maar dat bleek een vergissing.

Het andere meisje schoot als een pijl de trap op.

Nash draaide zich vliegensvlug om, maar ze was hem te snel af.

'Rennen, Jill!' riep de vrouw.

Nash dook naar de trap, met zijn arm gestrekt om haar enkel te pakken. Het lukte hem bijna, maar ze trok snel haar been op. Nash wilde zich oprichten maar voelde opeens een gewicht op zich vallen.

Het was de moeder.

Ze had hem van achteren besprongen. Ze beet hard in zijn been. Nash slaakte een kreet en schopte haar achteruit.

'Jill!' riep Nash. 'Als je niet onmiddellijk terugkomt, is je moeder straks dood, hoor!'

De vrouw rolde van hem weg. 'Rennen, Jill! Luister niet naar hem.'

Nash stond op en trok zijn mes. Voor het eerst wist hij niet goed wat hij moest doen. Het kastje van de telefoon zat aan de andere kant van de kelder. Hij kon het kapot trappen, maar waarschijnlijk had het meisje een mobiele telefoon.

De tijd begon te dringen.

Hij had de computers nodig. Die waren het belangrijkst. Dus hij zou iedereen vermoorden, de computers pakken en maken dat hij wegkwam. En daarna zou hij beide harde schijven vernietigen.

Nash keek naar Yasmin. Ze had zich achter haar vader verscholen. Guy probeerde zich om te rollen en overeind te komen, probeerde van alles om een soort beschermende muur tussen hem en zijn dochter te vormen. Maar met zijn polsen aan zijn enkels gebonden lukte dat natuurlijk niet en bood hij een bijna komische aanblik.

De moeder was ook opgestaan. Ze liep naar het meisje toe. Niet eens haar eigen kind. Moedig, hoor. Maar ze zaten nu alle drie bij elkaar. Dat was goed. Dan kon hij het snel afhandelen. Veel tijd zou het hem niet kosten.

'Jill!' riep Nash weer. 'Je laatste kans!'

Yasmin slaakte weer een schreeuw. Nash liep naar het drietal toe, bracht zijn hand met het mes omhoog en stopte abrupt toen hij het stemmetje hoorde.

'Alstublieft, doe mijn mammie geen kwaad.'

De stem kwam van achter hem. Hij hoorde gesnik.

Jill was teruggekomen.

Nash keek de moeder aan en glimlachte. Alle hoop verdween van haar gezicht.

'Nee!' schreeuwde de moeder. 'Jill, nee! Rennen!'

'Mammie?'

'Mijn god, schat, alsjeblieft! Ga naar buiten!'

Maar Jill luisterde niet. Tree voor tree kwam ze de trap af. Nash draaide zich naar haar om en dat was het moment dat hij inzag dat hij een grote fout had gemaakt. Even vroeg hij zich af of hij Jill expres had laten ontsnappen. Hij had de meisjes toch losgelaten? Was hij slordig geweest, of was er meer aan de hand? Hij vroeg zich af of hij zich niet door iemand had laten sturen, iemand die het genoeg had gevonden en wilde dat hij tot rust kwam.

Hij meende dat hij haar naast het meisje op de trap zag staan.

'Cassandra,' zei hij hardop.

Een paar minuten daarvoor had Jill de zware hand van de man nog om haar nek gevoeld.

De man was sterk. Hij hoefde nauwelijks moeite te doen om haar in bedwang te houden. Zijn vingers hadden een plekje gevonden dat heel erg zeer deed als hij erop drukte. Toen zag ze haar moeder en meneer Novak, die in een rare houding vastgebonden op de vloer lag. Jill was doodsbang.

'Laat ze gaan,' zei haar moeder.

De manier waarop ze het zei stelde Jill enigszins gerust. Het was afschuwelijk en doodeng, maar haar moeder was bij haar, en die zou alles doen om haar te redden. En Jill wist dat het moment was aangebroken om haar moeder te laten zien dat Jill ook alles voor haar zou doen.

De hand van de man kneep weer harder in haar nek. Jill kermde zachtjes en keek omhoog naar zijn gezicht. De man zag er blij en tevreden uit. Haar blik ging naar Yasmin. Die keek haar recht aan. Toen hield Yasmin haar hoofd een beetje schuin, voor zover dat ging. Zo deed Yasmin dat altijd in de klas, wanneer de leraar keek en ze Jill iets duidelijk probeerde te maken.

Jill begreep het eerst niet. Maar toen keek Yasmin omlaag, naar haar eigen hand.

Verbaasd volgde Jill haar blik en zag ze wat Yasmin deed.

Ze imiteerde een pistool met haar wijsvinger en duim.

'Meisjes?'

De man kneep in hun nek en draaide hun hoofden zo dat ze naar hem moesten opkijken.

'Als jullie weglopen, vermoord ik jouw mammie en jouw pappie. Hebben jullie dat goed begrepen?'

Ze knikten allebei. Toen keken ze elkaar weer aan. Yasmin deed haar mond wijd open. Jill begreep de boodschap. De man liet hen los en Jill wachtte op de afleidingsmanoeuvre. Lang hoefde ze niet te wachten.

Yasmin slaakte haar kreet en Jill rende voor haar leven. En niet alleen voor haar eigen leven. Voor het leven van alle vier.

Ze voelde de vingers van de man tegen haar enkel, maar trok snel haar been in. Ze hoorde hem vloeken maar keek niet om.

'Jill! Als je niet onmiddellijk terugkomt, is je moeder straks dood, hoor!'

Ze had geen keus. Jill rende de hal door en vloog de trap op. Ze dacht aan de anonieme e-mail die ze eerder vandaag aan meneer Novak had gestuurd.

Luistert u naar me, alstublieft. U moet uw pistool beter opbergen.

Ze hoopte nu dat hij hem nog niet had gelezen, of áls hij hem had gelezen, hij nog geen tijd had gehad om het te doen. Jill stormde zijn slaapkamer in, trok de la uit het nachtkastje en keerde hem om.

Geen pistool.

Ze schrok. Ze hoorde geschreeuw van beneden komen. Misschien was de man ze wel allemaal aan het vermoorden. Ze zocht tussen de spullen op de grond totdat haar hand koud metaal voelde.

Het pistool.

'Jill! Je laatste kans!'

Hoe zette ze de veiligheidspal om? Verdorie. Dat wist ze niet. Maar toen herinnerde ze zich iets.

Yasmin had hem toen niet teruggezet. Dus waarschijnlijk stond hij nog steeds goed.

Yasmin slaakte weer een schreeuw.

Jill krabbelde overeind en stormde de slaapkamer uit. Ze was nog niet bij de kelderdeur toen ze met haar liefste, kinderlijkste stemmetje zei: 'Alstublieft, doe mijn mammie geen kwaad.'

Ze liep door en vroeg zich af of ze genoeg kracht in haar hand had om met het pistool te schieten. Dus nam ze het pistool in beide handen en kromde twee vingers om de trekker.

Dat bleek genoeg te zijn.

Nash hoorde de sirenes.

Hij zag het pistool en glimlachte. Zijn eerste reactie was op haar af te stormen, maar Cassandra schudde haar hoofd. Hij wilde zelf ook niet meer. Het meisje aarzelde. Dus deed hij een stap naar haar toe en hief het mes boven zijn hoofd.

Toen Nash tien jaar oud was, had hij aan zijn vader gevraagd wat er met je gebeurde als je doodging. Zijn vader had gezegd dat Shakespeare het waarschijnlijk het mooist had verwoord, dat de dood 'een onbekend land was, van wiens bodem geen reiziger terugkeerde'.

Maar ja, hoe weten we dat zo zeker?

De eerste kogel trof hem vol in de borst.

Hij deed nog een stap naar haar toe, wankelend, met het mes boven zijn hoofd, en wachtte.

Nash wist niet waar de tweede kogel hem zou brengen, maar hij hoopte dat het bij Cassandra zou zijn.

39

Mike zat in dezelfde verhoorkamer als de vorige keer. Maar nu was hij er met zijn zoon.

Special agent Darryl LeCrue en Scott Duncan van het OM hadden geprobeerd hun zaak kloppend te krijgen. Mike wist dat ze zich allemaal in het gebouw bevonden: Rosemary, Carson, DJ Huff – waarschijnlijk met zijn vader – en de andere goths. Ze waren van elkaar gescheiden in de hoop dat er deals konden worden gesloten en dat er iemand in staat van beschuldiging kon worden gesteld.

Ze waren hier al uren. Mike en Adam hadden nog geen enkele vraag beantwoord. Hester Crimstein, hun advocaat, had hen verboden iets te zeggen. Op dit moment zaten Mike en Adam alleen in de verhoorkamer.

Mike keek naar zijn zoon, voelde zijn hart weer breken en zei voor de vijfde of zesde keer: 'Het komt allemaal goed.'

Adam reageerde vrijwel nergens op. Misschien had hij een shock. Hoewel de grens tussen een shock en tienerapathie maar heel dun was. Hester liep tegen haar kookpunt en het werd alsmaar erger. Je kon het zien. Om de zoveel tijd kwam ze de kamer binnenstormen om iets te vragen en was dan meteen weer verdwenen. Als ze van Adam details wilde weten, schudde hij alleen zijn hoofd.

Haar laatste bezoek was een half uur geleden geweest en voordat ze vertrok, had ze tegen Mike gezegd: 'Het gaat niet goed.'

Opnieuw vloog de deur open. Hester kwam binnen, pakte een stoel en zette die tegenover Adam neer. Ze ging zitten en bracht haar gezicht vlak bij het zijne. Hij draaide zijn hoofd opzij. Hester nam zijn gezicht in haar beide handen, draaide het naar zich toe en zei: 'Kijk me aan, Adam.'

Adam deed het, met grote tegenzin.

'Jouw probleem is het volgende: Rosemary en Carson geven jou de schuld. Ze zeggen dat het jouw idee was om de receptenblokken van je vader te pikken om meer winst te maken. Ze zeggen dat jíj hen hebt benaderd. Afhankelijk van hun gemoedstoestand zijn ze tevens bereid te verklaren dat je vader er ook achter zat. Papa hier was op zoek naar een manier om wat extra geld te verdienen. De agenten van de Narcoticadienst die op dit moment in het gebouw rondlopen, hebben goed gescoord in de pers toen ze in Bloomfield een arts voor hetzelfde misdrijf hebben opgepakt... illegaal uitgeschreven recepten doorspelen naar de zwarte markt. Dus ze zijn dolblij met die invalshoek, Adam. Ze willen vader en zoon achter de tralies zodat zij weer in de pers kunnen schitteren en waarschijnlijk opslag krijgen. Dringt het tot je door wat ik zeg?'

Adam knikte.

'Waarom vertel je me de waarheid dan niet?'

'Omdat het niet uitmaakt,' zei Adam.

Hester spreidde haar armen. 'Wat mag dat dan wel betekenen?'

Hij schudde zijn hoofd. 'Het is hun woord tegen het mijne.'

'Ah, maar zie je, er zijn twee problemen. Ten eerste is het niet alleen hun woord tegen het jouwe. Carson heeft namelijk een stel vrienden die bereid zijn hun verhaal te bevestigen. Natuurlijk zouden die vrienden er niet voor terugdeinzen om te verklaren dat jij anale seks hebt bedreven in een ufo als Carson en Rosemary het hun vroegen. Dus dat is niet ons grootste probleem.'

'Wat dan wel?' vroeg Mike.

'Het sterkste bewijs dat ze hebben zijn die receptenblokken. We kunnen die niet rechtstreeks in verband brengen met Rosemary en Carson. Dat lukt ons gewoon niet. Maar zij kunnen ze wel in verband brengen met jou, dokter Baye. Logisch, want ze zíjn van jou. En ze kunnen ook zonder al te veel moeite hard maken hoe ze van punt A – dat ben jij, dokter Baye – naar punt B – de zwarte markt – zijn gegaan. Met de hulp van je zoon.'

Adam deed zijn ogen dicht en schudde zijn hoofd.

'Wat is er?' vroeg Hester.

'U zult me niet geloven.'

'Lieve jongen, luister naar me. Het is mijn taak niet om je te geloven. Het is mijn taak je te verdedigen. Of je moeder je gelooft of niet, dáár mag je je zorgen om maken. Ik ben je moeder niet. Ik ben je advocaat en daar heb je op dit moment meer aan.'

Adam keek zijn vader aan.

'Ik zal je geloven,' zei Mike.

'Maar je had geen vertrouwen in me.'

Mike wist niet goed wat hij daarop moest zeggen.

'Jij hebt dat ding in mijn computer gestopt. Je hebt stiekem mijn privégesprekken gelezen.'

'We maakten ons zorgen om je.'

'Je had het me kunnen vragen.'

'Dat heb ik gedaan, Adam. Ik heb het je talloze keren gevraagd. Dan zei je dat ik je met rust moest laten. Dat ik je kamer uit moest gaan.'

'Eh... jongens?' zei Hester. 'Ik geniet erg van dit ontroerende "vader en zoon"-moment, echt waar, heel aangrijpend, de tranen schieten me bijna in de ogen. Maar jullie betalen me per uur en ik ben verdomde duur, dus kunnen we ons misschien tot de zaak beperken?'

Er werd kort op de deur geklopt. Die ging open en special agent Darryl LeCrue en openbaar aanklager Scott Duncan kwamen de kamer binnen.

'Eruit, jullie,' zei Hester. 'Dit is een privégesprek.'

'We hebben hier iemand die uw cliënten graag wil spreken,' zei LeCrue.

'Dat kan me niet schelen, al is het Jessica Alba in een topje...'

'Hester?'

Het was LeCrue die het zei.

'Geloof me nou maar. Het is belangrijk.'

De twee mannen gingen opzij. Mike keek op. Hij wist niet precies wat hij moest verwachten, maar dit zeker niet. Adam begon te huilen zodra hij zag wie het waren.

Betsy en Ron Hill kwamen de kamer binnen.

'Wie zijn dit, verdomme?' vroeg Hester.

'Spencers ouders,' zei Mike.

'Ho! Wat voor geintje proberen jullie uit te halen? Eruit met die mensen! Onmiddellijk.'

'Sst,' zei LeCrue. 'Luister nou even naar ze. Niet praten. Alleen luisteren.'

Hester wendde zich tot Adam. Ze legde haar hand op zijn onderarm. 'Je zegt geen woord. Hoor je me? Geen woord.'

Adam bleef huilen.

Betsy Hill ging tegenover hem aan tafel zitten. Zij had ook tranen in haar ogen. Ron ging achter haar staan. Hij sloeg zijn armen over elkaar en keek naar het plafond. Mike zag zijn onderlip trillen. LeCrue trok zich terug in de ene hoek van de kamer, Duncan in de andere.

'Mevrouw Hill,' zei LeCrue. 'Kunt u deze mensen vertellen wat u ons zojuist hebt verteld?'

Hester Crimsteins hand lag nog steeds op Adams arm, klaar om hem tot zwijgen te brengen zodra het nodig was. Betsy Hill keek alleen maar naar Adam. Ten slotte kwam zijn hoofd omhoog en keek hij haar aan.

'Wat heeft dit te betekenen?' vroeg Mike.

Eindelijk begon Betsy Hill te praten. 'Je hebt tegen me gelogen, Adam.'

'Ho even!' zei Hester. 'Als ze mijn cliënt meteen van leugens begint te betichten, maak ik nú een eind aan dit gesprek. Nu meteen.'

Besty negeerde de uitbarsting en bleef Adam aankijken. 'Die ruzie van jou en Spencer ging niet om een meisje, hè?'

Adam zei niets.

'Nou?'

'Geen antwoord geven,' zei Hester terwijl ze hem een kneepje in zijn arm gaf. 'We hebben geen commentaar op welke vermeende ruzie ook...'

Adam trok zijn arm weg. 'Mevrouw Hill...'

'Je bent bang dat ze je niet zullen geloven, hè?' zei Betsy. 'En je bent bang dat je je vriend zult kwetsen. Maar je kunt Spencer niet meer kwetsen. Hij is dood, Adam. En dat is niet jouw schuld.'

De tranen liepen nu over Adams wangen.

'Hoor je me? Het is niet jouw schuld. Je had een goede reden om boos op hem te zijn. Er is mijn man en mij zo veel ontgaan wat Spencer betrof. Daar zullen we voor altijd mee moeten leven. Misschien hadden we hem kunnen tegenhouden als we op hem hadden gelet... of misschien hadden we hem dan ook niet kunnen redden. Dat weet ik niet. Maar één ding weet ik wel: het is niet jouw schuld en ik sta niet toe dat jij de schuld op je neemt. Hij is dood, Adam. Niemand kan hem nog kwetsen.'

Hesters mond ging open, maar er kwam geen geluid uit. Ze besefte dat, leunde achterover en wachtte af. Mike wist ook niet wat hij hiervan moest maken.

'Vertel ze de waarheid,' zei Betsy.

'Die doet er niet toe,' zei Adam.

'Ja, Adam, die doet er wel toe.'

'Niemand zal me geloven.'

'Wij geloven je,' zei Betsy.

'Rosemary en Carson zullen zeggen dat mijn vader en ik het hebben gedaan. Dat zeggen ze nu al. Waarom zou ik zijn naam door het slijk halen?'

'Daarom heb je gisteravond geprobeerd er een eind aan te maken,' zei LeCrue. 'Met dat microfoontje waarover je ons hebt verteld. Rosemary en Carson chanteerden je, waar of niet? Ze hebben je gedreigd dat als je iets zou zeggen, ze jou als schuldige zouden aanwijzen. Dat ze zouden zeggen dat jij die receptenblokken hebt gestolen. Zoals ze nu ook hebben gedaan. Bovendien had je je vrienden om wie je je zorgen maakte. Die zouden ook in de problemen komen. Dus wat kon je nog doen? Daarom heb je je mond gehouden.'

'Het ging niet om mijn vrienden,' zei Adam. 'Maar ze wilden mijn vader aanwijzen als het grote brein achter alles. Die zou zeker zijn artsenvergunning kwijtraken.'

Mike voelde zijn adem stokken in zijn keel. 'Adam?'

Adam keek zijn vader aan.

'Vertel nou maar gewoon de waarheid. Maak je over mij geen zorgen.'

Adam schudde zijn hoofd.

Betsy boog zich naar voren en raakte Adams hand aan. 'We hebben bewijs.'

Adam keek haar verbaasd aan.

Ron Hill kwam naast zijn vrouw staan. 'Na Spencers dood heb ik zijn kamer doorzocht. Ik heb iets gevonden…' Hij stopte, slikte en keek weer naar het plafond. 'Ik heb het niet tegen Betsy gezegd. Ze had het al moeilijk genoeg en ik dacht: wat maakt het nog uit? Hij was dood. Waarom zou ik het nog moeilijker voor haar maken? Jij dacht ongeveer hetzelfde, is het niet, Adam?'

Adam zei niets.

'Dus heb ik er niets over gezegd. Maar toen ik meteen na zijn dood zijn kamer doorzocht, heb ik onder zijn bed achtduizend dollar in bankbiljetten gevonden… en dit.'

Ron gooide een receptenblok op tafel. Even zei niemand iets en staarden ze er alleen maar naar.

'Jij had de receptenblokken van je vader niet gestolen,' zei Betsy. 'Dat had Spencer gedaan. Hij had ze uit jullie huis meegenomen, is dat niet zo?'

Adam bleef naar het tafelblad kijken.

'En op de avond dat hij een eind aan zijn leven maakte, had jij dat ontdekt. Je hebt hem ermee geconfronteerd. Je was woedend. Jullie gingen met elkaar op de vuist. Toen heb je hem op zijn gezicht geslagen. En toen hij je terugriep, wilde je zijn excuses niet horen. Hij was deze keer echt te ver gegaan. Dus liet je hem bellen totdat je telefoon naar de voicemail doorschakelde.'

Adam kneep zijn ogen dicht. De tranen liepen over zijn wangen. 'Ik had zijn telefoontjes moeten beantwoorden. Ik had hem geslagen. Ik had hem uitgescholden en gezegd dat ik hem nooit meer wilde zien. Ik heb hem alleen gelaten en toen hij me om hulp vroeg...'

Commotie brak los in de kamer. Nog meer tranen, natuurlijk. Mensen omhelsden elkaar. Er werden excuses gemaakt. Wonden werden opengereten en weer gesloten. Hester sprong op en sloeg LeCrue en Duncan op de schouder. Iedereen had gezien wat er was gebeurd. Niemand wilde vader en zoon Baye nog aanklagen. Adam zou meewerken en Rosemary en Carson zouden de gevangenis in gaan.

Maar dat kon tot morgen wachten.

Later die avond, toen Adam weer thuis was en hij zijn mobiele telefoon had teruggekregen, kwam Betsy Hill langs.

'Ik wil het horen,' zei ze tegen Adam.

En samen luisterden ze naar het allerlaatste bericht dat Spencer had ingesproken voordat hij een eind aan zijn leven maakte.

Dit is niet tegen jou gericht, Adam. Hé, man, probeer het alleen te begrijpen. Het is tegen niemand gericht. Het is gewoon te zwaar voor me. Het is altijd te zwaar voor me geweest...

Een week later klopte Susan Loriman op de voordeur van Joe Lewistons huis.

'Wie is daar?'

'Meneer Lewiston? Ik ben het, Susan Loriman.'

'Ik heb het nogal druk.'

'Doet u open, alstublieft. Het is belangrijk.'

Het bleef een paar seconden stil voordat Joe Lewiston deed wat hem gevraagd was. Hij was ongeschoren en had een grijs T-shirt aan. Zijn haar piekte alle kanten op en de slaap zat nog in zijn ogen.

'Mevrouw Loriman, dit is echt geen geschikt moment.'

'Dat is het voor mij ook niet.'

'Ik ben uit mijn functie van docent ontheven.'

'Dat weet ik. Het spijt me dat te horen.'

'Dus als het gaat over de donoractie voor uw zoon...'

'Ja, daar gaat het over.'

'Ik zie geen enkele mogelijkheid om u op dat punt nog te helpen.'

'Dat ziet u dan verkeerd. Ik wel.'

'Mevrouw Loriman...'

'Hebt u wel eens een dierbare verloren?'

'Ja.'

342

'Zou u me willen vertellen wie dat was?'

Merkwaardige vraag, dacht Lewiston. Hij zuchtte en keek Susan Loriman recht aan. Haar zoon lag op sterven en om de een of andere reden leek deze vraag belangrijk voor haar te zijn. 'Mijn zus Cassie. Ze was een engel. Onmogelijk voor te stellen dat haar ooit iets zou overkomen.'

Susan wist dat natuurlijk al lang. De kranten hadden vol gestaan over de weduwnaar van Cassandra Lewiston en de moorden.

'Nog meer dierbaren?'

'Mijn broer Curtis.'

'Was hij ook een engel?'

'Nee, eerder het tegenovergestelde. Ik leek op hem. Ze zeiden dat we als twee druppels water op elkaar leken. Maar hij heeft zich zijn leven lang in de problemen gewerkt.'

'Hoe is hij gestorven?'

'Hij is vermoord. Vermoedelijk tijdens een beroving.'

'Ik heb een verpleegkundige meegebracht.' Susan keek achterom. Er stapte een vrouw uit de auto, die hun kant op kwam lopen. 'Ze zou u nu bloed kunnen afnemen.'

'Ik begrijp het niet.'

'Wat u hebt gedaan, was helemaal niet zo vreselijk, meneer Lewiston. U hebt zelfs de politie gebeld toen u ontdekte wat uw ex-zwager had gedaan. Dit is het moment om aan een nieuwe fase in uw leven te beginnen. En deze stap, uw bereidheid om ons te helpen, om te proberen het leven van mijn kind te redden terwijl u het zwaar te verduren hebt in uw eigen leven... ik denk dat iedereen daar veel bewondering voor zal hebben. Alstublieft, meneer Lewiston. Wilt u proberen mijn zoon te helpen?'

Hij keek haar aan alsof hij op het punt stond om 'nee' te zeggen. Susan hoopte dat hij dat niet zou doen. Maar als hij dat wel deed, was ze er klaar voor. Dan zou ze hem vertellen dat haar zoon Lucas tien jaar oud was. Dan zou ze hem eraan herinneren dat zijn broer elf jaar geleden was omgekomen... ofwel negen maanden voordat Lucas werd geboren. Dan zou ze tegen Joe Lewiston zeggen dat haar beste kans om een geschikte donor te vinden een biologische oom was. Susan hoopte dat het niet nodig zou zijn. Maar ze was zeker bereid om zover te gaan. Ze moest wel.

'Alstublieft,' zei ze nog een keer.

De verpleegkundige kwam dichterbij. Joe Lewiston keek Susan aan en zag blijkbaar de wanhoop in haar ogen.

'Oké dan,' zei hij. 'Maar zullen we dat niet liever binnen doen?'

Het verbaasde Tia hoe snel het leven zijn normale loop weer nam.

Hester had woord gehouden. Geen tweede kansen op het professionele vlak. Dus had Tia haar ontslag ingediend en was ze nu op zoek naar een andere baan. Mike en Ilene Goldfarb werden niet langer verdacht van het illegaal uitschrijven van recepten. Het Medisch Tuchtcollege had wel een onderzoek gelast, maar dat was meer voor de show, en in de tussentijd werkten ze gewoon door. Er gingen geruchten dat er een geschikte donor voor Lucas Loriman was gevonden, maar Mike wilde er niet over praten en dus drong Ilene niet aan.

Tijdens die eerste emotionele dagen had Tia verwacht dat Adam zijn leven een radicale draai zou geven en dat hij de lieve, voorkomende jongen zou worden die hij… tja, eigenlijk nooit was geweest. Maar zo werkte het niet met opgeschoten jongens. Adam was zeker opgeknapt, daar bestond geen twijfel over. Hij was nu buiten, op de oprit, waar hij in het doel stond terwijl zijn vader pucks op hem schoot. Als Mike er een langs hem heen kreeg, riep hij: 'Goal!' en zong hij het deuntje dat ze bij de Rangers speelden wanneer er werd gescoord. Het geluid klonk geruststellend en vertrouwd, maar vroeger zou Adam met hem mee hebben gezongen. Nu, vandaag, deed hij dat niet. Hij verdedigde zijn doel in stilte terwijl er in Mikes stem een merkwaardige mengeling van vreugde en wanhoop doorklonk.

Diep in zijn hart wilde Mike nog steeds dat kind terug. Maar waarschijnlijk bestond dat kind niet meer. En misschien was dat wel goed.

Mo draaide zijn auto de oprit op. Hij kwam Mike en Adam ophalen voor de wedstrijd van de Rangers tegen de Devils in Newark. Anthony, die samen met Mo hun leven had gered, ging ook mee. Mike had gedacht dat het Anthony was geweest die hem de eerste keer, in het steegje, het leven had gered, maar het was Adam geweest die de anderen had opgehouden totdat er hulp kwam… en hij had die snee in zijn onderarm om het te bewijzen. Voor een ouder was dat een indringend besef… een zoon die het leven van zijn vader redt. Mike was ontroerd toen hij het hoorde en hij had er iets over willen zeggen, maar Adam had het niet willen horen. Het was stilzwijgende moed waarover die jongen beschikte.

Net als zijn vader.

Tia keek uit het raam. Haar twee mannen – of jongens – kwamen naar de deur om haar gedag te zeggen. Tia zwaaide en wierp hen een kushandje toe. Ze zwaaiden terug. Tia keek toe terwijl ze in

344

Mo's auto stapten. Ze bleef de auto nakijken totdat die uit het zicht was verdwenen.

'Jill?' riep ze toen.

'Ik ben boven, mam!'

Ze hadden de spionagesoftware uit Adams computer laten halen. Of het goed was geweest of niet, daar kon je wel tien verschillende visies op loslaten. Heel misschien, als Betsy en Ron Hill het doen en laten van Spencer hadden gevolgd, was hij nu nog in leven geweest. Maar misschien ook niet. Je had in het leven het lot, maar je had ook het toeval en de willekeur. Terwijl Mike en Tia zo bezorgd waren om hun zoon, was het uiteindelijk Jill geweest die op het randje van de dood had gestaan. Het was Jill die het trauma van het doodschieten van een ander mens zou moeten verwerken. Waarom? Willekeur. Ze was toevallig op het verkeerde moment op de verkeerde plek geweest.

Je kunt iemand bespioneren, maar je kunt niets voorspellen. Het was heel goed mogelijk dat Adam zijn probleem zélf tot een goed einde had gebracht. Hij had dat gesprek in Club Jaguar kunnen opnemen en dan zou Mike niet mishandeld en bijna vermoord zijn. Dan had die gestoorde Carson hen niet met een pistool gedreigd. En dan zou Adam zich niet nog steeds afvragen of zijn ouders hem wel vertrouwden of niet.

Zo ging dat met vertrouwen. Je kunt een goede reden hebben om het te breken. Maar eens gebroken blijft gebroken.

Dus wat had Tia als moeder van dit hele gebeuren geleerd? Je doet je best. Dat is alles. Je gaat aan de slag met de beste bedoelingen. Je laat je kinderen weten dat je van ze houdt, maar het leven is te willekeurig om veel meer te kunnen doen. Je hebt er niet echt vat op. Mike had een vriend, een voormalige basketbalprof, die graag Jiddische wijsheden citeerde. Zijn favoriete was: 'De mens maakt plannen en God lacht in zijn vuistje'. Tia had die uitdrukking nooit goed begrepen. Ze meende dat die je een excuus gaf om niet je uiterste best te doen, omdat God je naderhand toch pootje zou lichten. Maar dat was het niet. Waar het om ging, was dat je begreep dat je wel alles kon geven en je kansen moest benutten, maar dat controle een illusie was.

Of was het nog ingewikkelder dan dat?

Je kon ook het tegenovergestelde zeggen: dat hun spionage het leven van hun hele gezin had gered. Dankzij die spionage hadden ze ontdekt dat Adam in de problemen zat.

Maar wat veel belangrijker was, was dat Yasmin en Jill dankzij hun nieuwsgierigheid hadden ontdekt dat Guy Novak een pistool in huis had... en dat ze zonder dat pistool allemaal dood waren geweest.

Heel ironisch. Guy Novak laat een geladen pistool in huis rondslingeren en in plaats van dat dit tot een ramp leidt, redt het hun leven.

Ze schudde haar hoofd en deed de koelkast open. Veel stond er niet meer in.

'Jill?'

'Ja?'

Tia pakte haar sleutels en portefeuille. Ze zocht haar mobiele telefoon.

Haar dochter had zich met een verbazingwekkend gemak van het schietincident hersteld. De artsen hadden Tia erop gewezen dat de kans bestond dat Jills reactie pas veel later zou komen, maar het was ook mogelijk dat Jill ervan overtuigd was dat het juist, noodzakelijk en zelfs heldhaftig was wat ze had gedaan. Jill was geen klein kind meer.

Maar waar had Tia haar telefoon gelaten?

Ze wist zeker dat ze die op het aanrecht had gelegd. Hier, op deze plek. Nog geen tien minuten geleden.

En het was die simpele gedachte die alles op zijn kop zette.

Tia voelde haar hele lichaam verstrakken. In de grote opluchting omdat ze het allemaal hadden overleefd, waren er nog veel dingen onduidelijk gebleven. Maar nu ze naar de plek staarde waarvan ze zeker wist dat ze haar telefoon daar had neergelegd, moest ze opeens aan die onbeantwoorde vragen denken.

Die eerste e-mail, waarmee het allemaal was begonnen, over dat feestje bij DJ Huff. Er was helemaal geen feestje geweest. En Adam had die e-mail niet eens gelezen.

Maar wie had die dan gestuurd?

Nee toch...?

Haar mobiele telefoon was nog steeds spoorloos, dus pakte ze de huistelefoon, nam de hoorn van de haak en draaide een nummer. Guy Novak nam op nadat zijn toestel drie keer was overgegaan.

'Hallo, Tia, hoe gaat het?'

'Jij hebt tegen de politie gezegd dat jij die video had gestuurd.'

'Wat?'

'Die waarop Marianne in bed ligt met meneer Lewiston. Jij hebt gezegd dat jij die hebt gestuurd. Om wraak te nemen.'

'Ja, en?'

346

'Maar jij wist helemaal niks van een video, wel, Guy. Of wel?'
Stilte.
'Guy?'
'Laat het zitten, Tia.'
Hij hing op.
Geruisloos sloop Tia de trap op. Jill was op haar kamer. Tia wilde niet dat ze haar hoorde aankomen. Het paste allemaal in elkaar. Ze had zich al afgevraagd hoe deze twee afschuwelijke zaken – Nash die mensen vermoordde en Adams vermissing – tegelijkertijd hadden kunnen plaatsvinden. Iemand had wel eens gekscherend gezegd dat slechte dingen altijd in drieën komen en dat je dus maar beter kon uitkijken. Maar Tia had daar nooit in geloofd.

De e-mail over het feestje bij Huff.

Het pistool in Guy Novaks nachtkastje.

De seksvideo die naar het e-mailadres van Dolly Lewiston was gestuurd.

Wat was het verband tussen die drie dingen?

Tia stak haar hoofd om de deurpost en vroeg: 'Wat ben je aan het doen?'

Jill schrok van de stem van haar moeder. 'O, hoi. Ik ben Brickbreaker aan het spelen.'

'Nee.'

'Wat nee?'

Ze hadden er altijd grapjes over gemaakt, Mike en zij. Dat Jill zo nieuwsgierig was. Ze noemden haar de 'huisspion'.

'Ik speel alleen maar een spelletje.'

Maar dat was niet waar. Dat wist Tia nu. Jill nam haar telefoon niet elke keer mee om alleen maar een spelletje te spelen. Ze deed dat om Tia's berichten te bekijken. Want spelletjes kon ze ook op de computer spelen, die nieuwer en sneller was. Ze nam Tia's telefoon mee om bij te houden wat er in huis zoal gaande was. Jill vond het vreselijk om als een klein kind te worden behandeld. Dus snuffelde ze overal rond. Net als haar vriendinnetje Yasmin.

Onschuldige kinderspelletjes, nietwaar?

'Je wist dat wij Adams computer in de gaten hielden, hè?'

'Wat?'

'Brett zei dat degene die de e-mail heeft verstuurd, dat vanuit dit huis moet hebben gedaan. Iemand heeft hem verstuurd, is in Adams e-mailaccount geweest en heeft hem toen weer gewist. Ik kon maar niet begrijpen wie dat gedaan kon hebben. Maar jij was het, hè Jill? Waarom heb je dat gedaan?'

Jill schudde haar hoofd. Maar een moeder weet dat soort dingen.
'Jill?'
'Het was niet mijn bedoeling dat het zo zou gaan.'
'Dat weet ik. Vertel het me maar.'
'Jullie versnipperden die rapporten, maar ik bedoel, waarom hadden jullie ineens een papierversnipperaar in jullie slaapkamer staan? Ik heb jullie er 's nachts over horen fluisteren. En jij had op jullie computer de website van E-SpyRight bij je favorieten gezet.'
'Dus je wist dat we hem bespioneerden?'
'Natuurlijk wist ik dat.'
'Maar waarom heb je die e-mail dan verstuurd?'
'Omdat ik wist dat jullie die dan zouden zien.'
'Ik begrijp het niet. Waarom wilde je dat we iets zagen over een feestje dat helemaal niet gehouden zou worden?'
'Omdat ik wist wat Adam ging doen. Omdat ik wist dat dat veel te gevaarlijk was. Ik wilde hem tegenhouden, maar ik kon jullie niet over Club Jaguar en al die andere dingen vertellen. Ik wilde Adam niet in de problemen brengen.'
Tia begon het te begrijpen. Ze knikte. 'Dus toen heb je dat feest-je verzonnen.'
'Ja, en erbij gezet dat het om drank en drugs ging.'
'Omdat je ervan uitging dat wij hem dan zouden verbieden er-naartoe te gaan.'
'Ja. Zodat hem niks zou overkomen. Maar toen liep Adam van huis weg. Ik had nooit gedacht dat hij dat zou doen. Ik heb er een zooitje van gemaakt. Begrijp je? Het is allemaal mijn schuld.'
'Het is jouw schuld niet.'
Jill begon te huilen. 'Yasmin en ik... iedereen doet alsof we kleuters zijn. Daarom spioneren we. Het is een soort spel, weet je? Vol-wassenen verstoppen van alles en wij gaan ernaar op zoek. En toen maakte meneer Lewiston die afschuwelijke opmerking tegen Yas-min. Dat veranderde alles. De andere kinderen waren zo gemeen tegen haar. Eerst was Yasmin alleen maar heel verdrietig, maar daarna was het alsof... ik weet het niet precies... alsof ze op wraak uit was. Aan haar moeder had ze nooit veel gehad, en, weet je, ik denk dat zij het toen zag als haar grote kans om iets goeds voor Yas-min te doen.'
'Dus heeft ze meneer Lewiston... in de val gelokt. Heeft Mari-anne jullie verteld wat ze heeft gedaan?'
'Nee. Maar weet je, Yasmin bespioneerde haar ook. Ze had die video met haar telefoon gemaakt en wij hebben die toen gevonden.

Yasmin heeft Marianne ernaar gevraagd, maar die zei dat het achter de rug was en dat meneer Lewiston nu ook verdriet had.'

'En toen hebben Yasmin en jij…'

'We bedoelden het niet zo kwaad. Maar Yasmin had er schoon genoeg van. Al die volwassenen die ons vertelden wat goed voor ons was. Al die kinderen die haar pestten op school. Ons allebei, trouwens. Dus hebben we het op die dag gedaan. We zijn na school niet naar haar huis gegaan. We zijn eerst hier geweest. Ik heb die e-mail over dat feest gestuurd om jullie te waarschuwen… en daarna heeft Yasmin de video naar meneer Lewistons vrouw gestuurd, om hem te laten boeten voor wat hij had gedaan.'

Tia keek haar aan en vroeg zich af wat ze moest zeggen. Kinderen doen niet wat hun ouders zeggen… ze doen wat ze hun ouders zien doen. Dus wie viel hier iets te verwijten? Dat wist Tia niet precies.

'Dat is het enige wat we hebben gedaan,' zei Jill. 'We hebben alleen een paar e-mails verstuurd, dat is alles.'

En dat was waar.

'Het komt allemaal goed,' zei Tia, daarmee de woorden herhalend die haar man in de verhoorkamer tegen hun zoon had gezegd.

Ze ging op haar knieën zitten en nam haar dochter in haar armen. Jill had haar tranen tot nu toe tegen weten te houden, maar nu gaf ze haar verzet op. Ze drukte zich tegen haar moeder aan en liet haar tranen de vrije loop. Tia streelde haar haar, zei geruststellende woordjes en liet haar lekker uithuilen.

Je doet alles wat je kunt, hield Tia zichzelf voor. Je houdt van ze zoals alleen jij dat kunt.

'Het komt allemaal goed,' zei ze weer.

En deze keer geloofde ze het bijna.

Op een kille zaterdagochtend – op dezelfde dag dat Paul Copeland, procureur van Essex County, voor de tweede keer in het huwelijk zou treden – stond Cope voor een U-Store-It-unit langs Route 15.

Loren Muse stond naast hem. 'Je hoeft hier niet te zijn.'

'De trouwerij is pas over zes uur,' zei Cope.

'Maar Lucy…'

'Lucy begrijpt het.'

Cope keek achterom naar Neil Cordova, die in de auto zat te wachten. Een paar uur geleden had Pietra haar zwijgen verbroken. Nadat ze zich urenlang verbaal had ingegraven, was Cope op het simpele idee gekomen om Neil Cordova met haar te laten praten. Nu haar vriend dood was en haar advocaat erin was geslaagd een goede deal te sluiten, had het nog geen twee minuten geduurd of Pietra was gebroken en had hun verteld waar ze het lijk van Reba konden vinden.

'Ik wilde erbij zijn,' zei Cope.

Muse volgde zijn blik. 'Je had hem ook niet kunnen meebrengen.'

'Ik had het hem beloofd.'

Cope en Neil Cordova hadden veel met elkaar gepraat sinds Reba's verdwijning. Over een paar minuten, als Pietra de waarheid had gesproken, zouden ze iets gruwelijks met elkaar gemeen hebben: een dode echtgenote. Vreemd genoeg, was uit de achtergrond van de dader gebleken, voldeed hij ook aan de normen voor hun bizarre clubje.

Alsof ze zijn gedachten las vroeg Muse: 'Laat je nog enige ruimte over voor de mogelijkheid dat Pietra liegt?'

'Heel weinig. Jij?'

'Ik ook,' zei Muse. 'Dus Nash heeft deze twee vrouwen vermoord om zijn zwager te helpen. Om de video van diens slippertje te vinden en die te vernietigen.'

'Daar lijkt het op. Maar Nash is eerder veroordeeld geweest. Ik durf te wedden dat als we in zijn verleden gaan wroeten, we op een hoop narigheid zullen stuiten. Ik vermoed dat hij dit meer heeft gezien als een kans om zijn agressie te ontladen dan als iets anders. Hoe dat psychologisch zit, weet ik niet, en dat kan me ook niet schelen. Psychologie kun je niet voor de rechter brengen.'

'Hij heeft ze gemarteld.'

'Ja. In theorie om te weten te komen wie er nog meer van die video wist.'

'Zoals Reba Cordova.'

'Precies.'

Muse schudde haar hoofd. 'En de zwager, die schooldocent?'

'Lewiston? Wat is er met hem?'

'Ga je hem vervolgen?'

Cope haalde zijn schouders op. 'Hij zegt dat hij Nash in vertrouwen over die video heeft verteld en dat hij geen idee had dat Nash zo door het lint zou gaan.'

'Geloof jij dat?'

'Pietra heeft het bevestigd, maar ik heb nog onvoldoende bewijs om er wel of niet in mee te gaan.' Hij keek haar aan. 'Daar heb ik mijn rechercheurs voor.'

De beheerder van het opslagbedrijf kwam met de sleutel en stak die in het slot. De deur werd geopend en de rechercheurs gingen naar binnen.

'Dit hele drama,' zei Muse, 'terwijl Marianne Gillespie de video nooit heeft verstuurd.'

'Het schijnt van niet. Ze heeft er alleen mee gedreigd. We hebben het nagetrokken. Guy Novak beweert dat Marianne hem over de video had verteld. Zij wilde het niet te ver op de spits drijven... ze dacht dat de dreiging alleen al voldoende was om hem te straffen. Guy was het daar niet mee eens. Dus hij heeft de video naar Lewistons vrouw verstuurd.'

Muse fronste haar wenkbrauwen.

'Wat is er?' vroeg Cope.

'Niks. Ga je Guy vervolgen?'

'Waarvoor? Hij heeft een e-mail verstuurd. Dat is geen misdaad.'

Twee van de rechercheurs kwamen langzaam de opslagunit uit. Te langzaam. Cope wist wat dat betekende. De ene rechercheur keek hem aan en knikte.

'Verdomme,' zei Muse.

Cope draaide zich om en begon naar de auto te lopen. Neil Cordova zag hem aankomen en stapte uit. Cope bleef hem aankijken en probeerde niet te treuzelen. Neil begon zijn hoofd te schudden toen hij Cope dichterbij zag komen. Hij schudde zijn hoofd steeds heftiger, alsof hij daarmee de realiteit kon ontkennen. Cope bleef doorlopen. Neil had zich schrap gezet en wist wat er komen zou, maar een klap als deze ving je daar niet mee op. Je hebt geen keus. Verzet is zinloos, en je kunt er niet voor vluchten. Het enige wat je kunt doen, is je erdoor laten verpletteren.

Dus toen Cope bij hem kwam, hield Neil Cordova zijn hoofd stil en stortte hij zich in Copes armen. Hij begon te snikken, zei Reba's naam, alsmaar weer, zei dat het niet waar was, dat het niet waar kon zijn, en smeekte de hogere machten hem zijn Reba terug te geven. Cope hield hem stevig vast. Een paar minuten verstreken. Moeilijk te zeggen hoeveel. Cope bleef staan, hield de man vast en zei niets.

Een uur later zat Cope in zijn auto en reed hij naar huis. Hij nam een douche, trok zijn smoking aan en kort daarna stond hij tussen zijn bruidsjonkers. Cara, zijn dochtertje van zeven, ontlokte een hoop o's en ah's toen ze naast de bruid door het middenpad schreed. De gouverneur zelf was gekomen om de plechtigheid te leiden. Daarna was er een groot feest met een band en veel speeches. Muse was er ook, als bruidsmeisje, en ze zag er heel mooi en elegant uit in haar jurk. Ze feliciteerde hem met een kus op zijn wang. Cope bedankte haar. Veel verder ging hun huwelijksconversatie niet.

De avond verliep als een kleurrijke wervelwind, maar op een zeker moment kreeg Cope de kans om even ergens alleen te gaan zitten. Hij maakte zijn strikje los en deed de bovenste knoop van zijn overhemd open. Hij had vandaag een merkwaardige cyclus doorgemaakt, was begonnen met de dood en geëindigd met de vreugdevolle verbintenis van twee mensen. De meeste mensen zouden dat als een teken zien. Cope niet. Hij zat daar, hoorde hoe de band gehakt maakte van een of ander uptempo nummer van Justin Timberlake en keek naar de mensen die erop probeerde te dansen. Even liet hij zijn gedachten de vrije loop. Hij dacht aan Neil Cordova, aan de dreun die hij had gekregen en aan wat hij en zijn twee kinderen nu doormaakten.

'Papa?'

Cope keek op. Het was Cara. Ze pakte zijn hand en keek hem aan. En met haar zeven jaar wist ze het.

'Wil je met me dansen?' vroeg Cara.

'Ik dacht dat jij een hekel aan dansen had.'

'Ik vind dit een leuk liedje. Alsjeblieft?'

Hij stond op en liep naar de dansvloer. Het refrein van het liedje was nogal stompzinnig, iets over 'sexy', dat 'terug moest', en dat eindeloos werd herhaald. Cope begon zich te bewegen. Cara haalde zijn kersverse bruid weg bij een paar gasten die haar kwamen feliciteren en sleepte haar ook de dansvloer op. Lucy en Cara en Cope, het nieuwe gezin, danste. De muziek leek steeds harder te worden. Familie en vrienden begonnen in hun handen te klappen om ze aan te moedigen. Cope bewoog zich wild en gruwelijk uit de maat. De twee vrouwen in zijn leven probeerden vergeefs hun lachen in te houden.

Toen hij dat geluid hoorde, begon Paul Copeland nóg uitbundiger te dansen, maaide hij met zijn armen om zich heen, draaide met zijn heupen, voelde dat het zweet hem uitbrak maar draaide in het rond totdat er niets meer op de wereld bestond dan alleen die twee beeldschone gezichten en het heerlijke geluid van hun lach.